建構與反思

——中國文學史的探索
學術研討會論文集(下)

輔仁大學中國文學系
中國古典文學研究會 主編

贊助單位：教　　育　　部
　　　　　行 政 院 國 家 科 學 委 員 會
　　　　　中 華 發 展 基 金 管 理 委 員 會
　　　　　輔 仁 大 學 研 究 發 展 處
　　　　　輔仁大學文藝學院發展委員會

建構與反思

——中國文學史的探索學術研討會論文集

目　　錄
下　冊

【附　錄】

上冊

論謝肅《密庵稿》中「倫理的批評」

龔顯宗

中山大學中國文學系

關鍵詞

謝肅、密庵稿、倫理的批評、越派

摘　要

　　越派是明初文壇聲勢最大、人數最多、影響最巨的一派，其中謝肅在文學批評史上的地位雖不如宋濂、劉基、方孝孺，但他堅持「倫理的批評」，從儒家的立場來看，是純粹性最高的一位。

　　本文凡分五節：首言越派與謝肅生平，次述其文學理論，再敘謝肅針對其他文本與作者所下的實際批評，繼探其淵源所自與影響，最後對謝肅之文學觀作一價值判斷，冀能爲明初文學批評史補闕拾遺。

前言

　　明初文壇以越派聲勢最大、影響至巨，此派理論雖主原道、
徵聖、宗經，但宋濂、劉基兼具佛、道色彩，蘇伯衡「天工說」與
方孝孺「神」、「工」之論亦有濃厚的道家成份，其純粹性遠不如謝
肅「世教勸懲」的「倫理的批評」。拙文旨在闡發謝氏的文學理
論，並評價其得失和影響。

壹、明初越派與謝肅

　　「明初」一詞各家賦予之義蘊不一，或指洪武之初，或指洪
武一朝，或指洪武以迄永樂，李曰剛則指洪武、建文二代❶，白潤
德（Daniel Bryant）謂洪武 23 年至成化 16 年❷，短者十數載，長
者幾達百歲。筆者所言，以定都南京之洪、建（1368—1402）為
限。

　　胡應麟嘗謂明初有吳、越、閩、嶺南、江右五詩派❸，李曰剛
益以北平一派❹。從文學批評的標準來看，嶺南派的重要成員，如
孫蕡、黃哲、王佐、李德、趙介諸子均無有關理論的文字❺，而東

---

❶　李曰剛：〈明初六大詩派之流變〉，《師大學報》民國 62 年 6 月第十八期，頁
　　1。

❷　白潤德（Daniel Bryant）：〈Chinese Poetry and Poetics During the Low Ming
　　（1390~1480）〉。

❸　胡應麟，《詩藪》（明崇禎五年重刊本），續篇卷一。

❹　同註❶，頁 2 及頁 17 至頁 18。

❺　孫蕡《西庵集》、黃哲《雪篷集》、王佐《聽雨軒》、《瀛州》二集、趙介《臨

南以詩名者，尚有唐桂芳、朱升、陶安，三人皆籍隸安徽，可以「徽派」視之。如此說來明初文學批評可述者有吳、越、閩、江右、徽、北平六派。

明初政治、經濟重心在江南，學術、文學也是如此，越派人數最多，謝肅是其中聲譽卓著的一位，但文學史家和研究中國文學批評的學者全忽而不述，拙文期稍能裨補闕漏。

胡應麟認為明初文人「率由越產」，「諸方無抗衡者」❻，身為此派一員的謝肅，到底持何種文學觀？居那一地位？是本文所要探究的重點。

肅字原功，號密庵，元末會稽上虞蓀溪人，自幼強記捷識，壯而搜抉搯擢經史百家，曾試鄉闈，不利，因謝絕場屋，謁尚書貢師泰於吳山，所作多折衷於彼。

他北渡淮、濟，陟泰、岱，遊吳、楚、燕、趙、魏、晉，有觸輒詠。洪武中，舉明經，授福建按察司僉事，以文章政事著名當世。後下獄死，有《密庵稿》十卷，其生平見《皇明世說新語》、《明史》卷二百八十五〈文苑一〉。

他與山陰唐肅齊名，時號「會稽二肅」。撰詩文各五卷，以天干分。詩可以補誌闕、證史謬、關世教、厚風俗❼，其五言古律本之漢魏，歌行遵李、杜，近體祖少陵，筆力雄健，胸次魁廓。文則

清集》，又黃哲、王佐、趙介、李德合撰之《廣州四先生集》俱無有關文學理論的文字。

❻ 同註❸。

❼ 戴良：《密庵先生稿序》。

肖其為人，立論閎正，書事簡悉，序記銘贊雅健奇警，四庫提要評曰：「古文詞格律具有法程。」所撰〈小瀟湘記〉、〈樗舍記〉、〈夢夢軒記〉、〈聽鶴軒記〉、〈送朱先生赴京考禮序〉、〈書迂樵傳後〉，皆傳誦一時。

貳、謝肅的文學理論

大致而言，越派主張廣義的文學，謝肅《雲林方先生吳遊稿序》也說：

> 堯、舜、文、武、周公之文，禮樂政治皆是也。蓋其道之充乎中，而其發於外者無非文，如天之有氣，則有日月星辰之光耀；如地之有形，則有山川草木之行列；文實道之顯，不可歧而二之也。❽

禮樂政治是「人文」，日月星辰是「天文」，山川草木是「地文」，可見文是廣義的。道內文外，不可兩分，道發於外便是文，寓道之文即為至文。同篇續云：

> 諸子各以所見著書，則不獨文與道二，而道之裂也，已無有純者。惟董仲舒氏曰：「正其誼不謀其利，明其道不計其功。」揆其行事，不戾斯言，可不謂其文與道一者乎？而

---

❽　謝肅撰：《密庵稿》（臺灣商務印書館）民國 60 年景印四部善本叢刊第一輯，庚卷，頁 11。

韓愈氏曰:「所志於古,不惟其辭之好,好其道焉耳。」是
亦知夫道之與文不可二矣,然以實而考之,則文固未能出
於道,況其下者乎?文而一出於道,惟周、程、張、朱數
君子耳。

諸子文離於道,不純不全;董仲舒既明道,又行不戾言;韓
愈好道,但其文未全出於道,其下者可知;唯有宋理學五子一出於
道。

謝肅所說的道是儒家之道、聖人之道,大致與元代明初的思
想相合。其時以理學為依歸,且多尊程、朱。

元代明初的選舉制度也對謝肅的文學理論發生了影響。就學
校言,授孝經、四書五經。就科目言,元代明經、經疑二問,由四
書出題,用朱熹章句集註;經義一道,詩以朱氏為主,尚書蔡氏為
主,周易程、朱為主,春秋用三傳及胡氏傳,禮記用古註疏。明代
專取四書五經,四書主朱子集註,易主程傳、朱本義,書主蔡氏傳
及古註疏,詩主朱子集傳、春秋主三傳及胡安國張洽傳,禮記主古
註疏。就薦舉而言,明太祖令有司察舉賢才,以德行為本,文藝次
之。

在這樣定於一尊的選舉制度下,謝氏持道本文末的文學觀自
不足異。他認為有德者必有言,六經的作者是聖賢,載唐虞三代之
道,故為「文之至」。西漢賈誼、董仲舒、司馬遷、揚雄「煥然可
述」。東都以降日衰,唐初猶不免六朝綺靡之習,逮韓愈「足為一
王法」。宋初襲五季之粗鄙,及歐陽修、蘇軾、曾鞏出,「無愧於
漢、唐」;濂、洛、關、閩諸儒載道之文則臻於絕頂。其因實與世

運有關，蓋唐虞三代「教養素備，人咸知道，故其言不期于文而自文」，謝氏稱美的是自然之文，他否定人工的藝術。三代以後，「教養弗備而知道者鮮矣」❾，唯有豪傑之士方能貫道，如賈誼通達國體，董仲舒正誼明道，司馬遷善序事理，揚雄議論不詭於聖，韓愈有王道意思，歐、蘇、曾平易說理、氣脈渾厚，理學諸子全出乎道，他們不囿於世運，故能高出一代。

謝氏重視文章的教化作用，謂詩經、楚辭的刪校標準是勸懲與風教，其〈選詩補注序〉云：

> 詩於周為極盛，而傳者止三百五篇，下此為楚人之辭，又下此為漢魏以降之五言，而詩再變矣。然三百篇則聖人所刪，善惡畢備，以示勸懲；楚辭則朱子所校錄，亦其發於性情，關於風教者，不則雖好而弗載；五言則蕭昭明所選，編次無序，而決擇不精，果能合夫聖人、朱子刪校之法乎？不惟不能合夫刪校之法，而諸家之注果能合夫朱子注詩、楚辭之法乎？❿

聖人刪詩，旨在勸懲；朱子校錄楚辭，以性情、風教為準，昭明文選不合於聖人之旨、朱子標準，故為謝氏所貶。謝氏重「德」，蕭統重「文」，前者持廣義的「文學」觀，後者對文學的觀念已漸明晰。

---

❾ 同註❽，辛卷，頁6下。

❿ 同註❽，庚卷，頁8下。

時代不同，辭必有異，同篇又云：

> 故漢、魏諸作猶存三百篇流風餘韻，及晉而跋涉玄虛，及
> 宋而耽樂山水，及齊、梁而崇尚綺靡，流連光景。是則詩
> 者不特至五言為再變，而五言之變抑又三焉。於此可以觀
> 世道之降，而大雅君子未嘗不為之痛惜而深悲也。

三百篇降而為楚辭，為五言詩，漢魏猶存古風，晉流於虛，
宋耽山水，齊、梁尚綺靡，觀詩則知世道愈趨愈下，逐漸失去教化
的功能。

參、謝肅的實際批評

謝肅文如其人，而其批評也是理論的實踐，仍以教化為準，
對忠義之士特加推崇《雲林方先生和陶詩集序》云：

> 古之君子苟秉忠義之心，雖或不白於當時，而必顯暴於天
> 下後世者，是故公議之定，亦其著述有所於考也。若楚三
> 閭大夫屈原、漢丞相諸葛亮、晉處士陶潛者，非其人
> 乎？……三君子所遭遇之時不同，忠義之心則一，而天下
> 後世之所共知者也。⓫

三人時雖不同，卻皆志懷忠義。〈離騷〉見其「愛君憂國」、

⓫　同註❽，辛卷，頁8下。

「九死不悔」，〈出師表〉見其「仗義履正」、「興復舊都」，〈歸去來辭〉與諸詩賦見其「不慕世榮，惓惓本朝」，故能昭垂後世，千古傳誦。

謝氏自作，也以勸善爲主，〈謁伯夷廟〉、〈題王昭君〉、〈題班姬援筆圖〉、〈曹娥廟〉（詩）〈孝女朱娥詩序〉、〈送毛子賢侍親序〉、〈柳節婦傳〉、〈勸農文〉（文），都以創作與理論相呼應。

論詩，謝氏於淵明最爲推重，〈桂彥良和陶詩集序〉云：

> 詩自聖人刪後，有正始風氣，成一家言，其惟陶靖節乎？蓋靖節乃晉室大臣之後，憂壯廓達，心志事功，遭時易代，遂蕭然遠引，守拙田園。然其賦詠多忠義，所發激烈慷慨，若〈讀山海經〉諸篇，有屈大夫〈遠遊〉之志；〈詠荊軻〉一首，有豫國士吞炭之心，其他未易悉數也。❷

淵明心志事功，但值劉裕篡晉，遂蕭然退隱，在雅順的辭語中實寓屈原忠貞之志和豫讓復仇之心，所以能自成一家。後世學陶和陶，效體次韻，難免失之槁、華、俗、奇、弱、豪，「其於似枯而腴，似易而高，似麤而微，即自然之趣，寓無窮之悲者，則求之千百無十一焉，是其詩豈易和哉？❸」沒有豪壯廓達的胸襟和忠義慷慨的心智，必然達不到「腴」、「高」、「微」的層次與境界，因爲陶詩的「自然之趣」是無法傚傚的。

缺乏淵明的性情，境遇又不相同，步趨形骸，當然無法得其

---

❷　同註❽，庚卷，頁 12 下。

❸　同註❽，庚卷，頁 13 上。

神似，同篇亦云：

> 夫靖節，山澤之逸，凍餒所纏，進不偶時，而退安於命，
> 然以氣節問學弗獲表見于天下，故託詩酒以自娛，非真酣
> 於　糵，汩於辭章也。

　　遭時不遇，只好逃於酒，託於詩賦，而和陶者在情、境兩
乏，氣節不如的狀況下，當然產生不了佳構。

肆、謝肅詩文論的淵源

　　綜觀謝肅的文學理論可歸納爲數點：
一、廣義的「文學」觀。
二、道本文末，文與道不可分。
三、詩文具有勸懲的教化功能。
四、詩文足覘世道升降，豪傑不囿於氣運。
五、忠義之士必有佳構。
　　就第一點而言，自孔子以降，儒家對文學的定義，皆持廣義
之說[14]，由此衍生重內涵輕形式之論，子曰：「有德者必有言。」
（《論語·憲問》）正是道本文末的看法。
　　謝肅認爲堯、舜、文、武、周公的「禮樂政治」即爲文，是

---

[14]　《論語·先進》謂孔門有四科，其中「文學」推子游、子夏，可見孔門所謂
　　「文學」含意甚廣，指一切典籍研究而言，邢昺解釋爲「文章博學」。《荀
　　子·勸學》、〈大略〉、〈性惡〉中的「文學」皆指「一切學問」而言。

道發於外的產物，孔子「思無邪」（《論語·爲政》）「授之以政」「使於四方」（《論語·子路》）之說已啓導於前。

　　文、道不可歧而二之的廣義「文學」觀既包含政治與倫理，必然是「倫理的批評」，主張「教化」和「忠義」。王充視文爲教化之具[15]，鄭玄〈詩譜序〉主美刺、重視詩與政教的關係已爲謝肅著一先鞭。白居易謂詩以「補察時政，洩導人情」[16]。宋代孫復以文爲道之所生，道爲教之本[17]；二程先道後文[18]，王安石主「治教政令」[19]。元朝郝經謂道本辭末[20]，劉將深欲融合文道[21]，鄭玉認爲「道外無文」[22]，吳澄反模擬，謂詩當關乎世教[23]，正是謝氏的活水源頭。

　　就第四點言，班固曾言由詩可覘風俗厚薄[24]，朱熹曰：「文與世移」[25]，吳澄謂文章與世運相關[26]，多少影響到謝氏。

---

[15]　王充：《論衡·佚文》云：「然則文人之筆，勸善懲惡也。」

[16]　參〈與元九書〉。

[17]　參〈答張洞書〉。

[18]　參《程氏遺書》卷十八。

[19]　參《與祖擇之書》。

[20]　參《陵川集》卷二十三〈文說送孟駕之〉與〈答友人論文法書〉。

[21]　參〈趙青山先生墓表〉。

[22]　參〈師山集自序〉。

[23]　參〈劉復翁詩〉、〈譚晉明詩序〉、〈何敏則詩序〉。

[24]　參《漢書·藝文志·詩賦略序》。

[25]　參《朱子語類》卷一三九。

　　第五點即傳統「文與人類」、「文如其人」之意，而更注重勸懲、教化。

　　謝肅詩文論重在原道、徵聖、宗經。就原道言，顯然較劉勰多了倫理色彩，王充「勸善懲惡」**㉗**的教化之說是其先鋒，唐代陳子昂、盧藏用、蕭穎士、李華、柳冕已在前提供了理論依據**㉘**，宋朝孫復、梅堯臣、二程、周敦頤、曾鞏、朱熹，蒙元許衡、劉壎的影響更是切近直接**㉙**。

　　就徵聖言，荀子謂聖人「道之管也」**㉚**，揚雄以爲聖人「得言之解，得書之體。**㉛**」劉勰曰：「道沿聖以垂文，聖因文而明道**㉜**。」聖人既能明道，爲文者豈可不尊不徵？

　　就宗經言，荀子倡言五經的功能**㉝**，揚雄謂五經是「眾說

㉖　參〈孫履常文集序〉。

㉗　同註**⑮**。

㉘　參陳子昂〈與東方左虬修竹篇序〉、盧藏用〈答毛傑書〉、蕭穎士〈贈韋司業書〉、李華〈贈禮部尚書清河孝公崔沔集序〉、柳冕〈答荊南裴尚書論文書〉。

㉙　參孫復〈答張洞書〉、梅堯臣〈還吳長文舍人詩卷〉、《程氏遺書》卷十八、周敦頤《周濂溪集卷六、周子通書文辭》、曾鞏〈戰國策目錄序〉、朱熹〈答鞏仲至〉、許衡《魯齋遺書卷一・語錄》、劉壎〈答友人論時文書〉。

㉚　參《荀子・儒效》。

㉛　《法言・問神》。

㉜　《文心雕龍・原道》。

㉝　《荀子・儒效》云：「詩言是其志也，書言是其事也，禮言是其行也，樂言

郛」，劉勰認爲經是後世文章之祖，且是創作標準❸。唐代韓愈、皮日休，宋朝歐陽修、邵雍亦主尊經❸。元人受宋理學影響，自是徵聖宗經，謝肅由元入明，難免有此看法。

從謝肅的實際批評來看，他認爲六經最高，西漢賈誼、董仲舒、司馬遷、揚雄煥然可述；東漢以降，日趨靡弱，韓愈起而振之，五代粗鄙，宋歐陽修、蘇軾、曾鞏無愧漢唐，周、程、張、朱則是載道文之最佳者。

詩則三百篇最佳，次爲楚辭，漢魏猶存周人餘韻，至晉而愈下。

若以忠義爲準，屈原、諸葛亮、陶潛必能昭垂後世，淵明更具自然之趣。

劉知幾讚賈誼〈過秦論〉「言成軌則，爲世龜鏡。❸」李華也說賈誼「文辭最正，近於理體。」又評揚雄「用意頗深。❸」韓愈謂司馬遷、揚雄善鳴❸。柳宗元稱太史公「峻潔」❸、賈生「明儒術」，「董仲舒、司馬遷、相如之徒作，風雅益盛，敷施天下，自天

是其和也，春秋言是其微也。」

❸　參《文心雕龍·宗經》。

❸　參歐陽修〈答吳充秀才書〉、邵雍〈擊壤集序〉。

❸　參《史通·載文》。

❸　皆見〈揚州功曹蕭穎士文集序〉。

❸　參〈送孟東野序〉。

❸　參〈報袁君陳秀才避師名書〉。

子至公卿大夫士庶人咸通焉。❹」裴度評賈誼、司馬遷、董仲舒、揚雄之文「不詭其詞而詞自麗，不異其理而理自新。❹」皮日休論賈誼《新書》云：「見其經濟之道，真命世王佐之才也，……其心切，其憤深，其詞隱而麗，其藻傷而雅。❹」謂才學、抱負、遭遇成就了文章。又論韓愈云：「蹴揚、墨於不毛之地，蹂釋、老於無人之境，故得孔道巍然而自正。❹」顯然從儒家的立場發言。

皮氏之後，宋朝柳開提倡古文，以孔、孟、揚韓為尚❹，宣傳仁義道德，歐陽修尊韓，謂：「大抵道勝者文不難而自至。❹」周敦頤「文以載道」、朱熹「道者文之根本，文者道之枝葉❹」的觀點對謝肅都發生了影響。朱熹又說：「東坡文字明快，老蘇文雄渾，儘有好處。如歐公、曾南豐、韓昌黎之文，豈可不看？❹」

大致而言，謝肅文論取韓愈「非三代兩漢之書不敢觀」之說，兼宗韓、歐、蘇、曾和理學五子，富於教化的色彩。

謝肅謂詩三百、楚辭至漢魏五言可尊，略近於朱熹「蓋自書

---

❹　參〈西漢文類序〉。

❹　參〈寄李翔書〉。

❹　參〈悼貫序〉。

❹　參〈請韓文公配饗太學書〉。

❹　參〈昌黎集後序〉。

❹　參〈答吳充秀才書〉《朱子語類卷一三九·與汪尚書》。

❹　參《朱子語類卷一三九·與汪尚書》。

❹　參《朱子語類卷一三九·與汪尚書》。

傳所記，虞、夏以來，下及魏、晉，自爲一等」❹之說，不同的是：謝肅斥晉詩涉於玄虛，朱氏以爲晉猶可取。朱氏之前，〈詩大序〉「厚人倫，美教化，移風俗」已強調社會功能。司馬遷讚〈離騷〉「正道直行，竭忠盡智」，「明道德之廣崇」❹，王逸譽屈原「膺忠貞之質，體清潔之性，直若砥矢，言若丹青」❺，奠定愛國詩人無可搖撼的地位。

沈約《宋詩·逸隱傳》謂陶潛「恥復屈身異代，自高祖王業漸隆，不復肯仕。」蕭統贊云：「貞志不休，安道苦節。❺」朱熹論陶詩平淡「出於自然」❺元好問云：「一語天然萬古新，豪華落盡見真純。❺」都從忠貞和自然立論。諸葛亮「鞠躬盡瘁」的精神，也令人興「讀出師表而不流淚者，其人必不忠」之感。

伍、謝肅詩文論的影響與評價

明代文壇流派眾多，勢同水火，如臺閣體、茶陵派、前後七子、唐宋派、明末諸家雖觀點各異，但對「原道、徵聖、宗經」的原則卻一致接受。

---

❹　參〈答鞏仲至〉。

❹　參《史記·屈原賈生列傳》。

❺　參〈楚章句序〉。

❺　參〈陶淵明集序〉。

❺　參《朱子語類》卷一四〇。

❺　參《論詩》絕句三十首之四。

個別而言，方孝孺論文，首重乎道，謂文與人類，批評治民者「以法律爲極功，而不知仁義禮樂爲當行。❺❹」而欲自漢至宋，「取文之關乎道德政教者爲書，謂之文統，……爲六經之羽翼，作仁義之氣。❺❺」多少取之於謝肅。王慎中主張「盡取古聖賢經傳及有宋諸大儒之書，閉門掃几，伏而讀之。❺❻」茅坤欲本之六籍，以求聖人之道❺❼，正見其一脈相傳。謝肅論古詩而不言近體，是徐禎卿的先聲。❺❽

總的來說，明初越派的批評家皆持廣義與實用的文學觀，在原道、徵聖、宗經的原則下，論點各有所偏，亦各有其至，劉基雖主諷諭，但兼取佛、道。宋濂強調「先經後史」、「養氣」。蘇伯衡倡「天工說」。方孝孺雖有濃厚的政教道德色彩，但還注意到「詞之美惡，人之好惡繫焉。❺❾」又謂文之法有體裁、章程，「本乎理，行乎意，而導乎氣。❻⓪」實較謝肅爲週延通達。

謝肅推崇揚雄，宋濂、方孝孺則否。「詩文與世推移，作者則不囿於氣運」、「時不同而辭亦異之說」，正視時代的重要性，反對擬古，肯定獨創，是高出前後七子的地方。所言皆爲原則性的揭示

---

❺❹　《遜志齋集》（明正德庚辰刊本），卷十一，〈與趙伯欽〉二首之二。

❺❺　同註❺❺，卷十二，〈答王秀才〉。

❺❻　參《遵巖集卷十五・再上顧未齋書》。

❺❼　參《茅鹿門文集卷六・謝陳五嶽文刻書》。

❺❽　參《迪功集・附談藝錄》（明嘉靖七年刊本）。

❺❾　同註❺❺，卷十一，〈與樓希仁〉。

❻⓪　同註❺❺，卷十，〈答王仲縉〉四首之三。

與討論，缺少創作技巧的提述，是屬於政治家、理學家的文論，這種「倫理的批評」遠不如同一時代葉子奇「文章學問是智德上事」❻❶的看法，文學觀念的混淆較諸後來的公安派也落伍得多。

---

❻❶　《草木子》（日本寬文九年刻本），卷四、〈談藪四條〉其一。

講評意見

陳文華

淡江大學中國文學系

　　誠如本文所言，謝肅在批評史上是被忽略的一位人物，在現今文學批評史的眾多著作中，幾乎看不到任何對他的評價、介紹，本文試圖彌補這一個空白，其企圖心當然值得肯定。但遺憾的是：本文的論述似乎過於簡略，這不但具體反映在篇幅狹小（全文僅八頁 5694 字），引用資料太單薄（所引謝肅著作，只有〈雲林方先生吳遊稿序〉、〈雲林方先生和陶集序〉、〈桂彥良和陶詩序〉、〈選詩補注序〉四篇而已），更重要的是：本文的論述方式，乃是機械地把材料作平面的鋪排，先擬定一些預設的綱目，如：文學理論、實際批評、淵源、影響與評價等，然後把上述材料套入這些框架之中。而這些綱目是否真實反映了謝肅實際的文論內涵？其與其他批評家有什麼異同？能否充份呈現謝肅與自己時代的互動面貌？在本文中，都無法看到滿意的解釋。

　　並不是說作者全然沒有注意到上述的這些問題，而是這些問題作者都是以非常簡略的方式一語帶過。譬如在前言部份，本文也提到謝肅與明初的其他文論家如宋濂、劉基、蘇伯衡、方孝孺的異同，認為謝肅的儒家色彩更為純粹，但短短的四行文字，如何能把

這個大題目說得清楚？雖然在論文的結尾，作者又提到了這一觀點，卻依然是前文的重複，並無更深一層的分析。顯然地，作者並不是真的關心這一論題，當然也未努力去解決這個問題，所以就囫圇帶過，卻留給讀者懸而未決的疑惑。同樣的情況，也出現在其對謝肅詩文論「淵源」的敘述上，在這個部份，作者把自孔子以下的各種文論，一一徵引，歸附為謝肅每一個文學觀點的源頭，問題是每一點幾乎都只有一句話。

這樣的論述方式，是只見結論，而不見分析。讀者看到的是威權性質的宣判，卻未必能饜心飽目。這在古代詩話等性質的著作中，也許是習見的現象，而放在現今的學術環境中，卻未必恰當了。至少個人讀起來，就非常不習慣。

這種論述過於簡略的現象，其根本的關鍵，可能是本文過於缺少「問題意識」所造成。「問題意識」是推動論文發展的基本動力，從發現問題到解決問題的過程中，我們可以由此產生處理的脈絡，並使其形成有機的結構。同時，因為每一個論題的內涵並不相同，故其處理的架構也必然不相重複。以謝肅為例，我們似乎更應該把問題的重心放在明初的時代，去處理在那個背景下，謝肅何以有這樣的「倫理的批評」內容。就這一點而言，元代的文論是不可忽視的焦點。基本上，明初的文論，實際上是元代的延續，而元代即是彌漫著明道、徵聖、宗經三位一體主張的時代，如郝經、劉將孫等人，都採取廣義的角度來解釋文學，都力主文道合一，要探索謝肅文論的淵源，從這一點切入，比起上溯周秦孔孟，應該來得更為貼切。尤其是：宋人如朱熹等道學家，都有作文害道的主張，而劉將孫的文道合一說，則是在宋人將文與道割裂以後，又將義理融

入於文章之中的觀念。換言之，程朱等人的文學觀點是有異於元人的，也是與謝肅異調的，本文把宋代道學家的文論都視爲謝肅的淵源，應該不是事實，至少其中的部份觀點是有差別的。

要上溯程朱，或者先秦兩漢，也未嘗不可。但不是像這樣把所有的說法平列的敘述，是要看出其中傳承嬗變的軌跡，而這就牽涉到另外一個本文沒有處理的議題的解決了。本文的標題是「倫理的批評」，而何謂「倫理的批評」？我們看不到論文中有任何的詮釋；其源流何在？謝肅與先秦以下的倫理批評又有什麼異同？也看不到任何的交待。何以如此，便是沒有把這個當作一個問題去處理。因爲缺乏問題意識，便看不到問題，當然也就沒有去解決問題。其他如謝肅雖爲「越派」的一員，而立論何以與同派諸子有異？甚至謝肅何以在批評史上缺席？是批評史家的疏忽，還是因爲其理論無多大價值？這些都是一個個可以處理，而且必須處理的論題，但本文都沒有付出應有的關心。本文值得斟酌之處，絕大部份根源於此。把材料僅作平面的鋪敘，套入刻板的框架之中，缺乏縱深與有機的結構，是無法真實呈現論題的面目的。

「亂曰」、「歸去來」與詩文的開端結尾
——由先秦文學到唐詩宋詞

黎活仁

香港大學中文系

關鍵詞

開端、結尾、熱奈特（Gérard Gennette）的重複（frequency）

摘　要

本文嘗試討論由先秦到李白杜甫詩的開端結尾，集中於「亂曰」到「歸去來」的發展過程，，並引用熱奈特的重複以說明其特徵。

壹、問題的提出

屈原（前 343？—前 277？）賦常以「亂曰」為結尾，到陶潛

（365—427）〈歸去來辭〉可以算是個轉折點，末段「已矣乎」的用語，上承〈離騷〉「亂曰，已矣哉」的遺風❶，「已矣乎」❷與開端的「歸去來」對應，錢鍾書（1910—1998）《管錐篇》有這樣話：

> 結處「已矣乎」一節，即「亂」也，與發端「歸去來」一節首尾呼應。（〈全晉文卷一一一❸〉

但「歸去來」在中國文學不只用於開端，也常見於結尾。本文是研究「中國文學開端結尾模式」計畫的章節，藉此探究騷賦在文學史的發展過程。

---

❶ 井上一之（INOUE Kazuyuki）：〈陶淵明「歸去來分辭」の「已矣乎」をめぐって──六朝辭賦に見える《亂辭》の展開──〉（陶淵明「歸去來分辭」的「已矣乎」：關於六朝辭賦的《亂辭》），《中國詩文論叢》十三集，1994 年 10 月，頁 50-66。另參井上一之〈亂の機能について──六朝の辭賦を中心に──〉，（〈六朝賦的亂〉），《中國詩文論叢》十九集，2000 年 12 月，頁 1-20。本篇論文其實是依井上氏論文以敘述學觀點作一文學史的整理，合該致意。

❷ 據井上氏論文，六朝賦以「已矣哉」作結（相當於「亂辭」）的，有以下的作品：鮑照（412 ？—466）〈遊思賦〉、梁簡文帝（蕭綱，503—551，549—551 在位）〈悔賦〉、梁元帝（蕭繹，508—555，551—554 在位）〈蕩婦秋思賦〉、蕭子暉（生卒不詳，蕭子雲[487—549]弟）〈冬草賦〉、江淹（444—505）〈恨賦〉、〈戲書為短賦〉和吳均（469—520）〈碎珠賦〉等。（井上一之，頁 59-60）

❸ 井上一之，頁 65。錢鍾書：《錢鍾書集·管錐篇（四）》（北京：三聯書店，2001），頁 22。

〈離騷〉（亂曰＋已矣哉「結尾」）→〈歸去來辭〉「已矣乎」
〈歸去來辭〉（以「歸去來」開端）→唐詩用於開端結尾

貳、亂曰：敘述者與「在場」／「不在場」他者的對話

在我執筆寫作這篇文章之時，後現代主義的一些概念，在中文學界已相當廣為人所接受。德里達（Jacques Derrida，1930— ）的一些基本論述，影響至為深遠。

一、對話與書寫

在場的「對話」與「不在場」的文字書寫孰重？在中國而言，大概可以用曹丕（187—226）的〈典論論文〉作為分界線，只用口講，不加以記錄，是一種學術態度，但曹丕很重視用文字著述：他認為年壽和榮華、快樂，都及身而已，只有「成一家言」的書卷，才是永恒不朽的。曹丕的識力不簡單，西方思潮發展至盧騷（Jean-Jacques Rousseau，1712—1778），仍然低貶書寫的：

> 蓋文章經國之大業，不朽之盛事，年壽有時而盡，榮樂止乎其身，二者必至之常期，未若文章之無窮。是以古之作者，寄身于翰墨，見意于篇籍，不假良史之辭，不託飛馳之勢，而聲名自傳于後。故西伯幽而演《易》，周旦顯而制《禮》，不以隱約而弗務，不以康樂而加思。夫然，則古人

　　　　賤尺璧而重寸陰，懼乎時之過已，而人多不強力。貧賤則
　　　　懾于飢寒，富貴則流于逸樂，遂營目前之務，而遺千載之
　　　　功。日月逝于上，體貌衰于下，忽然與萬物遷化，斯志士
　　　　之大痛也。融等已逝，唯幹著論成一家言❹。

在《論文字學》（*Of Grammatology*）一書❺，德里達自盧騷的自傳
找到「危險的補充」（dangerous supplement）的說法，盧騷否定
「書寫」，認爲「書寫」是「語音」的補充，手淫是性的補充，補
充是必要的、危險的，盧騷不擅詞令，不得不靠書寫，書寫給他帶
來聲名，也招致妒忌，但他本人又同意自古希臘以來的「語音」
「書寫」優劣論，認爲「書寫」是低層次的，因此既愛且恨❻。也
就是說：自古希臘到盧騷爲止，重視「對話」，輕視書寫。

二、話語的對話特點

　　談到「對話」，目前自然不能不提及巴赫金（Mikhail
Bakhtin，1895—1975）其人，在蘇俄解體之後，中國大陸出有中

---

❹　　曹丕：〈典論論文〉，香港中文大學中國文化研究所：《華夏文庫》；
　　　www.chant.org/scripts/main.asp，查詢日期：2002 年 3 月 8 日。

❺　　Jacques Derrida：Of Grammatology，trans. Gayatri Chakravorty Spivak（1942—　）
　　　（Baltimore：Johns Hopkins UP，1976），p.141-164。

❻　　楊大春（1965—　）：《德里達》（臺北：生智，1995），頁 144。

譯本《巴赫金全集》（1998 **❼**），影響極大，巴赫金認爲：（1）話語（話語指一句話或一段言辭）本來就有對話性**❽**；（2）所表述的話語總是被爭論過、評議過、或爲他人言說所啓發，於是捲進他人的評論、評價、褒貶的緊張對話之中，同意一些人，就等於排斥另外一些人**❾**，以〈離騷〉爲例，讀者對當時楚國歷史和實際情況所知十分有限，卻捲進敘述者的政治路線，同情他受排擠的的境況，眾所周知，屈原爲讒言的中傷，鬱鬱不得志。我們同意屈原是無辜的，表示不免介入「他人的評論、評價、褒貶的緊張對話之中」。（3）小說是各種社會話語的組合，是多聲部**❿**，複述別人的話，就變得有雙重指向，變成「雙聲語」，有「兩種意識，兩種觀點」，由於「贊同、或反駁、或補充」**⓫**，而成就對話性。這些對話可分爲 3 大類，（a）複述別人的話而保留其原來指向的，叫做仿格體（stylization），（b）複述別人的話而賦予跟原意相反的指向，則稱爲仿諷（parody），（c）是旁敲側擊、話裡帶刺的「暗辯體」

---

❼　巴赫金《巴赫金全集》（白春仁、曉河等譯，石家莊：河北教育出版社，1998）。

❽　巴赫金：〈長篇小說的話話〉（"Discourse in the Novel"，白春仁、曉河等譯），《巴赫金全集》，卷三，頁 54。此文英譯收進 The Dialogic Imagination：Four Essays. ed. Michael Holquist，trans. Caryl Emerson and Michael Holquist （Austin：U of Texas P，1981）一書。

❾　巴赫金：〈長篇小說的話話〉，頁 55。

❿　董小英：《再登巴比倫塔：巴赫金與對話理論》（北京：三聯書店，1994），頁 23。

⓫　巴赫金：《陀思妥耶夫斯基詩學問題》（Problem of Dostoevsky's Poetics，白春仁、顧亞玲譯，北京：三聯書店，1988），頁 287；董小英，頁 28。

（hidden polemic）⑫。

　　以上可以用「設論」之體來解釋，先秦以來騷賦喜用一問一答的方式推衍，甚至散文也是如此⑬，可舉〈太史公自序〉以爲談助，〈太史公自序〉以「設論」的體裁寫成⑭，真實作者與文本之

---

⑫　巴赫金：《陀思妥耶夫斯基詩學問題》，頁 260，266，270；董小英，頁 29。

⑬　谷口洋（TANIGUCHI Hiroshi，1965- ）：〈《客難》をめぐって〉（〈關於《客難》〉），《中國文學報》四十三冊，1991 年 4 月，頁 1-51；谷口洋：〈揚雄の《解嘲》をめぐって——「設論」の文學ジャンルとして成熟と變質——〉（〈關於揚雄的《解嘲》兼談「設論」的成熟與變質〉，《中國文學報》四十五冊，1992 年 10 月，頁 32-75。谷口洋：〈後漢における「設論」の變質と解體〉（〈「設論」於後漢的變質與解體〉），《中國文學報》四十九冊，1994 年 10 月，頁 28-57。佐竹保子（SATAKE Yasuko，1954— ）：〈「設論」ジャンルの展開と衰褪——漢代から東晉までの人生觀管見〉（〈「設論」的展開與衰褪——由漢代到東晉的人生觀評議〉），《中國的人生觀・世界觀》．內藤幹治[NAITŌ Motoharu，1928—]編，東京：東方書店，1994），頁 241-257。佐竹保子：〈西晉の出處論——皇甫謐に續く夏侯湛と束皙の「設論」——〉（〈西晉的出處論——繼皇甫謐後夏侯湛與束皙的「設論」——〉），《日本中國學會報》，四十七集，1995 年 10 月，頁 48-62；佐竹保子：〈「廣義の駢文」から「狹義の駢文」へ——「設論」の場合〉（〈「廣義的駢文」到狹義的駢文——有關「設論」的研究〉），《中國關係論說資料》卷三十九（第二分冊・文學語學。第二冊增刊），1999 年 1 月，頁 68-73；原刊《鳴門教育大學研究紀要》卷十二，1997 年 3 月。

⑭　司馬遷：〈太史公自序〉，《史記》（北京：中華書局，1964），卷一三〇，頁 3285-3322。

中的敘述者，是自我與「他者」（the other）的關係，「他者」的概念是據黑格爾（Friedrich Hegel，1770—1831）和薩特（Jean Paul Sartre，1905—1980）的定義，是指主體不很熟悉的對立面或否定的因素，因爲有了「他者」的存在，主體才得以確立❺。「設論」之爲體，是作爲敘述者的「他者 A」，又出現分身，變成「他者 B」（即太史公），與「他者 C」（即壺遂）在文本之中爭辯，藉此以建構「他者 A」，在與乃父對談之時，「他者 D」稱爲「遷」。此外，作者還有一個屬於「不在場」、依德里達言說可稱爲「縱跡」（trace）的「他者」❻，見於「有子曰遷」之句──眾所周知，〈太史公自序〉之中，有乃父司馬氏家族史和司馬遷自敘傳，前著到司馬遷誕生（「有子曰遷」❼）就結束。太史公形成四、五個「他者」的多種聲音，表達方式詭異，別具匠心。

中里見敬（NAKAZATOMI Satoshi，1964— ）《中國小說物語論的研究》（1996）有一個「設論」作品表，不妨參考❽。

---

❺ 博埃默（Elleke Boehmer）：《殖民與後殖民文學》（Colonial and Postcolonial Literature，香港：牛津大學出版社，1998），頁 22。或參張淑麗：〈書寫「不可能」：西蘇的另類書寫〉，《中外文學》二十七卷十期，1999 年 3 月，頁 11；方生：《後結構主義文論》（濟南：山東教育出版社，1999），頁 20。

❻ 方生，頁 215。

❼ 司馬遷，頁 3293。

❽ 中里見敬：《中國小說物語論的研究》（日本：汲古書院，1996），表一擄頁 101-103 整理。

三、話語的對話特點：「微型對話」與「大型對話」

　　另外，巴赫金認為：（4）又有「微型對話」和「大型對話」，當社會意識進入自我意識，又不能與之融合，內心矛盾發展至分裂或對立的人格，就形成「大型對話」**⓳**；例如在《罪與罰》（*Crime and Punishment*）之中，「超人」意識進入拉斯柯爾尼科夫（Raskolinikov）的思想之後，一發不可收拾，拉斯柯爾尼科夫殺了放高利貸的老太婆，為民除害，另一方面因殺人違反了他的善良本性，使他十分迷惘，對自己的行既肯定又否定**⓴**。

　　〈離騷〉的內容最為人所熟知的是表達了忠君愛國的精神，因為政治路線不同是受讒，作者忍無可忍，結果以「大型對話」表達了忠君，又不同認同楚王的態度。

　　據德里達的高見，「文字」只一種蹤跡、痕跡的東西，是「不在場」的，透過「文字蹤跡」探求「在場」的意義，因此也可說是「在場」的「不在場」**㉑**，或者是兩者的中介。〈離騷〉結尾出現的「亂曰」，是敘述者以「他者」發聲的對話**㉒**，敘述接受者似是

⓳　董小英，頁31-32。

⓴　董小英，31。

㉑　方生，頁208。

㉒　這個問題請教過香港中文大學中文系的黃耀堃（1953─ ）教授，黃教授寫過幾篇研究「亂曰」的論文，黃教授並不同意我的看法，不過在後現代，讀者如何閱讀，完全可以自主，況且「亂曰」一直沒有定論。黃耀堃：〈兩漢辭賦亂辭考〉，《新亞學術集刊》十三期，1994 年（月份缺），頁 287-305。〈論《楚辭》與《萬葉集》的反歌──兼論

「在場」又「不在場」的神，諺說「舉頭三尺有神明」，神應該就在我們身邊，聽到我們聲音的，如果相信世上有神的話，故祝禱是「在場」的對話，但神實際並不現身，或可能根本上沒有神，如是有著「不在場」的特點。把文字寫成「對話」，的確有強調「在場」的企圖心。

藤野岩友（FUJINO Iwatomo，1898—1984）《巫系文學論》一書認為問答文學起源於占卜，古代萬事莫不求神問卜，〈天問〉有連問到底的方式，〈離騷〉的女嬃、靈氛、巫咸的占詞，不是問答，可視為省略之詞，〈招魂〉的帝（天帝）與巫陽，就有一來一往的答問❷❸。

〈離騷〉中與女嬃、靈氛等的對話之外，又另立「亂曰」來結尾，在敘述學而言，「亂曰」是作者和敘述者的「他者」，對屈原作品「亂曰」作一評估之前，不如先看看內容：

《抽思》的「亂辭」和「反離騷」的性質〉，《輔仁國文學報》十七期，2001 年 11 月，頁 55-76；〈亂辭卒章說考辨〉，《漢學研究之回顧與前瞻》（林徐典編，北京：中華書局，1995），上冊，頁 103-111；〈日本雅樂的「亂聲」與中國清商樂「亂聲」考異〉，《中國文化研究所學報》十五卷，1984 年（月份缺），頁 169-182；〈說「亂」〉，《中國語文研究》六期，1984 年 5 月，頁 43-46。

❷❸ 〈問答文學——占卜系文學〉（〈楚辭於「嘆老」的表現及其流變〉），《巫系文學論（增補）》（東京：大學書房，1969），頁 117-119。小南一郎（KOMINAMI Ichirō，1942— ）從「聖」與「俗」的方角研究，相關論文也常常為學者引用：〈楚辭の時間意識——九歌から離騷へ——〉（〈楚辭的時間意識：從九歌到離騷〉），《東方學報》（京都）五十八號，1986 年 3 月，頁 121-207。

作者	篇　　名	亂　　　　　辭	內容重點
屈原	〈離騷〉	亂曰：已矣哉，國無人莫我知兮，又何懷乎故都？既莫足與為美政兮，吾將從彭咸之所居❷❹。	1.懷才不遇； 2.懷鄉； 3.擬投水自盡。
	〈九章・涉江〉	亂曰：鸞鳥鳳皇，日以遠兮。燕雀烏鵲，巢堂壇兮。露申辛夷，死林薄兮。腥臊並御，芳不得薄兮。陰陽易位，時不當兮。懷信侘傺，忽乎吾將行兮❷❺！	1.楚王為群小包圍； 2.忠信之士見貶； 3.懷才不遇； 4.自我放逐。
	〈九章・哀郢〉	亂曰：曼余目以流觀兮，冀壹反之何時。鳥飛反故鄉兮，狐死必首丘。信非吾罪而棄逐兮，何日夜而忘之❷❻！	1.懷鄉； 2.己以忠信獲罪。
	〈九章・抽思〉	亂曰：長瀨湍流，泝江潭兮。狂顧南行，聊以娛心兮。軫石崴嵬，蹇吾願兮。超回志度，行隱進兮。低個夷猶，宿北姑兮。煩冤瞀容，實沛徂兮。愁歎苦神，靈遙思兮。路遠處幽，又無行媒兮。道思作頌，聊以自救兮。憂心不遂，斯言誰告兮❷❼。	1.自我放逐； 2.己行正直忠信； 3.心情煩悶； 4.道途偏僻。

---

❷❹　洪興祖（1090—1155）：《楚辭補注》（北京：中華書局，1986），頁47。

❷❺　洪興祖，頁132。

❷❻　洪興祖，頁136。

❷❼　洪興祖，頁140-141。

| | 〈九章・懷沙〉 | 亂曰:浩浩沅、湘,分流汨兮。脩路幽蔽,道遠忽兮。曾吟恆悲,永歎慨兮。世既莫吾知,人心不可謂兮。懷質抱情,獨無正兮。伯樂既沒,驥焉程兮?萬民之生,各有所錯兮。定心廣志,余何畏懼兮?曾傷爰哀,永歎喟兮。世溷濁莫吾知,人心不可謂兮。知死不可讓,願勿愛兮。明告君子,吾將以為類兮[28]。 | 1.孤身上路;
1.安於忠信,亦後何懼;
2.懷才不遇;
3.可以仗節死義。 |

以忠信見貶、自我放逐、仗節死義等,都是「大型對話」,大家熟知的屈賦的特徵。

參、關於以「歸去來」為開端的佛曲

「歸去來」這一詞,在現代漢語不常用,其本義已非一般人所能理解[29],對道教研究貢獻極大的吉岡義豐(YOSHIOKA,

---

[28]　洪興祖,頁 146。

[29]　參周策縱(1916—):〈說「來」與「歸去來」〉,《王力先生紀念論文集》(香港中國語文學會編,香港:三聯書店,1987),頁 51-87。此文對「去來」的用法作了長篇考訂,但沒有提及佛曲。

Yoshitoyo，1916—1979）曾寫過和〈關於歸去來一辭〉❸和〈歸去來一辭與佛教〉❹兩篇論文，對「歸去來」一辭與佛教、佛曲關係作了深入考證，吉岡氏有《吉岡義豐著作集》行世，參考稱便，以上兩篇文章的資料，據作者自注，部分資料爲吉川幸次郎（YOSHIGAWA Kōjirō，1904—1980）和小川環樹（OGAWA Tamaki，1910—1993）兩位著名學者所提供，依日本的學術倫理，「歸去來」源自佛典、佛曲的學說，應得到很廣泛的支持，不過中國人至今並未充份考慮吉岡氏的觀點。

一、作為佛曲發端的「歸去來」

吉岡氏據小川氏的提示，在日本聖武天皇（SHŌMU Tennō，701—756，724—749 在位）的《宸翰雜集》找到發端有「歸去來」的佛曲兩首❹，之後，寫作〈歸去來一辭與佛教〉之時，細檢《宸翰雜集》，發現卷末有釋僧亮（生卒不詳，宋文帝劉義隆，407—453，424—453 在位時人）〈歸去來〉詩兩首：

---

❸　吉岡義豐：〈歸去來の辭について〉（〈關於歸去來一辭〉），《吉岡義豐著作集》（東京：五月書房，1989），卷二，頁 156-175。

❹　吉岡義豐：〈歸去來の辭と佛教〉（〈歸去來一辭與佛教〉），《吉岡義豐著作集》卷二，頁 176-187。井上一之，頁 64。

❹　合田時江（GŌDA Tokie，1954—　）：《聖武天皇《雜集》漢字索引》（大阪：清文堂，1993），頁 66-67。吉岡義豐：〈關於歸去來一辭〉，頁 172。

歸去來，厭娑婆，眾生弊貪瞋厚，世界丘陵荊棘多，八苦熾然然火宅，五濁漂浪浪癡河，六趣有身如轉輻，三界無明罣網羅，釋迦大仙今已度，彌勒慈父未來過，從闇入暗無時曉，誰能久住詐親窠，歸去來，舉世併耶魔。

歸去來，忻淨土，流轉婆娑無數劫，誰能久住懷羈旅，諸佛世界恒清淨，菩薩莊嚴至客與，地樹花池俱寶成，風響琴聲論法語，歸命大聖彌陀佛，決欲往生安樂所，三福淨業已思修，九輩逢迎怖接敘，歸去來，安心聊自許[33]。

另有〈隱去來〉詩三首。僧亮生卒不詳，約與陶淵明同時，梁、慧皎（497—554）《高僧傳》卷十三有傳，傳中提及所造丈六金剛銅像欠焰光未完成，宋文帝（劉義隆，407—453，424—453 在位）修補後放在彭城寺[34]。

　　法照（生卒不詳，約於 760—780 在世）收於《大正新修大藏經》的《淨土五會念佛誦經觀行儀》、〈出家樂讚〉〈六根讚〉、〈歸西方讚〉和〈極樂莊嚴選〉，都是以「歸去來」作為發端的佛曲[35]，吉岡氏列舉的例非常豐富，以下引〈出家樂讚〉（依出家功德經通一切處誦）為例以說明，其餘在網上也可瀏覽：

　　　　歸去來。寶門開。正見彌陀昇寶座。菩薩散花稱善哉（稱

---

[33]　吉岡義豐：〈歸去來一辭與佛教〉，頁 178。

[34]　《高僧傳》（北京：中華書局，1991），頁 231-232。

[35]　吉岡義豐：〈關於歸去來一辭〉，頁 26。

善哉）。寶林看。百花香。水鳥樹林念五會。哀婉慈聲讚法
王（讚法王）。共命鳥對鴛鴦。鸚鵡頻伽說妙法。恒歎眾生
住苦方（住苦方）。

歸去來。離娑婆。常在如來聽妙法。指授西方是釋迦是釋
迦。

歸去來。見彌陀。今世西方現說法。拔脫眾生出愛河出愛
河。

歸去來。上金臺。勢至觀音來引路。百法明門應自開應自
開。（〈出家樂讚〉㊱）

初唐（618─907）的善導大師（613─618）〈觀經正宗分定善
義〉卷三（《觀無量壽佛經疏卷第三》）有〈歸去來讚〉，也是以
「歸去來」為發端：

歸去來。魔鄉不可停。曠劫來流轉。六道盡皆經。到處無
餘樂。唯聞愁歎聲。畢此生平後。入彼涅槃城㊲。

㊱　《淨土五會念佛誦經觀行儀卷中・下》，《大正新修大藏經》冊 37，頁 1753，更新日
　　期：2001 年 7 月 1 日，中華電子佛典協會　（Chinese Buddhist Electronic Text Association
　　簡稱 CBETA）：《中華電子佛典協會線上藏閣》，檢索日期：2002 年 3 月 8 月，<
　　www.bya.org.hk/ html/ T85/ 2827_002. htm>；釜谷武志（KAMATANI Takeshi，1953-
　　）：〈《歸去來辭》〉の「辭」について〉，《中國文學報》六十一冊，2000 年 10
　　月，頁9-11，同意吉岡氏觀點，認為佛曲對〈歸去來辭〉有一定的關係。
㊲　〈觀經正宗分定善義〉卷第三，《觀無量壽佛經疏》卷第三，《大正新修大藏經》冊三

二、「歸去來」的來義

陶潛〈歸去來辭〉的序提及是因爲程氏妹去世（405），要回去奔喪，動了辭官之念[38]。

依吉岡氏的訓釋，「歸去來」是佛教常用的語彙，歸命去來，歸依去來等，與歸命如來同義，單一「歸」字使用的情況亦多，是梵文「南無」的譯語，譬如南無佛、南無法與歸依佛、歸依法、歸佛、歸法是相同的；去來，則與佛教「不去不來」同義，與如來亦屬同義，如來與如去是一樣的，如來如去合用亦可，大乘佛教強調「空」的思想，空是佛教的真理，去來＝如來＝如去＝不去不來＝空＝佛，在佛教而言，只是語言表達上的分別，實則都是同義的[39]。

肆、〈歸去來辭〉的敘事問題

用熱奈特（Gérard Genette，1930— ）的《敘事話語》（*Narrative Discourse*）有關「頻率」的理論加以解釋[40]，頻率有

十七，頁 1753，更新日期：2001 年 7 月 1 日，中華電子佛典協會：《中華電子佛典協會線上藏閣》，檢索日期：2002 年 3 月 8 日，<www.bya.org.hk/html/indexs /T37/T37n1753.htm>。

[38] 吉岡義豐：〈關於歸去來一辭〉，頁 34-35。

[39] 吉岡義豐：〈關於歸去來一辭〉，頁 25-26。

[40] 熱奈特：《敘事話語·新敘話語》（Narrative Discourse，Narrative Discourse Revisited，

四種類型**❹**：

一、講述一次發生過一次的事

陶潛〈歸去來辭〉的序提及是因為程氏妹去世（405），要回去奔喪，而動了辭官之念〈歸去來〉，周策縱從〈祭程氏妹文〉上的日期（晉義熙 3 年[407]五月甲辰，即陽曆 6 月 26 日）的推論，程氏妹卒於 405 年 12 月 12 日，陶潛在彭澤三四天（推測）後收到消息，當天辭官，弔喪之後回家，大概走了十來天**❹**。

從得程氏妹的訃告開始，一直是回到家裡，得到家人（僮僕、稚子）歡迎，都是「講述一次發生過一次的事」；

二、講述 n 次發生過 n 次的事

〈歸去來辭〉好像沒有。

三、講述 n 次發生過一次的事

〈歸去來辭〉好像沒有。

王文融譯，北京：中國社會科學出版社，1990）。

❹ Gérard Genette：Narrative Discourse An Essay in Method，trans. Jane E. Lewin（Ithaca，New York：Cornell UP，1983），pp. 114-116；中譯見熱奈特，頁 73-75。

❹ 參周策縱，頁 51-87。

四、講述一次（或用一次講述）發生過 n 次的事

〈歸去來辭〉之中「講述一次發生過一次的事」和「講述一次（或用一次講述）發生過 n 次的事」似乎並不清楚，不如表列：

1	倚南窗以寄傲，審容膝之易安。	可以是每天如此
2	園日涉以成趣，門雖設而常關。	可以是每天如此
3	策扶老以流憩，時矯首而遐觀。	可以是每天如此／或經常如此
4	悅親戚之情話，樂琴書以消憂。	可以是每天如此／或經常如此
5	農人告余以春及，將有事於西疇。	陶淵明構思下筆時作幾乎每天發生一次
6	或命巾車，或棹孤舟。既窈窕以尋壑，亦崎嶇而經丘。	可以是每天如此／或經常如此
7	木欣欣以向榮，泉涓涓而始流。善萬物之得時，感吾生之行休。	春夏的景色，每天發生一次
8	懷良辰以孤往，或植杖而耘耔。登東皋以舒嘯，臨清流而賦詩。	可以是每天如此／或經常如此

上表所蒐集的事例，如果理解為陶淵明回家後，憶及由辭官到動筆寫作之間的賞心樂事，那麼，可納入「講述一次發生過一次的事」一項；

但有些事情，可能是每日都會做的，也慣常如此，或偶然的事；如閒倚窗前、到後園走動等，每天或會如此；跟老人們散散步，一邊觀賞自然美景，則可能是每天，或隔一段時間；「或命巾車，或棹孤舟。」等郊遊之樂，也不可能每天發生，「懷良辰以孤往」，所謂「良辰」，也不是每天，顯明是間中會如此的。以上每日

都會做的，也慣常如此的，或偶然會做的，可能不只是「講述一次發生過一次的事」，也可能是入於「講述一次（或用一次講述）發生過 n 次的事」。

而且，這是屬於「內歷時性」的，據熱奈特舉的例：像失眠之夜，由一個延續好幾年的系列構成的反複單位，只按其本身從晚到早的連續性來講述，絲毫用不著「外」時距❸。閒倚窗前、到後園走動等，每天或會如此；跟老人們散散步，是經常重複的生活節奏一部分。

場景的轉移，也造成不同類型的重複。從「倚南窗以寄傲」一句，場景由南窗、後園、走訪親戚、坐車或坐船郊遊。讀者可以想象，陶淵明當時是坐在窗前，然後想起隱居後的種種情況，換言之，「後園散步、走訪親戚、坐車或坐船郊遊」的場景，都插進去的，這種情況，熱奈特叫做推廣重複（generalizing iterations）或外重複（external iterations）❹。

到「後園散步、走訪親戚、坐車或坐船郊遊、跟老農談話」等，是不同的事，都以列舉的方式進行，如同生活的畫卷，畫卷是一種延展式的中國美學，錢鍾書認為「匹似展觀〈長江萬里圖〉、〈富春山居圖〉」一角度去想象❺，由後園到山上的孤松、天際的白雲、地上的泉水溪流，都可包括在畫卷之中，場景的轉變，在畫卷之中仍屬同一場景，因此視為單一場景亦可。「後園散步、走訪

---

❸　Genette，p. 140；中譯見熱奈特，頁93。

❹　Genette，p. 118；中譯見熱奈特，頁77。

❺　錢鍾書，頁22。

親戚、坐車或坐船郊遊、跟老農談話」等重複在單一場景出現的列舉事項，熱奈特稱爲「內重複」或「綜合重複」（internal or synthesizing iteration）**❻**。「外重複」和「內重複」可以同時出現，在〈歸去來辭〉而言，要看讀者如何理解。

「後園散步、走訪親戚、坐車或坐船郊遊、跟老農談話」等重複在單一場景出現的列舉事項，可以理解爲陶淵明歸隱之後，已做過一次的事，或者已做過多次的事，或者慣常地做的事，又或者——這比較重要——不過是純粹出於一種歸穩生活內容的想象，即列舉出穩居後有什麼令人覺得愉快的事情，並未實行；又或者是，都已做過，今後仍將重複同樣的行爲。「單數場景除時間的使用外好像隨意不作任何更改地轉換爲反複場景，顯然是一條文學慣例（literary convention），是敘述上的破格（narrative license）。**❼**」

「農人告余以春及，將有事於西疇。」這句話的「將」是未來式，可以作如下的理解：（1）這一事在〈歸去來辭〉寫作時已發生，「有事於西疇」亦已做了，（2）這一事在〈歸去來辭〉寫作時已發生，「有事於西疇」則未進行；（3）這一事在〈歸去來辭〉只是列舉出來的歸田樂的現象，根本從未發生；現代學者認爲這些紀錄，不是眞有其事，而是想像**❽**，依熱奈特說，是「這些場景尤其

---

❻ Genette，p. 119；中譯見熱奈特，頁78。

❼ Genette，p. 121；中譯見熱奈特，頁79。

❽ 周振甫（1911-2000）：〈關於《歸去來辭》的幾個問題〉，《周振甫卷》（合肥：安徽教育出版社，1998），頁93；錢鍾書，頁20。

因爲用未完成過去時（英譯 occur or reoccur）撰寫而呈現出反複性⑲」，是一種所「破格」。

五、〈歸去來辭〉的頻率問題：表列之一

　　這四種形態的頻率，又可用種種術語加以規範引伸，如是〈歸去來辭〉的藝術技巧會更爲清楚，請閱讀表格右邊部分的分析：

〈歸去來辭〉的頻率問題		
熱奈特的用語	熱奈特的定義	〈歸去來辭〉
限定 （determination）	假設序列是：1890 年夏季的星期日。	序的部分大概回憶公曆 405 年 12 月 16 日起回溯 80 日（陶潛當官的日數），到 406 年 1 月 30 日，即罷官、弔喪，至回到家裡的期限⑳。
說明 （specification）	承上述「限定」：1890 年夏季的星期日，是由十二個單位組成，被	內容沒交代

---

⑲　Genette，p. 121；中譯見熱奈特，頁 79。

⑳　周策縱從〈祭程氏妹文〉上的日期（晉義熙 3 年[407]五月甲辰，即陽曆 6 月 26 日）的推論，程氏妹辛於 405 年 12 月 12 日，陶潛在彭澤三四天（推測）後收到消息，當天辭官，回家路上，推測走了十來天。

	界限（1890 年 6 月底至 9 月底）確定，其組成單位的重現節奏是每隔七天。	
延伸度 （extension）	每個組成單位和被組成的綜合單位的歷時性幅度，例如夏季一個星期天的敘事涉及的綜合時距可以是 24 小時，也完全可以縮減爲（「孔布雷」的情況）10 小時：從日出到日落❺。	大概是白天，因爲晚上不便於郊遊
內歷時性 （internal diachrony）	像失眠之夜，由一個延續好幾年的系列構成的反複單位，只按其本身從晚到早的連續性來講述，絲毫用不著「外」時距❺，	「木欣欣以向榮，泉涓涓而始流。善萬物之得時，感吾生之行休。」指看到大自然欣欣向榮，就感到很快樂，持續如是講述一次（或用一次講述）發生過 n 次的事
外歷時性 （external diachrony）	這些變化不被看成可以互換，而被看成不可逆轉：死亡，絕交，主人公的成熟和衰老：新的興趣，新的相識（指人物），決定性	妹喪、辭官、息交絕遊、新的興趣（跟農民談天、多探訪遊親戚、郊遊）、決定性的

---

❺　Genette，p. 127；中譯見熱奈特，頁 84。

❺　Genette，p. 140；中譯見熱奈特，頁 93。

	經驗（性欲的發現），使精神受創傷的場面（「第一次認輸」）❺	經驗（樂天安命）
破格 （narrative license）	這些場景尤其因為用未完成過去時（英譯 occur or reoccur）撰寫而呈現出反複性❻； 單數場景除時間的使用外好像隨意不作任何更改地轉換為反複場景，顯然是一條文學慣例（literary convention），是敘述上的破格（narrative license）❺	1.例如第 3、4 段寫郊遊之樂，跟農民談話，「用未完成過去時撰寫而呈現出反複性」 2.如中國畫卷延展的郊野亦屬「單一場景」
推廣重複 （generalizing iterations） 或外重複 （external iterations）	在單數場景插入題話❻	發端的單一場景是在家內，忽然聯想及室外的風景，以至郊遊的情況，應注意，郊遊亦可能屬於想象，未有實行

六、〈歸去來辭〉的頻率問題：表列之二

---

❺ Genette，p. 141；中譯見熱奈特，頁 94。

❻ Genette，p. 121；中譯見熱奈特，頁 79。

❺ Genette，p. 121；中譯見熱奈特，頁 79。

❻ Genette，p. 118；中譯見熱奈特，頁 77。

如果以上述熱奈特的概念，把〈歸去來辭〉[57]作一整理，可以得出這樣的印象，請閱讀右邊部分的分析：

段	陶潛〈歸去來辭〉	重複類型
1.序	余家貧，耕植不足以自給。幼稚盈室，缾無儲粟，生生所資，未見其術。親故多勸余為長吏，脫然有懷，求之靡途。會有四方之事，諸侯以惠愛為德，家叔以余貧苦，遂見用于小邑。于時風波未靜，心憚遠役，彭澤去家百里，公田之利，足以為酒，故便求之。及少日，眷然有歸歟之情。何則？質性自然，非矯勵所得。飢凍雖切，違己交病。嘗從人事，皆口腹自役。於是悵然慷慨，深愧平生之志。猶望一稔，當斂裳宵逝。尋程氏妹喪于武昌，情在駿奔，自免去職。仲秋至冬，在官八十餘日。因事順心，命篇曰《歸去來兮》。乙巳歲十一月也。	講述一次發生過一次的事
2.	歸去來兮，田園將蕪胡不歸？既自以心為形役，奚惆悵而獨悲！	1.講述一次發生過一次的事
	悟已往之不諫，知來者之可追；實迷途其未遠，覺今是而昨非。舟遙遙以輕颺，風飄飄而吹衣。問征夫以前路，恨晨光之熹微。	2.公曆405年12月16日起回溯80日，到406年1月30日，即罷官至回到家裡的期限。

---

[57] 陶潛：〈歸去來辭〉，香港中文大學中國文化研究所：《華夏文庫》；<www.chant.org/scripts/main.asp>，查詢日期：2002 年 3 月 8 日。

3.	乃瞻衡宇，載欣載奔。僮僕歡迎，稚子候門。三逕就荒，松菊猶存。攜幼入室，有酒盈 。引壺觴以自酌，眄庭柯以怡顏。	1.講述一次發生過一次的事
	倚南窗以寄傲，審容膝之易安。園日涉以成趣，門雖設而常關。	2.講述一次（或用一次講述）發生過n次的事，以敘述在家悠閒的生活
	策扶老以流憩，時矯首而遐觀。雲無心以出岫，鳥倦飛而知還。景翳翳以將入，撫孤松而盤桓。	3.插入題外話（推廣重複）
4.	歸去來兮，請息交以絕游。世與我而相違，復駕言兮焉求？悅親戚之情話，樂琴書以消憂。農人告余以春及，將有事於西疇。或命巾車，或棹孤舟。既窈窕以尋壑，亦崎嶇而經丘。木欣欣以向榮，泉涓涓而始流。善萬物之得時，感吾生之行休。	外歷時性重複：[妹喪]（見序）、辭官、息交絕遊、新的興趣（跟農民談天、多探訪親戚、郊遊）、決定性的經驗（樂天安命）
5	已矣乎，寓形宇內復幾時，曷不委心任去留？胡為乎遑遑兮欲何之？富貴非吾願，帝鄉不可期。懷良辰以孤往，或植杖而耘耔。登東皋以舒嘯，臨清流而賦詩。聊乘化以歸盡，樂夫天命復奚疑。	第3、4、5段寫郊遊之樂，跟農民談話，「用未完成過去時撰寫而呈現出反複性」郊遊可能是想象，是未完成式。

七、小結

〈歸去來辭〉的序很簡單，「講述一次發生過一次的事」。
第 2 段開始比較複雜，在坐在窗前回憶往事（由出仕、妹

喪、歸家），到室內的單一場景，到窗外的景色，插入的題外話，例如郊遊，郊遊所見的田野景象，可能是回憶，或可能是規劃中的計劃，尚未實現。依佛曲的「歸去來」用例，吉岡氏❺❽認為以下的引文，應有更深層意義，就是獲得涅槃：

> 悟已往之不諫，知來者之可追；寔迷途其未遠，覺今是而昨非。……歸去來……寓形宇內復幾時，曷不委心任去留？……聊乘化以歸盡，樂夫天命復奚疑。（參上表）

歸去來／已矣乎的開端結尾，雖然在形式上對屈賦「亂曰」有所承繼，但思想和內涵實有很大的不同：

作為開端結尾的比較研究		
同異	屈賦「亂曰」	歸去來／已矣乎
對話對象	神	神（佛）
心情	煩悶	解放
命運	不接受命運安排	樂天安命
政治	政治立場鮮明	逃避政治
敘述頻率	複述過去	展望涅槃的寧靜

伍、「歸去來」見於開端結尾形態：唐詩的例子

---

❺❽ 吉岡義豐：〈關於歸去來一辭〉），頁35。

《全唐詩》於「歸去來」見於開端結尾的形態，以「寒泉」[59]檢索，可見有如佛曲用於開端，也有用於結尾。《全唐詩》分三次檢索，一——三○二卷，共二十九筆；三○三——六○○，十筆；六○○——九○○，十四筆：間有重複。

一、開端

如佛曲用於發端只得張熾[生卒年不詳，大概是貞元[785—804]、元和[806—820]時人]〈歸去來引〉一例，似仍存佛曲的影響：

> 歸去來，歸期不可違。相見旋明月，浮雲共我歸。（張熾：〈歸去來引〉[60]）

下引李白的另一例，則見於首句：

> 淵明歸去來，不與世相逐。為無怀中物，遂偶本州牧。因招白衣人，笑酌黃花菊。我來不得意，虛過重陽時。題輿何俊發，遂結城南期。築土按響山，俯臨宛水湄。胡人叫玉笛，越女彈霜絲。自作英王冑，斯樂不可窺。赤鯉湧琴

---

[59] 陳郁夫：《全唐詩》，故宮「寒泉」古典文獻全文檢索資料庫更新日期；1999 年 8 月 20 日，<210.69.170.100/S25/>，查詢日期：2002 年 3 月 8 日。

[60] 彭定求（1645—1719）等編：《全唐詩》（北京：中華書局，1979），卷二十五，冊二，頁335。

高，白龜道馮夷。靈仙如彷彿，奠醊遙相知。古來登高
人，今復幾人在。滄洲違宿諾，明日猶可待。連山似驚
波，合沓出溟海。揚袂揮四座，酩酊安所知。齊歌送清
揚，起舞亂參差。賓隨落葉散，帽逐秋風吹。別後登此
臺，願言長相思。（李白[701-762]:〈九日登山〉**❻❶**）

二、結尾

至於作為收束的例，則比較多共有十一例，其中白居易〈自
誨〉以重複「樂天樂天」為中心句，增強節奏，形式比較創新：

> 昭王白骨縈蔓草，誰人更掃黃金臺。行路難，歸去來。（李
> 白:〈雜曲歌辭〉**❻❷**）
>
> ……。入陣破驕虜，威名雄震雷。一射百馬倒，再射萬夫
> 開。匈奴不敢敵，相呼歸去來。功成報天子，可以畫麟
> 臺。（顏真卿[709—784]:〈贈裴將軍〉**❻❸**）
>
> ……月暈天風霧不開，海鯨東蹙百川迴。驚波一起三山
> 動，公無渡河歸去來。（李白〈橫江詞〉**❻❹**）
>
> ……歸（一作悲）來向家問妻子，舉家盡笑今如此。生事

---

❻❶ 彭定求，卷一七九，冊五，頁 1831。

❻❷ 彭定求，卷一六二，冊五，頁 1684。

❻❸ 彭定求，卷一五二，冊五，頁 1583。

❻❹ 彭定求，卷一六六，冊五，頁 1720。

應須南畝田，世情付與東流水。夢想舊山安在哉，為銜君命且遲迴。乃知梅福徒為爾，轉憶陶潛歸去來。（高適[700—765]：〈封丘作❻❺〉）

挂帆早發劉郎浦，疾風颯颯昏亭午。舟中無日不沙塵，岸上空村盡豺虎。十日北風風未回，客行歲晚晚相催。白頭厭伴漁人宿，黃帽青鞋歸去來。（杜甫[712—770]：〈發劉郎浦（浦在石首縣，昭烈納吳女處。）❻❻〉）

單于北望拂雲堆，殺馬登壇祭幾迴。漢家天子今神武，不肯和親歸去來。（王之渙[688—742]：〈涼州詞〉❻❼）

樂天樂天，來與汝言。汝宜拳拳，終身行焉。物有萬類，錮人如鎖。事有萬感，爇人如火。萬類遞來，鎖汝形骸。使汝未老，形枯如柴。萬感遞至，火汝心懷。使汝未死，心化為灰。樂天樂天，可不大哀。汝胡不懲往而念來，人生百歲七十稀。設使與汝七十期，汝今年已四十四。卻後二十六年能幾時，汝不思二十五六年來事。疾速倏忽如一寐，往日來日皆瞥然。胡為自苦於其間，樂天樂天。可不大哀，而今而後。汝宜飢而食，渴而飲。晝而興，夜而寢。無浪喜，無妄憂。病則臥，死則休。此中是汝家，此中是汝鄉。汝何舍此而去，自取其遑遑。遑遑兮欲安往

---

❻❺　彭定求，卷二一三，冊六，頁2220。

❻❻　彭定求，卷二二三，冊七，頁2373。

❻❼　彭定求，卷二五三，冊八，頁2849-2850。

哉,樂天樂天歸去來。(白居易[772—846]:〈自誨〉**❻❽**)

舟觸長松岸勢回,潺湲一夜繞亭臺。若教靖節先生見,不肯更吟歸去來。(趙嘏[806?—852]:〈贈桐鄉丞〉**❻❾**)

柳莫搖搖花莫開,此心因病亦成灰。人生只有家園樂,及取春農去來。(薛能[817?—880]〈春題〉**❼⓿**)

……聖代也知無棄物,侯門未必用非才。一船明月一竿竹,家住五湖歸去來。(羅隱[833—909]:〈曲江春感(一題作歸五湖)〉**❼❶**)

……酬名利兮狂歌醉舞,酬富貴兮麻襪莎鞋。甲子問時休記,看桑田變作黃埃。青山白雲好居住,勸君歸去來兮歸去來。(呂巖,即呂洞賓,傳說中八仙之一,生卒不詳,呂讓[793—855之子]:〈勉牛生夏侯生〉**❼❷**)

比較值得一談的是白居易的〈自誨〉。白居易研究在當代中國不算很多,定位不高,錢鍾書《談藝錄》說:「唐之少陵(杜甫)、昌黎(韓愈,768—824)、香山(白居易)、東野(孟郊,751—814),實唐人之開宋調者。**❼❸**」如果據日本學者近年的研究,白居易對後

---

❻❽　彭定求,卷四六一,冊十四,頁5247。

❻❾　彭定求,卷五五○,冊十七,頁6366。

❼⓿　彭定求,卷五六一,冊十七,頁6511。

❼❶　彭定求,卷六五五,冊十九,頁7531。

❼❷　彭定求,卷八五九,冊二十四,頁9709。

❼❸　錢鍾書:《談藝錄》,《錢鍾書集》,頁3。

世和國外的影響，不在杜甫之下❼❹。

　　鈴木修次（SUZUKI Shūji，1923— ）.〈唐代擬魏晉六朝詩風氣〉一文認爲模擬六朝的習慣，始於中唐皇甫冉（717？—770？）、戴叔倫（732—789）、皎然（720—800？）和權德輿（761—818）、經過李紳（772—806）、白居易和劉禹錫（772—842）等的開拓，晚唐更爲流行，除了個別詩人的仿作❼❺（如韋應物（735？—792？）有〈效何水部〉、〈效陶彭澤〉）❼❻，另外，還有模仿「玉臺體」、「齊梁體」等類型的作品❼❼。

　　松浦友久（MATSUURA Tomohisa，1935— ）的著作在九十年以後不斷有譯，《中國詩歌原理》❼❽流傳廣遠，是少數爲中國學者的熟知的日本漢學家，松浦氏有一篇研究陶淵明對白居易影響的

---

❼❹　太田次男（ŌTA Tsugio，1919— ）等編：《白居易研究講座》（東京：勉誠社，1993—1998），全六卷，是一項劃時代的貢獻，但要知道如何定位，必須博覽日本學者唐詩相關論文，不能只看專門研究白居易的著作。

❼❺　鈴木修次.〈唐代における擬魏晉六朝詩の風潮〉（〈唐代擬魏晉六朝詩風氣〉），《日本中國學會報》三十七集，1985 年 10 月，頁 134-148。

❼❻　鈴木敏雄（SUZUKI Toshio）：〈韋應物の雜擬詩——模倣の樣式とその意味——〉（〈韋應物雜擬詩的模方樣式及其意義〉），《日本中國學會報》四十二集，1990 年 10 月，頁 125-140。

❼❼　鈴木修次：〈唐代擬魏晉六朝詩風氣〉，頁 134。

❼❽　松浦友久：《中國詩歌原理》（孫昌武[1937—]、鄭天剛[1953—]譯，瀋陽：遼寧教育出版社，1990）。松浦氏著作可謂集大成。

論文❼，不妨摘要以爲談助：白居易詩提及陶淵明的有六十五首，數量非常多❽，本來詩歌以意象取勝，但陶詩卻多說理，一如玄言詩，白居易也有這一特點❾，

> 悟已往之不諫，知來者之可追；寔迷途其未遠，覺今是而昨非。→說理
>
> 舟遙遙以輕颺，風飄飄而吹衣。→敍景
>
> 雲無心以出岫，鳥倦飛而知還。景翳翳以將入，撫孤松而盤桓。→敍景
>
> 木欣欣以向榮，泉涓涓而始流。→敍景
>
> 曷不委心任去留？胡為乎遑遑兮欲何之？富貴非吾願，帝鄉不可期。→說理
>
> 登東皋以舒嘯，臨清流而賦詩。→敍景
>
> 聊乘化以歸盡，樂夫天命復奚疑。→說理

---

❼ 松浦友久：〈白居易における陶淵明——詩的說理性の繼承を中心に——〉（上），《中國詩文學論叢》五集，1986 年 6 月，頁 1-24；（下），《中國詩文學論叢》五集，1987 年 6 月，頁 116-139。

❽ 松浦友久：〈白居易における陶淵明——詩的說理性の繼承を中心に——〉（上），頁 2，21-22。

❾ 松浦友久：〈白居易における陶淵明——詩的說理性の繼承を中心に——〉（上），頁 19-20；〈白居易における陶淵明——詩的說理性の繼承を中心に——〉（下），頁 133。

以上據松浦氏舉的例重新依照文本先後排列，並作相關標示，說理與寫景間出，並不妨礙成為名作，仁案：白居易〈自誨〉以「歸去來」為發端，內容卻全是說理，松浦氏又認為詩人如果有一種特別的激情，則說理可以打破寫詩的戒律，於是舉幾首病為主題的詩加以分析[82]。

　　仁案：研究白居易「詠病詩」的論文有好幾篇[83]，白居易七十五歲時去世，得享高壽，可是三十多歲就開始發病，一生寫了「詠病詩」七十六首[84]，據丹羽博之（NIWA Hiroyuki）聯同幾位醫師的分析，大概是患上糖尿病[85]，〈自誨〉一詩寫作時自報年四十四，發病已有十多年，情況已相當嚴重[86]，以說理的方式表達與頑疾糾纏下的生死觀，與佛曲「歸去來」不無關係。

---

[82] 松浦友久：〈白居易における陶淵明──詩的說理性の繼承を中心に──〉（下），頁133-135。

[83] 埋田重夫（UMEDA Shigeo）：〈白居易詠病詩の考察──詩人と題材を結ぶもの──〉（〈論白居易的詠病詩──兼談詩人和題材〉），《中國詩文論叢》六集，1987年6月，頁98-115；丹羽博之（NIWA Hiroyuki）：〈白樂天の病狀〉（〈白樂天的病狀〉），《中國關係論說資料》三十四號，第二分冊上，1993年12月，頁31-40；鎌田出（KANEDA Izuru）：〈唐詩人の疾病觀──白居易を中心として──〉（〈唐詩人的疾病觀：以白居易為中心〉），《中國關係論說資料》三十四號，第二分冊下，1993年12月，頁59-63。

[84] 田重夫，頁100。

[85] 羽博之，頁32-33。

[86] 田重夫，頁102。

　　據川合康三（KAWAI Kōzō，1948—　）《中國的自傳文學》一書所示，中唐文士的詩常表現出「自我意識」[87]，在詩中談論自己的處境身世，有自傳體的傾向，陶淵明有〈自祭文〉，白居易也有〈醉吟先生墓志銘〉，十分相似[88]，丸山茂（MARUYAMA Shigeru）則認為白詩有很多篇幅談論自己的感受，當作是個人日記和回憶錄，頗見杜甫的影響，下啓宋詩閒話家常的特色[89]。

三、類似「亂曰」的表達形式

　　駱賓王（635？—684）〈帝京篇〉末端有「已矣哉，歸去來」之句，則明顯用了「亂曰」的結尾方式寫詩：

> 山河千里國，城闕九重門。不睹皇居壯，安知天子尊。皇居帝里崤函谷，鶉野龍山侯甸服。五緯連影集星躔，八水分流橫地軸。秦塞重關一百二，漢家離宮三十六。桂殿嶔岑對玉樓，椒房窈窕連金屋。三條九陌麗城隈，萬戶千門平旦開。複道斜通鳷鵲觀，交衢直指鳳皇臺。劍履南宮

---

[87]　川合康三：《中國の自傳文學》（《中國的自傳文學》，東京：創文社，1996），頁221-224。

[88]　黎活仁：〈悲秋文學的開端和結尾：由《離騷》到李白杜甫詩歌〉，《漢學研究集刊》第一期，2001年12月，頁52。

[89]　丸山茂（MARUYAMA Shigeru），〈回顧錄としての《白氏文集》〉〈作為回顧錄的《白氏文集》〉，《日本中國學會報》四十七集，1995年10月，頁101。

入，簪纓北闕來。聲名冠寰宇，文物象昭回。鉤陳肅蘭
扈，璧沼浮槐市。銅羽應風回，金莖承露起。校文天祿
閣，習戰昆明水。朱邸抗平臺，黃扉通戚里。平臺戚里帶
崇墉，炊金饌玉待鳴鐘。小堂綺帳三千戶，大道青樓十二
重。寶蓋雕鞍金絡馬，蘭窗繡柱玉盤龍。繡柱璇題粉壁
映，鏘金鳴玉王侯盛。王侯貴人多近臣，朝遊北里暮南
鄰。陸賈分金將讌喜，陳遵投轄正留賓。趙李經過密，蕭
朱交結親。丹鳳朱城白日暮，青牛紺幰紅塵度。俠客珠彈
垂楊道，倡婦銀鉤采桑路。倡家桃李自芳菲，京華遊俠盛
輕肥。延年女弟雙鳳入，羅敷使君千騎歸。同心結縷帶，
連理織成衣。春朝桂尊尊百味，秋夜蘭燈燈九微。翠幌珠
簾不獨映，清歌寶瑟自相依。且論三萬六千是，寧知四十
九年非。古來榮利若浮雲，人生倚伏信難分。始見田竇相
移奪，俄聞衛霍有功勳。未厭金陵氣，先開石槨文。朱門
無復張公子，灞亭誰畏李將軍。相顧百齡皆有待，居然萬
化咸應改。桂枝芳氣已銷亡，柏梁高宴今何在。春去春來
苦自馳，爭名爭利徒爾為。久留郎署終難遇，空掃相門誰
見知。當時一旦擅豪華，自言千載長驕奢。倏忽摶風生羽
翼，須臾失浪委泥沙。黃雀徒巢桂，青門遂種瓜。黃金銷
鑠素絲變，一貴一賤交情見。紅顏宿昔白頭新，脫粟布衣
輕故人。故人有湮淪，新知無意氣。灰死韓安國，羅傷翟
廷尉。

已矣哉，歸去來。馬卿辭蜀多文藻，揚雄仕漢乏良媒。三

冬自矜誠足用，十年不調幾遭回。汲黯薪逾積，孫弘閣未開。誰惜長沙傅，獨負洛陽才。（駱賓王〈帝京篇〉❾⓿）

陸、「歸去來」見於開端結尾形態：宋詞的例子

據羅鳳珠開發網頁《唐宋詞》（元智大學：「網絡展書讀」）❾❶蒐尋的結果，「歸去來」見於開端結尾形態，因詞分上下片而有點不一樣：

一、作為上片的開端

雖然唐詩以「歸去來」作發端只得一例，但唐宋詞就非常多：

> 歸去來兮，吾歸何處，舊山閒卻岷峨。雪堂重到，但覺客愁多。來往真成底事，人應笑、我亦狂歌。憑闌久，雲車不至，舉瑤酹東坡。（[節錄上片]，李流謙[1123—1176]：

---

❾⓿　彭定求，卷七十七，冊三，頁834-835。

❾❶　羅鳳珠：《唐宋詞》，元智大學：「網絡展書讀」，更新日期：1999 年 4 月 16 日，<cls.admin.yzu.edu.tw/TST/HOME.HTM>，查詢日期：2002 年 3 月 8 日。

〈滿庭芳〉**⑨²**）

歸去來兮，苕霅深處，上有蒼翠千峰。月橋煙墅，家在五湖東。試覓桃花流水，雞犬靜、人跡纔通。沙汀晚，一天雲錦，飛下水精宮。（[節錄上片]，葛郯[？—1181]：〈滿庭霜又述懷作者〉**⑨³**）

歸去來兮，家林不遠，夢魂飛繞煙峰。洞房花木，只在小池東。誰道雲深無路，小橋外、一徑相通。功名小，從教群蟻，鏖戰大槐宮。（[節錄上片]，葛郯：〈滿庭霜〉**⑨⁴**）

歸去來兮，心空無物，亂山不鬥眉峰。夜禪久坐，窗曉日升東。已絕乘槎妄想，滄溪迥、不與河通。維摩室，從教花雨，飛舞下天空。（[節錄上片]，葛郯：〈滿庭霜又再和〉**⑨⁵**）

歸去來兮，吾歸何處，萬里家在岷峨。百年強半，來日苦無多。坐見黃州再閏，兒童盡、楚語吳歌。山中友，雞豚社酒，相勸老東坡。（[節錄上片]，蘇軾[1037—1101]：〈滿庭芳〉**⑨⁶**）

歸去來兮。行樂休遲。命由天、富貴何時。百年光景，七

---

⑨²　唐圭璋（1901-1990）：《全宋詞》（北京：中華書局，1986），冊三，頁 1486。

⑨³　唐圭璋，冊三，頁 1544。

⑨⁴　唐圭璋，冊三，頁 1544。

⑨⁵　唐圭璋，冊三，頁 1544。

⑨⁶　唐圭璋，冊一，頁 278。

十者稀。奈一番愁，一番病，一番衰。（［節錄上片］，辛棄疾[1140—1207]：〈行香子〉**❾❼**）

歸去來兮，杜宇聲聲，道不如歸。正新煙百五，雨留酒病，落紅一尺，風 花期。睡起綠窗，銷殘香篆，手板楮頤還倒持。無人解，自追遊仙夢，作送春詩。（［節錄上片］，洪咨夔[1176—1235]：〈沁園春〉**❾❽**）

曰歸去來，歸去來兮，吾將安歸。但有東籬菊，有西園桂，有南溪月，有北山薇。蜂則有房，魚還有穴，蟻有樓臺獸有依。吾應有、雲中舊隱，竹裏柴扉。（［節錄上片］，嚴參：〈沁園春〉**❾❾**）

歸去來兮，田園將蕪，云胡不歸。既有詩千首，如斯者少，行年七十，從古來稀。地闕東南，天傾西北，人事何緣有足時。江湖上，轉不如前日，步步危機。（［節錄上片］，宋自遜：〈沁園春〉**❿❿**）

歸去來兮，清溪無底，上有千仞嵯峨。畫樓東畔，天遠夕陽多。老去君恩未報，空回首、彈鋏悲歌。船頭轉，長風萬里，歸馬駐平坡。（［節錄上片］，蘇軾：〈滿庭芳〉**❿❶**）

---

❾❼ 　唐圭璋，冊三，頁1905。

❾❽ 　唐圭璋，冊四，頁2462。

❾❾ 　唐圭璋，冊四，頁2250。

❿❿ 　唐圭璋，冊四，頁2688。

❿❶ 　唐圭璋，冊一，頁325。

歸去來兮，要待足、何時是足。榮對辱、飲河鼴鼠，無過
滿腹。浴月朝霞紅賽錦，排雲晚岫青如玉。更脩筠、與合
抱長松，依梅麓。（［節錄上片］，劉守：〈滿江紅〉[102]）

歸去來。歸去來。攜手舊山歸去來。有人共、月對尊罍。
橫一琴，甚處不逍遙自在。（［節錄上片］，黃庭堅[1045—
1105]：〈撥棹子〉[103]）

歸去來兮，名山何處，夢中廬阜嵯峨。二林深處，幽士往
來多。自畫遠公蓮社，教兒誦、李白長歌。如重到，丹崖
翠戶，瓊草秀金坡。（［節錄上片］，晁補之[1053—1110]：
〈滿庭芳〉[104]）

歸去來。歸去來。昨夜東風吹夢回。家山安在哉。（［節錄上
片］，趙鼎[1085—1147]：〈琴調相思令〉[105]）

二、作為下片的開端

歸去來兮秋已杪。菊花又遶東籬好。有酒一尊開口笑。雖
然老。玉山猶解花前倒。（［節錄下片］，高登[？—1148]：

---

[102] 唐圭璋，冊五，頁3587。

[103] 唐圭璋，冊一，頁398。

[104] 唐圭璋，冊一，頁564。

[105] 唐圭璋，冊二，頁945。

〈漁家傲〉⑩）

休，歸去來兮，北山幸有閒田地。地癖宜瓜菜，引泉鑿成
方沚。這仲子蔬園，三公不換，況東陵自來瓜美。間走馬
溪頭，倚闌垂釣，解衣自濯清泚。釀山泉、時復一中之。
琴橫膝。古淡無絃有音徽。送歸鴻、暮雲千里。蓬萊自古
無路，玄圃何時到，只消曲几蒲團，鎮日閒廬打睡。這乾
坤日月，更遠遊、問他王子。（［節錄下片］，陳韡[1180—
1261]：〈哨遍〉⑩）

歸去來兮。我今忘我兼忘世。親戚無浪語，琴書中有真
味。步翠麓崎嶇，泛溪窈窕，涓涓暗谷流春水。觀草木欣
榮，幽人自感，吾生行且休矣。念寓形宇內復幾時。不自
覺皇皇欲何之。委吾心、去留誰計。神仙知在何處，富貴
非吾志。但知臨水登山嘯詠，自引壺觴自醉。此生天命更
何疑。且乘流、遇坎還止。（［節錄下片］，蘇軾：〈哨遍〉
⑩）

歸兮。歸去來兮。我亦辦征帆非晚歸。正姑蘇臺畔，米廉
酒好，吳松江上，蓴嫩魚肥。我住孤村，相連一水，載月
不妨時過之。長亭路，又何須回首，折柳依依。（［節錄下

---

⑩　唐圭璋，冊二，頁1294。

⑩　唐圭璋，冊四，頁2488。

⑩　唐圭璋，冊一，頁307。

片]，李曾伯[1198─？]：〈沁園春〉**⑩**）

三、作為上片的結尾

歌罷尊空月墜西。百花門外，煙翠霏微。絳紗籠燭照于
飛。歸去來兮。歸去來兮。（[節錄上片]，辛棄疾：〈一翦
梅〉**⑩**）

四、作為全首的結尾下片的結尾

癡兒官事了。獨自憑欄笑。何處有塵埃。扁舟歸去來。（[節
錄下片]，趙善括[生卒不詳，乾道七年（1171）為官]：〈菩
薩蠻〉**⑪**）

儂家貧甚訴長飢。幼稚滿庭闈。正坐瓶無儲粟，漫求為吏
東西。偶然彭澤近鄰圻。公秫滑流匙。葛巾勸我求為酒，
黃菊怨、冷落東籬。五斗折腰，誰能許事，歸去來兮。（[節
錄下片]，楊萬里[1127─1206]：〈歸去來兮引其一〉**⑫**）

一二者舊貽書，新來強健否，問年今幾。謝傅當時，卻因

---

⑩ 唐圭璋，冊四，頁2794。

⑩ 唐圭璋，冊三，頁1972。

⑪ 唐圭璋，冊三，頁1980。

⑫ 唐圭璋，冊三，頁1665。

箇甚，拋了東山起。對局含嚬，聞箏墮淚，圍在愁城裡。
吾評晉士，不如歸去來子。（劉克莊[1187─1269]：〈念奴
嬌〉❽）

眉不開，懷不開，幸有江邊舊釣臺，拂衣歸去來。（[節錄下
片]，劉克莊：〈長相思〉❾）

陶淵明對後世的影響，學者已總結爲文學史的論述❿，承前有關唐
詩的研究，似乎應該輪到宋詩，但限於篇幅，不如換過體裁來加以
考察。宋代模疑陶詩最有名的當推蘇軾，據內山精也
（UCHIYAMA Seiya）的研究，「和陶詩」有一二四首是用「次
韻」的方式寫成的⓰，次韻在中唐形成，以白居易、元稹（779─
831）的《元白唱和集》爲代表，到宋代成爲一種流行的寫詩方
法，次韻是和韻的一種，是依同樣次次序襲用原來詩韻同樣幾個
字，然後另作一首詩⓱，王若虛（1174─1243）《滹南詩話》對此
有嚴厲批評，認爲「次韻實作詩之大病」，「詩道至宋人，已自衰
弊」，「才識如東坡」「集中次韻者幾三之一，雖窮極技巧，傾動一

---

❽　唐圭璋，冊四，頁 2605。

❾　唐圭璋，冊四，頁 2612。

❿　鍾優民（1936─　）：《陶學發展史》（長春：吉林教育出版社，2000）。

⓰　內山精也：〈蘇軾次韻詩考〉，《中國詩文論叢》七集，1988 年 6 月，頁 119。

⓱　內山精也：〈蘇軾の二度の杭州在任期における詩に就いて──蘇軾詩論ノオト（1）
　　──〉，（〈蘇軾二度杭州赴任期間詩作：蘇軾詩論（1）〉《中國詩文論叢》五集，
　　1986 年 6 月，頁 109。

時」，但壞處極多，蘇公如有所不作爲，則成就與古人當相去不遠云云❶❽。

內山精也的統計，蘇軾可編年的詩，有二三八五首，能確認是次韻之作有七八五首，的確是三之一左右❶❾，王若虛的概念，在後現代的文學批評來說，是不正確的，應視爲一種創新，宋人既然喜歡在仿作時保留詩的形式，那麼在詞裡眾多的以「歸去來」爲開端甚至結尾的形式，亦可表現出一個時代的風貌。

內山精也提示這一組〈滿庭芳〉，是蘇軾次韻自作的詞，「歸去來兮，吾歸何處」（〈滿庭芳〉）原作於元豐7年（1084）離黃州（湖北黃岡縣）到汝洲（湖北省臨汝）上任之時寫成，友人力勸東坡不如隱居黃州，約十月後，東坡在常州宜興購得莊園，遂有和篇「歸去來兮」（〈滿庭芳〉）），內容屢述宜興風景美，以及回去終老的願望❷⓿。

---

❶❽　內山精也：〈蘇軾次韻詩考〉，頁 116。張忠綱：《全唐詩大辭典》（北京：語文出版社，2000），頁 479。王若虛：《滹南詩話》，收進《六一詩話、白石詩話、滹南詩話》（霍松林等點校，北京：人民文學出版社，1983），頁 67-68。

❶❾　內山精也：〈蘇軾次韻詞考——詩詞見られる次韻の異同をとして中心——〉（〈蘇軾次韻詞考：詩詞所見次韻的異同〉），《日本中國學會報》四十四集，1992 年 10 月，頁118。

❷⓿　內山精也：〈蘇軾次韻詞考〉，頁123。

柒、結論：從「亂曰」到 「歸去來」的開端結尾

讀了這一堆素材之後，一定會提出一些疑問：（1）究竟以 「歸去來」發端的佛曲和陶淵明〈歸去來辭〉的關係，應該怎樣說 明，因為好像看不出有什麼聯繫，而現代注家都不採錄吉岡說； （2）以「歸去來」發端的仿作，有何文學上的意義；（3）陶淵明 〈歸去來辭〉的仿作，不過是「重寫」，「重寫」又有何意義？

一、影響的焦慮

布魯姆（Harold Bloom，1930— ）在《影響的焦慮》（*An Anxiety of Inflence：A Theroy of Poetry*）一書認為：經典的文本， 對於後起的文學家而言，就像心理學上的俄狄浦斯情結（殺父戀母 情結）之中「殺父」的傾向，換言之，是某種存在敵對的情緒，後 者要抵拒前者的影響和壓力，必對經典文本加以修訂、或者是「誤 讀」（misreading）[⑩]，以便進行另一創作。

〈歸去來辭〉無疑是佛曲的仿作，但一般人看起來卻覺得跟 佛曲毫無關係，那麼陶淵明的修訂可說十分成功。

---

⑩ 〈誤讀〉、（《誤讀的地圖》），《世界詩學大辭典》，（樂黛雲[1931—]等主編，瀋 陽：春風文藝出版社，1993）頁 592-593。

二、互文性

布魯姆又從「解構主義」的角度把「互文性」（intertextuality）觀點加以整合，認爲一切文本都處在互相影響、交叉、重疊、轉換，還有，文本不論在較早或稍晚的年代出現，彼此之間都有著「互文性」，透過相互作用產生一定影響❿。1966年，克莉絲蒂娃（Julia Kristeva，1941—　）在評價巴赫金的一篇論文提出「互文性」的概念，克莉絲蒂娃是從巴赫金關於「對話性」和「多聲部」（本是音樂上的用語）的想法，再加以發揮加成這一理論，認爲任何一個文學文本是，都會依存於較前出現的文本，任何文本就像一幅鑲嵌畫，內容的用語是從其他文本吸收，加以轉變，而且，「互文性」強調的是文化的累積，連作者自己也沒法意識得到❿。

三、重寫

據布魯姆的「殺父」的傾向概念，重寫的文本以跟原來的文本成敵對狀態較爲理想，王若虛不解重寫的功能，至於東坡的原創性，應著眼於與陶詩之不同來分析，這應該是一個大題目，將來有

---

❿　朱立元（1945—　）：《當代西方文藝理論》（上海：華東師範大學出版社，1997）頁316。

❿　〈互文性〉，樂黛雲，頁214。

機再交代⑭。

參考文獻目錄

AI

博埃默（Boehmer，Elleke）:《殖民與後殖民文學》(*Colonial and Postcolonial Literature*，香港：牛津大學出版社，1998。

BA

巴赫金（Bakhtin，Mikhail）《巴赫金全集》，石家莊：河北教育出版社，1998。

——:《陀思妥耶夫斯基詩學問題》(*Problem of Dostoevsky's Poetics*)，白春仁、顧亞玲譯，北京：三聯書店，1988。

CHEN

陳郁夫:《全唐詩》，故宮「寒泉」古典文獻全文檢索資料庫更新日期；1999 年 8 月 20 日，<210.69.170.100/S25/>，查詢日期：2002 年 3 月 8 日。

CHUAN

川合康三（KAWAI，Kōzō）:《中國の自傳文學》(《中國的自傳文學》)，東京 創文社，1996。

DA

《大正新修大藏經》冊三十七，頁 1753，更新日期：2001 年 7 月 1 日，中華電子佛典協會（Chinese Buddhist Electronic Text

---

⑭　內山精也:〈蘇軾次韻詩考〉，頁141。

Association 簡稱 CBETA）：《中華電子佛典協會線上藏閣》，檢索日期：2002 年 3 月 8 月，<www.bya.org.hk/html/ T85/ 2827_002.htm>

DAN

丹羽博之（NIWA Hiroyuki）：〈白樂天病狀〉，《中國關係論說資料》三十四號，第二分冊上，1993 年 12 月，頁 31-40。

DONG

董小英：《再登巴比倫塔：巴赫金與對話理論》，北京：三聯書店，1994。

FANG

方生：《後結構主義文論》，濟南：山東教育出版社，1999。

FU

釜谷武志（KAMATANI，Takeshi）：〈《歸去來辭》〉の「辭」について〉，《中國文學報》六十一冊，2000 年 10 月，頁 1-18。

GU

谷口洋（TANIGUCHI，Hiroshi）：〈《客難》をめぐって〉（〈關於《客難》〉），《中國文學報》四十三冊，1991 年 4 月，頁 1-51。

——：〈揚雄の《解嘲》をめぐって——「設論」の文學ジャンルとして成熟と變質——〉（〈關於揚雄的《解嘲》兼談「設論」的成熟與變質〉），《中國文學報》四十五冊，1992 年 10 月，頁 32-75。

——：〈後漢における「設論」の變質と解體〉（〈「設論」於後漢

的變質與解體〉),《中國文學報》四十九冊,1994 年 10 月,頁 28-57。

HUANG

黃耀堃:〈兩漢辭賦亂辭考〉,《新亞學術集刊》十三期,1994 年月 份原缺,頁 287-305。

——:〈論《楚辭》與《萬葉集》的反歌——兼論《抽思》的「亂 辭」和〈反離騷〉的性質〉,《輔仁國文學報》十七期, 2001 年 11 月,頁 55-76。

——:〈亂辭卒章說考辨〉,《漢學研究之回顧與前瞻》,林徐典編, 北京:中華書局,1995,上冊,頁 103-111。

——:〈日本雅樂的「亂聲」與中國清商樂「亂聲」考異〉,《中國 文化研究所學報》十五卷,1984 年,出版月份不詳,頁 169-182。

——:〈說「亂」〉,《中國語文研究》六期,1984 年 5 月,頁 43- 46。

JI

吉岡義豐(YOSHIOKA,Yohsitoyo):〈歸去來の辭について〉 (〈關於歸去來一辭〉),《吉岡義豐著作集》,東京:五月 書房,1989,卷二,頁 156-175。

——:〈歸去來の辭と佛教〉(〈歸去來一辭與佛教〉),《吉岡義豐 著作集》卷二,頁 176-187。

JIAN

鎌田出(KANEDA,Izuru)〈唐詩人の疾病觀——白居易を中心 として——〉(〈唐詩人的疾病觀:以白居易為中心〉),

《中國關係論說資料》三十四號，第二分冊下，1993 年 12 月，頁 59-63。

JING

井上一之（INOUE，Kazuyuki）：〈陶淵明「歸去來兮辭」の「已矣乎」をめぐって——六朝辭賦に見える《亂辭》の展開——〉（〈陶淵明「歸去來兮辭」的「已矣乎」：關於六朝辭賦的《亂辭》〉），《中國詩文論叢》十三集，1994 年 10 月，頁 50-66。

——：〈亂の機能について——六朝の辭賦を中心に——〉，（〈六朝賦的亂〉），《中國詩文論叢》十九集，2000 年 12 月，頁 1-20。

黎活仁：〈悲秋文學的開端和結尾：由《離騷》到李白杜甫詩歌〉，《漢學研究集刊》第一期，2001 年 12 月，頁 39-78。

——：〈嘆老文學的開端和結尾：李白杜甫詩研究〉，《中國文學與文化研究學刊》，第一期，2002 年 6 月，頁 193-244。

LING

鈴木敏雄（SUZUKI，Toshio）：〈韋應物の雜擬詩——模倣の樣式とその意味——〉（〈韋應物雜擬詩的模方樣式及其意莪〉），《日本中國學會報》四十二集，1990 年 10 月，頁 125-140。

鈴木修次（SUZUKI，Shūji）：〈唐代における擬魏晉六朝詩の風潮〉（〈唐代擬魏晉六朝詩風氣〉），《日本中國學會報》三十七集，1985 年 10 月，頁 134-148。

LUO

羅鳳珠:《唐宋詞》,元智大學:「網絡展書讀」,更新日期:1999
　　年 4 月 16 日 , <cls.admin.yzu.edu.tw/TST/ HOME.
　　HTM>,查詢日期:2002 年 3 月 8 日。

MAI

埋田重夫(UMEDA,Shigeo):〈白居易詠病詩の考察——詩人と
　　題材を結ぶもの——〉(〈論白居易的詠病詩——兼談詩
　　人和題材〉),《中國詩文論叢》六集,1987 年 6 月,頁
　　98-115。

NEI

內山精也(UCHIYAMA,Seiya):〈蘇軾の二度の杭州在任期にお
　　ける詩に就いて——蘇軾詩論ノオト(1)——〉,(〈蘇軾
　　二度杭州赴任期間詩作:蘇軾詩論(1)〉,《中國詩文論
　　叢》五集,1986 年 6 月,頁 108-131。

——:〈蘇軾次韻詩考〉,《中國詩文論叢》七集,1988 年 6 月,頁
　　116-145。

——:〈蘇軾次韻詞考——詩詞見られる次韻の異同をとして中
　　心——〉(〈蘇軾次韻詞考:詩詞所見次韻的異同を〉),
　　《日本中國學會報》四十四集,1992 年 10 月,頁 115-
　　129。

QIAN

錢鍾書:《錢鍾書集・管錐篇(四)》,北京:三聯書店,2001。

——:《錢鍾書集・談藝錄》,北京:三聯書店,2001。

RE

熱奈特(Genette,Gérard):《敘事話語・新敘話語》(*Narrative*

Discourse，*Narrative Discourse Revisited*，王文融譯，北京：中國社會科學出版社，1990。）

RONG

戎椿年：〈《歸去來兮辭》三題〉，《北京師範大學學報》（社科版）1990 年三期，1990 年 5 月，頁 111-112。

TANG

唐圭璋：《全宋詞》，北京：中華書局，1986。

TAO

陶潛：〈歸去來辭〉，香港中文大學中國文化研究所：《華夏文庫》；<www.chant.org/scripts/main.asp>，查詢日期：2002 年 3 月 8 日。

TENG

藤野岩友（FUJINO，Iwatomo）：《巫系文學論（增補）》，東京：大學書房，1969。

WAN

丸山茂（MARUYAMA，Shigeru），〈回顧錄としての《白氏文集》〉〈作為回顧錄的《白氏文集》〉，《日本中國學會報》四十七集，1995 年 10 月，頁 90-105。

YANG

楊大春：《德里達》，臺北：生智，1995。

ZHANG

張淑麗：〈書寫「不可能」：西蘇的另類書寫〉，《中外文學》二十七卷十期，1999 年 3 月，頁 10-29。

ZHONG

中里見敬（NAKAZATOMI，Satoshi）:《中國小說の物語論的研究》，日本：汲古書院，1996。

　　ZHOU

周策縱:〈說「來」與「歸去來」〉,《王力先生紀念論文集》,香港中國語文學會編,香港：三聯書店,1987,頁 51-87。

周振甫:〈關於《歸去來辭》的幾個問題〉,《周振甫卷》,合肥：安徽教育出版社,1998,頁 92-98。

佐竹保子（SATAKE，Yasuko）:〈「設論」ジャンルの展開と衰褪──漢代から東晉までの人生觀管見〉（〈「設論」的展開與衰褪──由漢代到東晉的人生觀評議〉）,《中國的人生觀・世界觀》,内藤幹治（NAITŌ Motoharu）編,東京：東方書店,1994,頁 241-257。

──:〈西晉の出處論──皇甫謐に續く夏侯湛と束皙の「設論」──〉（〈西晉的出處論──繼皇甫謐後夏侯湛與束皙的「設論」──〉）,《日本中國學會報》,四十七集,1995 年 10 月,頁 48-62；

──:〈「廣義の駢文」から「狹義の駢文」へ──「設論」の場合〉（〈「廣義的駢文」到狹義的駢文──有關「設論」的研究〉）,《中國關係論說資料》卷三十九（第二分冊・文學語學。第二冊增刊）,1999 年 1 月,頁 68-73。

Bakhtin，Mikhail. *The Dialogic Imagination：Four Essays*.Ed. Michael Holquist，Trans. Caryl Emerson and Michael Holquist，Austin：U of Texas P，1981.

Derrida，Jacques. *Of Grammatology*. Trans. Gayatri Chakravorty

Spivak，Baltimore：Johns Hopkins UP，1976.

Genette，Gérard. *Narrative Discourse：An Essay in Method.* Trans. Jane E. Lewin，Ithaca，New York：Cornell UP，1983.

講評意見

李瑞騰
中央大學中國文學系

　　謝謝主席，謝謝古典文學研究會有這個機會，讓我重返古典的現場感受一下已經逐漸消失古典的感覺。黎教授剛剛特別提到古典文學研究會過去的討論會砲火猛烈。十幾年前我也經常在現場感受到那種隆隆的砲聲，今天要討論他的作品，我有點猶豫，不知道該用什麼方式，不過也激起了我一點鬥志。他剛剛在談話的過程當中，不斷的強調他資料的權威性，說臺灣的學者這個也沒看，那個也沒看，這個資料沒有用，那個資料也沒有用，有一種權威感在那個地方。我覺得下面的講話如果不把聲調拉高的話就覺得壓不過他。所以，就得罪了。這篇論文，延續了黎教授多年以來寫作的風格，十幾年來我一直不斷的從他的論文寫作裡面去接受一些我所不知道的東西，尤其來自於日本學者的研究的成果，這一點，其實是非常感謝他，實際上，我們臺灣學者真的對日本的漢學界瞭解的非常有限，那麼，黎教授的論文，在東洋、西洋理論的引薦來面對中文文本的論述方式是他一貫所要堅持的，他不斷要講說什麼東西都要有理論。要有理論是他一貫所要強調的，我也不止一次直接聽他說過，不過只是想提一點，我在他實際操作的過程當中。第一個是

因為他要面對中文讀者，所以他經常必須費很多筆墨去介紹他所使用的理論本身，所以導致我讀他的論文讀得非常痛苦，就是那個部分幾乎我都要採取一個視而未見的方式跳過，看了最想要瞭解的是他怎麼樣把這個理論實際上面對那些文學作品。可是，每次我的期待這個時候經常會有一點，不能說完全落空，因為實際上還是在操作過程當中，有一點不是很滿意。就像他剛剛最後講的有一點就是說好像沒有完全展開，他剛剛提到這篇論文的時候我自己有很強烈的感覺，就是說實際上這個論題有價值，他的理論介紹的也非常完整，在面對文本的時候材料非常豐富，不過我覺得他就是沒有展開。那麼這個沒有展開，也許誠如他剛剛所講的他其實是一本書的結構，所以可能是裡面的其中一部份，我非常期待那個部分可以好好的展開。他的論文的本身，我覺得最值得討論的關鍵性的地帶，是從《楚辭》的「亂曰」到陶淵明的「歸去來」，他的最終是到了唐代的詩以及宋人的詞，所以第一個我建議他把題目副題李白、杜甫改成唐宋文人，因為他最後已經到了蘇、辛了，所以就不是李白、杜甫了，這是第一個問題。第二個問題是，他剛剛也提到，也就是論文裡講到的說，陶淵明的「歸去來」，「歸去來」他也說到了佛曲、佛教的影響，可是我在他的論文裡面的這個部分我覺得滿遺憾的是，他舉的兩個例子都是唐代的例子，而且一個是初唐，一個是晚唐的例子。那麼，舉的這兩個例子如何來證明陶淵明的「歸去來」是受到佛曲的影響？我其實可以反過來說是佛曲在翻譯那些東西時受到陶淵明的影響，而且我更可以肯定的是唐宋文人在使用「歸去來」的時候，其實只受陶淵明的影響，而不是受佛曲的影響。我想這之間的關連性，我覺得黎教授可能必須有更多的材料來

舉證。

　　再提到關於陶淵明在寫「歸去來」的時候跟他的妹妹過逝有關的這個部分，裡面有材料來證明這樣一件事實，但是並不能夠證明陶淵明寫作「歸去來」的時候與佛曲有關，在這個地方我想也特別談到一點就是說，《楚辭》裡的「亂曰」跟我們所知道的譬如像《文心雕龍》裡的「贊曰」，像《史記》裡面的「太史公曰」，像《資治通鑑》的「臣光曰」，像柏楊版《資治通鑑》的「柏楊曰」，事實上他是本文結束之後的一個總括，或者韻文或者是散文，像《史記》裡面用論述的總整理把他的想法寄託在裡面，因為前面的部分要合乎事實，不能夠加諸太多主觀的意見，這個東西其實最接近的是什麼？就是今天的新聞報導之後的特稿。但是「歸去來」的意義，我覺得跟這個東西是不太一樣。「歸去來」不管是叫做「歸去」或「歸來」，有人說一個是「歸去」、一個是「歸來」，反正不管是如何？重點就在「歸」這個字，他其實是中國知識份子長久以來在大傳統裡面的一個不遇的那個生命的一種展現，《論語》裡面就出現過了：「歸歟！歸歟！」回去吧！回去吧！為什麼要回去吧？因為到外面漂泊流浪那麼久了以後，找不到一個可以安身立命的地方，他最後只有回去嘛。所以「歸去來」其實應該納入中國知識份子的一個生命情調的抉擇的一個大傳統裡面，去討論「遇」與「不遇」的問題，在這個地方才能得到一個比較好的解釋。我們在唐詩裡面，在宋詞裡面，看到這個「歸去來」其實都是本文裡的一部份，而這個本文的一部份，他就是套語套詞的一種不斷重複的使用，他非常好用，所以大家都在用。我準備也這樣用，所以我今天晚上寫一篇文章叫做「歸去來」。謝謝各位。

收編香港

——中國文學史裏的香港文學

陳國球

香港科技大學人文學部

關鍵詞

中國文學史、香港文學、文學史書寫、收編

摘　要

文章先就各本文學史中的香港文學部分作出梳理，分析當中的作家與作品的取捨，以至這些選樣方式所造成的「經典化」現象；再而探討中國文學史敘述的基本框架，比如詩歌、散文、小說、戲劇等文體分類方式，如何影響香港文學原有體式（如「方塊」專欄、流行文學、「越界」文藝等）在文學史中的呈現。又析述以現實主義爲評價標準、以「愛國」、「進步」、「左傾」爲尙等政治陳規的文學史思想，在香港文學史討論時所經歷的震動與搖擺，讓我們看到以政治眼光看香港文學造成同時「政治化」與「去政治

化」的弔詭現象。本文又會觸及中央與邊緣的政治階梯與「中國文學」、「香港文學」的不準確對應，正統文學觀念與流行文學現象並置所帶來的斷裂與失諧，文學史整體觀的神話與殘缺疏漏的現實互相協商和慰藉等理論問題，為香港文學以至文學史的研究提供「國族主義」以外的思考資助。

壹、「香港文學」在香港

現代文學在香港活動已經有一段不短的歷史。如果依從眾說，以 1928 年創刊的《伴侶》雜誌為標記，則香港新文學的起步只比《新青年》雜誌正式刊載白話文作品的 1918 年晚十年❶。照袁良駿的講法，這個起步時間更可以推前到 1924 年；他指出英華書院在 1924 年 7 月出版的《英華青年》季刊中已有白話小說五篇❷。我們必須明白，當時在英國殖民統治之下，香港的文化發展幾乎無所著力；香港人在種種條件的限制下，只憑簡單的信念去摸索文學的前路。我們翻開侶倫的《向水屋筆語》，從其中幾篇憶舊的文章，例如〈寂寞地來去的人〉、〈島上的一群〉等，就可以看到在新文學運動開展不久，香港作家已經很努力的探索學步，甚至以朝

---

❶ 參考黃康顯〈從文學期刊看香港戰前的文學〉《香港文學的發展與評價》（香港：秋海棠文化企業公司，1996），頁 18-42；黃維樑〈香港文學的發展〉，王賡武主編《香港史新編》（香港：三聯書店，1997），頁 535-536。

❷ 見袁良駿《香港小說史》（深圳：海天出版社，1999），頁 37-41。

聖的心情，主動跑到上海拜會文藝界，希望取經悟道❸。可以說，香港的新文學活動在舉步為艱的情況下開展，起起伏伏的存活於世，也遺下不少形跡和影響。

可是，以「香港文學」作為一個具體的言說概念，為它定義、描畫，以至追源溯流，還是晚近發生的事。從流傳下來的資料中，我們偶然也會見到「香港文學」一詞在六〇年代以前的文學活動出現；例如在香港大學中文系任教的羅香林，就曾在 1952 年 11 月以〈近百年來之香港文學〉為題作演講❹。但這不過是以香港所見的中國文學活動為談論對象，與羅氏後來的另一次題為〈中國文學在香港的發展〉的演講相近❺。當時的視野，主要在於揭示香港這個由英國人統治的彈丸之地，還留得中國文學的一點血脈。另一個以「香港」為單位的文藝考察，可以李文在 1955 年刊行的〈香港自由文藝運動檢討〉為例；文中分別討論東方既白、趙滋蕃、格林、易文、張愛玲、沙千夢、耿榮、黃競之、徐速、徐訏、黃思騁、余非等人的作品；但這篇文章的目的在於以「自由」為口號去

❸ 見侶倫《向水屋筆語》（香港：三聯書店，1985），頁 3-21，29-31，32-34。

❹ 這篇講詞後來經修訂擴充，改題〈中國文學在香港之演進及其影響〉，收入《香港與中西文化之交流》（香港：中國學社，1961），頁 179-221。

❺ 當時同題的講座共有兩講，由「國際筆會香港中國筆會」舉辦，分別由羅香林和王韶生於 1969 年 1 月和 2 月主講。王韶生的演講詞後來改題〈中國詩詞在香港之發展〉，載王韶生《懷冰室文學論集》（香港：志文出版社，1981），頁 333-342。有關活動的記載可參考鄭樹森、黃繼持、盧瑋鑾《香港新文學年表》（香港：天地圖書公司，2000），頁 44，302，303。

宣揚「反共」文藝，對「香港」這個符號，無所究心。當然這篇長達 79 頁的文章，本身的文學史意義也是不容忽視的❻。以上兩種論說，前者意在以血緣傳統的想像來撫慰文化孤兒的心理匱乏，後者則是文藝與政治宣傳結合的一次操作示範；各有其文化政治的意義。

　　然而，上述二說到底沒有七〇年代以還那種追尋本土個性的衝動。香港人爲本土文化定位的行動，當然與七〇年代麥理浩（Sir Crawford Murray MacLehose）統治時期（1971 年 11 月—1982 年 5 月）所滋生的「香港意識」有密切關係❼。《中國學生周報》在 1972 年就曾發起過「香港文學」的討論；1975 年香港大學文社更舉辦了一次「香港四十年文學史」學習班，編就《香港四十年文學史學習班資料彙編》。1980 年中文大學文社又曾主辦「向態文學生活營」，編製包括《香港文學史簡介》、《文學雜誌年表簡編》、《理論、背景及雜誌選材》等資料冊。這些活動所開展的或者只是粗淺的文學史論述，所編製的資料或者充斥疏誤闕遺，但的確

---

❻　見李文《當代中國自由文藝》（香港：亞洲出版社，1955），頁 14-92。

❼　參考鄭樹森〈談四十年來香港文學的生存狀態〉，載張寶琴、邵玉銘、瘂弦主編《四十年來中國文學》（臺北：聯合文學，1994），頁 52-53；蕭鳳霞〈香港再造：文化認同與政治差異〉，《明報月刊》，1996 年 8 月號，頁 20；田邁修、顏淑芬合編《香港六十年代——身份、文化認同與設計》（香港：香港藝術中心，1995），頁 7；以及藤井省三〈小說爲何與如何讓人「記憶」香港——李碧華《胭脂扣》與香港意識〉，載陳國球編《文學香港與李碧華》（臺北：麥田出版公司，2000），頁 91-93。

可以見證當時香港本土年青人的意識中，已有爲「香港文學」作系統理解的想法。

當然，這種追尋「香港文學」的意識，初期只能具體化爲零星的言說；要經歷相當時日的醞釀，才因時乘勢，轉化爲大規模的書寫行動。早在 1975 年，活躍於香港文壇的也斯，曾在香港中文大學的校外課程部開辦「香港文學三十年」的課程❽，從八○年代開始，在香港境內更出現不少「香港文學」的研究活動，大學與各種文化機構多次舉行學術研討會❾；文人學者紛紛撰寫詳略不同的論文，以發聲比較響亮的幾位論者爲例，我們可以順次舉出這十年間好些有關「香港文學」的文章：劉以鬯〈香港的文學活動〉（1981 年 3 月）；黃維樑〈生氣勃勃：一九八二年的香港文學〉（1983 年 1 月）；黃繼持〈從香港文學概況談五六十年代的短篇小說〉（1983 年 3 月）；黃維樑〈香港文學研究〉（1983 年 8 月）；盧瑋鑾〈香港早期新文學發展初探〉（1984 年 1 月）；劉以鬯〈五十代初期的香港文學〉（1985 年 4 月）；黃康顯〈從文學期刊看戰前的香港文學〉（1986 年 1 月）；楊國雄〈關於香港文學史料〉（1986 年 1 月）；劉以鬯〈香港文學的進展概況〉（1986 年 12 月）；黃繼

---

❽　參考也斯《香港文化空間與文學》（香港：青文書屋，1996），頁 218。日後編成《香港短篇小說選》的馮偉才（參見註⓳），也是這個課程的學員之一。有關情況，承梁秉鈞教授指教，謹此致謝。

❾　有關香港期刊專輯、香港舉辦的學術研討會的情況，可以參考盧瑋鑾〈香港文學研究的幾個問題〉，載《香港故事》（香港：牛津出版社，1996），頁129-145。

持〈能否為香港文學修史〉（1987 年 5 月）；盧瑋鑾〈香港文學研究的幾個問題〉（1988 年 10 月）；梁秉鈞〈都市文化與香港文學〉（1989 年 5 月）。❿

在檢討「香港文學」作為言說概念所引發的活動時，我們卻可以見到一個值得再思的一個現象：香港境內的學者，到了 2002 年的今天，還沒有為「香港文學」徵用一個更強而有力的符號：「文學史」。香港境內不能說沒有類似「為香港文學修史」的書寫行動，只是各人所做的都是片段的、個別的游擊；還無力寫成一本以「香港文學史」為名的著作。直到最近，我們才知悉香港藝術發展局有一個「香港文學史」的書寫規劃在籌備中，其書寫的取向和定位尚未明晰❶。另一方面，在香港境外的大陸中原，卻不懈於「文學史」力量的發揮。我們可以看到有兩方面的書寫行動在同時進行：一是撰寫香港文學史；另一是將香港寫入中國文學史。

貳、「香港文學」在中國

在未進一步討論這些文學史書寫之前，我們可以稍稍回顧

---

❿　資料根據黃維樑《香港文學初探》（香港：華漢出版社，1985）；黃繼持《寄生草》（香港：三聯書店，1989）；盧瑋鑾《香港故事》（香港：牛津出版社，1996）；劉以鬯《短梗集》（北京：中國友誼出版公司，1985）；劉以鬯《見蝦集》（瀋陽：遼寧教育出版社，1997）。

❶　報載香港藝術發展局的文學委員會正籌備編寫一本「香港文學史」，未知何時可以落實。見《明報》2001 年 7 月 3 日，第 C 十一版。

「香港文學」作為一個文化的話語概念，如何進入內地的視野。由於地緣的關係，內地學術機構中，能夠充份利用體制的力量來研究香港文學的，主要集中於對外交流較早較密的粵閩地區。活躍於港粵兩地的曾敏之說自己遠在 1978 年，就在廣東作家召開的會議上呼籲「配合開放與改革，文學也應『面向海外，促進交流』」，而寫成第一本香港文學的歷史描述專著的潘亞暾，正是這種呼籲的最早回應者之一❷。曾敏之的說法，明白宣示「香港文學」研究與政治上的「開放政策」的關係。由於「官定」政策的強力推動，內地大學不少原來研究現當代文學的學人，從八十年代開始轉習臺灣和香港文學；例如寫《香港小說史》的袁良駿原是魯迅專家，主編《香港文學史》的劉登翰原本研究中國新詩發展，編有《浮城志異——香港小說新選》的艾曉明早期專研左翼文學和巴金……❸。此外，福建和廣東等地陸續成立「臺港文學研究室」❹，舉辦臺港文學研

---

❷ 潘亞暾之作，是與汪義生合著的《香港文學概觀》（廈門：鷺江出版社，1993），後來再改寫成《香港文學史》（廈門：鷺江出版社，1997）。曾敏之的說法見於他為《香港文學概觀》寫的序文，頁 1。又參閱許翼心〈臺灣香港與海外華文文學研究的回顧與前瞻〉，載上海復旦大學臺港文化研究所編《臺灣香港暨海外華文文學論文集》（福州：海峽文藝出版社，1990），頁 2。

❸ 古遠清有〈內地研究香港文學學者小傳〉，載《當代文藝》，2000 年 4 月號，頁 84-93；可以參考。

❹ 這一類的專門研究機構最早成立於暨南大學中文系（1980 年）。隨後類似機構也在中山大學和廈門大學相繼成立。

討會❶、臺灣香港文學講習班等❶。紛紛攘攘，看來比香港本土的「個體戶」研究方式熱鬧得多。由此建立起來的研究團隊，就是內地「爲香港寫文學史」的力量源頭。

然而，我們卻有興趣知道，大陸地區對香港文學的關顧，是否僅限於沿海對外開放交流的省市；除了官定研究機關的熱心學人外，其他文化中人究竟如何（或者曾否）「接受」、「承納」香港文學。筆者嘗試從內地知識分子中流通極廣的雜誌《讀書》入手，試圖測度「香港文學」聲影的流注過程。這個選樣相信比「專業對口」的《臺港文學選刊》、《四海》等專爲介紹推廣臺灣、香港以至海外華文文學的刊物，更有啓示意味。因爲專業刊物只爲「專家」而設；而《讀書》的面向，則是整個中國的知識界。前者或可細大不捐、精粗並陳；後者則需要注意與受眾的視界互動以至融合。

《讀書》從 1979 年創刊第一期到 1998 年第十二期的二十年間，一共出版了二四〇期，當中與香港相關的文章共有四十篇，專論文學（包括作家作品）的佔三十四篇❶。最早的一篇見於 1981 年第十期，題〈沙漠中的開拓者──讀《香港小說選》〉，是寫過《丹心譜》（1979）、《左鄰右舍》（1980）等劇作的蘇叔陽所撰。這篇文章極有象徵意義。所評論的小說選，由福建人民出版社編輯，

---

❶ 1982 年廣州舉行了第一屆「全國臺港文學學術研討會」，到 1991 年已辦五屆。

❶ 1984 廣東省作家協會、《當代文壇報》和暨南大學中文系在深圳首辦「臺灣香港文學講習班」。

❶ 請參閱「附錄」。

於 1980 年 10 月出版❶，可說是內地出版的最早以「香港」的集體
概念爲名的文學選本之一❶。這個《小說選》目的在於宣示「資本
主義制度下的香港的形形色色的描寫」，其功能就如一面鏡子，「反
映了摩天高樓大廈背後廣大勞動人民的辛酸和痛苦」、「揭露和鞭韃
了香港上層社會那些權貴們的虛僞和醜惡」❷。如果這個選本真是
一面鏡子，香港境內的文學活動參與者大概會見到另一個陌生的鏡
象。檢視《香港小說選》一書，入錄的作家包括：阮朗、舒巷城、
劉以鬯、陶然、李洛霞、吳羊璧、梁秉鈞、楊柳風、張雨、谷旭、

---

❶　同一出版社又在 1980 年 11 月編輯出版《香港散文選》。

❶　在香港境內，最早以總括「香港」爲題的選本，可能是 1973 年吳其敏編的
　　《香港青年作者近作選》（香港：香港青年出版社，1973），但入選的作者以
　　參與左派文學活動者爲主，離全面呈現「香港文學」的要求尚遠。直到
　　1985 年馮偉才等開始編輯《香港短篇小說選——五十年代至六十年代》（香
　　港：集力出版社，1985），以及稍後的《香港短篇小說選一九八四至一九八
　　五》（香港：三聯書店，1988）、《香港短篇小說選一九八六至一九八九》（香
　　港：三聯書店，1994）等，才算有系統的梳理。在此以前另有 1979 年也斯
　　和鄭臻合編的《香港青年作家小說選》和《香港青年作家散文選》，但出版
　　地也是境外，由臺灣的民衆日報出版社出版。鄭臻（鄭樹森）後來又在臺灣
　　的《聯合文學》策畫編輯「香港文學專號」，爲「香港文學」作「狹義」的
　　定位；見鄭樹森〈香港文學專號・前言〉，《聯合文學》，第九十四期（1992
　　年 8 月），頁 16。這又牽涉到「香港文學」如何進入臺灣視野的問題，其中
　　的纏綿糾結，有需要另作深入的探索。

❷　《香港小說選》，〈後記〉。

東瑞、連雲、張君默、劉於斯、夏易、白洛、海辛、彥火、黎文、譚秀牧、夏炎冰、西門楊、蕭銅、瞿明、漫天雪、徐訏、侶倫、凌亦清。當中固然有徐訏、李輝英、梁秉鈞、李洛霞等與香港左翼文藝關係不算深的作家，但所選小說是否他們的代表作卻成疑問；名單的主要代表是香港的左派作家和當時初到敝境的「南來作家」。即管是南來作家群中，也有人不滿這個選本。《讀書》雜誌關於「香港文學」的第二篇文章，就是「南來作家」之一的東瑞（有〈恭喜發財〉一篇入選）所寫〈對《香港小說選》的看法〉（1980年第十二期）。文中並非針對蘇叔陽文章作出回應，而是指出這個選本「缺乏代表性」、未有「尊重作者」、「排編失當」。

　　這個選本也有另一種反映作用：可以映照出當時政策主導下的有限空間。照黃子平所說，《香港小說選》的審視標準只能是恩格斯評巴爾扎克的「典型論」和「現實主義」；而「回到現實主義」本來是當時對「假大空」極左文藝路線的撥亂反正，有其積極的作用；可是對於內地的文學中人，香港的「辛酸和痛苦」、「虛偽和醜惡」，似乎份量不夠，且了無新意[21]。黃子平的感慨，讓我們更清楚看到「現實主義」、「反映論」的「科學」和「客觀」的包裝，如何在「主體」的「期待視野」下拆解。這個選本面世時，黃子平身在北京，正處「新啟蒙」思潮的醞釀期。據他的回憶，這裏所選四十八篇作品「未能給當時的讀者留下應有的印象」[22]。因

---

[21]　黃子平〈「香港文學」在內地〉，《邊緣閱讀》（瀋陽：遼寧教育出版社，2000），頁 271-273。

[22]　同上註。

此，蘇叔陽在文章結尾表明「無力也無心評斷當今香港小說的現狀」，這種「事不關己」的態度，也是可以理解的。

然而蘇叔陽對「香港」和「香港文學」畢竟也作了很有參考價值的「評斷」。他指出：

一、香港是個畸形的社會，光怪陸離的高度資本主義化的城市；文學難逃被商業侵襲的厄運。這說明了一個真理：資本主義於文學的發展是不利的（換句話說：社會主義最能保護「純文學」的生存和發展）。

二、中國的文學，在打倒「四人幫」以後，突飛猛進；創作思想上越來越摒棄那種主題先行，從觀念出發的非文學的指導思想。香港的文學，還沒有追上這股洶湧的洪流（言下之意是：「香港文學」都是一些主題先行的寫作）。

三、香港小說的成績，不要說同世界小說的發展看齊，離中國小說的主流也相去甚遠（其論說邏輯是：「世界小說」最先進，「中國小說」迎頭趕上，「香港小說」遠遠落後）。

蘇叔陽的衷心之言是：

> 無論如何，中國文學的主流是在內地，是在大陸，這是不可否認的事實。……我只希望，香港的作家們也能解放思想，站得高一點，看得遠一點，把自己的作品溶於中國文學的長河，匯入世界文學的海洋。（頁33）

蘇叔陽以最誠懇的態度表達了中原文化的優越感。知識分子從思想禁錮的黑暗夜空走出來，感受到陽光燦爛的「新啟蒙」，預備與現代化的「世界（文學）」接軌；面對文化的差異，一以「歷時的」

衡尺量度，化約成從「落後」到「進步」的軌跡。當中的興奮、澎湃，是很感人的。福建人民出版社編的《香港小說選》僅僅以「圖解生活」、「圖解概念」的作品為主要樣本；沒有勇氣、也沒有興趣翻尋香港人在過去幾十年與中西文化的糾纏轇轕，沒有探問香港作家在社會、經濟種種壓力下蜿蜒流動的努力。無怪乎蘇叔陽說香港的小說「還停留在初創的階段」，諄諄告誡香港的作家要照他的方向前行。

《讀書》二十年中關乎香港文學的三十多篇文章，超過一半是羅孚（除了最早一篇之外，均以「柳蘇」為筆名）所作。最早一篇是 1986 年 12 月的〈曹聚仁在香港的日子〉，最後一篇是 1992 年 10 月的〈雜花生樹的香港小說〉。最密集是 1988 年 1 月到 1989 年 1 月這段期間，每期都刊出一篇。當中只有兩篇是香港文壇的綜合介紹（〈雜花生樹的香港小說〉、〈香港的文學和消費文學〉），其餘都是作家的介紹；所論作家包括：曹聚仁、亦舒、金庸、梁羽生、三蘇、唐人、葉靈鳳、林燕妮、梁厚甫、西西、侶倫、徐訏、劉以鬯、小思、董橋、李輝英等。羅孚談論的作家，主要以小說和散文的創作為主。如果我們把這份名錄與福建人民出版社編選的《香港小說選》和《香港散文選》的作者名單相較❷，我們可以看到其間有極大的差異。

這些差異背後有許多個人和時代的因緣，不能簡單的以品味

---

❷　入選《香港散文選》的作家有：舒巷城、彥火、蕭銅、黃河浪、李伯、夏果、海辛、一葉、連雲、夏易、阜力、涂陶然、李怡、黃蒙田、吳其敏、吳令湄、石花、吳雙翼、無涯、李陽、夏炎冰、谷旭、梁羽生、何達。

不同來解釋。以時代而言，文革後的「新啓蒙」在八十年代後期已有深長的發展，專以文學思潮而言，從 1985 年「二十世紀中國文學」概念的提出，到 1988 年「重寫文學史」的倡議，已可以見到其間動力的運轉。蘇叔陽引以爲傲的新變，已由吐絲轉進破蛹；知識分子對一切的「新異」有好奇的容忍。政治的大氣候當然是 1984 年「中英聯合聲明」的簽訂，香港要從英國人手中歸還中國。這南方的海隅一角，居然得享全國目光的「凝視」（the gaze）。在黎庶的視界中，香港的形象更挾商品經濟發展大勢而獲得「近於諛」的令譽❷❹。《讀書》的受眾可有「知識的傲慢」，自會鄙夷庸俗的「港式」世情。有趣的是，這個傲慢的「想像」到今日又因周星馳的「大話西遊」神話而錯亂失衡；但這已是另一個話題了。❷❺

在此以外的「歷史偶然」是羅孚從 1982 年起羈留北京超過十年。羅孚本是長期在香港活動的「開明左派」，與左翼以外的文化人來往較多，對香港的認知有可能衝出傳統左派的藩籬。在〈好一個鍾曉陽！〉一文，羅孚就提到 1981 年自己以「左派陣營的一員」，約見「在右邊以至臺灣的報紙發表作品」的鍾曉陽。這種「跨越」左右界線的舉措，在當時而言，不是所有文化人都願意或

---

❷❹　參閱羅孚〈收場白「大香港心態」？〉，《香港文化漫遊》（香港：中華書局，1993），頁 212-213。按：此書的大陸版——柳蘇著《香港文化縱覽》（廣州：廣東人民出版社，1993）——並沒有收入這篇「收場白」。

❷❺　有關周星馳神話可參閱張立憲等編著《大話西游寶典》（北京：現代出版社，2000）。

者有能力作的。當他在北京找到一個可以游移的空間時，剛好碰上「香港」以複雜形相浮現當前，於是他先寫了《香港‧香港……》（北京：三聯書店，1987）一書，由「太平山頂」談到「女人街」、由「香港的『中國心』」說到「香港人」享有的「自由」**㉖**。接下來就在《讀書》暢談香港的文壇**㉗**。

由於羅孚的文章較多，可說自成體系，它們在《讀書》的連續出刊，很能說明「香港文學」的展現模式。我們首先注意到羅孚的書寫策略有二：一是掌故，另一是獵奇。二者又自是曲徑旁通，互有關聯。第一篇是〈曹聚仁在香港的日子〉。曹聚仁在現代中國文學史本來就有一個清晰的「上海作家」形象，與魯迅和周作人兄弟關係非淺。由這個文化回憶來開展一段掌故，可以牽動懷舊的好奇。《讀書》的讀者在文中看到夏衍、聶紺弩、秦似等的聲影之餘，羅孚從旁點染，指出曹聚仁「一生的著作有五分之四是在香港完成的」。由是，「香港」就得依附在一絲半縷的舊情之上，匯入共同記憶的川流中。再如稍後一篇〈鳳兮鳳兮葉靈鳳〉在細說主人公寓居香港的生涯之餘，結尾是這麼的一句：「如果鳳凰也有中西之

㉖ 在羅孚還未用「柳蘇」之名寫他的香港文壇系列之前，《讀書》就有陳可〈認識香港‧介紹香港——兼談《香港，香港……》〉一文，介紹羅孚這本書，載 1987 年，第八期，頁 77-81。以下提到《讀書》論香港的文章，請參閱「附錄」。

㉗ 這些文章後來結集為《香港文壇剪影》（北京：三聯書店，1993）；香港版改題《南斗文星高——香港作家剪影》（香港：天地圖書公司，1993），篇幅略有增添。

分，那就可以斷言，葉靈鳳是一隻中國鳳。」「香港」是「中國」記憶之川偶然濺起的幾點水珠。

羅孚在寫過曹聚仁之後，就以〈香港有亦舒〉來作另一方向開展。接下來再寫〈金色的金庸〉、〈俠影下的梁羽生〉。八十年代開始，大陸曾有一陣「瓊瑤熱」，於是羅孚就以「臺灣有瓊瑤，香港有亦舒」一話來開始他的文化導遊。亦舒是「書院女」（即香港「英文中學」的女學生），寫「流行言情小說」、講「現代化都市的愛情故事」，這都是新鮮的滋味。至於金庸、梁羽生等的武俠小說，從文革後期通過挾帶偷運等民間活動早一步「回歸祖國」，後來更進佔南北街巷的書攤，本來無庸介引。然而羅孚的貢獻是：特別為中國讀者奠定品嚐異域野味的的心理基礎（或說「思想準備」）；他屢屢指出：「海外不同於大陸」（〈金色的金庸〉），「在香港、臺灣和海外，新派武俠小說並不被排除於文學領域，新派愛情小說就更不被排除了」。（〈香港有亦舒〉）「香港」既是異域，當然有可供獵奇的有趣珍玩。於是有〈才女強人林燕妮〉中刻畫的「奇女子」，又有〈三蘇——小生姓高〉中「標榜」的文言、白話加廣東話的「三及第」怪論；前者之「新」在於「奇情愛情」、「現代都市」的「軟綿綿」；後者之「奇」在於「香港又是長期受到封建文化影響的地方，文言文的遺留也就不足為奇」。「香港文學」在這種論說中，不失其「光怪陸離」的「本質」。

羅孚並不是沒有品味的導遊。他介紹劉以鬯時，把他的「現代」與「現實」糾結處娓娓道來；（〈劉以鬯和香港文學〉）當他數說西西的長短篇時，又能以疏朗的筆鋒剪影存神。（〈像西西這樣的香港女作家〉）當然他不會忘記在重要關節刻記如下的斷語：《酒

徒》「既是香港的，又是有特色的」；「像西西這樣的香港女作家」會得讚美「讀書無禁區」的「我城」。我們看到羅孚的確站在「中原」的立場，以尋幽搜奇目光來看「香港文學」。這導遊可精於其業，雖然他自己在香港本來就是左翼文壇的中心人物，但他沒有重點傾銷積存的現貨；除了曹聚仁、葉靈鳳等別有「懷中國文壇之舊」功能的作家以外，屬於圈內同寅的作家他只選了侶倫、唐人和兩份文藝刊物作爲樣本❷。重點所在，還在於「香港文學」的「異色」。但這「異色」又不能太生澀難諧，於是羅孚記得說明亦舒崇拜魯迅、崇拜曹雪芹、崇拜張愛玲；三蘇曾經表示寫小說得力於《老殘遊記》、《儒林外史》和《阿 Q 正傳》；林燕妮追隨羅慷烈進修古典中國文學、「夢中情人」是納蘭容若；西西會得寫文言文，小思因爲研究中國作家在香港的文蹤而成爲「香港新文史的拓荒人」……。往昔在馬前潑出去的一盆清水，飛濺起一顆一顆義本歸還的合浦明珠。在羅孚編製的採購貨單中，最有指標作用的莫如董橋散文。羅孚在〈你一定要看董橋〉一文中鄭重提醒他的讀者「董文是香港的名產」，甚至不惜高聲叫賣：「你一定要看董橋」！相對於內地的文風，董文的「異色」是最明顯不過的；羅孚欣賞的理由

---

❷　羅隼曾指出：「在五十年代至七十年代圍繞在他〔羅孚〕週圍寫稿的作家有：葉靈鳳、曹聚仁、陳君葆、張向天、高旅、阮朗、何達、夏易、李怡、羅漫、海辛、李陽、黃蒙田、侶倫、譚藝莎（譚秀敘）、甘莎（張君默）、韓中旋、潘粵生、陳凡、黃如卉、林擒、舒巷城、蕭銅、梁羽生等許多人。」見羅隼《香港文化腳印》（香港：天地圖書公司，1997），頁 89。當然這不能算是一份完備的名單，但已可略見其隊伍的龐大。

之一，應該是有見於董橋所說：「我要求自己的散文可以進入西方，走出來；再進入中國，再走出來；再入……。」這不就是「華洋雜處，中西匯流」的「香港牌」正貨嗎？羅孚三番四次說：「他現在是『香港人』」、「他當然是『香港人』」、「董橋可以說是『香港人』」；「物化」後的「董橋」以至「香港文學」就在明朝深巷的叫賣聲中擺陳待售。在福建晉江出生，在印尼成長，在臺灣唸大學，在英國研究馬克斯的董橋本人，可能不一定欣賞身上掛上「香港牌」的標籤❷，但事實是：銷情走俏。

董橋散文經羅孚標舉之後，以「香港」的身分在大陸文化圈得享盛名❸。相對來說，卞之琳評介詩人古蒼梧，雖然比羅孚的系列文章更早見於《讀書》，卻沒能引起類似的哄動。卞之琳對古蒼梧詩集《銅蓮》中的三輯詩以至林年同的序文都有獨到的評析，可是反響僅限於卞之琳提出的「詩是否該用標點」這個小環節❸。事實上羅孚以外的論家，所提到的香港作家幾乎沒有新增：如馮亦代談葉靈鳳、吳方談曹聚仁、柯靈談小思、何平和馮其庸談金庸等。

---

❷ 董橋曾說：「我有一個偏見：我以為一個人寫中文，他的語言本身一定要是普通話，這是最基礎的，即是要有母語的基礎。但香港的作者，有這基礎的並不多。」見黃子程〈不甘心於美麗——訪董橋談散文寫作〉，陳子善編《董橋文錄》（成都：四文藝出版社，1996），頁 686。

❸ 《讀書》2001 年 1 月還有周澤雄〈面對董橋〉一文，對董橋的「異質」表示欣羨，並歸結為「董橋是香港人」。（頁 133-135）

❸ 卞之琳文刊於 1982 年 7 月，到 1983 年 6 月《讀書》再刊登了李毅、卞之琳、古蒼梧三人關於「新詩要不要標點？」的通訊。

只有李公明以〈批評的沉淪〉爲題論「梁鳳儀熱」一文，明顯超出羅孚名單之外，而又別具文化批評的意義。

總而言之，由蘇叔陽借《香港小說選》貶抑「香港文學」，到羅孚推介「香港文學」的系列文章之備受中國知識界注目，其過程以至當中的策略都值得我們細心審視。以上只是初步的觀察，試圖爲一種「香港文學」概念被捏合成形的過程作出測度；經過這個審察程序，我們可以再進而對照九〇年代出現的具體文學史書寫和相關的後設論述。

參、收編香港（一）

在許多人的想像中，「香港文學」被寫入《中國文學史》之內，大概在單行別出的《香港文學史》出現以後；其實不然。如果以正式成書的時間看，《中國文學史》之加添「香港文學」，並不比題作《香港文學史》的著作遲出現。面世最早的謝長青著《香港新文學史》（廣州：暨南大學出版社）出版於 1990 年，範圍只包括 1949 年以前「白話文學」在香港的發展。至於 1949 年以還香港文學活動的歷史描畫，要到 1993 年潘亞暾、汪義生合著《香港文學概論》（廈門：鷺江出版社）。正式題「史」的是 1995 年王劍叢所寫《香港文學史》（南昌：百花洲文藝出版社）；1997 年潘亞暾和汪義生之作再修改成《香港文學史》（廈門：鷺江出版社）。同年還有劉登翰主編的另一本《香港文學史》（香港：作家出版社）。㉜

㉜　當然，在此以前已經有一些相關的研究或資料整理的專籍面世，如：潘亞暾

至於各種「中國文學史」、「中國現、當代文學史」、「二十世紀中國文學史」中收有「香港」部分者，從 1990 年開始，到 2000 年爲止的十年間，起碼有以下十餘種：（一）雷敢、齊振平主編《中國當代文學》（西安：陝西師範大學出版社，1990）；（二）金漢、馮雲青、李新宇主編《新編中國當代文學發展史》（杭州：杭州大學出版社，1992）；（三）曹廷華、胡國強主編《中華當代文學新編》（重慶：西南師範大學出版社，1993）；（四）孔范今主編《二十世紀中國文學史》（濟南：山東文藝出版社，1997）；（五）張炯、鄧紹基、樊駿主編《中華文學通史》（北京：華藝出版社，1997）；（六）田中陽、趙樹勤主編《中國當代文學史》（長沙：湖南師範大學出版社，1998）；（七）金欽俊、王劍叢、鄧國偉、黃偉宗、王晉民《中華新文學史》（廣州：廣東高等教育出版社，1998）；（八）黃修己《20 世紀中國文學史》（廣州：中山大學出版社，1998）；（九）國家教委高教司編《中國當代文學史教學大綱》（北京：高等教育出版社，1998）；（十）朱棟霖、丁帆、朱曉進主編《中國現代文學史 1917—1997》（北京：高等教育出版社，1999）；（十一）肖向東、劉釗、范尊娟主編《中國文學歷程·當代卷》（北京：國際文化出版公司，1999）；（十二）丁帆、朱曉進主

《香港作家剪影》（海峽文藝出版社，1989）、王劍叢《香港作家傳略》（桂林：廣西人民出版社，1989）；又有臺港合論的著作如潘亞暾主編《臺港文學導論》（北京：高等教育出版社，1990）、汪景壽及王劍叢合著《臺灣香港文學研究述論》（天津：天津教育出版社，1991）等。這些著述與《中國〔現當代〕文學史》開始收編「香港」的時間相差不遠。

編《中國現當代文學》（南京：南京大學出版社，2000）。

由以上所列看來，急忙收編「香港文學」的《中國文學史》，遠比獨立成編的《香港文學史》多；第一本《香港文學史》還未成型的 1990 年，已有陝西師範大學雷敢等搶先將他們眼中的「香港文學」編入《中國當代文學》的「第九編」〈臺港文學綜述〉之中。

以下我們先以 1990 年雷敢等主編的《中國當代文學》（簡稱《雷》著）、1992 年金漢等主編的《新編中國當代文學發展史》（簡稱《金》著）、1993 年曹廷華等主編的《中華當代文學新編》（簡稱《曹》著）三本較早面世的文學史為觀察對象，分析其書寫方式和意義。

從篇幅分配的角度看來，這三本早期參與收編「香港」的著作，都只是以謹小慎微的方式去安置這件重得的「失物」。《雷》著全書 557 頁，以六編分述大陸文藝思潮和各體文學；以下第七編是〈兒童文學綜述〉、第八編〈少數民族文學綜述〉。「臺港文學」的加入，只能給予最「方便」的位置──全書最後一編（第九編）；其中香港部分 6 頁，佔總篇幅的 1.07%。《曹》著中的香港文學所佔篇幅略多，全書 626 頁，香港部分 20 頁，佔 3.19%。其位置也安排在〈兒童文學創作〉（第八編）、〈少數民族文學創作〉（第九編），和〈臺灣文學創作〉（第十編）之後，與「澳門文學」合成第十一編。「香港文學」的位置更準確的反映，可能見諸《金》著之上；編者把臺灣和香港的文學放在兩個「附錄」中。九頁（佔全書 723 頁的 1.24%）的「香港文學」就倖見於〈附錄二〉。《曹》著〈緒論〉解釋說：

從總體安排上講，全書共分十一編，以前九編分別論述大陸文學的狀況，以第十編概說臺灣、香港、澳門地區的文學面貌，用「板塊組合」結構，將中華當代文學的全豹勾勒出來，提供學習與研究的基礎。（頁6）

「板塊組合」的比喻，意味「香港文學」只是拼圖邊角的一塊碎片，甚而是可以隨時割棄的「盲腸」（appendix）。另一方面，為學界重視的著作，如洪子誠《中國當代文學史》（北京：北京大學出版社，1999）和陳思和《中國當代文學史教程》（上海：復旦大學出版社，1999）[33]，雖然不寫香港文學，卻全無闕漏的遺憾，反而讓讀者有清省輕鬆的感覺。相反的，有了「香港」這多餘的一截，「中國文學史」就得背負那沉重的政治「大話」，要不斷高喊「一個中國」的誓言；如《曹》著〈緒論〉所說：

> 由於世界上只有一個中國——中華人民共和國；由於臺灣、香港、澳門等地區都是無可爭議的中國的一個部分；由於大陸及臺、港、澳等地生息繁衍的都是黃皮膚、黑眼睛的中華民族成員；因此，中華當代文學的研究範圍，理應包

---

[33] 洪子誠《中國當代文學史》〈前言〉提到：「臺灣、香港等地區的文學與中國大陸文學，在文學史研究中如何『整合』的問題，需要提出另外的文學史模型來予以解決。」（頁 IV）；陳思和指出這本四十餘萬字左右的文學史「不可能有充裕的篇幅來討論大陸地區以外的中國文學」，頁 433。

> 括大陸各民族的文學和臺灣、香港、澳門等地區的文
> 學。……（頁 1）

這種言說本應有千鈞之重，但細看又仿似無所依傍的浮辭，尤其當
中以「黃皮膚、黑眼睛」的流行曲修辭來支撐「本質」的實在，更
帶來戲謔的效應。由這種政治話語主導的歷史情節結撰
（emplotment），也自然有漫畫化的喜劇意味；例如《曹》著所編
的歷史是這樣的：

> 香港本是一彈丸小城，但自 1840 年鴉片戰爭淪為英帝國主
> 義的殖民地以後，很快便成了它們傾銷商品，掠奪資本與
> 廉價勞動力的「自由港」和國際貿易市場，西方形形色色
> 的腐朽文化也隨之大量浸〔侵〕入，香港當代文學的形成
> 與發展道路，也因此極其坎坷不平。它經過了在五十年代
> 與「反共文學」、「美元文化」和「黃色文學」的艱苦鬥
> 爭，六、七十年代與西方文化的沖突交融，直到八十年代
> 才逐漸成熟，走向多元化的蓬勃發展道路，形成真正獨成
> 體系的香港當代文學。（頁 600）

這裏「它」的故事，是一個被棄蠻荒的少年英雄，成長歷險斬妖除
魔的故事；至於「它」的未來，則已有清楚的規劃：

> 隨著大陸的進一步改革開放，香港「九·七」的回歸，異
> 彩紛呈的多元化發展的香港文學，目前已有由西進走向東
> 歸，由認同而回歸傳統的傾向。在新的形勢下，它必將奔

向嶄新的歷程，開創出更有實績的美好前景。（頁 602）

善頌善禱，也見於《金》著：

> 80 年代，隨著大陸改革開放，「一國兩制」國策的確立，加
> 之香港回歸在即，香港文學呈現出多元化、全方位發展態
> 勢。由於文壇有更多的有識之士熱衷於祖國統一大業，香
> 港文學進入了自覺化時代。其主要特點是：文學、文學社
> 團活動頻繁，嚴肅文學影響日益擴大，眾多消費文學亦日
> 趨健康化；寫實、現代兩大文學流派開始真誠交流、融
> 合。（頁 714）

以至《雷》著：

> 展望香港文學的未來，盡管流行文學勢頭不減，但嚴肅文
> 學前途光明。由於香港作定處於獨特的地位和視角，今後
> 香港文學將更趨多元化發展，同時反映社會現實生活的深
> 度和廣度將會得到加強，而專欄「框框文學」將更興旺、
> 發達。（頁 555）

把這些樂觀向上的話語並置合觀，我們更能體會其中喜劇情節中的
「想當然」成分。讀者如果認真去追問：「回歸」與「多元化發
展」、「祖國統一大業」與「自覺化時代」有何關係？「由西進走向
東歸」是甚麼意思？如何得見？就未免過於拒泥執著。我們應當注
意的是：這一類的文學史如何以書寫進行其文本世界的構建？如何
為這個世界畫上邊界？如何讓這個文本世界的人（agents）與事

（events）活動？諸如此類問題的探索，或者更有意義。

比方說，所謂「商品文學」、「通俗文學」、「消費文學」之闖進「中國當代文學史」的意識領域，就是一個值得注意的現象。正如研究香港小說的袁良駿所生的感嘆：

> 比如大陸，建國以來就沒有甚麼「純文學」（或曰「嚴肅文學」）和「通俗文學」的界限，《小二黑結婚》、《新兒女英雄傳》、《鐵道游擊隊》、《林海雪原》，舉不勝舉，算純文學還是通俗文學？沒有一本文學史、小說史把它們列入通俗文學，甚至文學史中根本沒通俗文學這個概念。（頁 288）❸❹

這些「中國當代文學史」的書寫原本以道德修辭爲言說基礎，現在要面對一批天外來客，就得調整其收編的語言策略，把「香港文學」的領域畫成一個包容異物的「超自然世界」（supernatural world）。陌生的事物，有如異域的群魔；如《曹》

---

❸❹ 陳平原〈通俗小說的三次崛起〉指出：「總的來說，在 20 世紀的中國，「高雅小說」始終佔主導地位。但「通俗小說」也有三次令人矚目的崛起：第一次是辛亥革命後到「五四」以前，……第二次是四〇年代，……第三次是近兩年，港臺的武俠、言情小說「熱」過以後，國產的、引進的各類通俗小說如「雨後春筍」，大有與「高雅小說」一爭高低之勢。」見陳平原《小說史：理論與實踐》（北京：北京大學出版社，1993），頁 273。袁良駿面對的正是與這第三波的震撼。

著描述「香港當代文學」的特色時說：

> 它的商品化，文學也得服從於市場競爭的經濟規律。於是
> 物欲、色情、凶殺等帶刺激性的作品泛濫，怪誕、奇談、
> 荒謬的文藝層出不窮。（頁 603）

《雷》著則從反映論的角度作解釋，但說來更似是為「香港文學」
的宿命定調：

> 高度商業化的社會性質決定了香港文學的商品化，這種商
> 品化集中反映在「通俗」文學上，它在香港歷久不衰，擁
> 有龐大的作者群，也擁有廣大的讀者群，這是香港文壇最
> 突出的特點。（頁 550）

《金》著則充滿人道主義的同情心，說：

> 當然，他們的作品也不同程度地缺乏應有的思想深度，但
> 就社會環境和讀者水準來說，不僅不宜苛求，甚至已屬難
> 能可貴。（頁 717）

因此，每一本文學史的香港部分，無論篇幅如何短小，都會
特別標舉香港的流行作家和作品，例如《金》著既把唐人的《金陵
春夢》說成「較有史料、認識價值，在海內外產生廣泛影響」（頁
715），也提醒「我們不能忘記梁羽生、金庸、依達、亦舒、嚴沁、
岑凱倫、倪匡、何紫等作家在新派武俠小說、言情小說、科幻、兒
童小說創作中的令人矚目的成就」（頁 717）；《曹》著主要討論的

小說家只有五位，當中就有亦舒和金庸。（頁 608-611）但能以滑稽筆法，塑成人鬼同群、神魔亂舞的異域情調的還是《雷》著。例如討論香港文學刊物的寂寞一段，在羅列《素葉文學》、《文藝季刊》、《當代文藝》、《海洋文藝》等刊之餘，接著說：

> 比較流行的刊物應該算是《電視》周刊，《馬經》周刊，銷量都在 30 萬份以上。近來又有《讀者良友》、《香港文藝》問世，頗有市場。（頁 551）

在點明「素葉叢書」出書十二種後，再羅列「有影響的出版社」，下文接著說：

> 黃電〔應作黃霑〕的《不文集》一書，一年之內再版 30 多次，成為香港第一暢銷書。還有鍾曉陽的《停車暫借問》一書，1983 年被評為香港十大暢銷書之一（頁 552）。

《馬經》周刊、黃霑的黃色笑話集，可與苦心孤詣的文學事業並置；在這個人鬼不分的詭異世界中，已經不能以正常行徑作規範，因此，香港作家「多不願稱自己是作家，因為那樣會被人認為賣文為生，地位低下」（頁 552）。

當然這些異物的容身之所，只限於畫定的「香港文學」圈內，其他「非香港」的領域，則繼續保持清潔。另一方面，「香港文學」境內，也不能盡是藏污納垢，例如某些政治元素，就要經歷「去政治化」的過濾。本來，這些文學史開宗明義就以國族大義 ——「一個中國」——為書寫的主要導向，照理應該強調政治

的立場，以是是非非。例如《金》著指出香港文壇「有更多的有識之士熱衷於祖國統一大業」（頁 714），《曹》著評說「南來文人」張詩劍的〈祖國・母親〉一詩「達到了海外赤子與祖國親骨肉相依的感情高峰與極致」（頁 614）。可是，爲了讓某些作品可以廁身於「香港文學」之境，部分政治色彩，就先被洗刷一番。如《金》著論香港詩歌，只討論了本土傳統左派文人舒巷城和南移香港卻擁抱回歸的張詩劍（頁 718-719），政治上最爲保險。《曹》著選了余光中、張詩劍和鍾玲（頁 612-615），選樣看來很奇怪，因爲一個香港本土詩人都不在其中；但我們只要看到編者集焦於余光中如何懷戀故國、鍾玲如何植根於民族文化的土壤，就會明白其苦心。至於余光中對當前大陸政權的厭惡和鄙視，當然被過濾清洗；鍾玲對性別文化政治的思考，也不著一詞。同樣的尺度，也適用於金庸小說；在洶湧翻騰的江湖底下，分明擺設了對大陸政治鬥爭的種種影射，可是這些文學史編寫人一概視而不見，反而渲染當中的「民族大義與愛國主義精神」（《曹》著，頁 610）。進而言之，七〇年代以來香港文學中陸續出現的文化和政治身分探索、八〇年代中期以後面對前途無力和無奈的感覺等等，都不屬書寫範圍。如果我們企圖從這些文學史書寫當中追索更深層的社會與文化關涉，例如殖民統治中的西方文學教育對香港文學活動（尤其戲劇）的影響等問題，更是虛勞費心，因爲書中難見半絲痕跡。❸

---

❸ 戲劇活動看來不是收編書寫的主要對象，目前檢討的三本著作中，只有《金》著曾經討論，內中提到的劇團活動，其實是可以是進一步考析殖民教育與文學發展關係的線索，可是這一層面顯然不是收編書寫的重心。

收編書寫的另一個特色是「看似君臨，實則無能」的文學史評斷。最早的《雷》著，僅僅「精選」夏易、劉以暢〔按，「鬯」之誤〕、海辛、施叔青、唐人五位作家爲論，其評斷所據，已完全無法從「文學」角度理解。另外兩本著作的選取標準大概也有太多考慮或限制，令人不忍深責。但從已入選的作家和作品評論看來，也是渾渾蒙蒙，難見章法；例如《金》著評徐訏小說云：

> 由於他詩歌、散文、劇本創作造詣甚深，各種傳統藝術形式的交融，以及西方唯美主義、象徵主義、形式主義、印象主義學派的影響，豐富了他的小說藝術表現力。（頁715）

概述香港的小說時評說：

> 以上各路作家作品的共同特點是比較健康、清新，雅俗共賞；注意融西法於民族傳統之中；形式活潑多樣，以引導讀者向上、向真、向善、向美，達到陶冶性情、潛移默化的目的。（頁717）

從這些言說我們可以見到甚麼水平的文學史識見呢？這不是小學生「我的理想」一類的湊拼浮辭嗎❸❻？收編者面對陌生的文學樣品，

---

❸❻ 《曹》著評張詩劍說：「〔他的〕藝術手法，多是寫實，象徵與抒情的自然溶合。格調樸實、清新、犀利；無論寫景狀物，都意蘊豐厚，深富哲理寄托，耐人尋味與聯想，獨具一格。」（頁615）也是同類毫無想像力的虛文。此

大概不知如何調校口味。最方便的當然是沿用已成虛飾的「現實主義」尺度，這驅使他們對同源的傳統左派小說最感親和。但「香港文學」既是異種，當然會有其異色。因此我們除了可以見到認知大拼盤一類的品評之外，更看到一種虛妄的「港味」的追求。例如《金》著羅列八〇年代的中青年作家如彥火、小思、也斯、東瑞、黃維樑、巴桐、西茜凰、梁錫華、黃國彬、黃河浪、鍾玲玲等，說「他們思想開放，技巧新銳，感情醇厚，文筆優美，創作了大量港味十足的散文佳篇」（頁 719）；又說舒巷城在「吃盡漂泊流離之苦」後，「因而更加深沉地愛著自己的故土」，於是有〈海邊的岩石〉一詩，從中「不難感悟到他詩歌的濃郁港味的真諦」（頁718）。然而，即使我們同時參照兩處的評斷，也未能清楚理解論者心目中的「港味」所指，更不要說他完全沒有盡文學史書寫的責任，致力追尋這種「港味」的歷史社會脈絡、發展成型的歷程。

當然最能照顧「香港文學」特色的評斷，還是《金》著這一句：

> 就社會環境和讀者水準來說，不僅不宜苛求，甚至已屬難能可貴。（頁 717）

承蒙如此仁厚寬待，被收編者還得不趕快謝恩嗎？

肆、收編香港（二）

外，如評蔣芸散文所說的：「這情與景的交融，已到達了出神入化的境界，感人甚深」（頁 619），更是信口開河的評論。

　　以下我們再參考兩本在「九七」以後出版的文學史，作爲對照省察的對象。其一是金欽俊等編著的《中華新文學史》（簡稱《欽》著），全書 1064 頁；下卷爲 1949—1997 年的「20 世紀下半期文學」，共 608 頁，香港部分 47 頁，佔 7.73%。其二爲黃修己主編《20 世紀中國文學史》（簡稱《黃》著），全書 948 頁，1949 年以後的部分共 502 頁，香港部分 34 頁，佔 6.77%。

　　上一節討論的三本早期文學史著，都是地區性大學（分別是陝西師範大學、杭州大學、西南師範大學）的教材。編者所在地既不是中原政治和文化中心的北京或者上海，也不是毗鄰臺港的廣東和福建；這些撰著大概可以反映八十年代到九十年代初期大陸地區一般知識分子的思想傾向和學術水平。我們曾經指出，研究香港文學的主要學術力量，還是集中在閩粵兩地。由於地緣之利，得風氣之先，單行別出的《香港文學史》，都由兩地學者擔任編輯。現在選作討論對象的兩本著作，都是廣東地區學者的成果。《欽》著由王劍叢組織策劃，廣東高等教育出版社出版；《黃》著則由黃修己主編，廣州中山大學出版。前者有關香港文學的章節撰寫者，也就是全書的策劃人王劍叢，他自己已寫有《香港文學史》；翻檢本書，當可以見到一位香港文學研究的專家學者，如何把「香港文學」安置於他概念中的「中國文學」版圖之中。《黃》著中有關香港文學部分的主要撰寫者是艾曉明[37]，她曾編有頗受稱賞的《浮城志異——香港小說新選》（1991），近著《從文本到彼岸》（廣州：

---

[37]　艾曉明所撰共有三節，主要以小說為主，佔相關篇幅最多；《黃》著中香港的詩與散文部分只有一節，由王光明和王列耀執筆。

廣州出版社，1999）中主要部分也是香港小說的相關研究。本書的
特色是充分利用近年的香港文學研究成果，尤其是香港本土的評論
和研究。因此，如何措置這些論見，與其他論述構成怎麼樣的關
係，正是值得參詳之處。

　　九十年代中期以還，中國大陸的政治氣候相對和緩，就學術
而論學術的空間愈來愈大。由是，我們可以預期文學史論述可以少
一點教條主義。以《欽》著中對香港時期余光中的析述與前期的
《曹》著相比，可以見到一定的寬鬆。比方說，余光中在港時期的
「北望」詩，對大陸的文化政治環境有非常尖銳的批評；對香港
「九七」以後的前境，也抱悲觀態度。這些內容在《曹》著中，是
隻字不提的；於《欽》著中，則有所鋪寫（頁 596-597）。然而其
論述的政治框套還是相明顯：余光中的尖銳批評，必須鎖定在大陸
已經否定的「文革」範圍；「九七」疑慮，則以「大陸實行改革開
放後，詩人心中竊喜」的說法來消解。換句話說，「馴悍」的操
演，還是收編過程中不可或缺的一環。

　　《欽》的馴悍工夫，主要表現在兩個方向：一是以「現實主
義」為批評基準，肯定那些批判「香港社會黑暗」的作家和作品。
這一套言說方式最能符合大陸文學傳統的主流傾向，最為穩當實
用。又一是強調個別作家的懷土之情，如果能夠歌頌「統一」、「回
歸」，當然是最好的展品；否則，則去蕪存菁，只取其所需。

　　因此，我們在書中不難見到如下的點評：舒巷城的作品「反
映 40 年代末的香港社會現實」（頁 571）；夏易小說「注重反映社
會」（頁 572）；張君默「比較注意揭示商業文化背景下的社會本
質」，以小說「反映香港光怪陸離的社會相」（頁 572-573）；陶然

作品「暴露香港的陰暗面」（頁 582）；曾敏之「胸懷祖國，……抒的是大我之情、民族之情」（頁 583）；犁青「深感祖國統一重要，寫了許多表達海峽兩岸人民渴望統一的詩篇」（頁 593）。這些作品本就是和順依人，不勞馴化。然而，面對劉以鬯的意識流小說《酒徒》，《欽》著還是不忘指出「作者借酒徒的形象，揭示了香港現實的畸形和黑暗」（頁 587）；寫徐訏的矛盾世界觀，就提到「他愛國，有民族氣節，又回避現實」（頁 578）；這和寫余光中詩時的取捨，是相近的考慮。

《欽》著的香港文學部分是王劍叢自原來篇幅達三十萬字的《香港文學史》剪裁而成，兩處思考方式以至結構組織，完全相同；前者所有的論述文字，幾乎都是後者原文的摘要撮述。然而有趣的地方，還在於個別作家的刪選。有些刪削的原因比較明顯，例如「寫實主義作家」原先包括有詩人何達，但在《欽》著中刪去；覆檢王劍叢原書，當中指出何達到香港後，尤其在七〇年代以後，「詩作的時代色彩，鼓動性已淡化，他不再把詩作爲戰鬥的武器或工具」❸；以《欽》著的框架而言，刪削的理由是可以成立的。又如原書有〈其餘新一代本土作家的創作〉、〈框框雜文〉等題目的章節，都不復見於《欽》著；其理據大概是因篇幅的限制而把次要的作家或文體省略❸，這也是在一定視野之下的「合理」作法。不過，當我們看到《欽》著對香港詩人的處理，就會大惑不解：原來在王劍叢《香港文學史》中，被安排入〈學院派作家的創作〉的也

---

❸　王劍叢《香港文學史》，頁 215。

❸　《香港文學史》中有關戲劇和文學批評的論述在此亦被刪去。

斯整整一節全部刪去；另外原本屬於重點處理的戴天、黃國彬也刪掉；反而原來廁身〈其餘新一代南遷作家的創作〉一節的傅天虹、王一桃等得以入錄。無論從任何一個角度而言，取王一桃而棄也斯的選擇，都屬於顛倒錯亂的舉措；尤其出自研究香港文學經年的學者之手，更令人訝異。

這或者可以說明：文學史評斷的錯亂失衡，是大陸「中國文學史」書寫在「收編香港」過程中一個持續出現的現象。這種失衡，也可以用「新武俠小說大師」金庸的論斷來作說明。《欽》著先說金庸的作品「思想內涵博大精深」（頁 599），這在一個以思想內容為主要基準的批評傳統中，是何等重要的稱頌！以下還有這樣的評語：

> 金庸博學多才，中西學問皆通，琴棋書畫、佛道儒學、秘笈劍經、氣功脈道、武功招式、江湖黑話、行幫切口、門派淵源，均了然於胸。他的作品熔天道地道人道於一爐。金庸小說的語言雅潔、清俗，時時展現一種詩的意境，一種如畫的境界。它不僅具有一般小說的所有特點，且有很高的文學價值和欣賞價值，如果把它放在古今中外的小說之林中，應佔有一席重要的位置。（頁 601）

《欽》著以幾乎失控的熱情，去褒揚這位香港「通俗小說」的首要人物；所下的評語的分量，遠超各位「現實主義」或者「愛國主義」作家。看來，以金庸為代表的香港「通俗文學」，是大陸「中國文學史」書寫一貫森嚴的律法面臨顛覆的源頭。

　　如果我們再引《黃》著所論爲證，則「收編」行動帶來的激盪會更加清晰。我們在全書最後的〈香港澳門文學〉一章，找不到專門討論金庸的分節或者段落❹。然而在《黃》著的第十三章，有〈二十世紀通俗文學〉一章，其中第五節正是〈金庸的新武俠小說〉。這現象可以有兩層意義：一是金庸是「香港文學」中能夠成功「北進」，攻入中原的代表人物；二是「中國文學史」的領域，開始要分畫出一個書寫「通俗文學」的空間。本來金庸作爲武俠小說大家，在文體類型上有定鼎的功業，是不必質疑的；但更成功的是他以「複印的高雅」媚眾──「雅」「俗」同在彀中，使文化工業的生產與傳銷攻陷雅俗之間的脆弱防線。再加上金庸於「外文本活動」（extra-textual activities）的實踐行動（例如長時間經援武俠小說的學術研究、支持舉辦以金庸小說爲主題的國際研討會議），將「自我正典化」（self-canonization）依軌跡完成，其過程本身就極具文學史書寫意味。我們看到國家高教委編的教學大綱，逕以金庸爲六位香港代表作家之首❹，更有其他文學史認爲：「金庸把武俠小說抬進了文學的殿堂，他也因此進入了 20 世紀中國文學大師之列」❹，這都說明了金庸的成功：或則被視爲「香港之首」，或

---

❹　唯一的敘說見於〈香港文學概述〉一節最末：「香港的通俗小說中登峰造極者一是金庸的武俠小說，另一亦舒的言情小說。這兩家小說在不同的維度上聯繫傳統文化和城市感性，為現代小說增添了新文體。」（頁 442）

❹　國家教委高教司編《中國當代文學史教學大綱》，頁 124。

❹　朱棟霖《中國現代文學史 1917─1997》，頁 252。1994 年海南出版社出版一套《二十世紀中國文學大師文庫》，其中《小說卷》由王一川主編，當中茅

則超越「香港」的樊籬，正式升入「中國文學史」的殿堂。在這些個人榮寵以外，我們還可以見到包括金庸在內的「通俗文學」或者「流行文化」在被收編的過程中，已顛覆了大陸文學史書寫的常規。《黃》著於整體論述中另闢新章固然是一個例證，同樣的思維也以不同的方式見諸其他文學史著作之中。❹

《黃》著的特點，除了見諸金庸的編錄情況之外，值得注意的，還在於編寫者對香港文學的個別作家和作品的認知。相對於九十年代早期幾本文學史，《黃》著所論似乎與我們所認識的「香港文學」比較接近。這當然與近年來港粵交流頻繁、訊息易於流通有關。從書中註文徵引可見，編寫者曾經參閱不少香港本土以至國外學者的評論研究。當中對文學作家和作品的批評，似乎已較少受到大陸批評傳統的限制。然而，我們還是認為《黃》著的「香港文學」部分似是批評資訊的撮錄，多於文學史的評斷和析論。

為了簡單說明我們的構想，在此不打算細數《黃》著的缺失。反之，以下稍稍羅列未經處理的一些的問題，作為把「香港文學」寫入「中國文學史」這個項工程的思考準備：

一、在香港五、六十年代出現的現代主義與三、四十年代中

盾被逐出十人名單之外，而金庸名列第四；事件引起一番哄動。朱棟林等所言的根據在此。

❹ 例如錢理群和吳曉東在冰心領銜主編的《彩色插圖本中國文學史》（北京：中國和平出版社，1995）的現代文學部分，也有「通俗小說的歷史發展」的專節，其中金庸又是主要討論對象之一，順及的香港作家則有亦舒。見頁229-231。

　　國的文學思潮如何承傳？有何變奏？如何與臺灣的現代
　　主義思潮關聯互動？

二、自五十年代以後，中國大陸與香港政經分離的情況下，
　　香港的文化環境如何與現代文學傳統銜接？香港的中國
　　現代文學教育以何種面貌出現？

三、在香港五十年代以還民間出版商翻印、重排現代文學作
　　品，以及整編現代文學資料和選本，如何影響香港文學
　　創作與現代文學傳統的關係？

四、在香港七十年代以還出現的現代文學史書寫，如趙聰、
　　丁望、李輝英、司馬長風等人的著作，如何建構中國現
　　代文學的面貌？與盛行的王瑤、劉綬松或丁易的書寫體
　　系有何不同？其異同原因又爲何？

以上所列，當然只是應該提問的眾多問題中的一小部分；但如果我
們先由這些方向出發，起碼可以跨越現在大陸書寫的「板塊」思考
模式，可以更好的探索「香港文學」在「中國文學史」中的位置。

附錄：

1979—1998 年《讀書》所見有關香港文章目錄

1981.10：蘇叔陽〈沙漠中的開拓者——讀《香港小說選》〉

1981.12：東瑞〈對《香港小說選》的看法〉

1982.7：卞之琳〈蓮出於火——讀古蒼梧詩集《銅蓮》〉

1982.8：溫儒敏〈港臺和海外學者的中西比較文學研究〉

1983.6：李毅、卞之琳、古蒼梧〈新詩要不要標點？〉

1985.5：蕭兵〈香港訪學散記〉

1986.9：錢伯城〈記香港「國際明清史研討會」〉

1986.12：羅孚〈曹聚仁在香港的日子〉

1987.8：陳可〈認識香港·介紹香港——兼談《香港，香港……》〉

1988.1：柳蘇〈香港有亦舒〉

1988.2：柳蘇〈金色的金庸〉

1988.3：柳蘇〈俠影下的梁羽生〉

1988.4：柳蘇〈三蘇——小生姓高〉

1988.5：柳蘇〈唐人和他的夢〉

1988.6：柳蘇〈鳳兮鳳兮葉靈鳳〉

1988.7：柳蘇〈才女強人林燕妮〉

1988.8：馮亦代〈讀葉靈鳳《讀書隨筆》〉

1988.8：柳蘇〈梁厚甫的寬厚和「鬼馬」〉

1988.9：柳蘇〈像西西這樣的香港女作家〉

1988.10：柳蘇〈侶倫——香港文壇拓荒人〉

1988.11：柳蘇〈徐訏也是「三毛之父」〉

1988.11：一木〈金庸小說的堂吉訶德風〉

1988.11：一木〈葉靈鳳和潘漢年〉

1988.12：柳蘇〈劉以鬯和香港文學〉

1989.1：柳蘇〈無人不道小思賢——香港新文學史的拓荒人〉

1989.4：柳蘇〈你一定要看董橋〉

1990.5：吳方〈山水·歷史·人間——談曹聚仁的「行記」和「世說」〉

1990.7：柯靈〈香港是「文化沙漠」？──序小思散文集《彤雲箋》〉

1991.4：何平〈俠義英雄的榮與衰──金庸武俠小說的文化解述〉

1991.12：馮其庸〈瓜飯樓上說金庸〉

1992.2：柳蘇〈香港的文學和消費文學〉

1992.7：柳蘇〈東北雪　東方珠──李輝英周年祭〉

1992.10：柳蘇〈雜花生樹的香港小說〉

1993.5：李公明〈批評的沉淪──兼談「梁鳳儀熱」〉

1994.3：金庸〈金庸作品集「三聯版」序〉

1996.7：張新穎〈香港的流行文化〉

1997.1：袁良駿〈《香港文學史》得失談〉

1997.7：陳國球〈借來的文學時空〉

1997.12：王宏志〈我看南來作家〉

1998.12：李歐梵〈香港，作為上海的「她者」──雙城記之一〉

講評意見

周英雄

交通大學外文系

　　文學史對文學的觀察模式有異於文學批評或文學理論，基本上把文本或文學現象搭配歷史的脈絡，透過雙管齊下的觀照，希望對文學現象有個更加全面，更加宏觀的認識與期待。也正因如此，文學史的寫法或讀法有它獨特之處，而文學史與文學本身往往也存有落差，甚至張力。這是談文學史首先需要有的認識。

　　寫文學史如此，而重寫文學史更凸顯出一個值得我們注意的現象：歷史的脈絡有時不但施壓於文學，也更（如透過教育機制）掌控了文學史的寫作與閱讀。大陸九〇年代重寫文學史的呼籲，反映的正是這種希望推陳出新的需求。此外，文學史不但可以重寫，也可以重讀，從後設（或反後設）的觀點看文學史當初到底是怎麼寫的，從而具體釐清寫史背後的意向，意識形態，甚至霸權機制。

　　談有系統、深入重讀中國文學史，兩岸三地很少人有陳教授的累積與功力，我們只消查閱他這幾年來這方面論著的累積，就能瞭解不論深度與幅度，陳教授都甚有可觀之處。他鞭闢入裏分析胡適的白話文學史，理清語與文各個面向，改正了一般人對白話與文言的簡約看法，並指陳中國現代與傳統之間道路之曲折難行。胡適

的觀點影響了五四時期的中國知識份子，也更或多或少左右了香港
學者書寫中國文學史的基本概念。柳存仁如此，而司馬長風的文學
史更是個有趣的個案。儘管多人批評司馬長風史實掌握的可信度，
可是他的唯情文學史帶股濃濃的鄉愁，營造一個層次分明的語意元
素（包括純淨白話。美文詩意、文學自主與鄉土傳統），寫出若干
看不見的東西（如非西方、非方言化的文學）。陳教授這方面著力
之深，與啓人深思之處著實令人感佩。

　　也就是說，陳教授的研究讓我們瞭解到，文學史的寫作往往
超越文本，也超越所謂客觀的描述。個人與社會的意向往往先入為
主。根據懷特（Hayden White）的看法，歷史的寫作往往離不開某
種的預佈（prefiguration）。而談預佈實際敘述的鋪陳，西方黑格爾
以降的單線歷史顯然不足取，19 世紀的社會達爾文主義機械式的
詮釋模式恐怕也不足為訓。談香港的文學史如果由外而內，使用一
條鞭，甚至強勢的、宰制的寫法，結果堪虞。陳教授論文剖析大陸
學者近二十年來對香港文學的收編，可以說是針針見血。

　　我個人認為外人替在地人寫當地的文學史，意識形態掛帥，
甚至一切都無限上綱的做法，本來就有可議之處，以大壓小的氣焰
恐怕也無助於中國文學的整體認識，更何況香港文學九七前後的內
在面向，甚至認同的混亂感也恐怕無法一一加以披露。

　　論文結束之前，陳教授語重心長提出重寫香港文學史所必須
注意的四點，其中最值得我們思考的無疑是香港與大陸的互動，以
及兩者之間的中介機制。陳教授他處也曾談及香港文學與臺灣文
壇，甚至與港英政府的文化教育政策的關聯，相信這方面的研究都
更能彰顯香港文學史錯綜複雜的面貌。陳教授另也建議我們一併考

慮香港人反寫中國文學史的個案，而這部份如果把它視爲香港文學的一部份，相信成果也必當更加可觀。

　　大陸學者書寫香港文學史除了政治掛帥之外，另外的一個盲點恐怕是對通俗文化的誤解與誤編，而把金庸，或其他通俗作品視爲經典，恐怕是很多人容易犯錯的毛病。這與作品層次高低無關，倒與作品的生產與消費模式關係比較密切。換句話說，大眾文化裏作者與讀者的互動本來就不同，而兩者之間的中介機制恐怕也與一般精緻文學情形大不相同。談大眾文化不能不談文化工業，以及文化工業背後維廉斯（Raymond Williams）所謂的科技意向性。從此一切入點下手，相信也更能釐清文類之間的互動，文學與社會的辯證關係，甚至觸及社群的集體記憶與認同。這麼說來，寫香港文學史恐怕也非觸及香港文化研究史不可了。相信憑陳教授蒐證的深厚與思考之縝密，這項工作，或這類工作的評價，恐也不作第二人想了。

淺談命名文學及其在北宋的開展

黃明理

臺灣師範大學國文系

關鍵詞

命名文學、北宋散文、謚議、字序、他稱自傳、建物命名記

摘　要

本文從文章的功能上著眼，指出傳統散文中存在體類多元、內容豐富的「命名文學」領域。將原本不相聯繫的謚議、名說、字序、號記、建物命名記、他稱自傳等類文章，歸屬於領域內，探討其共具的基本性質、分辨個別的說理趣味，並試圖解釋命名文學在北宋得以開展茁壯的原因。全文分為四節如下：（一）命名文學的定義與指涉（二）命名文學的特質（三）命名文學的說理趣味（四）命名文學在北宋的開展。

壹、命名文學的定義與指涉

命名文學，不是指文學創作裡的命名活動，這是本文首先必須強調的。

文學發展至今，幾乎所有文類的寫作都已離不開命名。不管小說戲劇，或是詩歌散文，總會有個篇名主題，好指引讀者去閱讀文本，探究內容。其中，小說、戲劇更不免要虛設人、物，放在作者構築的時空中——當其虛構的成分愈多，所需的命名就會愈頻繁。這些命名活動之於作品的成敗，重要性可能不低於經營情節。因為，命名的恰當與否，將影響著讀者的感受與思考。一個過於不著邊際的篇名題目，只會換得讀者「文不對題」的訕笑，或是造成他們閱讀的混亂；而小說人物名字，如果沒能安排妥當，也難以獲得共鳴。黃春明鄉土小說中的人物名，是不能與瓊瑤夢幻似的男女主角互換的。更何況，有些作者還會將他們特殊的想法，隴括在作品人物的名字上，等著讀者去發現，而讀者也樂於從名字上去思索寓意，這大概可以《紅樓夢》為代表。

這些道理，親近文學的人應該都懂。而就因為命名設計在文學創作中，有如此重要的分量，所以當我把「命名」與「文學」這兩個詞彙鬥合在一塊，成為一個新詞時，就比較容易讓人聯想到上述的文學創作裡的命名活動。

然而，「命名文學」這樣的構詞，是不能承載「文學（創作）裡的命名（活動）」的概念的。它們之間有所差別，不能混淆。

本文所謂的命名文學，是從文學作品的功能上著眼，猶如報導文學的功能性意義在於「報導」，命名文學所指涉的作品，亦是旨在於「命名」。

旨在於「命名」的文學，在中國傳統散文裡，數量非常多，

類別也不少,其發展源遠流長,名篇佳作不絕如縷,鮮明地構成一個文學領域。因此,本文特別以「命名文學」的專名來標識它們。而命名文學的具體指涉,便是那些專門為人、為物命名,並進而闡述其取名立意的篇章。

但必須進一步解釋的是:關於人的命名,其中所謂的「名」,是廣義的。它不只是「姓某名某」那個「名」,還廣泛地包括一個人的字、號,以及死後的諡。換句話說,儘管分開地看,古代某些階層的人生而有名、成年冠字,又立別號,死後還可能得諡,而近代作家有筆名,各種稱呼不一樣,但都可統稱為「命名」,基本上都是對一個人施予稱呼的符號。明乎此,則可以清楚知道,古人文集中的諡議、名說、字序、號說,都是屬於為人命名的文章。

至於物的命名,泛指對於一切的物,惟從實際情形看,傳統文人主要會形諸文字的,是集中在為生活環境(包括居住地、建築物)以及書籍文集的命名,像是柳宗元〈愚溪對〉、蘇軾〈超然臺記〉、陸游〈書巢記〉、鍾惺〈詩歸序〉之類等。

貳、命名文學的特質

命名文學的文章,既然以命名為功能,則它的內容必然會觸及幾個重點,即:名為何而命?何人所取?意涵為何?為文的目的何在?其中又以意涵的闡釋為要點,為全文主腦所在。所以,命名文學的特質,一言以蔽之就是「闡釋名義」。而這些闡釋名義的文章,其可讀性則在於其中所形成的問一答回應歷程,儘管那一問不過是「為何取為此名」的簡單問題,而且不見得會明文表出!但作

者就是要盡其所能回答此一問題。

　　發問，是人類成長所必備的問路石。雖然人類社會裡，有很多問題得到的「答案」或「解釋」，無法經得起科學、哲學的審辨，然而它們之所以能成為人們的解答，而又流傳普遍（比如許多關於自然現象的神話、許多習俗傳說、許多社會禁忌……），從心理層面上說，卻也是接受者已經獲得釋疑、啓蒙的反映。因此，不管答案的內容真偽如何，不論合不合乎真理，人類由發問而至接受答案的過程，實際上即其心理由鬱結而至釋放的變化，其中必存在著因解除鬱結束縛而產生的滿足感❶。

　　命名文學提供給讀者的樂趣，大抵即類於此。命名的文章，其所施命的名，都是屬於最個別的殊名，且不管對象是人或是物，此時加諸其上的，莫不是新增的符號，所以，除了施名者之外，任何其他人對此新名絕對都是陌生的。而中國社會裡，人們對各種名稱尚且要追問「其所以之意」（劉熙〈釋名序〉），對於安之於人物的特殊名稱，當然也會有一窺究竟的好奇。於是，文章中的特殊名

---

❶　許慎說文解字、劉熙釋名說名義，可視為古人追求解答者的代表。〈說文解字序〉云：「六藝羣書之詁，皆訓其意，而天地鬼神、山川草木、鳥獸昆蟲、雜物奇怪、王制禮儀、世間人事，莫不畢載。」〈釋名序〉云：「夫名之於實，各有義類。百姓日稱而不知其所以之意，故撰天地、陰陽、四時、邦國、都鄙、車服、喪紀，下及民庶應用之器，論敘指歸，謂之《釋名》，凡二十七篇。至於事類未能究備，凡所不載，亦欲智者以類求之。博物君子其於答難解惑，王父幼孫朝夕侍問以塞可謂之士，聊可省諸。」其字裡行間即洋溢著獲得解答的滿足感。

稱,首先便讓讀者在名實之際產生疑問;而作者的闡釋名義,便是為讀者連接起名實會通的管道,使得所安之名與所指之實,有緊密的關聯,進而解除原本的陌生感與疑惑。

因此,命名文章的闡釋名義,是作者基於自己對對象之實的理解,而後思考如何加以描述、如何顯豁「所以名之」的適當性,以便說服他人接受此新符號的行動。也就是說,命名文章基本上是要傳達一組新的、個別的「名實結構」,其中,「名」須得有足夠的概括性,以涵概其「實」;而「實」要有具體的指向性,讓人可以在對象物中感覺其存在。立名指實能合理通透,文章才算成功。

舉例來說,春秋時的高士黔婁,死後,其妻議諡為「康」❷。眾所週知,諡號是給予死者的易名❸,一般根據死者生平作為、特殊事蹟而論定,它能標表死者的行誼功過,也能反映社會對於死者的總體觀感。然則一生清貧的黔婁❹,困窮是眾人對他的直接印象,卻要用表示富足安樂的「康」字為諡,怎不令人大惑不解!所以,聽到諡曰康時,曾子馬上提問:「生不得其美,死不得其榮,何樂於此而諡為康乎?」黔婁之妻這才從容地回答:

---

❷ 劉向編撰:《古列女傳》(臺北:臺灣商務印書館,四部叢刊正編),卷二,頁 31。

❸ 古俗於已死之人諱其名,故而對死後猶會屢被提及的重要人物,便取諡號以稱之。關於此,詳參汪受寬:《諡法研究》(上海:古籍出版社,1995 年),第一章,頁 1-16。

❹ 《古列女傳》裡曾子說:「先生在時,食不充虛,衣不蓋形;死則首足不斂,旁無酒肉。」此即是世人眼中所見的黔婁形象。

> 昔先生，君嘗授之政，以為國相，辭而不為，是有餘貴
> 也；君嘗賜之粟三十鍾，先生辭而不受，是有餘富也。彼
> 先生者，甘天下之淡味，安天下之卑位，不戚戚於貧賤，
> 不忻忻於富貴，求仁而得仁，求義而得義，其謚為康，不
> 亦宜乎❺！

　　原來黔婁之妻指向黔婁一生的「實」，是世人一時沒想到的精神內涵。國相不為、鍾粟不受，世間的權勢富貴，根本非黔婁所追求，他自有珍視的價值世界。仁義道德上的精神收穫，黔婁比所有的人都充實飽滿。這樣的生命內容，一經黔婁之妻指出之後，謚號的「康」字便顯得妥當而名符其實了。黔婁之妻已成功地打造一個關於黔婁的新的「名實結構」，並順利地以此說服世人。

　　若將《列女傳》中這段議謚的內容獨立出來，亦可視為一篇命名的文章。闡述名義，而理由充足、言談巧妙，可使人釋疑，亦可令人舒服。怪不得《列女傳》會在篇末引詩：「彼美淑姬，可與寤言」了。傳統散文中，命名文學會累積出那麼豐富的篇章，實即證了：自古以來人們是樂於去接受巧妙的解釋、樂於追逐解惑之後所產生的滿足。

參、命名文學的說理趣味

　　前節提到命名文章實際上是在闡述一個個別的「名實結構」，

---

❺　見註❷引文。

作者正是藉著「名」，以指出他所觀察到的對象之實。據此，若進一步思考，將會察覺不同類別的命名文章，其所顯豁的「實」，其間有非常大的差異性。一個人的名，其對應的「實」，在那裡？很明顯地，那是個比諡號所對應出的「實」，更難掌握或想像的。那麼，字呢？一個人的字又能對應怎樣「實」呢？這些都有待分說。但我們知道，由於這些相異，才能造成命名文學領域中那麼多類型的文章，而也惟有具備多樣的「名—實」對應關係，才能使命名文學散發引人的魅力。

以下且以名實的對應關係為脈絡，分述各類命名文章所展現的說理趣味。

一、諡議

關於諡號，上節曾約略提過，黔婁的諡，由他的妻子命取，這在後世稱為私諡或鄉諡。諡有針對死者定褒貶、示寵辱的作用在，因此在「器與名不可以假人」❻的觀念下，國朝統治者有逐漸加強掌控給諡權的傾向，慢慢地發展出國朝的易名典禮、諡法制度。於是出於朝廷議定，皇帝頒賜的諡，稱為公諡，其他民間社會個別所取的，便稱為私諡。而且以公諡為正宗，以私諡為不合禮制的論述，亦逐漸取得儒者的認同，成為大部分人的共識。職是之故，兩漢以後，諡議多數為朝中禮官所為的公諡，私諡諡議雖亦有之，但相比之下，不成比例。

---

❻ 見《左傳》成公 2 年傳，孔子語。

　　然而公諡諡議，其實受到的約束非常多：作者的寫作態度並不自由（是受命而為）、朝廷典章有其定式、諡字還得符合傳統《諡法》規定的德目，而更大的約束是來自公眾的監督，或者有時是赤裸裸的政治勢力角力。如果議定之諡無法取得公眾的認同，就會引起討論❼。因此可以這麼說：公諡諡議，即使有諡主的畢生行誼作為議論者的實據，然而在議諡者試著去結構「名實對應關係」時，卻有許多不同的看法從旁商榷或干擾。這是公諡諡議寫作時的難處，也是必須面臨的挑戰。不過，這也不是每一篇諡議都會有的難題，事實上，得諡者很多，不可能每個人的諡議都寫得有聲有色，很多諡議不過是套用格式的寥寥數語而已。只有那些深具影響性或爭議性的人物，會有較精采的諡議。

　　例如歐陽脩的諡，太常議定之後，負責執筆的是李清臣。李當時文名頗著，以詞藻受知神宗❽，諡議言：

> 太子太師歐陽公歸老於其家，以疾不起，將葬，行狀上尚
> 書省，移太常請諡。太常合議曰：「公維聖宋賢臣，一世學
> 者之所師法，明於道德，見於文章，究覽六經群史，諸子
> 百氏，馳騁貫穿，述作數十百萬言，以傳先王之遺意。其

---

❼　徐師曾在《文體明辨》卷五十七將諡議之文細分為：諡議、改議、駁議、答
　　駁議、私議，便足以反映這是常有之事。

❽　脫脫撰：《宋史》（臺北：鼎文書局，民國 65 年）卷三百二十八，頁 10564。
　　李清臣頗得歐陽脩賞識，曾「壯其文，以比蘇軾」。李得以任太常，亦因歐
　　陽脩舉薦。李清臣的這篇諡議，見《歐陽文忠公集》附錄卷一〈諡誥〉。

文卓然自成一家，比司馬遷、揚雄、韓愈，無所不及而有
過之者。方天下溺於末習，為章句聲律之時，聞公之風，
一變為古文，咸知趨尚根本，使朝廷文明不愧於三代漢唐
者，太師之功於教化治道為最多。如太師真可謂文矣。」
博士李清臣得其議，則閱讀行狀，考按諡法，曰：「唐韓
愈、李翱、權德輿、孫逖，本朝楊億，皆諡文。太師固宜
以文諡。」

行文至此，可以看到原本太常禮官是推崇歐陽脩的文章，且
肯定其倡古文、正文風的貢獻，擬比之於韓愈、楊億等人，諡之為
「文」。這應該是對於文壇泰斗的最高禮讚。然而，後來被改議
了，關鍵的人物，是太常寺的主官。諡議接著寫道：

吏持眾議白太常官長。官長有曰：「文則信然不復易也。然
公平生好諫諍，當加獻為文獻，無已則加忠為文忠。」眾
相視曰：「其如何？」則又合議曰：「忠亦太師之大節。太
師嘗參天下政事，進言仁宗，乞早下詔立皇子，使有明名
定分以安人心；及英宗繼體，今上即皇帝位，兩預定策翊
戴，有安社稷功。和裕內外，周旋兩宮間，迄於英宗之視
政。蓋太師天性正直，心誠洞達明白，無所欺隱，不肯曲
意順俗，以自求便安。好論列是非，分別賢不肖，不避人
之怨誹狙嫉，忘身履危，以為朝廷立事。按諡法：道德博
聞曰文；廉方公正曰忠。今加忠以麗文，宜為當。」眾以
狀授清臣為諡議，清臣曰：「不改於文而傳之以忠，議者之

盡也，清臣其敢不從！」遂諡文忠。謹議。

後段這裡的議論，表面上似乎是傅麗於前段的加諡，實際上是整個改了原本議論的指向。原來的精神，是將歐陽脩定位在宋朝文壇上、古文運動史上的重要人物；其後加上「忠」字，則「文」之諡，僅是泛泛的稱「道德博聞」而已，與一般文臣之得諡中加文，沒有兩樣，以致失去了表彰歐陽脩為宋初文壇領袖、足以匹配韓愈的歷史地位。站在承接文統的立場看，則「文忠」之諡是大不如單稱「文」的。陸游《老學庵筆記》便說：

> 歐陽文忠公初但諡文，蓋以配韓文公。常夷甫方兼太常，晚與文忠相失，乃獨謂公有定策功，當加忠字，實抑之也。李邦直（即李清臣）做議，不能固執，公論非之。當時士大夫相謂曰：「永叔不得諡文公，此諡必留與介甫耳。」其後信然。❾

常夷甫，即常秩，是王安石的追隨者。歐陽脩最後諡文忠，是出於他的堅持。至於是否為了要把「文公」之諡保留給王安石，姑且不管，但此次太常議諡歐陽脩，顯然不慊於士望公論。李清臣或許知道公論所在，但囿於太常內部倫理並未堅持。最後僅能在諡議中，將議論的經過寫得那麼仔細，並且也保留當初自己的想法。雖然他還是免不了公論的指謫，但公眾欲諡歐陽脩為「文」的願

---

❾ 陸游撰：《老學庵筆記》（臺北：臺灣商務印書館，叢書集成簡編，民國 55 年），卷五，頁 51。

望，卻也經由此篇謚議流傳下來。可以想見，當時執筆為文，思慮必然是幾經轉折的。不過文章終究經營得甚有波瀾，不失為一篇佳構。

二、名說與字序

一個人的名與字，除非就其生理特徵而命取，否則它與受名者之間，根本不存在什麼名與實的關係。一個名叫明理字伯通的人，可能是個不講道理的老頑固；而名喚美麗者，也可能無法符合其容貌，即使加上若仙的美字，依然不能改變事實。一般的情況是：名與字單純只是便於稱呼的識別記號。然則，前文提到的命名文章所闡述的名實對應關係，說名、說字的篇章上是否就不存在了呢？其實不然。名說、字序之文，還是有其名實的對應關係。只是，那個實會是施予名字者的心理期望或祝福。它的意義不一定存在於受名者身上，卻是施名者希望以後可以在受名者身上實現或完成的。曹魏時的王昶，為子姪作名字，兄子王默字處靜，王沉字處道；子王渾字玄沖，王深字道沖，於是作書戒之曰：「欲使汝曹立身行己，遵儒者之教，履道家之言，故以玄默沖虛為名，欲使汝曹顧名思義，不敢違越也。古者盤杆有銘，几杖有誡，俯仰察焉，用無過行，況在己名，可不戒之哉！❿」這段話很能說明整串名——義——實的連繫。這裡姑且拿謚議來作比較，則謚議文章內容接近頌贊評論，論述的是人的過往；名說字序則近於箴銘，有勸戒言行

---

❿　陳壽撰：《三國志》（臺北：鼎文書局，民國65年）卷二十七，頁745。

的功用，其義在指示人的未來的功用。

　　而由於名說字序所指向的實，存於施名者（或即文章作者）心中，所以關於它的寫作，不會像謚議那般顧及輿論公議，相對的這是全由施命者作主，自由許多了。

　　不過，名說畢竟又不同於字序，兩者之間差異顯然。若也從寫作的自由度上考量，則命名要比取字更為無拘束。表字必須建立在原名的基礎上，字序便要說出其所命字與原名之間的關連何在？如果關連不緊密，馬上影響命字的恰當性。但字序文章也就因此要比說名更有可發揮的說理、闡義空間，大大地增加文章的思辨性。相反的，施命人名的自由隨意，只要有個稱呼，或只要能表達期望就行，也會使得無須多做闡述，說無可說。所以，名說文章數量少得多，篇幅也往往不長。像是蘇洵的〈名二子說〉❶只有八十七字，簡潔可愛。而劉禹錫的〈名子說〉，這篇大概是最早獨立成文且以名說為題的文章，亦僅一百五十餘字，還包括了對字的簡單說明，其文如下：

> 魏司空王昶名子制誼，咸得立身之要，前史是之。然則書紳銘器，孰若發言必稱之乎？今余名爾：長子曰咸允字信臣，次曰同廙字敬臣。欲爾於人無賢愚，於事無小大，咸推以信，同施以敬，俾物從而眾說。其庶幾乎！夫忠孝之於人，如食與衣，不可斯須離也，豈俟余勖哉？仁義道

---

❶　蘇洵撰：《嘉祐集》（臺北：臺灣商務印書館，四部叢刊正編），卷十四，頁56。

德，非訓所及，可勉而企者，故存乎名。夫朋友字之，非
吾職也。顧名旨所在，遂從而釋之；孝始於事親，終於事
君，偕曰臣，知終也。❷

　　劉禹錫的時代，書寫字序的風氣未開。其實終唐之世，亦未
見另有題爲字序字說的文章。但從〈名子說〉可以得知：唐朝的命
字風俗已略異於先秦。先秦之世，命字是貴族子弟舉行成年禮的一
部分，它的命取，通常由典禮中的特別來賓、鄉賢長者負責。但這
裡劉禹錫卻說字的命取，職在朋友❸。命字而稱誠，既是稱職的朋
友的責任，那麼在這一文化環境下，說字而形諸文字的習慣，也將
逐漸孳長。劉禹錫之後，北宋柳開、穆修以下的文人集中，便大都
有說字文章的存在，流風更及於釋氏❹。風氣一開，則說字之文，
或應人所請而作，或送行贈人而作，或爲人改字以深表期許❺，或

---

❷　劉禹錫撰：《劉夢得文集》（臺北：臺灣商務印書館，四部叢刊正編），卷二
　　十五，頁 152。

❸　早在隋代，王通就說：「字，朋友之職也。」《中說・禮樂》即載：「季弟名
　　靜。薛收字之曰保名。子聞之曰：『薛生善字矣！靜能保名，有稱有誡。薛
　　生於是乎可與友也。』」可見，隋唐之時，善於取字以稱誡，是一位稱職的
　　朋友應有的責任。

❹　北宋名僧契嵩《鐔津文集》卷十二即有〈與月上人更字敘〉，首云：「上人名
　　曉月字竺卿。余以始字其義不當，不可以爲訓義，以公晦易之。」足覘此時
　　釋氏亦有因名立字的習尚。

❺　宋人主動爲人改字的情形頗常見。註❹即爲一例。通常是認爲前字未能發皇

一名而二字以盡其義❻，林林總總，面貌多端，蔚爲壯觀。

　　蘇洵〈仲兄字文甫說〉，可說是個中傑作。蘇渙初字公群，蘇洵以爲《易・渙卦》六四爻「渙其群，元吉」，是初字所本。但渙是解散的意思，也就是說，聖人立言若能渙散其群，則占爲元吉。今名渙卻字之曰公群，則是「以聖之所欲解散滌蕩者以自命也」，剛好違逆了聖人之意。所以蘇洵建議仲兄改字。於是他從渙卦卦象引申出文采之意，而字之爲「文甫」。渙卦巽上坎下，有風行水上的形象，風與水相遇，舒者爲淪漣，怒者爲波瀾，不管在澤湖之畔，或是滄海之濱，或爲優柔或爲雄壯，形成的水姿波態變化萬端，允爲天下極觀。蘇洵在本文用了近二百字描寫風水的相遇成文，云：

> 今夫風水之相遭乎大澤之陂也，紆餘委迤，蜿蜒淪漣，安而相推，怒而相凌，舒而如雲，蹙而如鱗，疾而如馳，徐而如徊，揖讓旋辟，相顧而不前，其繁如縠，其亂如霧，紛紜鬱擾，百里若一。汩乎順流，至乎滄海之濱，滂薄洶湧，號怒相軋，交橫綢繆，放乎空虛，掉乎無垠，橫流逆折，潰旋傾側，宛轉膠戾，回者如輪，縈者如帶；直者如

名之深意，所以特為更改且為文立說，以深化名字意涵。歐陽脩集中共有四篇字序，就有〈張應之字序〉、〈尹源字子漸序〉兩篇（文集卷六十四），是主動為人更字而作。

❻　蘇軾為張方平之子命字，即命以兩字。由名「恕」，而衍出忠甫、厚之。見〈張厚之忠甫字說〉，《東坡集》卷二十四。

燧，奔者如焰；跳者如鷺，投者如鯉，殊狀異態，而風水
之極觀備矣。❶❼

　　形容之傳神，用字之靈變，令人印象深刻。在此之後，蘇洵
轉而立論，回到說體的主題，他說：

> 故曰：「風行水上，渙。」此亦天下之至文也。然而此二物
> 者，豈有求乎文哉！無意乎相求，不期而相遭，而文生
> 焉。是其為文也，非水之文也，非風之文也，二物者，非
> 能為文，而不能不為文也；物之相使，而文出於其間也，
> 故此天下之至文也。今夫玉非不溫然美矣，而不得以為
> 文；刻鏤組繡，非不文矣，而不可與論乎自然。故夫天下
> 之無營而文生之者，唯水與風而已。昔者君子之處於世，
> 不求有功，不得已而功成，則天下以為賢；不求有言，不
> 得已而言出，則天下以為口實。烏乎！此不可與他人道
> 之，唯吾兄可也。

　　看他收束全文之後，我們不得不讚嘆他的言說能力與深刻的
思想。全文先由「渙」字而開出那麼生動的形象世界，筆下興風作
浪，曲盡風水遭遇之象，最後又一筆宕開，帶出由風水生文而得到
的啟示，用此以期勉受名者處世必須無求無營。所言合情合理，自
然而然，毫無常人說理勸戒的生硬感。在「渙」與「文甫」的名字
聯結之下，形成了猶如刻諸金石的箴言，它宣告了這篇說字文章的

---

❶❼　〈仲兄字文甫說〉，《嘉祐集》卷十四，頁 55-56。

圓融成功。而後人也往往由此進窺蘇洵（甚而擴張爲三蘇）的文學
主張，更增添了本文的價值。

三、號記與他稱自傳

　　號的性質，與名、字、諡大不相同，它的出現帶著一定程度
的隱姓埋名的意圖。使用別號，或者不使用名字而他人加諸以號，
總有一點兒不願揚名的心態❶。

　　不過，後世在使用號時，也不盡然如此。號有時是文人自我
抒寫懷抱的標題，有時也是一些附庸風雅之輩，加諸己身的另一形
態之名。歸有光對於世人稱號氾濫，曾經如是批評：

> 生而無名，君子以為狄道；有名有字矣，又有號者，俗之
> 靡也。號至近世始盛，山溪水石遍於閭巷。❶

---

❶　白居易在自撰墓誌銘中，交代妻姪在其死後，「無請太常諡，無建神道碑，
　　但於墓前立一石，刻吾醉吟先生傳一本可矣。」可是他寫的〈醉吟先生傳〉
　　並無明言誰氏，而是隱藏名姓，寫著「忘其姓字、鄉里、官爵，忽忽不知吾
　　為誰」。不向朝廷請諡、進而以不著名姓的自傳取代神道碑，埋在地下的墓
　　誌也由自己預寫，可免去他人頌美之詞，這都是有逃名的意識在。同樣的，
　　一些以號為名的傳記，如〈五柳先生傳〉、〈妙德先生傳〉及下文會提到的幾
　　篇，傳中都不提名姓的，只有柳開〈補亡先生傳〉例外。

❶　歸有光：〈夏懷竹字說序〉，《震川先生集》（臺北：臺灣商務印書館，四部叢
　　刊正編），卷二，頁51。

　　所說的「山溪水石遍於閭巷」，一者指出用號者名不符實，別號盡用些脫離塵俗、嚮往山林的字眼，卻仍生活於市肆街廛；一者則指出風氣靡迷，用號者已不限於逃名的隱士、風雅的文人，而是連市井小民也從風流行。他的反感主要來自對末俗的批判，但對於善用其號的人，並不予反對。前引文底下，他接著就說：「然使其無誇詡之心，有警勉之意，亦非君子之所鄙。」還是肯定了用號的警勉作用。

　　歸有光對於號的基本看法如此，所以他對自己別號「震川」，曾為文說明：

> 余性不喜稱道人號，尤不喜人以號加己，往往相字以為尊敬。一日諸公會聚里中，以為獨無號稱，不可，因謂之曰「震川」。余生大江東南，東南之藪唯太湖，太湖亦名五湖，《尚書》謂之震澤，故謂之震川云。其後人傳相呼，久之便以為余所自號；其實謾應之，不欲受也。今年居京師，識同年進士信陽何啟圖，亦號震川。不知啟圖何取爾？啟圖，大復先生之孫，汴省發解第一人，高才好學；與之居，恂恂然，蓋余所忻慕焉。昔司馬相如慕藺相如之為人，改名相如。余何幸與啟圖同號，因遂自稱之。蓋余之自稱曰震川者，自此始也。因書以貽啟圖，發余慕尚之意云。❷

---

❷　〈震川先生別號記〉，《震川先生集》卷十七，頁 247。

　　歸有光之於震川之號，由謔應之而人相傳呼，到最後心甘情願的自安稱號，歷時頗久，顯現其慎重而不隨流俗的一面。「震川」之號所對應的實，便兼涵了其居住地與自我期望二者。

　　然而，很多文人對於使用別號，心態要比歸有光輕鬆多了。他們自取別號，無寧是對自我省察觀照後的自我認同。單純地只是為了設定一個足以概括自己的志業、懷抱，甚或自我解嘲、排遣的簡單標記罷了。則其號所指向的實，便是心中的自我形象。

　　此時自號便類似自我品題，只是其品題之文濃縮到最簡的一兩個字。這種自名，不同於原名之來自父母尊長；不同於表字必須依倚於原名；更不同於身後之諡完全受制於他人的論定——它代表自我意識的充分伸張。當然，附庸風雅，追逐時尚之徒，不足以與此。好為自覽的文人，自然也樂於自安別號；而若要他人充分理解其取號之意，自然也就藉諸文字。所以，命名文學中闡述自號的文章也不會太少。

　　但是闡述自號之文，往往不作平平實實的〈號記〉、〈號說〉這樣的題名。因為名號既然是自我的概括，那麼，與其直接釋名說號，不如描繪自己，自我作傳，呈現生命的內容以印證所命名號的恰如其分。何況，有時所施之號，並不重在文字上的意義，沒什麼好訓釋。所以作者採取的書寫策略，便往往會是站在第三者的角度，去描繪號為某某的自己。形式上這是在描寫他者，實際上卻是自我的剖析，於是形成一種他稱自傳的文章體式。陶潛的〈五柳先生傳〉、王績的〈五斗先生傳〉、白居易的〈醉吟先生傳〉、柳開的〈東郊野夫傳〉與〈補亡先生傳〉、种放的〈退士傳〉、歐陽脩的〈六一居士傳〉皆是。

　　從表面上看，這些自傳不能說是議論、說明的文章。可是，它們實在是有說明、闡述的效果。傳記內容深刻的自我敘述，說服了讀者認同他所取名號的適當性，這與經由議論、論說而達到的效果，沒有兩樣。這些他稱自傳具有說服力，是無庸置疑的，否則後人不會跟著稱呼他們為五柳、醉吟、退士、六一的。

　　如此說來，這類文章實不妨視作號說號記了。其中以〈六一居士傳〉最能觸發這種感覺。歐陽脩這一名篇，與前面提到的其他傳，有著不同的性質，首先，以歐陽脩是作者，而描述的對象名為六一居士來說，此傳自可歸為「他稱」之文。然而，傳末卻明白寫著「熙寧三年九月七日，六一居士自傳」[21]，就此而言，它又不得說是「他稱」。這與其他傳文，刻意地保持作傳者與傳主距離的形式，是不相同的。其次，本文也未嚴守一般紀傳的體式。傳體散文，基本上會記傳主的名姓里籍，即使刻意要隱姓埋名，此格式亦會有所保留，如〈五柳先生傳〉云：「先生不知何許人也，亦不詳其姓字」，〈醉吟先生傳〉云：「醉吟先生者，忘其姓字鄉里官爵，忽忽不知吾為誰也」，〈退士傳〉云：「退士不知孰氏，然常自稱仲山甫之後也」，莫不如此。再不然，則應對傳主的生平有綜覽後的介紹、評述。但是〈六一居士傳〉都沒有這些，一開始便說：

　　六一居士初謫滁山，自號醉翁。既老而衰且病，將退休於
　　潁水之上，則又更號六一居士。

---

[21]　歐陽脩：〈六一居士傳〉，《歐陽文忠公集》（臺北：臺灣商務印書館，四部叢刊正編），居士集卷四十四，頁 328。

　　以下即以答問的方式，談何謂「六一」、談立號之志、談退休之樂、談自己何以宜退。全文如此，所記只是傳主一時的作為思想，作者並無意傳述傳主的生平梗概或生命的精采處。若非作者明言「六一居士自傳」，則此文之題為「傳」似有可議。因為其內容從頭到尾，就在說明改號的緣由與新號的寓意罷了，倒不如題為〈六一居士號說〉來得貼切。

　　由此可見，他稱自傳與說號文章間的界線，很容易就可踰越的。因此，雖說命名文學以說理為主，但決不可忽略這些看似不在解釋說明，卻說服力十足的傳體文章。少了它們，命名文學將會遜色不少。

四、建物命名記

　　如果說為建築物命取私名，反映了中國人對待建築物的惜愛之心，那麼與此相伴而更表慎重之情的，就是為建物作記、題詠。建物而有記，作記的目的不外乎幾種：或記載其營造落成，或記敘其重修經過，或記下其命名緣由。由是約略可分為落成記、重修記、與命名記三小類。當然，文章中或記落成而兼涉釋名，或記命名而述及景觀規模者，亦在所難免，此則可據文章之旨予以判定歸類。此中命名記旨在記述命名緣由，那麼，闡述立名之意，乃成為文章不得不談的重點。而述及於此，則文字中說明、議論的成分，便會明顯地加重，以致超過對於營建的敘述，或景物的描寫。因而也就形成「說」多於「記」的表象，有別於一般記體文章的書寫形式。明人徐師曾的《文體明辨》是這樣介紹「記」的文體：

〈金石例〉云:「記者,紀事之文也。」……《文選》不列其類,劉勰不著其說,則知漢魏以前作者尚少;其盛自唐始也。其文以敘事為主,後人不知其體,顧以議論雜之,故陳師道云:「韓退之作記,記其事耳,今之記乃論也。」蓋亦有感於此矣。然觀〈燕喜亭記〉已涉議論,而歐蘇以下議論寖多,則記體之變,豈一朝一夕之故哉!❷❷

　　這位文體分類學者認為:記體原以敘事為主,而自唐發展至宋,此體已發生變化,主要是在敘事中雜入了論說。他大致同意宋人陳師道的看法,但他也進一步指出韓愈的〈燕喜亭記〉已經存在變化的徵兆。其後歐蘇記中議論寖多,只是承繼的發展。

　　徐師曾的觀察堪稱細膩。他並未明言所謂「記中雜議」指的是什麼情況,我們只能從他《文體明辨》的選文中去推敲,但由他特別指出〈燕喜亭記〉來看,則似乎掌握了建物命名記為記體文類所投下的變數。韓愈這篇文章或許是最早的一篇規模粗具的建物命名記,文中有一大段是記命名及取義的,文云:

太原王弘中在連州與學佛人景常、元慧游,異日從二人者行於其居之後,丘荒之間……自是弘中與二人者晨往而夕忘歸焉,乃立屋以避風雨寒暑,既成,愈請名之:其丘曰竢德之丘, 蔽於古而顯於今,有竢之道也;其石谷曰謙受

❷❷　徐師曾撰:《文體明辨》(日本京都:中文出版社,1982 年,和刻本),卷四十九,頁 1408。

> 之谷，瀑曰振鷺之瀑，谷言德，瀑言容也；其土谷曰黃金
> 之谷，瀑曰秩秩之瀑，谷言容，瀑言德也；洞曰寒居之
> 洞，志其入時也；池曰君子之池，虛以鍾其美，盈以出其
> 惡也；泉之源曰天澤之泉，出高而施下也；合而名之以屋
> 曰燕喜之亭，取詩「魯侯燕喜」者頌也。㉓

　　命名雖多，釋名則不算深入，尤其對於屋名「燕喜亭」，並無多作解釋。取名之原由單純以表祝頌之意爲主。其引《詩・周頌・閟宮》詩：「魯侯燕喜，令妻壽母，宜大夫庶士，邦國是有，既多受祉，黃髮兒齒。」是用以祝福這位來治於連州的地方官，能像魯侯一樣內外皆得順遂。這與宋以後如歐蘇諸人的建物命名記，書寫性格相差甚大，實乃椎輪濫觴，勢所難免。

　　事實上，有唐一代爲建物命名而作記釋義的，僅有零星幾篇㉔。相對的，兩宋以降此類文章，數量甚夥，而且釋名性非常強，焦點集中，議論成分確實大幅提高了。北宋陳堯佐因貶潮州，闢地建小亭而名之曰「獨遊」，其〈獨遊亭記〉全篇旨在揭其靜獨情操，記而雜議非常明顯，文末則曰：

㉓　韓愈：〈燕喜亭記〉，《韓昌黎集》（臺北：河洛圖書出版社，民國 64 年），卷
　　二，頁 48。

㉔　元結的〈殊亭記〉、〈寒亭記〉、〈廣晏亭記〉，柳宗元的〈永州萬石亭記〉，劉
　　禹錫的〈洗心亭記〉，司空圖的〈休休亭記〉，都算是略具規模的建物命名
　　記，除此之外便不多見。

嗚呼！人非獨則近乎辱，道非獨則牽乎俗，所謂周而不比者，斯人歟？余聞或者之說，不果承命；又懼潮之民謂余悒悒而來而獨善也，故載其說於屋壁。㉕

篇名爲記，文末卻說「載其說於屋壁」，實已透露說理議論在建物命名記中的比重㉖。

爲建物命取私名，其取義方向是毫無限制的，或因形制，或因環境，或因人事，或因情緣……不一而足，北宋儒僧釋智圓〈夜講亭述〉裡提到：

是故亭之設，非止為登高引望也，所謂道依處而行也，故吾以「夜講」名之。而亭利於吾，實非一用也，則夜講之名包乎眾美矣。其或忘機默坐，可以養浩然之氣，則曰「養素亭」；以文會友，則曰「文會亭」；春觀卉木，則曰「錦繡亭」；炎夏追涼，則曰「薰風亭」；秋蟾靜照，則曰「望月亭」；晴山對峙，則曰「疊翠亭」；望殘雪，則曰

㉕ 見曾棗莊、劉琳主編：《全宋文》（四川：巴蜀書社，1989 年），卷一九六，第五冊頁 380。

㉖ 龔自珍的〈病梅館記〉，另題為〈療梅說〉，可為佐證。參王佩諍校：《龔自珍全集》（上海：古籍出版社，1975 年），頁 187。另外，蘇軾的〈醉白堂記〉，王安石也曾戲曰：「父詞雖極工，然不是醉白堂記，乃是韓白優劣論耳。」（見《豫章黃先生文集》卷二十六〈書王元之竹樓記後〉）也同樣可說明建物命名記體上的變異，及其偏重論說的特色。

「玉峰亭」；曝愛日，則曰「負暄亭」；偶思之，得其異名七八矣。**㉗**

這座小亭位於孤山瑪瑙坡，背倚修竹，面臨西湖，鳥無俗音，雲有閑態，而蕭條人外。智圓隨意思之，便有好幾個命名的可能，最後他取為「夜講」，是為了「欲伸唯心之說，廣吾佛之道，以訓乎鬼類也。」表明的是他「依處而行道」之意。

正因為建物命名中，名與實的結構建立，有如此多的向度，提供了文人墨客在此盡情發揮的機會，他們相物而取名，因名而說理的靈妙表現，實在讓人很難據一以概全，歸納出記說融合的模式，或簡約的畫出一種名實對應結構。也因此造就了此類文章亮麗的光彩，擁有比其他類命名文章更多的吸引力。宋元以來，名篇如林，如歐陽脩的〈有美堂記〉、〈畫舫齋記〉、〈豐樂亭記〉，曾鞏的〈思政堂記〉，蘇軾的〈喜雨亭記〉、〈放鶴亭記〉、〈超然臺記〉、〈凌虛臺記〉，蘇轍的〈黃州快哉亭記〉，虞集的〈尚志齋說〉，劉基的〈尚節亭記〉，王守仁的〈何陋軒記〉，歸有光的〈花史館記〉，龔自珍的〈病梅館記〉，曾國藩的〈養晦堂記〉等等，都是選集中常見的篇目。這清楚地說明此類文章中所包含的趣味是相當豐富的。

五、其他命名文章

㉗ 見《全宋文卷三一三》，第八冊頁 270。

前述四項所包括的幾類古文，是傳統散文命名文學領域中的大宗。此外，則亦存在一些篇目較少，似未形成寫作風潮的命名文章。對自然環境命名進而為文，便是其中一類。此如元結之於浯溪，柳宗元之於愚溪，最為世人所熟知。柳宗元的〈愚溪對〉，靈巧多趣，出人意表，早已膾炙人口；元結於所居附近到處命名，且立石刻銘，〈浯溪銘〉、〈峿臺銘〉、〈七泉銘〉、〈五如石銘〉諸文，有好名者的浪漫，亦傳為文壇佳話。它們或作對體，或為銘序，體式不同於前述諸類，對於命名文學的多樣性亦有所增益。

肆、命名文學在北宋的開展

命名文學中的單一作品，成為廣為人知的古文名篇者，為數不少。但由於長期以來缺乏對命名文學的整體觀察，那些名篇在整個領域中佔何地位，仍是缺乏論定；整個命名文學的發展歷程，也乏人問津。然而，其實只要將此領域清楚劃分出來之後，卻不難得到一個簡明的印象：命名文學發軔於諡議，其壯大則因字說與建物命名記的加入，而開展的歷史階段正當中唐至宋初期間，重要人的開拓人物，在唐為元結、韓愈、柳宗元，在宋則是柳開、穆修、范仲淹、歐陽脩等古文運動健將。命名文學與古文的發展理應有密切的關係。

如果再仔細觀察，又將發現中唐到北宋的發展，前者猶如播種期，後者則是茁壯成熟的階段。唐代的字說與建物命名記，較之於北宋，其數量遠遠不及，其作者數多寡懸殊，其整體文學成就更不可同日而語。可以這麼說：北宋才是命名文學開展成熟的最重要

時期；字說與建物命名記，正是宋代古文運動大量開發出來的文化產物。

字說有類箴銘，勸戒警勉之意味忒濃，前已言之；建物命名記亦猶刻諸几杖硯盤上的銘文一般，時有引人思考的作用❷❽，在命名文學中，這是與字說性質較爲接近的文類。此二者指向未來的期許意義，自有別於謚議的評論逝者，以及號記自傳的描述已然、自我剖析。因此，兩者的大量出現，對於命名文學而言，不只是量的擴增而已，還是一嶄新方向的拓展。

爲何這一方向會在北宋才清楚展現呢？這或許與宋初大力提倡名教有關❷❾。而他們對於名教的理解，並不僅僅注目於社會的論評，善惡的名聲，他們進一步想到：從附著於人的名字上，可以發揮潛移默化的教育作用。這時「名教」二字或可直接從字面上作

---

❷❽　文彥博在〈思鳳亭記〉裡提到：「夫考室命名者眾矣，或即其地號而著，或因其事實而稱，揭而書之，斯用無愧，苟異於是，則徒豐其額，美其名，必為有識者撫掌。」足見宋代士大夫對於建物命名，不是僅求其美稱而已。所謂「因其事實而稱」，包含甚廣，但主要在能名符其實，使居之者無所愧赧。然則，其命名必能引人思考名實之際。〈思鳳亭記〉，見《全宋文》卷六五八，第十六冊頁 56。

❷❾　宋太宗與仁宗，都曾下詔編定謚法書，仁宗嘉祐年間的編定，到英宗治平初才完成，對歷代謚法著述很用心地整理（此可參註❸引書，頁 246），這是朝廷重名教之例。而范仲淹向仁宗條陳為政之務，亦強調名的重要，撰有〈近名論〉；其後不久，田況於慶曆 3 年也有〈論名奏〉，提醒仁宗勿忽名教。顯見儒者對朝廷是否重名教，相當在意。

解，即：以名字為教。

把名字看成自身言行的準則、志業的表幟的儒者，最具代表性的，非柳開莫屬。柳開字仲塗，他之前名肩愈字紹先（此名字恐亦非最初之名字），都含有深刻的自覺，〈補亡先生傳〉一開頭就即說：

> 補亡先生，舊號東郊野夫者，既著〈野史〉，後大探六經之旨，已而有包括揚、孟之心，樂與文中子王仲淹齊其述作，遂易名曰開，字曰仲塗。其意謂將開古聖賢之道於時也，將開今人之耳目使聰且明也；必欲開之為其塗矣，使古今由於吾也，故以仲塗字之，表其德焉。或曰：「子前之名甚休美者也，何復易之，不若無所改矣。」先生曰：「名以識其身，義以志其事，從於善而吾惡夫畫者也。吾既肩且紹矣，斯可已也；所以吾進其力於道，而遷其名於己耳，庶幾吾欲達於孔子者也。」或曰：「古者稱已孤不改，若是，無乃不可乎？」先生曰：「執小禮而妨大義，君子不爾為也。」乃著〈名解〉以祛其未悟者，眾悉以為然。❸⓪

肩愈與紹先，是標舉自己繼承韓愈、柳宗元以興復古文之志的符號，〈東郊野夫傳〉中亦曾述及。當這生命中的階段性任務大致完成（所謂「既肩且紹矣」）後，他進而要學孔子，開古聖賢之

---

❸⓪　柳開撰：《河東先生集》（臺北：臺灣商務印書館，四部叢刊正編），卷二，頁 13。

道於時，開今人之耳目而為之塗，所以改名為「開」，字曰「仲塗」。即使社會上有父母既亡不宜改名的禮俗，他也不顧，反而宣稱「執小禮而妨大義，君子不爾為」，且撰〈名解〉以自解釋。可見名字這組符號，在他身上是具有特殊意義與作用的。

柳開之外，宋初儒者如范仲淹希文、孫復明復、尹洙師魯、石介守道、士建中熙道諸人，崇慕儒學、復興儒道的心志都已揭示在名字之間❸，其名其字高懸理想，可視為一生力行的方針。所以，這應該不是個別人物的偶然偏好，而是當時儒者的一股風氣。

風尚如此，乃有不滿意原名而改名，不滿意初字而易字，甚或主動勸人改名易字等諸多現象。名士大儒必照常有登門求取名字的後學晚輩，而他們為人取名立字，也自會注意名字義涵對人的勉勵與鼓舞。范仲淹的〈南京府學生朱從道名述〉，便記載他與晏殊為府學生朱從道命名安字的用心。仁宗天聖 5 年（西元 1027），范仲淹因丁母憂寓居南京應天府，而晏殊時值南京留守，遂延請主持府學事。朱從道是晏殊提拔入學的學生，因表現得不錯，晏殊「嘉其遷善」，所以賜名從道，並請范仲淹為立表字，於是字之曰復之。這篇名述的寫作背景如此，范仲淹在文中同時闡發名、字之義以勸勉朱生，文末提到：

　　論者曰：公之旨也，豈徒正爾之名？蓋將成爾之德，激清

---

❸　關於此點，可參考錢穆：〈初期宋學〉，《中國學術思想史論叢》（臺北：東大圖書公司，民國 80 年），第五冊，頁 3。黃明理：《范氏義莊與范仲淹》（臺北：臺灣師範大學博士論文，民國 87 年），第五章，頁 213-218。

學校，騰休都邑，俾夫多士聳善，庶邦成流，格美俗於詩
書，被頌聲於金石，致我宋之文，炳焉復三代之英。抑公
之盛德乎！朱生振迹於盛德之下，發名於善教之始，何必
申繻之劇論，豈異夫子之榮褒者哉！當夙夜懷之，不墜我
公之令訓也。其庶幾乎！㉜

　　在此，名字成了訓示，是教誨的一部分。它不分晝夜，凡有
所稱呼應對，即可能啓發受命者的自覺，不啻爲教育的好方法。所
以說是「發名於善教之始」。顯見儒者在名字與人的密切關係上，
找到了著力點，他們爲人取名立字，設想的正是如何懸義以誘發向
善，淬礪受名者的心志。這與一般人的命名法則，如申繻對魯桓公
所說的五名（以信、以義、以象、以假、以類取名），大異其趣
㉝。

　　而在這之前，柳開、趙湘亦曾爲文批評時人好以聖賢之名爲
名㉞。可見宋初儒者，對於名字確實相當敏感，他們在名字的使用

㉜　范仲淹：〈南京府學生朱從道名述〉《范文正公集》（臺北：臺灣商務印書
　　館，四部叢刊正編），卷六，頁 51-52。
㉝　申繻事見《左傳》桓公六年傳。所謂以信，指按生時的實際情況取名，包括
　　嬰兒形貌特徵、出生時地、出生情形等等；所謂以義，傳統的解釋是指依祥
　　瑞取名；所謂以象，指視身體某部位象自然界某物而取名；所謂以假，指借
　　物名爲名；所謂以類，是指根據嬰兒是否肖其父親而取名。
㉞　見柳開：〈名係〉，《河東先生集》，卷一，頁 6；趙湘：〈名說贈陳償〉，《全宋
　　文》卷一六七，第四冊頁 756。

上，是有所發現的。他們將名字箴銘化、標題化。看作箴銘，以勉勵警戒自我；看作標題，以期言行之能符合名字之義。既有此想法，則將此命名之義擴大，轉施於居處游息、讀書辦公的堂室，是再自然不過的了。人名與居所之名，於是連結出輔德佑行的網絡。它們利用比箴銘更直接簡潔的文字，高頻率地出現在日常生活中，扣繫人的意識。只要人一心存念於此，則一次次名字的出現，就是一次次的提醒。不過，其前提是，這些名字的意義，必須先有所掘發闡釋，才能使人完備地接受、思及簡扼符號後的內涵。於是一篇篇的說記便產生了，或贈於個人，或揭於壁間，形成社會好尚命名／說名的風氣。柳開說名號的文章，有兩篇自傳、〈名係〉、〈字說〉，建物命名記有〈來賢亭記〉；穆修有〈張當字序〉、〈養正堂記〉、〈靜勝亭記〉；范仲淹有前引的名述以及〈清白堂記〉，這是最早的三位文集中俱備此兩類文章的人，他們的寫作時間約在 10 世紀後期至 11 世紀前期。由此彷彿可見北宋名說字序與建物命名記的寫作風氣，是同時受到名儒鼓倡激揚的。

　　風氣既開，其後的發展則不一定遵此輔德佑行的道路。後世文儒對於命名自有其見地，說名闡義的技巧亦必能推陳出新，在多樣的思想指導下，遇不同的機緣，很快地會在命名文學的領域，馳騁出交錯蜿蜒的路徑。至於其詳細情形如何？本文已無暇探及，期待往後有更多人一起開拓。

講評意見

王令樾

輔仁大學中國文學系

這是一篇命題新穎，內容充實，敘述流暢的論文。但仍有少許問題值得再研商，今說明如下：

一、題目爲淺談命名文學，探討的應是整體文學，細讀之下方知所論限於古文，時代也以唐宋爲主，因此命題與內涵稍嫌不甚貼切。

二、全文除爲命名文學作定義說明外，還言其特質與趣味，更論述發展。因此在論述過程中，若只舉一二相合之例，以此推出結論，其說服力似不足。若能有整體量化性的歸納分析，及全面性的論斷，則可避免採樣敘述的遺憾。

三、名說字序是很確定的命名文學，但名號傳記、建物命名記這類文章，雖具備命名及解釋名義，說其由來的內容，但這些文章篇旨不在命名上，作者往往另有託意，另揭要旨，與名說字序之文，立意就在命名上，是有極大的不同。將此不同性質的文章，同歸於命名文學領域，是不相宜的。縱然其中偶有可納入此領域的文章，

也無法以一概全。

四、既談到命名文學在北宋的發展，就宜對命名文學的源起流變作完整說明，其中任何階段的變化，都不宜在沒有論證之下一句話帶過。這不是常識問題，而是創設新穎命題時，應有的嚴謹寫法。

五、名說字序姚鼐先生歸於十三類中的贈序類，記物取名唐宋以來歸於雜記類，七泉銘一類的文章在箴銘類，不同的文章體類，寫作上也就有不同的原理原則，其中同異頗值得細究，由此或可探析「命名文章」的領域、特質，以及趣味。

三曹之人格特質及其文學思想

陳怡良

成功大學中國文學系

關鍵詞

曹操、曹丕、曹植、建安文學、典論論文、文氣、慷慨

摘　要

　　建安時代，是文學覺醒之時代，後人稱譽爲「中國之文藝復興」。曹氏父子三人倡導文學風氣，開創一代文風，成果斐然，其文學成就與地位，不可輕估。今探討三曹之人格特質及其文學思想，實有其意義與價值在，一則可深入了解三曹之人格特質與文學思想，究竟爲何？二則可推知與驗證其作品之風格特色爲何？三則可據以研判三曹之文學地位與文學成就爲何？並據以彌補一般文學史或史傳，對三曹簡略敘述之缺失。

　　曹操之人格特質，具善與惡之矛盾性與複雜性。其子丕一如其父具善與惡之矛盾性，惟才幹與殘暴，仍遜於其父。丕弟曹植，心地善良，天真單純，爲立嗣之爭，受盡欺凌，惟窮而後工，下筆

琳琅，為建安之傑。文學思想，則三曹皆重視文學，肯定文學之價值。曹操又主文務實，須博學。曹丕主文氣論，首倡文體分類。曹植主作家須虛心接納批評，批評家則須具創作能力。向民間文學學習，首提「雅好慷慨」之審美情趣。三曹之文學主張，均具創發性，影響後代文論深遠，成就非凡，在文學史上，大發異采。

壹、前言

魏晉時代是中國歷史上，一個政治紊亂、民生凋弊的大動盪時代，「一方面結束了漢帝國的統一，一方面又開始了以後南北朝底更長久的分裂」❶。就以建安時代❷而言，雖說漢廷名存實亡，軍閥割據，社會動搖，民生疾苦，儒學衰微，思想開放，但對文學發展而言，建安卻是一個光輝燦爛的新起點，是文學覺醒的時代，

---

❶　王瑤：〈政治社會情況與文士地位〉《中古文學史論》（臺北：長安出版社，民國 64 年 10 月出版）頁 1。

❷　建安為東漢末年漢獻帝之年號，時間自西元 196 年至 220 年。胡雲翼《新著中國文學史》（臺北：漢京文化公司，民國 72 年 9 月 1 日初版），頁 49，即將此時期之文學，稱為「建安文學」。近人張可禮《建安文學論稿》（濟南：山東教育出版社，1986 年 9 月第一版），頁 1，則以為文學史所言之建安文學，其包含之時間，要比建安年間要長，向前當自漢靈帝中平元年（西元 184 年）黃巾大亂算起，向後應當止于魏明帝景初末年（西元 237 年），前後包括五十多年之時間。王巍《建安文學研究史論》（長春：吉林大學出版社，1994 年 7 月第一版），頁 1，亦有類似之意見，茲從之。

亦是文學獨立的時代，甚至可稱譽為「中國之文藝復興」❸。曹氏父子三人與建安七子等作家，以其輝映古今的文學成就，在中古文壇上，開創一代嶄新的文風，對後世文學的發展，可謂影響深遠，「足與周秦文學分庭抗禮」，即對「文學之所以為『文學』的認識，亦遠較前代為深入，甚或可說是於文學發展上，盡其有本有末的功夫了」❹。因之歷來學者，無不給予極高的評價，如：

沈約《宋書‧謝靈運傳論》云：

> 至於建安，曹氏基命，三祖陳王，咸蓄盛藻，甫乃以情緯文，以文被質。❺

劉勰在《文心雕龍‧時序》云：

> 自獻帝播遷，文學蓬轉，建安之末，區宇方輯。魏武以相王之尊，雅愛詩章；文帝以副君之重，妙善辭賦；陳思以公子之豪，下筆琳琅；並體貌英逸，故俊才雲蒸。❻

---

❸ 張仁青：《魏晉南北朝文學思想史》（臺北：文史哲出版社，民國 67 年 12 月初版），頁 36。

❹ 王夢鷗：〈魏晉南北朝文學之發展〉《傳統文學論衡》（臺北：時報文化公司，民國 80 年 4 月 20 日初版二刷），頁 132。

❺ 曾永義、柯慶明編輯《中國文學批評資料彙編——兩漢魏晉南北朝》（臺北：成文出版社，民國 67 年 9 月初版），摘錄沈約：《宋書‧謝靈運傳論》，頁 265。

❻ 劉勰：《文心雕龍‧時序》（臺北：開明書店，民國 57 年 7 月臺六版發行），

　稍後鍾嶸《詩品序》亦評云：

> 降及建安，曹公父子，篤好斯文。平原兄弟，鬱為文棟。
> 劉楨、王粲，為其羽翼。次有攀龍託鳳，自致於屬車者，
> 蓋以百計，彬彬之盛，大備於時矣。❼

　古代學者，大多對曹氏父子在建安時代，倡導文學風氣之功，讚譽備至❽。而近代學者，亦一如以往，對「建安文學」稱揚有加，如謂「曹丕的一個時代，可說是『文學的自覺時代』，或如近代所說，是為藝術而藝術的一派」❾，「魏則總兩漢之菁英，導六朝之先路，麗而能朗，疏以不野，藻密於西漢，氣疏於東京；此

　　卷九，頁 23。

❼　鍾嶸撰，汪中選注《詩品注》（臺北：正中書局，民國 71 年 9 月臺八版），
　　頁 8。

❽　歷代學者對「建安文學」之成就與影響，大多自正面予以肯定，稱讚有加，
　　惟亦有貶斥其倡導文學者，如隋、李諤〈上書正文體〉云：「魏之三祖，更
　　尚文詞。忽君人之大道，好雕蟲之小藝；下之從上，有同影響，競騁文華，
　　遂成風俗。江左齊梁，其弊彌甚。貴賤賢愚，唯矜吟詠，遂復遺理存異，尋
　　虛逐微。競一韻之奇，爭一字之巧。連篇累牘，不出月露之形；積案盈箱，
　　唯是風雲之狀。世俗以此相高，朝廷據茲擢士。祿利之路既開，愛尚之情愈
　　篤。」同註❺，頁 316。摘錄《隋書・李諤傳》文。將「競尚文華」之文
　　弊，歸之於魏之「三祖」之倡導，亦嫌武斷，失之偏頗。

❾　魯迅：〈魏晉風度及文章與藥及酒之關係〉《魯迅文集全編》（北京：國際文
　　化出版公司，1995 年 12 月第一版），〈雜文集卷・而已集〉頁 589。

所以獨出冠時,而擅一代之勝也」**❿**,或謂「建安時代的政治,雖是極其紊亂,但文學卻很有成就」。**⓫**

建安文學,如歷代學者所評,確實是成就非凡,處於文學發展史上的轉捩點,「乃中國中古文學之總樞紐──上承兩漢載道文學之遺風,下啓六朝唯美文學之機運」**⓬**,不但文人薈萃,作家輩出,即在文體方面,亦是形式多樣,五彩繽紛,無論是詩歌、辭賦、散文、小說、文學理論和文學批評等,文學作家們都積極地大膽嘗試,成果斐然,顯示出巨大而活躍之生命力。在文學發展史上,這種勇於突破,帶動風潮之新局面,不但是前所未有,即使是建安之後,亦是稀有罕見。

誠如前所引證、敘述,帶領建安文壇,蓬勃發展、欣欣向榮,造成百花齊放,百鳥齊鳴之嶄新局面者,厥爲曹氏父子三人,亦即所謂「三曹」者。而尤其是曹操,以「相王之尊」,居高臨下,招攬人才,「外定武功,內興文學」(《三國志·魏書·荀彧傳》引《彧別傳》語),竭力招攬天下知名人士,曹植之〈與楊德祖書〉即云:「吾王於是設天網以該之,頓八紘以掩之,今盡集茲國矣」,雖說網羅人才之目的,亦非單純,是「省得他們跑在外面

---

❿　錢基博:《中國文學史》(北京:中華書局,1993 年 4 月第一版),〈第四章三國〉,頁 113、114。

⓫　劉大杰:《校訂本中國文學發展史》(臺北:華正書局,民國 73 年 8 月版),〈第九章從曹植到陶淵明〉,頁 256。

⓬　同註❸,頁 37。

給他搗亂。所以他帷幄裡面，方士文士就特別地多」⑬，不過大批文士被曹操網羅之後，總是能發揮彼輩之作用，包括文學與政治兩方面。而曹丕、曹植兄弟兩人，從旁協助，推心置腹，可說已到「行則連輿，止則接席，何曾相失」之地步；且「每至觴酌流行，絲竹並奏，酒酣耳熱，仰而賦詩」（曹丕〈又與吳質書〉），建安鄴下文人集團，就如此親密無間，緊緊結合在一起。就因「曹公父子，篤好斯文，平原兄弟，鬱爲文棟」，加上「劉楨、王粲，爲其羽翼，次有攀龍託鳳，自致於屬車者，蓋以百計」，以致「彬彬之盛，大備於時」，「三曹」可謂是當代叱吒風雲，難與倫比之巨星。

　　曹氏父子三人，拓展一代之文風，成果豐碩，功不可沒，然而要非「三曹」本身，手不釋卷，學術基礎深厚，兼具文學才情，「咸蓄盛藻，甫乃以情緯文，以文被質」（沈約《宋書·謝靈運傳論》）或「登高必賦」，「雅愛詩章」，或「研精典籍」，「下筆成章」，又或「下筆琳琅」，「詞采華茂」，創作獨超眾類，粲溢古今之詩賦文章，率先倡導，以統領群倫，豈能帶動後世盛稱之鄴下文風？而曹氏父子三人所以能斐然著述，又能開展一代宗風，除三曹所處之時代背景、學術思潮等諸因素外，最主要者，仍是三曹均有各自之人格特質及其文學思想，亦因如此，三曹之詩文風格，文學成就與地位，亦隨之有所差異，因之個人探討三曹之人格特質與其文學思想，實有其意義與價值在，蓋一則可了解三曹之成長背景、成長歷程、生平事蹟到底如何？對三曹之生平事蹟某些疑點，亦可獲得澄清。二則可明白三曹之人格特質有何優劣長短之處？從而影

───────────────

⑬　同註⑨，頁588。

響其處事待人、榮辱得失者，又是爲何？三則可知因三曹之人格特質有其差異短長，其由此發展而出之文學理念又是如何？四則較爲特別的是在文學思想方面，三曹並未建立嚴謹、條理有序之文學思想體系，然經由三曹之作品、論述、與他人之著作轉引中，亦可據以整理、歸納，加以釐清，而可體認出三曹之文學理念與主張，究竟爲何？五則經由三曹之人格特質與文學思想之別異，可由此推斷其創作之詩、賦、散文等各類文體之風格特色爲何？影響後世詩人作家者，又是如何？以下則分兩項：一、三曹之人格特質。二、三曹之文學思想。分別論述：

貳、三曹之人格特質

何謂「人格」？依日常話語，簡單而言，人格亦即人品，然若由心理學家分析，加以界定，所謂人格之內涵，必定極爲複雜，美國心理學家阿爾波特，即曾整理，歸結出五十則人格定義來[14]。近代對人格心理學之研究、探討，是「在注重『外在形象』的同時，更注意『內在結構』。比如精神分析學說的人格理論，將心理結構中『本我』、『自我』、與『超我』的衝突與和諧，視爲個體人格的全部內容」[15]。且西方心理學家佛洛伊德將所謂之「三我」，

---

[14]　陳仲庚、張雨新編著：《人格心理學》（瀋陽：遼寧人民出版社，1986 年版）頁 5、頁 31-45。

[15]　李建中：《魏晉文學與魏晉人格》（漢口：湖北教育出版社，1998 年 9 月第一版），頁 2。

加以解釋云：「自我代表理性與審慎，而原我則代表不受約制的狂熱」，「『超我』則是『一切道德自制的代表，止於至善的擁護者，簡而言之，它相當於人類生活中，所謂高尚的東西』」❶❻。由此可見「個體人格」之複雜性。

我國古代之用語，僅有「人品」，而無「人格」之詞彙。如南朝·沈約云：「源雖人品庸陋，胄實參華」（《文選·奏彈王源》）、宋·黃庭堅云：「春陵、周茂叔（敦頤），人品甚高，胸中灑落，如光風霽月」（《豫章集·濂溪詩序》）。不過古人言為人，向來注重「格」，所謂「子曰：夫民教之以德，齊之以禮，則民有格心」，或「子曰：言有物而行有格也，是以生則不可奪志，死則不可奪名」（《禮記·緇衣》）❶❼。而此「格」，即是「外在形象」與「內在結構」之綜合，故所謂「人格」，依現代學者之解說，「人格」即「人之特質與品格也。心理學上，以先天稟賦與後天習慣，為個人之人格基本，而以人格之特質，包括在智慧、動性、氣質、自表及社會性五個範疇之下，其品格高下，即依其對於社會之行為而評量之」❶❽。可知「人格」乃為一種整體性與綜合性之呈現，實不能簡略而

---

❶❻ 王溢嘉編譯：〈佛洛伊德的理論及運用〉《精神分析與文學》（臺北：野鵝出版社，民國 70 年 5 月 20 日再版），頁 36。

❶❼ 《十三經注疏》、鄭玄注、孔穎達疏：《禮記注疏》（臺北：藝文印書館，民國 70 年元月八版，影印宋本禮記注疏附校刊記），卷第五十五，〈緇衣〉第三十三，頁 927、933。

❶❽ 編輯部：《辭海》（臺北：臺灣中華書局，民國 54 年 5 月臺八版），〈人部〉，頁 174。

籠統以「人品」一詞概括界定。則作爲政治與文學人物之三曹，其人格之特質又爲何？以下再分別論述：

一、曹操之人格特質

曹操（155—220），字孟德，小字阿瞞，沛國譙（今安徽亳縣）人。「漢相國參之後」（《三國志‧魏書‧武帝紀》），父曹嵩，爲宦官中常侍曹騰之養子。曹操年二十舉孝廉爲郎，授洛陽北部尉，執法嚴厲，不避豪強。黃巾之亂後，拜騎都尉，參予鎮壓亂事。中平 6 年（西元 189 年），董卓表其爲驍騎校尉，後變易姓名，至陳留（河南開封）加入袁紹討伐董卓之聯軍。初平 3 年（西元 192 年），領兗州牧，收編黃巾軍之精銳，開始逐鹿中原。建安元年（西元 196 年），迎獻帝至許縣（河南許昌），「挾天子以令諸侯」，南征北討十餘年，先後消滅呂布、袁術、袁紹、韓遂與劉表等割據勢力，統一北方。建安 13 年（西元 208 年），拜丞相，南征荊州，唯在赤壁之戰，爲蜀、吳聯軍所敗，三國鼎立之勢，初步形成。建安 18 年（西元 213 年），封魏公，21 年進封魏王。25 年正月 23 日，病逝於洛陽。俟曹丕稱帝後，追尊爲魏武帝。 ⓳

⓳　以上曹操之生平概述，參見晉、陳壽撰、盧弼集解《三國志集解》〈魏書‧武帝紀〉（臺北：新文豐出版公司，民國 64 年 3 月初版）。李寶均：《曹氏父子和建安文學》（臺北：群玉堂出版公司，民國 82 年 12 月初版）。張亞新：《曹操大傳》（北京：中國文學出版社，1994 年 4 月第一版）。王巍：《三曹評傳》（瀋陽：遼寧古籍出版社，1995 年 3 月第一版）。章江：《魏晉南北朝

綜觀一代風雲人物，處身於此動盪而混亂時代之曹操，如自史書記載——《三國志・魏書・武帝紀》，或自文藝作品——《三國演義》對其塑造之形象看，其一生所作所爲，其才略學識、思想感情、性格特點，有如一形象複雜之多面體、多稜鏡。歷代評論者，因所處之時代環境、個人之學養才識、性情思想、視野角度等等之差異，所得出之結論，亦有所不同，或是有褒有貶，或是毀譽參半，又或褒貶並存。大致而言，毀之者言其爲一世之奸雄，好用權謀，狡詐百出，殘酷無情，任性使術，對人往往不留餘地，使得志士寒心，賢者側目。譽之者，則言其雄才大略，富有機智，知才善察，難眩以僞，識拔奇才，不拘微賤，所謂「非常之人，超世之傑矣」（《三國志・魏書・武帝紀》）。以曹操一生，曲折坎坷，多采多姿，不論是貶抑或讚譽其人，其實皆不易描畫其真正之面目。

今暫不論曹操一生之政治功過，及其文治政教原則問題，單從史傳及某些論述與曹操本人作品，或稍可了解曹操之性情、人格特質，及其文學理念。曹操少年處境孤苦，其〈善哉行〉云：「自惜身薄祜，夙賤罹孤苦」，「雖懷一介志，是時其能與」❷，操之身

文學家》（臺北：大江出版社，民國 60 年 9 月初版）。劉子清：《中國歷代人物評傳》（臺北：黎明文化公司，民國 63 年 12 月出版）。

❷ 按：逯欽立「疑此非孟德之詩」，以爲曹操之父曹嵩爲陶謙所殺，「其時在中平 6 年以後，而操已三十五六歲，不應有夙賤罹孤苦，自以思所怙之句」，見逯欽立輯校《先秦漢魏晉南北朝詩》（臺北：木鐸出版社，民國 72 年 9 月初版），頁 353。惟亦有學者以爲「此詩爲作者自述個人身世之孤苦，與困頓境遇之作，『夙賤罹孤苦』，重在回首往事，爲下面傷于父死之痛作伏筆，

世低微，非正統之世家士族出身，故此時追憶往事，自述貧賤，幼遭孤苦。然此時已顯露其性向與才智，為其後生命歷程之起點。而曹操自幼即機警而智勇，陳壽《三國志・魏書》本紀傳云：「太祖少機警，有權術」，吳昭《幼童傳》又稱之曰：「太祖幼而智勇，年十歲，常浴於譙水，有蛟逼之，自水奮擊，蛟乃潛退，浴畢而還，弗之言也」❷，自此事件，亦見曹操向有機警智勇之性格特徵。不過，不可否認，曹操少年亦有放蕩無度之一面，本傳言其「任俠放蕩，不治行業，故世人未之奇也」。裴松之注《三國志》，亦引吳人作《曹瞞傳》謂其「少好飛鷹走狗，遊蕩無度，又佻易無威重」，可見放蕩佻易，亦是曹操少年任性使氣之稟性，難怪其叔父看不過去，屢次在嵩面前提起，讓操甚感憂心，後更使詐，使嵩懷疑操之叔父，所言不實。又《世說新語・假譎篇》曾言及操少時，曾與袁紹好為遊俠，觀人新婚，而加以作弄一事❷，此事雖未知其是否事實，然亦有助於吾人去認識曹操少年之性格。

　　至於曹操少年之受教、讀書情形，本傳注疏中，亦言其「好音樂」，後來才能「躬著雅頌，被之瑟琴」（曹植〈武帝誄〉），另注引孫盛《異同雜語》言其「博覽群書，特好兵法，抄集諸家兵法，

故不可非其為孟德之詩，遠說臆測，不足據」，見傅亞庶注譯《三曹詩文全集譯注》（長春：吉林文史出版社，1997 年 1 月第一版），頁 15。

❷　晉、陳壽撰，宋、裴松之注，民國、盧弼集解《三國志集解》〈魏書・武帝紀〉（臺北：新文豐出版公司，民國 64 年 3 月初版），頁 11。

❷　楊勇《世說新語校箋》〈假譎〉（臺北：明倫出版社，民國 59 年 9 月初版），頁 637。

名曰『接要』，又注『孫武』十三篇，皆傳於世」，曹丕亦曾稱讚其父謂「上（指曹操）常言人少好學則思專，長則善忘」（《典論·自敘》）。曹植亦謂「年在志學，謀過老成」（〈武帝誄〉），曹操青少年時代之才智、好學、勤奮，均由此可見，難怪後來創作散文，運用典故文句，常來自經書百家。所作詩歌，駕馭語言，自然高妙，意境清新，感人肺腑。

　　成人後之曹操，其人格特質一如青少年時代，呈現出複雜與矛盾之特色，或以爲具雙重性格，善惡兩面❷，譬如有坦誠處，亦有權詐之處；有寬厚處，亦有忌刻之處。坦誠者，如在〈讓縣自明本志令〉（一作述志令）云：「自以本非巖穴知名之士，恐爲海內人之所見凡愚。欲爲一郡守，好作政教以建立名譽，使世士明知之」，操自言起初其志向僅思做一郡守，封一小侯，垂小名於後世而已，根本未想到後來竟能隨時勢所趨翦除群雄，而有爭霸中原之一日。曹操對其部屬中，凡出過大力，立下大功者，無不推心置腹，坦誠相待，對部屬之建議，認爲合理可行者，則盡力採納，絕不敷衍，如採納杜襲之強諫，厚撫本不歸服之許攸。又曾採納荀攸與郭嘉不撤軍之意見，而攻破城池，活捉呂布。亦曾聽取荀彧不撤軍之勸告，捉住戰機，大敗袁紹等。操又爲廣開言路，使部屬勇於建言，曾於建安 11 年連下兩道〈求言令〉，令中還主動承擔連年以來，言路未能暢通之責。又曾在建安 12 年，下〈封功臣令〉，言征戰十九年，個人並無任何功勞，而都是將士們出力所致。即使對自

---

❷　袁宙宗：〈論曹操性格與歷史功過〉《中華文化復興月刊》，民國 71 年 2 月，第十五卷第二期，頁 55。

己所犯之錯誤，曹操亦坦然承認，並不掩過飾非，強詞奪理地辯解，如本傳注引孫盛《雜記》記載，操誤為呂伯奢一家人圖己，乃夜殺之，「既而悽愴曰：『寧我負人，無人負我』，遂行」**❷❹**，自「負」字看，曹操殺呂氏一家人後，才知道自己誤殺人而有負於呂伯奢一家，不免感到悲傷與負咎，在此曹操仍然坦承差錯，並未強加掩飾，此亦曹操心胸坦誠之處。

不過在他處，亦有權詐之一面，如操將接見匈奴使者，因「姿貌短小」（《魏氏春秋》）自慚形穢，不足威服夷人，乃以「聲姿高暢、眉目疏朗，髮長四尺，甚有威重」《三國志·魏書·崔琰傳》之望之崔琰代之，自己則捉刀立床頭。俟使者謁見畢，使人問匈奴使者之觀感，匈奴使者曰：「魏王雅望非常，然床頭捉刀人，此乃英雄也」（《世說新語·容止篇》），再如曹操常云：「我眠中不可妄近，近便斫人，亦不自覺；左右宜深慎此」；有一日，乃佯眠，而一侍從以被覆之，因便斫殺，「自後安眠，人莫敢近者」（《世說新語·假譎篇》），又《世說》注引《曹瞞傳》曰：「操在軍，廩穀不足，私語主者曰：『何如？』主者曰：『可以小斛足之』。操曰：『善』。後軍中言操欺眾，操題其主者，背以徇曰：『行小斛，盜軍穀』。遂斬之。仍云『特當借汝死，以厭眾心』。其變詐皆此類也」，上述之故事，如屬真實，則曹操之權詐心態，暴露無遺，後人對此，頗多訾議，應是不足為怪。

而曹操心性，亦有寬厚之處，如其對前來投靠，而實際是「勉從虎穴暫棲身」之陳琳、張繡，皆恩禮有加。對捕獲之劉備虎

---

❷❹　同註**❷❶**，頁 16。

將關羽禮之甚厚，以致關羽遁走後，亦未同意部屬之請求追擊。
《三國志·魏書·武帝紀》，及裴松之注引《魏氏春秋》，均提及曹
操對部屬有叛變之行為者，亦時有寬宥之處，如在官渡之役後，曾
繳獲不少自己軍中部屬，暗中與袁紹往來之信件，曹操一概不予追
究，乃下令加以燒燬，此可能亦因曹操急需用人之際之權衡考量。
不過相對於其寬宏大量之心態，曹操另有多疑猜忌、陰狠殘酷之一
面，如曹操對心存漢室，時對自己嘲諷之孔融，乃不顧情面，以不
孝之罪名處死。對本頗為倚重，助其立功建業之荀彧，僅因反對曹
操晉爵魏公，亦毫不留餘地，予以逼死。對本是兒女親家，且向來
敬重之崔琰，僅因崔琰在與楊訓之信函中言「會當有變時」，即逼
崔琰自盡。而琰兄遺女，嫁為曹植妻，僅因衣著錦繡，曹操亦認其
干犯禁令，竟令其還家賜死。其餘尚有協助曹植爭奪立嗣之楊修，
亦被殺等。凡此均見操不分親疏，狠毒殺戮之一面。由於當代有不
少假名教、假道行之士，藉禮教之名，卻無法承擔拯救社會秩序之
重責大任，於是曹操為掙脫深受名教拘束之痛苦，乃踰越常規，而
下最為後人所唾罵之「求賢令」❷⁵云：

> 今天下得無有被褐懷玉而釣于渭濱者乎？又得無有盜嫂受
> 金而未遇無知者乎？二三子其佐我明揚仄陋，惟才是舉，
> 吾得而用之。

建安 19 年，又下〈敕有司取士毋廢偏短令〉（舉士令），22

---

❷⁵ 李威熊：〈曹操與禮教〉《東方雜誌》，民國 71 年 9 月，第十六卷三期，頁
39、40。

年，再下〈舉賢勿拘品行令〉（求逸才令），內容類似，只要是進取
之士，其雖有偏短之行，甚至不忠不孝，只要有治國用兵之術者，
皆請有司推薦，宜爲後代學者，抨擊其爲統一大業，竟不擇手段，
以棄德舉才爲號召，使六朝以來，士風丕變，貽患百代，明末·顧
炎武即曾評之曰：

> 觀其下令再三，至於求負污辱之名，見笑之行，不仁不
> 孝，而有治國用兵之者，於是權詐迭進，姦逆萌生。……
> 夫以經術之治，節義之防，光武明章數世為之而未足，毀
> 方敗常之俗，孟德一人變之而有餘。❷❻

曹操在爭取天下之同時，王霸並用，思接莊玄，主觀認爲儒
家僅能與守成，無法進取，因之在政教軍事方面所採取者，頗雜刑
名，以致在取用人才時，方不考慮品德、資望等等，此乃形成其思
想上矛盾之另一層面。❷❼

曹操除有深湛之音樂、書法等藝術修養外，尚有不少詩、
文、兵法等著作，惜散佚不少，今僅存詩不足二十篇，應用性之散
文，有表、令、書、序、祭文等幾類，亦有一百六、七十篇。其詩
風慷慨悲涼，開創以樂府描述時事之傳統，影響甚鉅。其散文坦率
而有氣魄，平易中見明練，清峻、通侻，在當代別樹一幟，魯迅稱

---

❷❻ 顧炎武：《原抄本日知錄》〈兩漢風俗〉（臺北：明倫出版社，民國 59 年 10
月三版），頁 377。

❷❼ 郭預衡：《中國古代文學史長編》〈秦漢魏晉南北朝卷〉（北京：首都師範大
學出版社，1995 年 6 月第一版），頁 346、347。

揚其爲「改造文章的祖師」（〈魏晉風度及文章與藥及酒之關係〉）。以其詩文在漢魏文學之轉變階段，具承上啓下之地位，因之在文學史上，亦佔一席之地。

總之，曹操人格稟性，依上述可以確知，實具有複雜性、矛盾性之特質。魯迅曾予曹操概括一個總評，是「曹操是一個很有本事的人，至少是一個英雄」❷❽。而《三國志·魏書·武帝紀》裴注引孫盛《異同雜語》，提及曹操曾問許劭，其爲何如人？許劭答以「治世之能臣，亂世之姦雄」❷❾，對照曹操之生平志業，則不問英雄也罷，奸雄也罷，其爲史上毀譽不一之人物，乃爲事實。然而，千古以降，唯一爲後世所共同肯定的，應是其文學理念及其文學方面之成就與貢獻。

---

❷❽　同註❾，頁 587。

❷❾　同註❷⓪，頁 13。集解者盧弼又云：「按二語實爲確論，無愧汝南月旦之評」。
　　《後漢書·許劭傳》亦載有此事，惟文字有出入，其中言劭爲操所脅，不得
　　已，乃曰：「君清平之姦賊，亂世之英雄」，此二句之差異，即是對曹操在治
　　世與亂世之作爲，評價正好相反。《三國志集解》又引胡玉縉曰：「二語恐孫
　　盛因晉承魏祚，有所避忌，加以竄改，當以范書〈許劭傳〉爲得其實」。又
　　《世說·識鑒》亦載此事，惟人物、語句，亦有差異，品評者則換橋玄，其
　　對曹操所言，則爲：「君實是亂世之英雄，治世之姦賊」。故《世說》劉孝標
　　注引《魏書》裴注引孫盛《異同雜語》文，加以校正，並言「《世說》所
　　言，謬矣」。見同註❷①，頁 292。編著《三國志集解》者盧弼，除注引《世
　　說·識鑒篇》外，另加按語云：「劉注是，若橋公謂爲姦賊，魏武必不祀以
　　太牢矣」。

二、曹丕之人格特質

曹丕（187—226），即魏文帝，字子桓，爲曹操之次子。初爲五官中郎將、副丞相，由於長兄曹昂早歿，乃在建安 22 年立爲魏太子。25 年正月，曹操卒，曹丕嗣位爲丞相、魏王。同年 10 月，即以「禪讓」方式，代漢自立爲魏皇帝，改元黃初，尊其父曹操爲魏武帝。稱帝第二年即東巡，渴望實現其父之夢想，征吳之籌備工作，亦緊鑼密鼓展開。黃初 3 年（西元 222 年），6 年兩次親征孫吳，氣勢如虹，唯皆未能過江，方飲恨而退，然雄心未已，以後雖屢屢用兵，終未能掃平吳、蜀，一統天下。在位七年，7 年 5 月病卒於洛陽，年四十歲。

曹丕一生較爲平淡，政治、軍事上，並無突出之建樹，唯可一述者，是政治措施上，實行「九品中正」制，改變曹操壓抑豪強之方針，與不重門第、唯才是舉之用人政策，依等級選舉之方式徵拔官員。此一政策之弊端，顯然可見，直至東晉，政權始終被君王與世族所壟斷，寒門素族失去進身之階，後來政權落入士族官僚之手，應與曹丕實行之政策有關。

《三國志・魏書・文帝紀》引《魏書》言其「八歲能屬文，有逸才，遂博貫古經傳諸子百家之書，善騎、射、好擊劍」[30]，他自己亦述「八歲而能騎射」，「又學擊劍」，「少誦詩、論，及長而備五經、四部、《史》、《漢》諸子、百家之言，靡不畢覽」（《典論・自敘》），可見其天賦甚高，多才多藝，學術基礎與文學才資，亦受

---

[30] 同註[21]，〈文帝紀〉第二，頁 74。

肯定與好評。不過在其生平行事與政治作為上，歷來評家亦不免有
毀譽參半之評價，譽者是言其主張輕刑罰、薄賦稅、禁復仇、禁淫
佚、罷墓祭、重農業，關心民生疾苦，尚不失為一開明通達之君
主。毀者某些史家，則責難其以臣屬地位，目無王室，擅改國朝年
號（改「建安」為「延康」），另外即篡漢自立，與對弟兄之迫害。
唯近代另有評家，曾自另一角度，稍加維護是：責曹丕固是應該，
但亦應衡量其所處之環境，以及那個時代政治道德的標準。篡立固
應責，唯當時漢德已衰，獻帝亦非一能幹之君主，而對自己弟兄之
迫害，更應責，為保障自身之地位，竟以諸弟為仇敵，對其親兄弟
而言，曹丕確非一氣度寬宏，能善待諸弟之兄長❸。宜其陳壽《三
國志·魏書·文帝紀評》云：

> 文帝天資文藻，下筆成章，博聞彊識，才藝兼該。若加以
> 擴大之度，勵以公平之誠，邁志存道，克廣德心，則古之
> 賢王，何遠之有。❷

作為帝王之曹丕，其在歷史上之是非功過，當由史家再去稽
考史實，公平評斷。而自文學層面而言，作為文士之曹丕，其個性
與人格特質，又如何？張溥《魏文帝集題詞》云：「曹子桓生長戎
旅之間，善騎馬，左右射，又工擊劍彈棋，技能戲弄，不減若父，

---

❸ 　上述後代評家之意見，請參見章江：〈曹丕〉《魏晉南北朝文學家》（臺北：
　　大江出版社，民國 60 年 9 月初版），頁 41、42。林文月〈論曹丕與曹植〉
　　《澄輝集》（臺北：洪範書店，民國 72 年 2 月初版），頁 26-29。

❷ 　同註❹，頁 109，110。

其詩歌文辭，彷彿上下」**㉝**，可知曹丕確是一文武全才之人物。由於自少即受父親嚴格之督導，培養出他具「博聞彊識，才藝兼該」之文化素養。且後來在當時政治、文化之中心鄴城，與其弟曹植，及一些文人學士，飲宴遊樂，「觴酌流行，絲竹並奏，酒酣耳熱，仰而賦詩」（曹丕〈與吳質書〉），除賦詩唱和外，有時亦狎妓、鬥雞、彈棋、田獵，過著無憂無慮、風流倜儻之貴公子生活，促使其個性，更傾向文士化。斯時，曹操正忙於軍、政事務，曹植又較年輕，曹丕就儼然成為當時鄴下文人集團之核心與領袖。

曹丕雖夙慧早成，允文允武，不過聲譽卻為曹植所掩蓋，不能如其弟那樣鋒芒畢露，雖見自己弟弟甚得父母寵愛，勢將代己取得儲位，但他個性內斂，較有機心，並不將內心之不滿與怨恨，形之於色，其所採取的是「馭之以術，矯情自飾」（《魏書》曹植本傳評曹丕語）方略，有計畫地網羅一些能為他效勞獻策之謀士，並常在宮中大臣間活動，使「宮中左右，並為之說」，在曹操面前遊說，為自己說項，強化對曹操之滲透，以改變其父對他之刻板印象。實際其父對他頗為器重，很早即令其擔任五官中郎將、副丞相之要職，使其坐鎮後方，鍛鍊其獨自處理軍機政務之能力。由於曹植之任性，屢犯法禁，頻讓曹操失望，加上我國「立嫡以長」之傳統，終使其在立嗣之一場鬥爭上，變劣勢為優勢，順理成章地被立為魏太子，又在 25 年，曹操一死，繼承為魏王，最後更取獻帝而代之，篡漢為魏皇帝，取得最後之勝利。

㉝ 張溥輯《漢魏六朝百三名家集》〈魏文帝集〉（臺北：文津出版社，民國 68 年 8 月出版），第二冊，頁 945。

　　由此可見曹丕之性情較穩健、謹慎，與其父曹操略似，穩重之中有心術，謙和之中有巧智。近代評家亦評丕與操父子性格有類似處，都是用心深遠，工於藏奸之人，他們皆生就兩重性格，善與惡，一體兩面❸❹。曹丕本性，實際並不算壞，後來所以演變成六親不認，殺妻酖弟，不擇手段，應與其不爲父親所喜歡，長期壓抑，及本身貪求高位，熱衷政治有關。

　　惟曹丕在對友朋感情之深摯上，則有可稱道之處，此則非曹操、曹植所能及。據《世說新語·言語》注引《典略》，言其初任五官中郎將時，妙選文學，使劉楨隨侍太子，在酒酣坐歡時，居然使夫人甄氏出拜❸❺。另《三國志·魏書·吳質傳》注引《吳質別傳》，謂「帝常召質及曹休歡會，命郭后出見質等。帝曰：卿仰諦視之。其至親如此」❸❻，曹丕出其妻妾以見文友之舉動，公然踰越禮法，僅能解釋其對友朋所展現的，是親密無間之真情。又《世說新語·傷逝》中，所記王粲死後，曹丕「臨其喪，顧語同遊曰：『王好驢鳴，可各作一聲以送之？』赴客皆一作驢鳴」❸❼，此哀悼亡友之特殊方式，可謂別致、突兀、脫俗，卻亦顯示曹丕對亡友悼念的一片深情。即使對其父親之政敵孔融，曹丕亦頗友善與推崇，

---

❸❹　袁宙宗〈論曹子建的一生際遇和資質〉《中華文化復興月刊》民國 70 年 1
　　　月，第十四卷第一期，頁 56。及袁宙宗〈論曹丕的才華和器識〉《中華文化
　　　復興月刊》民國 71 年 7 月，第十五卷第七期，頁 39。

❸❺　同註❷❷，〈言語〉第二，頁 52。

❸❻　同註❷❶，頁 534。

❸❼　同註❷❷，〈傷逝〉第十七，頁 487。

曾「募天下有上融文章者，輒賞以金帛」（《後漢書・孔融傳》）。

在曹丕與吳質之書信中，提到諸多文友，「數年之間，零落略盡」，不免感觸情傷，並親自爲他們編定文集傳世，亦有「歷覽諸子之文，對之抆淚」之後，對友朋著述之誠懇批評。由於曹丕與諸多文友之間的真誠交往，不僅形成建安文壇「俊才雲蒸」、「彬彬之盛」的熱烈情況，更因「以文會友」，在「妙思六經」、「逍遙百氏」、「高談娛心」之際，激發才情、文思，連篇累章的著述，而有豐碩無比之成果，由此「建安七子」之名，亦因之蜚聲於文學史上。

提起曹丕之著作、詩歌、辭賦、文章，均有可觀，今存詩歌，較完整者約有四十首，筆致細膩，悽婉動人，民歌風味濃厚，〈燕歌行〉兩首，爲完整之七言體，於詩歌形式之創建，有其貢獻。賦今存近三十篇，皆爲短篇小賦，於當代抒情詠物小賦之創作高潮中，成爲推動之主力，惟賦之成就與詩、文比較，未能突出。至於散文之撰述，則成績傲人，含詔、令、策、書、表等，約有一百七十篇，其中《典論論文》與〈又與吳質書〉兩篇，爲中國文學批評史上之較早之專論，其中之重要理念，影響後代文評家如摯虞、陸機、劉勰、沈約等甚大。又曹丕亦曾下令編纂《皇覽》，此爲中國最早之一部類書，全書規模宏大，凡千餘篇之多，此乃曹丕在文化事業上之一大貢獻，惜早已亡佚。

總結上述，可知曹丕之人格特質，應是一如其父曹操一樣，具有善與惡，誠與譎兩面。不過在政軍才幹，殘暴奸險上，丕仍遜於其父。其性格有其長，有其短，及相互矛盾之地方。度量狹窄，冷酷寡恩是其短處，行事謹慎，深思熟慮，是其長處。對友朋誠

摯，待兄弟則刻薄，作風偏失，氣習則儒雅，是其矛盾處，因之
「在政治上和人品方面，雖無稱道處，但在文學上，卻有其貢獻」
❸ 。

三、曹植之人格特質

曹植（192—232），字子建，爲曹操之妻卞氏所生之第三子
❸，曹操之第四子，爲小於曹丕五歲之同母弟。生於漢獻帝初平 3
年（公元 192 年），建安 9 年（204 年），曹植十三歲，之前，植均
隨其父，在南北遷移，征戰不息中度過。即使建安 10 年，亦隨其
父征袁譚。12 年隨其父北征三郡烏桓。16 年（211 年），植二十
歲，被封爲平原侯。17 年隨其父東征孫權，19 年，徙封臨淄侯。
22 年，其兄丕在奪嗣之爭中勝利，立爲魏太子。25 年正月，曹操
病卒於洛陽，丕繼位爲魏王。3 月改元延康。獻帝禪位於魏王，曹
植降爲安鄉侯，後改封鄄城侯。黃初 3 年立爲鄄城王，4 年徙封雍

---

❸　曹道衡：《魏晉文學》（合肥：安徽教育出版社，2001 年 9 月第一版），頁
　　35。

❸　曹植究竟為曹操第幾子，陳壽《三國志·魏書·陳思王植傳》並未明指，故
　　歷來頗有異議。有第二子、第三子、第四子，或次子說，據徐公持〈曹植為
　　曹操第幾子〉《文學評論》1983 年第五期，頁 36-38，以為「曹植為卞氏所
　　生第三子」。又張子剛〈曹植並非曹操第三子〉《延安大學學報》（哲社版）
　　1995 年第四期，頁 72、73，亦以為「曹操的長子曹昂，次子是曹丕，三子
　　是曹彰，曹植應是第四子」，茲從之。

丘王，7 年 5 月曹丕病逝。丕長子曹叡繼位，是爲魏明帝。次年改元太和，元年徙封浚儀，二年後復還雍丘。3 年徙封東阿，6 年（232 年）徙封爲陳王，11 月 28 日，病卒，年四十一歲，諡曰「思」。

　　曹植一生之命運，以曹丕即位爲界，分前後兩期。前半是身經戰亂，深受父蔭，仍能過著優裕、悠閒之貴公子生活，後半則由順轉逆，如同囚徒，備受其兄丕與其姪叡之欺凌，徙封頻頻，使其生計艱難，憂苦度日，終在閒居坐廢，「汲汲無歡」，「悵然絕望」中，含恨死去，甚至死後，諡曰「思」，何謂「思」？〈諡法〉云：「追悔前過曰思」[40]，尚留下難以摘除之侮辱性政治標幟，其受姪曹叡之嚴酷對待，可想而知，甚而禍延子孫，曹植死後，其子志，繼續受到徙封之命運，若謂曹植爲一悲劇性之人物，孰曰不宜[41]？

　　生來早慧，天資聰穎之曹植。本傳言其「年十餘歲，誦讀詩論及辭賦數十萬言，善屬文」[42]，可見其勤奮攻書，且才華洋溢，方能下筆成章。在十九歲時，曹操令諸子登甫建成之銅雀臺作賦，植援筆立成，曹操因此對他特別寵愛，曾云：「子建兒中最可定大事者」（《三國志》〈魏書〉引《魏武故事》）。植與父操個性有相近

[40]　司馬光：《資治通鑑》（臺北：洪氏出版社，民國 69 年 10 月修訂再版），引《諡法》曰：「追悔前過曰思」，頁 2277。

[41]　陳怡良：〈建安之傑，下筆琳琅——試探曹植生平際遇之逆轉及其對詩歌創作之影響〉《成大中文學報》民國 87 年 5 月，第六期，頁 1-14。

[42]　同註[21]〈陳思王植傳〉，頁 488。

處，本傳言其「性簡易，不治威儀，輿馬服飾，不尚華麗」，此個性實際僅適合文人，不適合政治舞臺，而曹植本人並不甘心一生以文學爲業，其熱烈盼望者，是在政治上有所作爲，曾多次表示要「戮力上國，流惠下民，建永世之業，流金石之功」（《與楊德祖書》），要「功銘著于鼎鍾，名稱垂于竹帛」（〈求自試表〉）。曹植性格善良仁孝，發於自然，其友丁廙即曾在曹操面前多所贊揚云：

> 臨淄侯天性仁孝，發於自然，而聰明智達，其殆庶幾。至於博學淵識。文章絕倫，當今天下之賢才君子，不問少長，皆願從其游而為之死，實天所以鍾福於大魏，而永授無窮之祚也（文士傳）。

丁廙爲曹植親信，當然對其知之頗深，此段話雖爲溢美之詞，不過植具十足詩人氣質，「發於自然」，不善於做作，倒是事實。影響其一生最重大之事件，亦是造成其悲劇之後半段人生，即是「立嗣風波」。嚴格而言，曹植實並未主動與其兄丕爭太子繼承權，其所以捲入此一立嗣風波中，完全是身不由己。曹植好友如丁儀、丁廙、楊修等人，所以竭力促成其事，目的是藉此獲得攀龍附鳳之前途，而曹丕左右如吳質等一批謀士，亦會出主意，與之對抗。而曹植本身之性格，亦有其缺失，是一味露才揚己，不藏鋒芒，不計後果，此即其「任性而行，不自雕勵」之一貫個性使然，後來果然任性妄爲，以身試法，先犯私闖司馬門事件，再因飲酒不節，致酒醉無法受命派軍去拯救曹仁事件，凡此均讓其父操，對其大失所望，以致曹植失去其父之歡心。而對曹植最不利的，是其身分，並非長子，傳統上是「立嫡以長」，有繼承權者是其兄曹丕。

而曹操左右之元老重臣，多數均主張應嚴守傳統，再加曹丕本人，較工心計，矯情自飾，對曹操面前之重臣，如荀彧與鍾繇等人，亦竭力討好、巴結，再則是離間曹植密友丁儀與曹操之關係，如曾勸阻曹操將女兒嫁給丁儀一事。而那次曹植受命去救曹仁，因大醉誤事事件。據裴松之注《三國志・魏書・陳思王傳》引《魏氏春秋》言，乃太子（曹丕）設宴灌醉所致，而使曹操大怒❹。如此，立嗣之爭，勝負可說已定。

曹植本身忠厚知禮，深明大義，對其兄丕，本是極為尊重，而兄弟之間原本亦是融洽、和睦。當丕與一些文友們，「行則接輿，止則結席」，詩酒聯歡，「高談娛心」，攜手共遊時，曹植亦是廁身期間，曹植〈公宴〉詩即吟道：「公子愛敬客，終宴不知疲。清夜遊西園，飛蓋相追隨」。詩句中之「公子」，即指曹丕。其時王粲、劉楨、陳琳等人，亦皆有〈公宴〉詩和之，此種鄴下人士與曹氏兄弟之間之文學交往，確曾造成「鄴下朱華，光照臨川之筆」的一代盛況。而曹植可能亦未想到兄弟間骨肉之親情，竟因一場儲位之競爭中，埋下無可彌補之裂痕。

在「立嗣之爭」中落敗之曹植，其心腹亦受株連，首先楊修，竟被曹操以交搆罪名賜死，另二位情誼甚厚之知己丁儀、丁廙兩兄弟，亦在曹丕即王位後被殺，且誅男口。後再殺孔桂，以除後患。曹植已感受到自己將成一任人宰割之弱者。謝靈運在〈擬魏太子鄴中集八首並序〉評曹植云：「公子不及世事，但美遨遊，然頗有憂生之嗟」《平原侯植並序》，早年曹植確實無憂無慮，在其父之

---

❹　同註❷，頁 493。

庇蔭下，過著「三河少年，風流自賞」（敖陶孫《詩評》）之貴公子優閒生活，但自從父操對其寵愛衰落後，其未來處境，豈能不促使其產生憂生之嗟？

曹丕自受禪即帝位後，對曹植之迫害手段，約可分下列步驟：首先是以分封為名，卻是禁令重重，使曹植與兄弟們，動輒得咎，且在高壓政策下，讓曹植遷徙頻繁，生計維艱。其次是誣告連篇，而使曹植有口難辯。曹丕屢次指使心腹監視乃至誣告曹植，目的即在政治上、精神上打擊曹植，防其東山再起。再其次是劃地為牢，禁錮終生。曹植在封地一言一行皆受監視，任何事情皆需請示，名為王侯，實同囚犯，甚至曹植在曹丕病死，曹叡即位後，一而再，再而三地上書陳情，願為年青皇帝出謀獻策，貢獻才智，然皆石沉大海，對諸侯王封鎖禁錮政策，未見絲毫改變❹。至於《世說新語‧文學第四》記曹丕逼曹植七步成詩，不成者行大法之故事，近代學者，以為不可信❺。稍探曹丕對曹植之所以迫害，除二

---

❹ 鍾優民：《曹植新探》（合肥：黃山書社，1984 年 12 月第一版），頁 45-49。

❺ 張為麒〈七步詩質疑〉《國學月報彙刊》（臺北：文海出版社，民國 60 年 12 月影印版）第二集，第二卷第一號，頁 35-43，以為「七步詩」故事可疑，原因是：（一）本集不載。（二）《世說》難據。（三）爵號可疑。另再提出三點：（一）不要因為時代不遠而相信他。（二）不要因為徵引得多而相信他。（三）不要相信附會牽強的話。此三點，均為使人誤信的地方，所以不可忽略。前三點與後三點相表裡，更可見〈七步詩〉之不足憑信。而此故事之由來，張氏推測有二：（一）由兄弟失和一點引申而來。（二）子建才思敏捷。惟趙幼文《曹植集校注》（臺北：明文書局，民國 74 年 4 月初版），則以為

人性情、觀念有異，使二人漸行漸遠外，最主要之原因，實爲權力之衝突，即爭奪繼承權之事。另亦有人以爲亦應加上緣於曹丕在愛情受創所致，即植與其嫂甄宓畸戀，而使曹丕蒙羞事，此事古今豔傳，歷來學者多以爲此事牽強無稽，不可輕信**❹**。

「似不能以本集不載，即云出於附會而刪，應存疑」云云，頁 279。清、丁晏《曹集銓評》（臺北：商務印書館，民國 67 年 10 月臺一版），卷四〈七步詩〉註引《詩紀》云：「本集不載，疑出傳會」，頁 38。林文月〈論曹丕與曹植〉《澄輝集》（臺北：洪範書店，民國 72 年 2 月初版）頁 32，亦以爲〈七步詩〉「恐爲後人所故意編造」。按：個人以爲《世說》所載，不能保證，全依事實記載，難保沒有因訛傳而誤載之事，如前註**㉙**，《世說‧識鑑》載橋玄對曹操評曰：「君實是亂世之英雄，治世之姦賊」一語，即爲誤書人名與語句，因之個人以爲《詩紀》與近人張爲麒氏疑〈七步詩〉出於附會，較近是，茲從之。

❹ 有關子建是否與其嫂甄宓畸戀一事，歷來學者頗有爭論，清、丁晏《曹集銓評》以爲〈洛神賦〉「俗說乃誣爲感甄，豈不謬哉」，又云：「感甄妄說，本於李善」，頁 11。郭沫若〈論曹植〉《論歷史人物》（上海：海燕書店，民國 37 年 5 月出版），頁 20，則以爲「子建對這位比自己大十歲的嫂子，曾經發生愛慕的情緒，大約是無可否認的事實吧」。近人袁宙宗〈論曹子建的一生際遇和資質〉《中華文化復興月刊》，民國 70 年 1 月，頁 57、58，以爲有其事。惟葉慶炳《中國文學史》（臺北：廣文書局，民國 57 年 9 月修訂再版）頁 93，則提出二點駁正：一、爲黃初時，植猜嫌方劇，安敢於丕前思甄泣下？丕又何至以甄枕賜植？二、爲甄氏歸曹丕時，植十三歲，而甄氏二十三歲，長植十歲之多，「植安得愛戀若此」？按：個人亦以爲然，茲從之。

　　本性善良之曹植，思想單純，待人誠懇，心懷坦蕩，絕不像其父兄操與丕，善權謀，工心術。本身受到儒學薰陶，自〈送應氏〉詩云：「中野何蕭條，千里無人煙。念我平生親，氣結不能言」。及〈泰山梁甫行〉詩云：「劇哉邊海民，寄身於草墅。妻子象禽獸，行止依林阻」等詩句中，可以看出關心民瘼，體恤民情。然空懷建功立業之壯志豪情，意志不堅，才幹不稱，是一文人才士之典型，而非能開疆拓土，展現大魄力之英雄人物，難免有好大喜功之譏。在待人接物與處事上，有其弱點，是「熱情率真而欠深沉，擅於言論，而拙於任事；長於表現，而短於實際能力」❹❼。以其具有詩人氣息，致飲酒不節，任性而為，干犯法禁。處事確實不夠穩健，欠缺深思，自是容易上當受騙，如奉命率軍救曹仁，竟為丕設宴灌酒大醉一事。另其對好友，則關懷備至，有一片赤子之心，然對志趣不合者，則加疏遠，形跡畢露，不善於與己意見不同者交流、溝通，以減低或避免對立、樹敵，此亦曹植在政治上難有施展抱負，難有大作為原因之一。而其思想複雜，一篇作品之中，往往儒道兩家雜糅，如〈七啓〉即是。其對陰陽家、法家，以至讖緯、佛經，均有接觸。因之思想豐富、有其長，然亦有零亂不成系統之缺失。

　　感情豐富，天真純樸，是曹植性格之優點，卻亦是其缺點。等到曹丕廢獻帝受禪為帝後，曹植竟不能掩抑感情，發服悲哭，令曹丕聞之後謂「吾應天受禪，而聞有哭者，何也」？如此，兄弟感

---

❹❼　徐公持：《魏晉文學史》（北京：人民文學出版社，1999 年 9 月第一版），頁70。

情，自是益爲惡化，植受逼日甚，其樂府〈當牆欲高行〉有句云：「眾口可以鑠金，讒言三至，慈母不親」，連本爲唯一靠山之親生母親卞太后，竟亦至不親地步，植之處境，更爲危殆可知。等到一再被徙封遷移，「號則六易，居實三遷，連遇瘠土，衣食不繼」（〈遷都賦序〉），「人道絕響，禁錮明時」（〈求通親親表〉），形同囚徒，進退失據時，雖傾慕老莊，又不願逃避現實，清心寡欲，始終保有傳統儒家士人「知其不可爲而爲」之優良品質，一再上書，盼有戴罪立功，爲國效勞之機會，而曹叡僅是虛與委蛇，敷衍一番，始終不予機會。由上得知，曹植之人格特質有其優質，亦有其瑕疵，而其純真善良之質資，仍是值得同情。

曹植之一生，是一悲劇性之人生，空有理想，而無法如願施展其政治抱負，不過在文學殿堂中，以其「八斗之才」，勤於創作，「兼籠前美」（黃侃《詩品講疏》），「集備各體」（張溥〈陳思王集題辭〉），詩、賦、各體散文，不論數量、質量，均堪稱爲當時之冠。今存較完整之詩歌有八十餘首，以全力創作五言詩，故被視爲五言詩之「一代宗匠」。（吳淇《六朝選詩定論》）其詩歌語言詞采華茂，華瞻精工，對仗工整，音調和諧，極富音樂之美。詩風剛柔相濟，渾然天成。辭賦今存四十餘篇，雅好慷慨，情思悲涼，尤以〈洛神賦〉，描寫細膩，寄寓深遠。散文則包括贊頌、碑文、章表等類，今存百餘篇，或駢或散，並無定格，比喻繁多，講求技巧。後世對於三曹之詩文，曾加比較，如謂「子建柔情麗質，不減文帝；而肝腸俠骨，時有磊塊處，似爲過之」（鐘惺、譚元春《古詩歸》），或謂「（子建）風雅獨絕，不甚法孟德之健筆，而窮態盡變，魄力厚于子桓」（陳祚明《采菽堂古詩選》），三曹各成絕技，

各有特色，而曹植獨占風騷，卓爾不群，建立不朽之美譽，或可謂「失之東隅，收之桑榆」。

總結上述三曹人格特質之探討，可歸納以下之結論是：

（一）曹氏父子三人，雖關係親爲父子，然由於出身背景、人生經歷、人事接觸、內在稟性，外在氣習、風度、容止等，皆有殊異，以致表現之情緒反應、行事作風、待人態度、文學理念，創作擅長等，亦有不同。

（二）三曹之個性，各有短長，各有優劣，難能完善與圓滿，由此可知人性有其缺憾不完美處，而三曹人品之高下，則視其後天之修爲、努力，及其在現實環境下，所表現之處事、待人方面是否正、邪、善、惡而定。

（三）曹操、曹丕父子二人，人格特質同具善、惡之矛盾性，後代評家，難免有褒有貶，有毀有譽。若論才幹與殘酷方面，丕仍是不如其父。曹植則天性敦厚，待人誠摯，具詩人之氣習，不善心術，以致在與曹丕「立嗣之爭」中落敗，而後備受曹丕父子之迫害，後人無不視其爲一悲劇之角色，而予以更多之同情。

（四）人格乃爲一綜合性之表現，不僅指智慧、個性、行爲、思想、風範等，甚而其才藝、專長等，亦無不含括其中，因之三曹在文學理念之觀點，在文學創作之成就，及其在文學上之貢獻與影響，亦是其人格特質之重心所在，歷來評家，對曹氏父子三人之文學理念、文學創作、文學地位，及其對後世文學之影響，無不持肯定之態度，予以讚揚，此爲三曹在人格特質上，表現較爲突出，與爲人所嘖嘖稱道之處。而此亦爲三曹呈現在後代文學史家心目中，永遠不朽之神韻，與不死之魂靈。

參、三曹之文學思想

　　建安時代，隨著政治情勢與學術思潮之演變，促使文學之自覺，一時風起雲湧，不少四方豪俊，在曹氏父子，弘獎風流，不遺餘力之鼓吹下，遂輻湊鄴城，共同致力於文學之創作。而作為文壇盟主之曹氏父子，不僅重視文學，倡導文學，本身亦傾其才情，以身作則，投入創作，不少之美文佳作，即在三曹與鄴下文人才士們之手下，不斷地出現，彼輩一方面滿懷熱情，大量創作，另一方面，則對議論辯說，亦興緻濃厚，應瑒〈公宴〉詩云：「開館延群士，置酒于斯堂。辨論釋鬱結，援筆興文章」，可見當代文士們，對議論之重視。於是不少文人作家，常常採用論文、書函，與詩歌等各種體類，以發表其本身對文學理論或文學批評之觀點，此自言談之議論辯說，至訴之於筆墨，一則可能由於「文學創作的發達，必然會引起文學批評的發展。作品的大量積累，是批評發展的前提」，而「創作中的新傾向，反映在批評上，便會形成一些新穎的文學觀點」❹，二則「可能漢末的清議，重在人物的品藻，於是從人的言論風采方面，轉移到文學作品方面，也就產生了自覺的文學批評」❹。由此亦可明白建安時代之文學理論或文學批評，即在內外條件之結合下，水到渠成，自然成熟。而自曹氏父子三人之作品

---

❹　王運熙、顧易生主編《中國文學批評通史》〈魏晉南北朝卷〉（上海：上海古籍出版社，1996 年 12 月第一版），〈第一章緒論〉，頁 2。

❹　郭紹虞：《中國文學批評史》（臺北：明倫出版社，民國 59 年 11 月初版），頁 37。

中，以及轉引自他人之著述裡，即可發現三曹確實發表他們對文學理論或文學批評方面相關之看法，而此方面之見解，正是他們文學思想之主幹，謹分別論述三曹之文學思想如下：

一、曹操之文學思想

曹操之文學思想，究竟如何？曹操一生，雖從事政治、軍事，但正如前節所云早年對文學藝術，頗為喜好，又重視文學事業，對文學問題，亦必有其見解，惜其文集，早已散佚❺，因之與曹操文學思想相關之資料，皆不見於現存之曹操文集之輯本，僅自某些書籍之片斷資料中，加以整理，而稍窺其對文學方面之見解，究竟為何。

根據現有保存在某些書籍，有關曹操之資料中，個人以為約

---

❺ 曹操文集，本有編集，南朝劉宋時，裴松之注《三國志》，曾加引用，名為《曹公集》（《三國志》卷三十八《蜀志·麋竺傳》注引《表麋竺領麋郡》，注云出自《曹公集》），唐初修《隋書》，曾見及曹操文集，有二十六卷、三十卷、十卷三種。稍後李善注《文選》，曾引用《魏武集》（《文選》卷四，〈南都賦〉注引《魏武集》上九醞酒奏曰云云），可見隋唐時，文集尚是完整。然其後僅有《舊唐書·經籍志》、《新唐書·藝文志》，簡略提及《魏武帝集》三十卷，不見有其他書籍稱引。其文集可能在唐宋之際散佚。明、張溥編《漢魏六朝百三家集》，輯曹操詩文一百四十餘篇，張氏之後，雖有他人再加輯集，亦不過增加數篇而已，以上見傅璇琮〈從曹操的佚文談曹操的文學思想〉《北方論叢》1980 年第七期，頁 51。

可歸納出曹操對文學方面之觀點是：

（一）文學價值論：重視文學，舉用文人

曹操向來勤學不輟，「既總庶政，兼覽儒林」（曹植〈武帝誄〉），對經傳、諸子百家、兵書「手不釋卷」，皆極精熟，本身「雅愛詩章」、「登高必賦」，「內興文學」，文學造詣頗高，創作不少流傳千古之詩篇與文章，明、胡應麟於《詩藪·雜編》中云：「自漢而下，文章之富，無出魏武者。集至三十卷，又《逸集》十卷，古今文集繁富當首于此，今惟陳思十卷傳，武、文二主集僅二、三卷，亡者不可勝計矣」**❺1**，惜原集至唐、宋時已散佚，明代張溥曾將零散之作品，輯爲《魏武帝集》一卷，包括令、教、表、奏事、策、書、尺牘、序、祭文、樂府歌辭等各體共一四五篇。清代嚴可均、丁福保等人續有增補。其創作數量，可謂雄視一代，他人難與匹敵。上有好者，下必有甚焉，此對當代文人、文壇，必帶有莫大之鼓舞與影響。曹操個人不僅喜愛文學，且有其他才藝專長，張溥云：

> 孟德御軍三十餘年，手不捨書，兼草書亞崔、張，音樂比桓、蔡，圍棋埒王、郭，復好養性，解方藥，周公所謂多

---

❺1 編輯部：《三曹資料彙編》〈曹操卷〉（臺北：木鐸出版社，民國 70 年 10 月版），摘錄明、胡應麟《詩藪》〈雜編〉卷二語，頁 16。

才多藝，孟德誠有之。[52]

曹操書法居然可與當代書法名家崔瑗、張芝等媲美，音樂造詣亦可與當代「善音者」桓譚、蔡邕並比，圍棋亦可與高手王九真、郭凱等「埒能」，則曹操確可稱為一多才多藝者。曹操個人愛好文學，提倡文學，且招攬、舉用具文學藝術專長者，當代名家如王粲、陳琳、徐幹、劉楨、應瑒等，無不紛紛投入其下，為其獻策效勞，如王粲、阮瑀等，無不受到重用，掌握實權，成為其政治、軍事之謀士。且在其倡導與支持下，與其公子曹丕、曹植等，「行則接輿，止則接席」，酬酢往來，談文論藝，「灑筆以成酣歌，和墨以藉談笑」（《文心・時序》），其他如應璩、荀緯、蘇林、王昶、鄭沖等，無不因其文學專長，而受到器重。在如此風氣下，文才濟濟，群星閃爍，對當代文學創作風氣，帶來之鼓勵與提倡作用，當是不言可喻。

另具有其他才藝專長者，曹操亦無不延攬，加以任用，如平定荊州後，發現杜夔精通音樂，乃任其為軍謀祭酒，參太樂事，令制雅樂。又知散騎侍郎鄧靜、尹齊，善詠雅樂，歌師尹胡，能歌宗廟祭祀之曲，舞師馮肅、服養，熟知先代諸舞，曹操皆予進用，使彼輩不被埋沒，皆能發揮所長[53]。建安文學所以勃興，促成百花齊放，異采紛呈之繁榮發展，為中古文壇揭開嶄新之一頁，則曹操之

---

[52] 同註[51]，摘錄明、張溥《漢魏六朝百三名家集》〈魏武帝集題詞〉，頁 21。

[53] 王巍《三曹評傳》（瀋陽：遼寧古籍出版社，1995 年 3 月第一版），頁 218、219。

重視文學，倡導文學，更進而拔擢文人，器重文人，應居首功，而此皆與其文學理念相關。

（二）文學創作論：文須尚實，不可浮華；
以博學多識奠基，寬暇運筆

《文心雕龍》曾徵引曹操之文學主張有二則云：

> 曹公稱：為表不必三讓，又勿得浮華。所以魏表章，指事造實，求其靡麗，則未足美矣。（〈表章〉）❺❹
> 魏武稱：作敕戒，當指事而語，勿得依違，曉治要矣。（〈詔策〉）❺❺

據《文心》所轉述，曹操以為文辭不應浮華，因之魏初之章表，言及事件，即要求確實。告戒之文，應依據事實而語，不宜模稜兩可，即以實際之要求，告誡不同職責之官吏，如「敕都督以兵要，戒州牧以董司，警郡守以恤隱，勒牙門以禦衛」（《文心‧詔策》）。曹操有此主張，必有依據，蓋東漢以來，豪門士族，常借寫作銘誄，以為吹捧之用，當代文風，亦受波及，而有浮誇不實之弊。建安十年正月，曹操曾下令：「令民不得復私仇，禁厚葬，皆一之于法」（《三國志‧魏書‧武帝紀》），沈約《宋書》亦詳載

---

❺❹　同註❻，卷五、〈章表〉，頁 10。
❺❺　同註❻，卷四、〈詔策〉，頁 51。

云：「漢以後，天下送死奢靡，多作石室石獸碑銘等物。建安十年，魏武帝以天下雕弊，下令不得厚葬，又禁立碑」（《禮志》）曹操向來節儉，以爲奢侈是最大之罪惡，曾吟道：「侈惡之大，儉爲共德」（《度關山》），本身不貪戀財物，亦不積聚私產，嚴禁家人、宮女穿刺繡衣服。其「禁立碑」之命令，必是因當時世家大族，利用「察舉征辟」，推薦與任用私人爲官吏，又利用宗法血緣制度，及所謂「門生故吏」關係，結黨營私，擴占地盤，而樹碑立碣，在當代碑文之興盛，是當時文壇一大特色❺❻，難怪劉勰要說，「自後漢以來，碑碣雲起」（《文心・誄碑》），爲人立碑之風氣，魏晉浸盛，而順情虛飾，竟成風俗，今曹操察覺其弊，下令禁止，這對「被豪門士族所污染的社會和文壇風氣，確是起了掃敝廓淸的作用」❺❼，南朝裴松之亦言「勒銘寡取信之實，刊石成虛僞之常」（《宋書・裴松之傳》）。均見樹立不實之碑碣，對當代社會風氣與文風，有推波助瀾之不良影響。

　　曹操「禁立碑」之命令，其所涉及之背景，一如上述，因之此種思想，「在文學批評史上，確實具有重要的意義」❺❽，而應用在「章表」、「詔策」上，亦要求須據事實來寫，不應虛情誇飾。其子曹丕之文學理念，主張「銘誄尙實」（《典論・論文》），或許可推知是受父親曹操之理念影響而來。而曹操主張「尙實」之理念，

---

❺❻　傅璇琮：〈從曹操的佚文談曹操的文學思想〉《北方論叢》1980 年第七期，頁52、53。

❺❼　同註❺❻。

❺❽　同註❺❻，頁 53。

後來亦必自然而然反映在其所創作之詩文上。

《文心雕龍》又載曹操之文論兩處云：

> 夫以子雲之才，而自奏不學，及觀書石室，乃成鴻采。表
> 裡相資，古今一也。故魏武稱張子之文為拙，然學問膚
> 淺，所見不博，專拾掇崔、杜小文，所作不可悉難，難便
> 不知所出，斯則寡聞之病也。（〈事類〉）❺❾
> 至如仲任置硯以綜述，叔通懷筆以專業，既暄之以歲序，
> 又煎之以日時，是以曹公懼為文之傷命，陸雲歎用思之困
> 神，非虛談也。（〈養氣〉）❻⓿

自劉勰轉述曹操對文學創作之觀點，可知曹操之主張是寫作
須以博學多識奠基，不然就會患上言之無物，淺而寡陋之病，一如
張子之文，是「學問膚淺，所見不博」，而且藉著博學多思，在創
作時，才能暢通思路，無所阻遏，否則徒然勞神苦思，嘔盡心血，
只會損害精力，傷及身體而已。又依《文心·養氣》所言「曹公懼
為文之傷命，陸雲歎用思之困神」，事涉養氣，謂苦思過度，有傷
身體，惜曹操有關養氣之文論，早已散佚，不然則對曹丕文氣說之
理解，當更為豐富而深入。若再看上引《文心·養氣》一段之上下
文，或可推知劉勰所論，意味曹操並非贊同死讀書，與一味苦思為
文，蓋用思過勞，則必傷生，曹、陸傷命困神之說，自是並非虛

---

❺❾　同註❻，卷八〈事類〉，頁 9、10。

❻⓿　同註❻，卷九〈養氣〉，頁 7。

談，究應如何而後可？黃侃《文心雕龍札記》有云：

> 大凡學為文，皆有弛張之數。故〈學記〉云：君子之於學
> 也，藏焉修焉息焉遊焉。注云：藏，謂懷抱之。修，習
> 也。息，謂作勞休止之謂息。遊，謂閒暇無事之謂遊。然
> 則息遊亦為學者所不可缺，豈必終夜以思，對案不食，若
> 董生下帷，王劭思書，然後為貴哉。❻

　　雖未見曹操完整詳明之「養氣」文論，然由黃侃氏之詮釋，
或可揣知曹操並不贊同為文過勞苦思，反而以為「息遊為學者所不
可缺」，故與同道友朋，宴飲同遊，引吭高歌，舒解精神壓力，自
屬必要，所謂「逍遙談笑醫勞倦，優遊餘裕運才勇」，再以清暢之
意，閒適之態，從容寫作，方不致困神傷生。前節提及曹操向來勤
勉攻讀，「博覽群書」，「能明古學」，「雖在軍旅」，仍「手不釋
卷」，有博學多識之素養，俟吟詠為文時，自然左右逢源，文思汩
汩而湧，遣詞造句，引據典故，無不來自經書百家，而此皆為平素
研讀所得，以《詩經》為例，在今存著述中，引用者不下數十處，
如〈讓九錫表〉：「民所具瞻」句，暗引自《詩經·小雅·節南
山》：「民具爾瞻」句。〈求言令〉文，言「《詩》稱『听用我謀，庶
無大悔』」句，則明引《詩經·大雅·抑》中原文。其餘引用《論
語》、《尚書》、《易經》、《禮記》、《楚辭》、《莊子》、《韓非子》等亦
復不少。

---

❻　黃侃：《文心雕龍札記》（臺北：文星書店，民國 54 年 1 月 10 日初版），頁
　　224。

又曹操素愛音樂，本身亦有傑出之音樂才能，曾在銅雀臺上，設置鼓樂聲伎，常來臺上欣賞音樂歌舞，此除滿足聲色之娛的目的，以作排遣壓力外，對其創作詩文，實亦有積極的影響，此具見曹操是其文學主張之實踐者。

（三）賦法論：辭賦用韻，因宜適變

《文心雕龍》另一處稱引曹操之文學主張是：

> 魏武論賦，嫌於積韻，而善於資代。……又詩人以兮字入於句限，《楚辭》用之，字出句外，尋兮字成句，乃語助餘聲。舜詠南風，用之久矣。而魏武弗好，豈不以無益文義耶？（《章句》）❷

此為劉勰轉述曹操對詩賦用韻之意見，惜未能看到完整之主張，僅能就劉勰論述，而得知其大概。曹操除創作詩歌、散文外，另亦有辭賦之作品，惜都已散佚，今僅存〈登臺賦〉、〈滄海賦〉、〈鶡雞賦〉等題目，無法看到其辭賦在韻律上之特色。曹操創作辭賦，對辭賦之寫作技巧與用韻看法，自然有其見解，據黃侃《文心雕龍札記》加以解讀上引《文心·章句》，有關曹操對辭賦之主張云：

> 蓋以四句一轉則太驟，百句不遷則太繁，因宜適變，隨時遷移，使口吻調利，聲調均停，斯則至精之論也。……魏

武嫌於積韻，善於資代，所謂善於資代，則公於換韻耳。[63]

自黃侃氏之解讀，可知曹操對辭賦之用韻，主張應換韻，厭惡一韻到底，最重要的，是「因宜適變，隨時遷移」，能使聲調韻律，隨著辭賦之內容、作者之感情、思想，而隨時調整，以達到「音轉自然」之要求。另對辭賦寫作，主張廢除「兮」字，亦可見曹操對鍊字修辭之講求。

綜合而言，曹操之文學思想，雖其文論資料皆已散佚，難以窺其全貌，藉著某些著作轉述之片段，稍能了解概略，其對文學藝術之重視，對才藝文人之尊重與拔擢，以相王之尊，振興文學，提昇文風，或對文學創作修養之見解與提示，對文藝創作技巧之鑽研，確有其獨到精闢之處，有其革新與突破舊有傳統束縛之處，魯迅曾評價曹操，以爲在當代「也是一個改造文章的祖師」（《魏晉風度及文章與藥及酒的關係》），亦肯定曹操之文學思想，及其文學創作，在當代有其主導與指標之地位與影響力。

二、曹丕之文學思想

至若曹丕之文學思想又如何？曹丕之文學理念頗爲突出，主要乃體現於其文學批評中。前節提及，曹丕與其父操一樣，愛好文學，遍覽經書百家，且以「著述爲務」，「下筆成章」，如此方能在文學理論與批評方面，提出不少難能可貴之觀點，其文學理論之著

---

[63] 同註[61]，頁119。

作，以《典論》爲代表作，該書原有二十篇，是曹丕精心之作，曹
丕生前曾多次修改編訂而成，曾將此書贈送吳主孫權。魏明帝時，
更將此書刊於石碑，惜「唐時石本亡，宋時寫本亦亡」（嚴可均
《全三國文》）。今僅存〈自敍〉、〈論文〉、〈論方術〉三篇，而保存
完好者，亦僅有前兩篇❻。曹丕對文學的看法，除《典論・論文》
外，〈與吳質書〉、〈與王朗書〉、〈答卞蘭教〉之信函，及保存在其
他類書之《典論》佚文中，亦有論述，今將上述之曹丕著述，加以
整理、歸納，略論曹丕之文學理念如下：

（一）文學批評論：創作各有所長，宜建立客觀之
批評標準

曹丕在《典論・論文》中，首先提出：

> 文人相輕，自古而然。……夫人善於自見，而文非一體，
> 鮮能備善，是以各以所長，相輕所短。里語曰：「家有敝
> 帚，享之千金。」斯不自見之患也。

《典論・論文》中提到作家之才能，各有所偏，而通才向來
不多。自文章而言，本有多種體裁，不同文體，即有不同之創作特

---

❻　夏傳才、唐紹忠《曹丕集校注》（鄭州：中州古籍出版社，1992 年 10 月第一
　　版），頁 13。傅亞庶注譯《三曹詩文全集譯注》〈曹丕集〉（長春：吉林文史
　　出版社，1997 年 1 月第一版），頁 257。

色。自作家而言，一位作家通常僅能擅長某一種文體之寫作，很難將各種文體，面面俱到，都寫得很好，所謂「文非一體，鮮能備善」即是。因之曹丕即具體舉例評論七子文章之得失是：

> 王粲長於辭賦。徐幹時有齊氣⑥⑤，然粲之匹也。如粲之〈初

---

⑥⑤ 按「齊氣」，究作何解？古今學者，見仁見智，爭論紛紜，如《文選》李善注是：「言齊俗文體舒緩，而徐幹亦有斯累」，近人許文雨《文論講疏》云：「按齊詩各句用分字，為稽留語，此舒緩之證」。而又或以為據《三國志·魏書·王粲傳》裴注所引，則作「幹詩有逸氣」，以為「齊」為「逸」之誤。而徐堅《初學記》卷二十一引曹丕《典論·論文》云：「徐幹時有高氣」，近人范寧〈魏文帝「典論論文」「齊氣」解〉《國文月刊》第六十三期（臺北：泰順書局，民國 60 年 9 月影印出版），頁 761-763，據以為「齊氣當作高氣」解，高氣為「性子慢」。另有近人黃曉令〈典論論文中的「齊氣」一解〉《文學評論》（1982 年第六期），頁 123、124。則以為「齊氣」乃「平平之氣」即「俗氣」之意。王夢鷗以為「齊」「齋」二字通用，其義只是「端莊嚴肅」。又言「典雅」正是端莊嚴肅之「齊」。見〈試論曹丕怎樣發見文氣〉《古典文學論探索》（臺北：正中書局，民國 73 年 2 月初版），頁 75。曹道衡〈典論論文「齊氣」試釋〉《中古文學史論文集》（北京：中華書局，1986 年 7 月第一版），頁 432-434，則以為上述之釋「齊氣」皆不妥，認為當依《禮記·樂記》中「肆直而慈愛者，宜歌『商』，溫良而能斷者宜歌『齊』」一語釋之，即據「文如其人之原則，以他的人品去推測他的作品」，則「齊氣」有「宜歌齊」的人「溫良」之意，近人莊耀郎以為「齊氣」必然「包括齊人語氣舒緩，齊人志緩」之諸多因素的均調統一。見〈曹

征〉、〈登樓〉、〈槐賦〉、〈征思〉，幹之〈玄猿〉、〈漏卮〉、〈圓扇〉、〈橘賦〉，雖張、蔡不過也。然於他文，未能稱是。琳、瑀之章表書記，今之雋也。應瑒和而不壯，劉楨壯而不密，孔融體氣高妙，有過人者，然不能持論，理不勝詞，至乎雜以嘲戲，及其所善，揚、班儔也。

曹丕對七子的評論，可證作家，實難兼善眾體，若七子以為「於學無所遺，於辭無所假，咸以自騁驥騄於千里，仰齊足而並馳」，欲「以此相服，亦良難矣」。至其〈與吳質書〉中，亦載有相關之論述是王粲、徐幹以辭賦為主，然亦各有其特色云：「仲宣獨自善於辭賦，惜其體弱，不足起其文；至於所善，古人無以遠過」，宜其後來鍾嶸要評其「發愀愴之詞，文秀而質羸」（《詩品》）徐幹，彬彬君子人，雖不擅以雅言吟誦，然「懷文抱質，恬淡寡欲，有箕山之志」，其《中論》之作，是「辭義典雅」，「成一家之言」，陳琳、阮瑀則擅長章表書記，故「孔璋章表殊健，微為繁富」。「元瑜書記翩翩，致足樂也」，評論劉楨是「公幹有逸氣，但未遒耳」，此即〈論文〉中所謂「壯而不密」，亦後來鍾嶸所評「氣過其文，雕潤恨少」（《詩品》）之意。評論應瑒是「德璉常斐

丕典論論文「氣」義探微〉《古典文學》第六集（臺北：學生書局，民國 73 年 12 月初版），頁 126、127。另朱曉海則以為徐幹操作吟誦美文所需之雅言，有欠道地，雜有齊地方音，故曰「齊氣」，見所著〈清理「齊氣」說〉《臺大中文學報》第九期（民國 86 年 6 月出版），頁 210。按：個人以為朱氏說近是，茲從之。

然有述作之意，其才學足以著書，美志不遂，良可痛惜」，可見其才能有所長，有所短，此亦可自「和而不壯」一語得證。

曹丕另亦曾比較屈原與相如之賦孰愈？而評定曰：「優游按衍，屈原之尚也；浮沈漂淫，窮侈極妙，相如之長也。然原據託譬喻，其意周旋，綽有餘度矣。長卿、子雲，意未能及也」。（《北堂書鈔》所錄《典論》佚文）**❻❻**，可知一位作家，若能避其所短，充分發揮其所長，必能有所成就。

而若要建立客觀公正之評論標準，首先要能用「審己以度人」之原則，克服「各以所長，相輕所短」之弊病，並去除「貴遠賤近，向聲背實」此種「厚古薄今」，崇尚虛名，不務實際之錯誤心態，如此，則文學批評之狹隘思維模式與理論框架，必一一打破，對推動詩文創作之風氣，及促進各類風格作品品質之提升，深信必有莫大之助益。曹丕評論作家，是「深受一般的人物品評風氣影響」，「自己並不陷於那種偏頗之見」，才能提出「比較公正和客觀的態度」**❻❼**。

（二）文體論：熟知各種文體特性，有助於作家

各依所長創作

---

❻❻　郁元、張明高編選《魏晉南北朝文論選》（北京：人民文學出版社，1996 年10 月第一版），刊錄《北堂書鈔》卷一百，所錄〈典論佚文五則〉，頁 14。

❻❼　同註**❹❽**，頁 37、38。

曹丕在〈論文〉中，除分析與舉証作家才能有偏之同時，亦提出不同類型文體之特點云：

> 夫文本同而末異，蓋奏議宜雅，書論宜理，銘誄尚實，詩賦欲麗。此四科不同，故能之者偏也；唯通才能備其體。

曹丕將文體分成四類，並說明各種文體之風格特色，或寫作要求，雖是用來照應〈論文〉首段，惟此項分類，衡之以往，並不曾有過。文體，具多義性，或指文章體裁，或指文章風格，甚或兼指文章之體裁與風格、文章之結精、修辭等，故文體可謂是個性之外化，是藝術魅力之沖擊，是審美愉悅之最初源泉，其重要性可知，後代宋、倪正父即云：「文章以體製為先，精工次之。失其體製，雖浮聲切響，抽黃對白，極其精工，不可謂之文矣」（《文章辨體序說》）[68]，文體既是一種法制，如不加以遵守，則「不可謂之文矣」。

在曹丕將文體分成四類之前，有言「文本同而末異」，「本」當是指文章之本質，即指以語言文字來表現某種思想或感情、內容，而「末」則是指文章表現之具體形式，此表現形式含有內容特點與形式特點兩方面之意義[69]。曹丕將文章區分為四科八種，而此四科之「末異」，則以「雅」、「理」、「實」、「麗」區別，此乃為一

---

[68] 吳訥：《文章辨體序說》（臺北：長安出版社，民國 67 年 12 月初版），〈諸儒總論作文法〉，頁 14。

[69] 張少康、劉三富：《中國文學理論批評發展史》（上）（北京：北京大學出版社，1995 年 6 月第一版），頁 169。

種風格上之差異，而決定此風格差異者，或自其內容，或來自形式，而非自一種標準而劃分。

而奏議之類之公文寫作，曹丕以爲此類經常用於朝廷軍國大事上，則其語言風格，即須典雅。書論指各類議論性之子書與單篇論文，內容既爲說理，則其表達，即須思理明晰，不能徒事華飾。銘誄乃記事跡之文體，宜講求真實可信，不應溢美，風格自應樸實，曹丕所以提出此要求，如前節所述，有其社會背景，而詩歌語言自漢末以來，本日趨華麗，辭賦此一體裁，當代人亦早已認識其文辭華美之特點，故曹丕言「詩賦欲麗」，其實亦反映當代人之一般觀點，但亦可說明曹丕已看到文學作爲藝術之美學特徵。且「詩賦欲麗」，亦標志著「文學之自覺時代」，突破儒家「詩言志」之傳統窠臼，詩賦求美，意味詩賦不必寓有教訓，代表著一種自覺的純文藝觀之萌芽。

除〈論文〉外，曹丕亦曾言「賦者，言事類之所附也；頌者，美盛德之形容也」（〈答卞蘭教〉），可知其對賦、頌此兩類文體，早已了然，賦在漢代本重在舖陳，曹丕言「事類之所附」，應是符合大賦寫作時，列舉眾多同類事物之實際情況。

儘管曹丕對文體分類之辨析，極爲簡略，然已具備較高之理論概括性，爲其後作家，開闢了道路，對其後文體論之研究，影響甚大。又所舉出之八種文體中，亦無史傳與諸子等一般之學術著作，實際仍須評其爲亦是一種進步之文學理念。

（三）文氣論：作家先天之質性、稟氣，
決定作家之個性與作品之風格

《典論・論文》另提出「文」與「氣」之關係云：

> 文以氣為主。氣之清濁有體，不可力強而致。譬諸音樂，
> 曲度雖均，節奏同檢，至於引氣不齊，巧拙有素，雖在父
> 兄，不能以移子弟。

曹丕在此明確地提出作家之氣質及個性，與創作之關係此一新命題。〈論文〉云：「文以氣為主」，或謂曹丕所謂「文章的氣，依他看來，就是呈現於文辭間的作家個性」[70]，而作家個性顯現於文章情意文辭之間的，就是風格。因之「曹丕所謂氣，實指兩方面，『清濁有體』的氣，是作品的外現；『引氣不齊』的氣，是作者的天賦情性資質，這是『不可力強而致』，『父兄不能以移子弟』的」[71]。前孟子曾倡養氣說，墨子亦有望氣說（〈迎敵祠篇〉），王充亦提倡「元氣」論（《論衡・談天》），然皆與作品無關。建安時代，某些作家之作品，亦言「氣」，如曹操之〈氣出唱〉：「但當愛氣」、「其氣百道至」等，曹丕之〈大墻上蒿行〉：「蕩氣迴腸」。〈善

---

[70] 王夢鷗：〈試論曹丕怎樣發見文氣〉《古典文學論探索》（臺北：正中書局，民國73年2月臺初版），頁78。

[71] 廖蔚卿：《六朝文論》（臺北：聯經出版公司，民國70年3月第二次印行），〈第五章、文氣論〉，頁52。

哉行〉：「長笛吹清氣」。曹植〈鰕䱇篇〉：「猛氣縱橫浮」。吳質〈思慕詩〉：「志氣甫當舒」。劉楨〈射鳶〉：「意氣凌神仙」。上述例句提及之「氣」，皆非評論作家之作品，以「氣」論文，當自曹丕始。在曹丕看來，建安七子文學風格之所以差異，即根植於彼輩各自稟性之不同。而此「雖在父兄，不能以移子弟」的。對此，劉勰曾有極好之申述，《文心雕龍·體性》云：

> 夫情動而言形，理發而文見，蓋沿隱以至顯，因內而符外者也，然才有庸雋，氣有剛柔，學有淺深，習有雅鄭，並情性所鑠，陶染所凝，是以筆區雲譎，文苑波詭者矣。故辭理庸雋，莫能翻其才；風趣反其習；各師成心，其異如面。⓻

劉勰反覆申論，辭繁意賅，曹丕精要敘述，語簡意明，劉勰將作家不同之個性，表現於文章上，稱其為「體性」，一如曹丕所言之「氣」與「體」。因之「氣是文章上看不見的體，而體則是文章上看得見的氣。曹丕論文，先說『體』，而後說『氣』，是解釋那體所以形成的理由；劉勰先說『性』而後說『體』，是證明那體所以成立的根據」，⓼ 生於曹丕之後之劉勰，對曹丕〈論文〉中所主張之文氣說，已盡到補述之目的。近人郭紹虞在《中國文學批評史》中，釋曹丕〈論文〉中之「氣」為「才氣」，被認為猶未盡善周至，不過其在解析〈論文〉言「氣」之一段言論，卻是切中肯

⓻　同註❻，卷六〈體性〉第二十七，頁 8。

⓼　同註⓻，頁 78。

緊。郭紹虞云：

> 從作品方面，看到由於內容和作用之不同，形成不同的風
> 格，於是有文體之分。從作者方面，看到由於才性習染或
> 學力的不同，也會造成不同的風格，於是有文氣之說。❼

曹丕所謂「氣」，其確切含義，如自作品與作者兩方面加以解
說，應是較為圓通而允當。而由曹丕〈論文〉與〈與吳質書〉二文
中，所評論之對象，皆以建安諸子為核心，可以了解，作者之天賦
稟氣不同，其表現於作品上之風格亦迥異，而作家之個性、稟氣有
清濁之別，不可能勉強而得，易言之，文章之藝術風格亦有
「清」、「濁」之分。「清」者，指俊爽豪邁之陽剛之氣。「濁」指凝
重沈鬱之陰柔之氣，一如音樂曲譜雖同，節奏法度亦同，經不同之
人演唱，因引氣行腔不「齊」，即會唱出不同之風味情調，引氣行
腔所以「不齊」，主要即因各人之個性、稟氣有巧拙之異，雖父兄
掌握其技巧，亦無法以之轉移至其子弟身上，由此得知，〈論文〉
中，曹丕評孔融「體氣高妙」，評徐幹「時有齊氣」，〈與吳質書〉
中評劉楨「有逸氣」，均是兼涵人與文之特質而評的。也因此後代
文論家即以「重氣」為建安文學之特徵，如沈約評曹植、王粲是
「以氣質為體，並標能擅美」（《宋書‧謝靈運傳論》）。劉勰評建
安詩人是「慷慨以任氣，磊落以使才」（《文心‧明詩》）、「梗概而
多氣」（《文心‧時序》）。鍾嶸評曹植為「骨氣奇高」，評劉楨為

---

❼ 郭紹虞：《中國文學批評史》（臺北：明倫出版社，民國 59 年 11 月初版），
頁 39。

「仗氣愛奇」、「氣過其文」，評陸機爲「氣少于公幹，文劣於仲宣」（《詩品》），評論中所言之「氣」，並非泛指一般之氣，然與曹丕所主張所重視之「氣」，是有聯貫性的。

有人或以爲曹丕所主張之文氣說，論述較含糊而籠統，又將作品風格之成因，歸結爲「氣」，又將「氣」之成因，歸結爲作家與生俱來之天賦稟氣，不言可藉後天之培養，乃有所偏頗而欠當。又有人以爲曹丕較爲崇尙慷慨豪邁之氣，不免沖決儒家傳統詩論裡中正和平、溫柔敦厚之原則，而提出建安文學之重氣，亦非切當，如云：「魏之氣雄于漢，然不及漢者，以其氣也」（許學夷《詩源辨體》引胡元瑞語），「子建任氣憑才，一往不制，是以有過中之病」（陸時雍《詩鏡總論》）、「自《典論論文》以及韓、柳，俱重一『氣』字，余謂文氣當如〈樂記〉二語曰：『剛氣不怒，柔氣不懾』」（劉熙載《藝概·文概》）等。不過不管如何，曹丕提出文氣說，是具有劃時代之意義的，「文氣」之提出，意味著文學的走向自覺，有意擺脫舊有傳統之束縛，以求突破、創新，而有了曹丕作爲開路先鋒，方有日後劉勰較爲全面與科學之風格論以出。

（四）文學價值論：文章一如經國大業，賦予作家
榮譽心、責任感

《典論·論文》云：

> 蓋文章，經國之大業，不朽之盛事。年壽有時而盡，榮樂止乎其身，二者必至之常期，未若文章之無窮。是以古之

作者，寄身于翰墨，見意于篇籍，不假良史之辭，不托飛馳之勢，而聲名自傳于後。

曹丕在此提出文章之價值，是「經國之大業，不朽之盛事」，給予文章如此崇高之評價，一些文論家無不評其前所未有，實際同時代之楊修，亦曾提出類似之言論云：「若乃不忘經國之大美，流千載之英聲，銘功景鐘，書名竹帛，斯自雅量，素所蓄也，豈與文章相妨害哉」（〈答臨淄侯箋〉），近人考其寫作時間，尚在曹丕之前。則曹丕〈論文〉中之論述，可能是吸收楊修之見解，而後再加闡發而成，不能算作是曹丕的獨創❼。或許當時這些文人「行則連輿，止則接席」，在「觴酌流行，絲竹並奏，酒酣耳熱」（曹丕〈與吳質書〉），談文論藝之間，已建立共識，或未可知。

自《左傳》言及立德、立功、立言所謂三不朽後，便成為人人所欲達到之理想鵠的，惟立德、立功，目標高遠，機遇難得，達成不易。剩下「立言」一項，便成為古今文人士子所熱衷追求之指標，故言「不假良史之辭，不托飛馳之勢」，或可「成一家言」，而

---

❼　近人徐公持查考楊修〈答臨淄侯箋〉一文，撰述之年代為建安 22 年前，而曹丕《典論・論文》寫作于建安 22 年後，因此乃據以推定楊修之箋，作于曹丕《典論・論文》之前。又以為楊修之箋云：「經國之大美」，句中「大美」，用法稀見，疑「大美」本作「大業」，因二字篆書形近致淆，如是，則曹丕「經國之大業」，乃為照錄楊修之文，其論點之創始人，當歸于楊修。以上見所著《魏晉文學史》（北京：人民文學出版社，1999 年 9 月第一版），頁 65-67。

千古傳誦，垂名不朽。不過在曹魏之前，著述以求不朽的，一般皆為成一家之言之子書類，其作者，皆自視甚高，對辭賦一類美文，常予蔑視，如揚雄、王充便屬此見解之文人。連曹丕之弟曹植，文章雖稱「建安之傑」、「下筆琳琅」，由於志在建功立業，亦未重視文學之自身價值，以為「辭賦小道，固未足以揄揚大義，彰示來世也」（〈與楊德祖書〉），由此而知某些文士之傳統教化觀，豈是能輕易地打破？

今曹丕在〈論文〉中，提出文章之價值，確實石破天驚，令人讚揚，雖有人誤以為尚難完全掙脫功利主義之影子，不過提出「文章，經國之大業」，先在理論上有力地反映此一時代文學思想之新方向，已屬不易。而此句其實並非將文章視為治理國家之手段，亦未強調文章的政教之用，其意涵當是言文章一如治國大業 ❼，以提高文章之價值觀。因之此句可謂大大提升文人作家之高度

---

❼ 　按《典論·論文》云：「蓋文章，經國之大業，不朽之盛事」一句，據近人羅宗強謂此句常被當作用文章于治國來理解，而此理解是不確的。蓋此一命題之提出，必有其創作背景之原因，用文章于治國，衡之于建安時期的整個創作傾向，實找不出任何足資佐證之根據。它不惟在理論表述上是一種孤立現象，而且與創作上反映出來的文學思想傾向，正相背違。因之羅先生以為曹丕此句話之意思，是把文章提到和經國大業一樣重要的地位，以之為不朽之盛事。其在〈與王朗書〉中所言，亦沒有將文章看作是治理國家之手段，沒有強調文章的政教之用，而只是把文章當作可以垂名後代的事業而已。且羅先生亦在附註中，言對此句之理解，乃向其友郭在貽先生請教，郭先生之回函中，即謂「此句乃比喻性說法，並非真的說文章就能治國，而是說文章

榮譽心，鼓勵作家多撰述精釆絕倫之佳作。又言文章是「不朽之盛事」，可謂是超越傳統之「教化」功能性，符合士人們夢寐以求之標竿——三不朽之理論，然亦加重文人之歷史責任感，鼓勵文人專心致力於文章寫作，當然包括在曹丕眼中「欲麗」之「詩賦」，蓋其可予人無窮之審美感受，具有吸引人之藝術魅力，如是，「聲名自可傳于後」，亦可以「不朽」。若「年壽」、「榮樂」，「二者必至之常期，未若文章之無窮」，此乃事實。

　　《論語》有言「君子疾世而名不稱焉」（〈衛靈公篇〉），司馬遷亦在〈報任少卿書〉中，表明所以發憤著書，主要亦是「鄙沒世而文釆不表于後」，可知曹丕與孔子、司馬遷，對希望聲名能衍傳於後之理念，是一致的。曹丕亦在〈與王朗書〉中云：「人生有七尺之形，死為一棺之土。唯立德揚名，可以不朽；其次莫如著篇籍」。可見出其以立德揚名為上，如未能立德揚名，則退而求著篇籍，亦可以不朽。惜「人多不強力，貧賤則懾於飢寒，富貴則流於逸樂，遂營目前之務，而遺千載之功」，使之光陰白白流逝，體貌亦日漸衰頹，最後無所作為地與萬物遷化，此豈非「志士之大痛」？因之若不想「遺千載之功」，不令志士大痛，最好是多「寄身於翰墨」，多「見意於篇籍」矣。

　　總之曹丕之《典論・論文》，與其其他相關之書函、論著，可以了解曹丕之文學理念，由其論述，可知確是文學理論上不朽之

的重要性猶如治國一般。此種理解法，于當時之語言習慣、語法結構，似亦無甚扞格。」見羅宗強所著《魏晉南北朝文學思想史》（北京：中華書局，1996年10月第一版），頁16-18，及頁40。

作，是拓展我國文學理念，我國文學批評史上專篇論文之開端。雖亦有學者提及「曹丕在理論上對於文學反映社會現實的功能，幾乎沒有加以論述」**⑦**，所評雖為事實，然《典論》一書，散佚甚多，原有二十篇，今僅存〈論文〉等三篇，其餘十七篇內容無法得知，說不定可能存有反映社會現實之文學功能論述。而短短〈論文〉一篇，即將文學批評、文體、文氣，文學價值等各項論點，有條不紊地列舉，提出一系列有價值、有啓迪、有先導之觀點，如以「氣」字論文章，提出文學至上之獨立主張，文體分類之主張，確實較簡略，劉勰雖評曰「密而不周」（《文心·序志》），然亦是具有創意之不凡見解，亦屬難得。而其中詮衡人物，評論文章，簡潔而精準，三言兩語，即能掌握要點，透徹分析，宜劉勰評為「辯要」（《文心·才略》），與其同時代之卞蘭，評以「竊見所作《典論》及諸賦頌，逸句爛然，沈思泉湧，華藻雲浮，聽之忘味，奉讀無倦」（〈贊述太子賦並上賦表〉），此應非阿諛之詞，而是知音之言。

三、曹植之文學思想

今再試探曹植之文學理念。曹植受過其父操嚴格之課讀，文學素養高，又孜孜不倦於創作，正如其自述：「少而好賦」、「所著繁多」（〈前錄自序〉），在〈與楊德祖書〉中亦道：「少小好為文章，迄至今二十省五年矣」，即使死後，曹叡亦不得不稱揚他：「自

---

⑦ 同註**㊽**，頁 46。

少至終，篇籍不離於手（《魏志》本傳），與曹植時代距離不遠之魚豢，亦曾讚嘆：「陳思王精意著作，食飲損減，得反胃病也」（《太平御覽》引《魏略》語），如此勤奮寫作之人，自是有文學方面之己見，在此擬以〈與楊德祖書〉、〈與吳季重書〉為中心，並參照相關著述，以探索曹植在文學方面之見解。略分文學價值論、文學批評論、文學創作論、審美感應論，分別論述：

（一）文學價值論：首重立功，次重立言，
成一家之言，藏之名山

曹植在〈與楊德祖書〉中道：

> 夫街談巷說，必有可采；擊轅之歌，有應風雅，匹夫之思，未應輕棄也。辭賦小道，固未足以揄揚大義，彰示來世也。昔楊子雲先朝執戟之臣耳，猶稱壯夫不為也。吾雖薄德，位為藩侯，猶庶幾戮力上國，流惠下民，建永世之業，流金石之功，豈徒以翰墨為勳績，辭賦為君子哉！若吾志未果，吾道不行，則將采庶官之實錄，辯時俗之得失，定仁義之衷，成一家之言，雖未能藏之於名山，將以傳之於同好。

曹植對文學頗為重視，一如其父兄，前曾引曹植自言少年時代，即誦讀「詩、論及辭賦數十萬言」，「少而好賦」，「誦俳優小說數千言」（《魏書·王粲傳》注引《魏略》），對文章，亦頗勤勉寫

作，且相當自負，曾編選己作爲〈前錄〉，並曾將自己作品，贈予吳質與楊修，而在去函中，亦發表自己對文章之看法，上所引一段話，即爲去函楊修所言者，在此曹植表達對民間文學之重視，將「街談巷語」、「擊轅之歌」，特與「風雅」並論，而兩漢樂府詩，日受朝廷與文人作家之賞識，甚而士大夫階層之文人，亦受到影響，此爲當代文學潮流所趨，亦表示曹植亦具相同之文學理念，有其進步之文學意識。

不過上引一段話中，曹植提及「辭賦小道」，「未足揄揚大義，彰示來世」，且舉出揚雄曾稱「壯夫不爲」，不免易使人誤以爲曹植輕視文學，否定文學，其實大謬不然，原因是：

1.上引一段文字之主旨，乃曹植敘述自身對爲國建功立業之抱負，視其爲其人生第一大志，若其志未果，則轉爲文學著述，而此亦非證其即爲輕視文學。蓋《左傳》上言：「太上有立德，其次有立功，其次有立言，雖久不廢，此之謂三不朽」，歷來士子，即以「三不朽」作爲平生三大素願，而其次序是立德、立功、立言，曹植依傳統士大夫之人生規畫，第一項樹立高尚品德典範居首，而此任何人，亦不敢自許其必然，乃退而「立功」，若不成，再退而「立言」，從事文學創作，故不能以之論斷其爲不重視文學，且曹植在〈薤露行〉中吟道：「願得展功勤，輸力于明君。懷此王佐才，慷慨獨不群」，表明其理想，其後再言：「孔氏刪詩書，王業粲已分。騁我逕寸翰，流藻垂華芬」，同樣表露其首要志向是「立功」，其次才爲「立言」。

2.自古以來，文人才士，從未將「三不朽」之立志次序，上下顛倒，而以「立言」爲首要者，植之兄丕亦如此，如上節曾引曹丕

在〈與王朗書〉云「人生有七尺之形，死為一棺之土。唯立德揚名，可以不朽，其次莫如著篇籍」，第一「立德」可不朽，而後越過「立功」不談，將「著篇籍」、即「立言」，作為可以不朽之第二抱負，而後代詩人作家，亦莫非如此，如杜甫：「致君堯舜上，再使風俗淳」（〈奉贈韋左丞丈二十二韻〉），將輔佐國君，使天下風俗淳厚，作為平生之理想。李白：「長風破浪會有時，直挂雲帆濟滄海」（〈行路難〉），表達立志在四方，欲有所立功之意。李賀：「男兒何不帶吳鉤，收取關山五十洲。請君暫上凌煙閣，若個書生萬戶侯（〈南園十三首〉之五），亦表露渴望參加掃平叛亂之戰鬥，建立功勳。曹丕以下之眾多詩人作家，即未將文學創作列為平生第一大志，吾人實不可獨獨苛求曹植，而此並非代表彼輩，不重視文學。

　　3.曹植對不同之文體，似有不同評價，以為「辭賦小道」，不如史書與政論著作，即後世所謂子書有價值。實際此觀念，在當代不足為奇，蓋文學自覺之時代中，文人頗多省思，對兩漢辭賦「勸百諷一」，一味粉飾太平，脫離實際之社會現實，有所不滿，因之曹植在函中提出要作政論文章，以「揄揚大義，彰示來世」，自對世人之思想，加以教化之作用角度考察，漢賦確實不如史書或政論著作，故曹植函中所提，實針貶漢賦而言。且曹植對辭賦之佳作，並未譏評，反而予以稱揚，如讚譽枚乘等人之賦作，為「辭各美麗」，稱許王粲之詩賦為「文若春華」，可謂明證。另曹植本人亦寫出〈龜賦〉贈與陳琳，陳琳曾讚美此賦是「音義既遠，清辭妙句，焱絕煥炳」。又寫過如〈洛神賦〉、〈靜思賦〉等長短之賦作，若曹植對辭賦一律輕視，則曹植不可能對枚乘、王粲之賦讚揚，自己亦

不可能創作辭賦贈與他人。

4.對曹植評「辭賦小道.」云云，魯迅另有解析，認其所以有此一番憤激之論，原因是：

> 子建大概是違心之論。這裡有兩個原因，第一、子建的文章做得好，一個人大概總是不滿意自己所做而羨慕他人所為的，他的文章已經做得好，于是他便敢說文章是小道；第二、子建活動的目標在于政治方面，政治方面不甚得志，遂說文章是無用了。❼⑧

個人以為魯迅之解讀，不能說沒有道理，不過要釐清者，（1）是曹植講「辭賦」是「小道」，魯迅卻改為言曹植說「文章是小道」，可能魯迅將「辭賦」視為「文章」而混淆，實際「文章」涵義較廣，不能與「文章」中文體之一「辭賦」混為一談。（2）曹植言「辭賦小道」，另有原因，此「辭賦」乃針對「務華棄實，繁采寡情」❼⑨之某些漢賦而發，並未針對所有「文章」而發，否則如上段所論，曹植亦不可能想去寫史書或政論文章，自己亦大量寫辭賦。

曹植將所作辭賦寄與楊修，並言「匹夫之思（曹植自謙語），未易輕棄」，可見曹植對辭賦，對文學事業之重視，而楊修之回函，亦表達出與曹植某些不同之意見云：「今之賦頌，古詩之流

---

❼⑧ 同註❾，頁 589。

❼⑨ 李曰剛：《中國文學流變史》〈辭賦篇〉（臺北：聯貫出版社，民國 60 年 8 月初版），頁 97。

也，不更孔公，風雅無別耳，修家子雲，老不曉事，強著一書，悔其少作」。楊修言立德立功「斯自雅量，素所蓄也，豈與文章相妨害哉」（〈答臨淄侯箋〉），以下又極力稱頌曹植之文學才華，表面上，楊修似「在反駁曹植關於『辭賦小道』的議論，實際上卻是正好合乎曹植心意的」**⑧**，若再與曹丕《典論‧論文》比較，表面上看，「論調完全不同，但細細分析，他們對文學的看法和意見，還是一致的。不同的只是政治地位和文章的口氣而已」**⑧**。

建安時代，儒家衰微，文學自覺，曹氏父子三人，以及屬下文人集團上上下下無不重視文學，重用文人，曹植不可能蔑視文學，其對自己之文學創作與學術論述在內之「立言」，皆極注重，以為若能將文章寫好，自可「藏之于名山」，「傳之于同好」，且對文人，曹植亦以為「君子在末位，不能歌德聲」（〈贈丁儀王粲〉），文人須居高位，得優厚待遇，方能對當代有所歌頌，此對王朝之統治，自有正面之作用，正如曹植論曹操云：「既總庶政，兼覽儒林，躬著雅頌，被之瑟琴」（〈武帝誄〉）。論曹丕云：「既游精于萬機，探幽洞深，復逍遙乎六藝，兼覽儒林」（《魏德論》），將文學與政治結合，加以表彰，凡此皆可看出曹植是如何之重視文學。

⑧　同註**⑧**，頁 52。

⑧　同註**❶**，《中古文學風貌》〈曹氏父子與建安七子〉，頁 18、19。

（二）文學批評論：世上作品無完美，作家須尊重、虛心，批評家則須具能力與素養

　　建安一向被視爲是文學自覺之時代，亦文學觀念，文學理論之自覺與建構時代，曹植雖未發表像其兄丕〈論文〉之專論，惟在某些信函中，亦曾對某些文學批評理論，作過深思、探討，如〈與楊德祖書〉云：

> 世人之著述，不能無病，僕嘗好人譏彈其文，有不善者，應時改定。昔丁敬禮嘗作小文，使僕潤飾之。僕自以才不過若人，辭不為也。敬禮謂僕：卿何疑難，文之佳惡，吾自得之，後世誰相知定吾文者耶？吾嘗歎此達言，以為美談。

　　文學創作，本是一件嘔心瀝血之筆耕工作，欲達完美無疵之地步，根本是毫無可能，宜曹植另有〈與吳季重書〉中，言「夫文章之難，非獨今也，古之君子，猶亦病諸」，要寫出佳作，實非易事。曹植所以主張文學需要批評，原因即在「世人之著述，不能無病」，有其「病」，自然需要有此方面高深造詣者，加以批評指正。否則必自我蒙蔽，不能受到高明者提供意見，以獲教益。曹植個人將「少小所著辭賦一通」，送給楊修，亦是同樣道理。丁廙將所作小文，送與曹植潤飾，道理一樣，並言潤飾者即使改壞了文章，亦無關係，無須顧慮，以文章本流傳於後世，人們之評價，不論好壞，均是歸於作者。此種藉文以垂世之意識，亦與曹丕〈論文〉謂

文章是「不朽之盛事」相同。

不過文人一向矜才自負，欲令文人傾服，「亦良難矣」，曹植又在〈與楊德祖書〉文前，即提及王粲、陳琳、徐幹、劉楨、應瑒等人，未歸曹操之前，皆是聲名昭著之文人，若「人人自謂握靈蛇之珠，家家自謂抱荊山之玉」，敝帚自珍，不願體認文無完美，自己所作，必有其短處，則欲求提升創作水準，推動文學之發展，豈有可能？因之曹植在此針砭建安文壇，文人自負之弊病，主張應建立客觀而公正之文學批評。而為達到此要求，曹植再提出文學批評者，應具備相當之專業素質，較高之文學修養，首要之條件是應具有豐富之創作體驗與水準，否則難以掌握作品之要點，便胡亂無的放矢，此如何使作者心悅誠服？在〈與楊德祖書〉中，曹植認為：

> 蓋有南威之容，乃可以論於淑媛；有龍泉之利，乃可以議於斷割。劉季緒才不能逮於作者，而好詆訶文章，掎摭利病。昔田巴毀五帝、罪三王，訾五霸於稷下，一旦而服千人。魯連一說，使終身杜口。劉生之辯，未若田氏；今之仲連，求之不難，可無歎息乎？

在此曹植以比喻手法，言若具南威之花容美色，始可去評論美女，唯具龍淵寶劍之鋒利，始可評議於斷割，其意即批評者本身應有深厚之素養外，亦須具備實際之創作經驗與水準，其所以有如此主張，乃因當代劉季緒「才不能逮於作者」，便隨意詆訶他人文章，此批評者信口雌黃，妄加評論，當然讓人不服，不過曹植要求批評者亦需具有高度之創作才能，方得批評，則亦不免嚴苛，蓋創作與批評，少有聯繫，亦有區別，衡之實情，偏於一方之長者多，

兼有兩者之長者少，或許此主張，並非曹植之本意而僅是其理想，若要完全達到其提出之條件，恐寥寥可數。曹植既提出此主張，其本人自是當然遵守，無怪乎其在函中言：

> 夫鍾期不失聽，於今稱之，吾亦不能妄歎者，畏後世之嗤余也。

連此位才思敏捷，「世間術藝，無不畢善」之「建安之傑」，對善於知音之鍾子期，雖極為崇敬，即使如此，曹植尚言「不敢妄歎」，其態度之慎重，由此可知。而若認知清楚，其對某些文友，亦不吝批評，如評王粲云：「文若春華，思若湧泉，發言可詠，下筆成篇」（〈王仲宣誄〉），評陳琳云：「以孔璋之才，不閑辭賦，而多自謂與司馬長卿同風，譬畫虎不成還為狗者也」（〈與楊德祖書〉），曹植評「七子之冠冕」之王粲，恰如其分，頗為切當，評陳琳原以章表聞名，其辭賦創作竟自認如同司馬相如同一風格，曹植以為不然，其評可謂卓識、高見[82]。曹植對批評家要求之條件，可

---

[82] 有關曹植在〈與楊德祖書〉中，批評陳琳之一段評論，後人曾有非議者，如劉勰云：「陳思論才，亦深排孔璋，敬禮請潤色，嘆以為美談，季緒好詆訶，方之于田巴，意亦見矣。故魏文稱文人相輕，非虛談也。……才實鴻懿，而崇己抑人者，班（固）曹（植）是也」（《文心·知音》），此乃劉勰之誤解，蓋依曹植信函中所言，「以孔璋之才，不閑于辭賦」云云，陳琳之長，乃在章表而非辭賦，時人已有定評，曹丕《典論·論文》云：「琳、瑀之章表書記，今之雋也」可証。而陳琳對曹植之批評，置若罔聞，反而對他人言曹植乃讚揚其辭賦，而非批評其辭賦，此種行徑，極不厚道、不誠實，

視其為美意苦心，宜欽佩其對文學批評所抱持之嚴肅態度，可警告存心不正者，藉機「各以所長，相輕所短」，製造紛爭。亦可糾正某些具「貴遠賤近，向聲背實」之偏見者，崇古賤今，崇尚虛名之不當。

批評家在批評時，態度須慎重、公正，宜認清由於作家個性稟氣有別，所創作之作品，必有種種差異，實不可強求一致，劉勰《文心‧定勢》云：

> 陳思亦云：世之作者，或好煩文博採，深沈其旨者；或好離言辨白，分毫析釐者，所習不同，所務各異，言勢殊也。❽❸

世上之作家，各有偏好，有者性喜博采繁文，含義深奧，有者則喜字斟句酌，剖析毫釐，各人之習尚本有別，因之其所致力之方面，亦有別異。曹植本有此體認，曾吟道：「人生有所貴尚」，「好惡隨所愛憎」（〈當事君行〉），世人如此，作家亦同，愛好趨向既有差別，其所表現之風格，自是各有特色，因之批評者，若在批評他人作品時，主觀地悉依自己之好惡，加以評論而漫無定準，不僅會陷於「文人相輕」之陋習，更易造成作家與批評者之間之糾紛、恩怨。故曹植在〈與楊德祖書〉中亦指出：

> 人各有好尚，蘭茝蓀蕙之芳，眾人之所好，而海畔有逐臭

在此有必要加以澄清，以免以訛傳訛，對曹植不公平。

❽❸　同註❻，卷六〈定勢〉，頁 24。

> 之夫；〈咸池〉、〈六莖〉之發，眾人所共樂，而墨翟有非之
> 之論，豈可同哉！

雖有「眾人之所好」，「眾人所共樂」，仍是有人持不同意見者，因此批評者應盡量避免自個人之好惡出發，除力持客觀、公正外，坦蕩寬廣之胸襟，及負責慎重之態度，亦須具備，相對的，作家亦須具寬容與謙虛之涵養，尊重批評者之意見，有者改之，虛心接納，以求改正，正如田巴善辯，折服千人，然經「魯連一說」，即從善如流，不再堅持己見，而「終生杜口」。無者，亦須多省察，不可自滿，因之在上段言及曹植對陳琳不接受他人之意見，反而極力為自己之缺點強辯，頗不以為然，才「有書嘲之」。而對丁廙主動以所「作小文」，請曹植「潤飾」，批評、指正，讓曹植深為嘆服，而「以為美談」。

總之，在文學批評方面，曹植提出精闢而獨到之看法，如作品必有其「病」，不可能完美，有必要接受他人批評、指教，唯作者須有寬容、謙虛之心方可，切勿以才自負、固步自封，阻礙進步。而批評者，亦須有深厚之學養，且須具高度之實際創作經驗與能力，否則便不容置啄，此看法則理想過高，要求過苛，唯其存心本意，應可諒解。又作家各有偏好，作品風格，自然有別，故批評者進行批評時，宜客觀、公正，胸懷寬廣，態度謹慎，不可心存主觀、成見，放言高論。凡此均已涉及批評之標準與原則、批評家之修養與態度，可謂持論切要，見解不凡。

（三）文學創作論：發揮已長，接納指正，多向民間文學

學習，以鮮明文句寫作

　　關於曹植對文學創作之意見，在〈與楊德祖書〉中，可看出某些看法，如主張應依所長，加以創作，切勿勉強自己，否則容易「畫虎不成，反爲狗」；如前所引：「以孔璋之才，不閑於詞賦，而多自謂能與司馬長卿同風，譬畫虎不成，反爲狗也」，蓋陳琳專長者爲章表書記，曹丕〈論文〉云：「琳、瑀之章表書記，今之儁也」，另曹丕〈與吳質書〉云：「孔璋章表殊健，微爲繁富」可知，且作家行文各有偏愛，如前所引：「人各有好尙」，劉勰《文心·定勢》亦言及「世之作者，或好煩文博采，深沈其旨者；或好離言辨白，分毫析釐者，所習不同，所務各異，言勢殊也」，既然作家所長有別，好尙不同，因此寫作應順勢而爲，發揮所擅長，不應標新立異，追求新奇，如此可創造自己之風格來。

　　其次曹植亦以爲「世人著述不能無病」，作家各有所長，亦各有所偏，爲文不可能完美無疵，因之曹植亦主張，如「有不善者，應時改定」，曹植以身作則，言「嘗好人譏彈其文」，自己是作者，卻能虛心的請他人指出其作品之缺失，如有不善者，即刻改正，其將所作辭賦一通，送與楊修，亦有請楊修指正之意。可知爲文，宜不厭其煩，多請高明者指出，方能不斷進步，因之作家本人，切勿自大自滿，自以爲是，只有虛心接納高明者指正，所作方能及時改正缺失。且能將所作，贈予他人，彼此觀摩、互爲切磋，此對文人作家而言，必能獲益，故自曹植〈與楊德祖書〉中，或楊修之回函

〈答臨淄侯牋〉，又或陳琳〈答東阿牋〉中，均可得知曹植常與同好，交換詩文，彼此品評、觀摩之一些訊息。

再者是曹植對民間文學（如歌謠、俳優小說等），頗為重視，前已引証言曹植「誦俳優小說數千言」（《魏書・王粲傳》注引《魏略》），又前亦引其在〈與楊德祖書〉中言「街談巷語，必有可采；擊轅之歌，有應風雅，匹夫之思，未易輕棄也」，而曹植所以重視，蓋民間文學，如歌謠，語言生動活潑，韻律自然，抒情婉轉，風格清新，向為士大夫階層之文人才士喜歡，且借鑑學習，一改士大夫文人詩作、單調刻板之陋習，因之曹植及其父兄，莫不自樂府詩中，吸取其營養，模擬其形式、語言及其現實精神，其所做如〈七哀〉、〈送應氏〉、〈野田黃雀行〉、〈種葛篇〉、〈苦思行〉等，有者沿用樂府舊曲，自撰新辭，有者不用舊曲舊題，全部自擬新撰，卻無不是表現出語言質樸，筆法委婉、含蓄，音節優美之民間文學情調。對於創作而言，向民間文學學習，亦是其創作上之重要觀點。

至若有關創作上之修辭字句之看法，劉勰《文心・練字》曾引錄曹植之見解云：

> 故陳思稱：揚馬之作，趣幽旨深，讀者非師傳不能析其辭，非博學不能綜其理，豈直才懸，抑亦字隱。

作家創作時，其取任何素材，無不依賴文字以表現，因之作品即是集字而成，之藝術創作，選用適當、準確之文字，正足以考驗作家之見識與素養。故清、吳曾祺曾云：「欲知篇必先知句，欲

知句必先知字」(《涵芬樓文談》)[84]，黃侃亦言：「文者，集字而成，求文之工，必先求字之不妄」，「一句不類，一字不妥，則亦有敗績失據之患」[85]，良然。

曹植在上引自劉勰之《文心·練字》中所言，雖未完整，然提及揚雄、司馬相如之作品，由於旨趣深遠，一般讀者非有師長講授，否則難以辨析其文辭，亦非博學者，無能掌握其內容，依曹植之見，或可推知曹植並不贊同用字艱深，內容隱晦之作品，蓋讀者面對此類作品，勢必興趣索然，棄之不顧，由此而知作家創作時，宜正視讀者之能力與需求，將其作品中之遣詞用字，多所斟酌，求其文字鮮明，造句流暢俐落為首要。

（四）審美感應論：提出審美感應心得，雅好慷慨，物我交感，體現審美情趣

一般研究文藝美學者，對於三曹中之曹丕，著有《典論·論文》專篇探討有關文學理論與批評，而認定其為中國文學批評史上現存之第一篇批評理論著作，因之特受關注與青睞，凡探討文藝美學方面之研究著作，無不特設專章討論曹丕《典論·論文》在文藝美學，或美學理論上之內容、價值與貢獻，而對於丕弟曹植，因無專篇論述文學理論與批評，經常是一字不提，加以忽視，實際自曹

---

[84] 吳曾祺：《涵芬樓文談》(臺北：商務印書館，民國 57 年 4 月臺二版)，〈鍊字第十四〉，頁 27。

[85] 同註[61]，頁 197、204。

植某些書函或文章中，亦可稍窺曹植對文學方面之看法，除上述討論曹植在文學價值、文學批評、創作有些意見外，另外有關審美感應方面，曹植亦曾提供個已之一些經驗與見解。

曹植曾編選已作為〈前錄〉，其序云：

> 故君子之作也，儼乎若高山，勃乎若浮雲，質素也如秋蓬，摛藻也如春葩；汜乎洋洋，光乎皜皜，與〈雅〉、〈頌〉爭流可也。余少而好賦。其所尚也，雅好慷慨，所著繁多。雖觸類而作，然蕪穢者眾，故刪定，別撰為〈前錄〉七十八篇。

所述「雖至為簡略，卻極關重要。這是在批評史上第一次明確地表達了對強烈情感的愛好」[86]。因曹植自述，平素所好尚者，則為直抒胸臆，意氣昂揚之所謂「慷慨」之音，「所著繁多」，卻皆為「觸類而作」，即這些作品，均為有感於「事物」而作。而在序之前，曹植則極推崇所謂「君子之作」，以下則極力以「比」法，描述其品格之高，如巍峨之高山，而氣勢之盛，亦如雲朵之勃然興起，內涵質樸，一如秋蓬之白花，而綴飾文采，則如春日燦爛之百花，再繼續讚頌其內容，是「汜乎洋洋」，充實而廣博，表現形式是「光乎皜皜」，多種多樣，故其評價，是可與《詩經》中之〈雅〉、〈頌〉爭雄。此節敘述，雖是簡略，內涵卻是豐富無比，蓋在此，正顯示曹植將其審美感應之經驗與心得，極為自然與直覺的反應出來，而能進入審美境界之前提，正是感情，而感情亦是審美

---

[86] 同註[48]，頁 47。

感應發生之動力，是文學作品能打動人心之要件，假若沒有喜怒哀樂之情，亦就構不成美矣。

　　魏晉雖是一混亂而痛苦之時代，卻亦是思想解放，藝術得到高度繁榮之時代，人之意識，由不太自覺而走向自覺，自然審美觀念，深深烙印在人們心靈，成爲托物寄情之媒介。劉勰言「應物斯感」（《文心・明詩》），「物色之動，心亦搖焉」（《文心・物色》），「物」「我」雙方構成審美關係，亦即發生感應，因之曹植將「君子之作」之品格、氣勢、內涵、外在、內容、形式，以「以我觀物」之審美觀照，全以自然界之高山、白雲、秋蓬、春葩，海洋（按：洋，本爲名詞海洋，爲最大之水域，洋洋，重言，成爲形容詞，變成地寬廣或水盛大之意），與乎光亮、潔白之各種事物，加以比喻，要非曹植平素多觀察，否則豈能如此廣泛取材？而這些事物（客體），經作者本人（主體）強烈情緒及其意識之感染，「物以情觀」（《文心・詮賦》），「以我觀物，物皆著我之色彩」（王國維《人間詞話》），感情自然滲透其中，曹植自述所作，皆「觸類而作」，更重要的，其本身「雅好慷慨」，「不論是感念世亂、抒發壯志，還是傷節序、歎衰老、嗟離別，凡情感鮮明動人，都可謂之慷慨」❽，此表面上看是曹植個人之文學情味，亦是代表其審美感應後之效應，其實亦代表整個時代之審美趨向，經由曹植在〈前錄序〉一文之啓發，劉勰便在《文心・時序》云：「觀其時文，雅好慷慨」，便是引錄出曹植「雅好慷慨」之語，以概括此一時代之特徵。

---

❽　同註❹⑧，頁 47、48。

　　所謂「感物吟志，莫非自然」（《文心·明詩》），「心生而言立，言立而文明，自然之道也」（《文心·原道》），不論是由外而內，或由內而外，誠如前段所言，若無豐富之感情作為審美感應之動力，創作之作品，必然失去感人之藝術魅力，驗證曹植之名作〈雜詩〉之一起句：「高臺多悲風，朝日照北林」，〈野田黃雀行〉之起句：「高樹多悲風，海水揚其波」，可以見出詩人一再被徙封，好友又被殺，悲憤莫名，有苦難言，起句即注入詩人之感情色彩，以隱微之比喻手法，表達內心痛苦與悲憤之情，充滿著悲愴之審美意味。再如〈送應氏〉二首，或為眼見動亂之現實，感傷百姓疾苦之悲情，或寫因歡送好友，油然生出惜別之情，均可看出曹植感情豐富，激蕩難抑之情愫，而此皆體現「雅好慷慨」之審美情趣，亦是反射審美感應之效果。

　　有關審美感應論，首由先秦之哲學基礎奠定，經過兩漢、魏晉到劉勰，逐步走向成熟[88]，即由哲學而呈現於文學、美學、藝術上。「雅好慷慨」，雖是整個建安時代之審美趨向與主張，正如劉勰《文心雕龍·時序》云：

> 觀其時文，雅好慷慨，良由世積亂離，風衰俗怨，並志深而筆長，故梗概而多氣也。[89]

　　後世大為稱揚之「建安風骨」，即表現慷慨、質樸、雄強、古

---

[88]　郁沅〈心本感應與物本感應比較論綱〉《文學審美意識論稿》（北京：中國廣播電視出版社，1992 年 12 月第一版），頁 68。

[89]　同註❾，卷九〈時序〉，頁 23。

直悲京之特色，展開一代審美之新風。雖然曹丕《典論・論文》，被美學學者讚頌是「在這時代和審美的氣氛中，對建安文學特徵的總結，並開啓一代審美新風」**❾⓿**，不過若仔細閱讀過曹植之詩文，尤其前所引錄之〈前錄序〉一文，雖至爲簡略，然多少已透露出曹植之審美素養及其意涵，其實心得、經驗、成就應不在曹丕之下，尤其植在〈前錄序〉中，首先提出「雅好慷慨」一語，以表現其審美情趣及認知，而獲得劉勰賞識，抄錄入《文心・時序》中，以概括建安文學之特徵，因之個人以爲曹植審美素養深厚，審美心得、經驗豐富，作品之審美情趣，充滿著浪漫激情之感人魅力，其成就貢獻，應不低於曹丕，其地位實應予以重新評估，方爲合理，只是文獻資料散佚不少，相關論述，亦嫌過於簡略，實有美中不足之憾。至於有學者指出曹植之文學思想，有「文學本體論」之主張，即自感性外觀與內在特質兩方面，去探討文學應有之品格，且進而論述作品形式與內容之關係，即文質相稱之思想**❾①**，另有學者提及曹植亦發表有關文章風格之片斷看法，譬如上引〈前錄序〉中，以高山、浮雲、秋蓬、春葩等具體事物形象，以比喻「君子之作」，風格之多樣性，此種以比喻概括文章風格之方式，常爲後人所襲用。另學者亦提出曹植雖未將文體如何分類，然亦曾提出某些文體特色之觀點，如云：「銘以述德，誄尚及哀」（〈上卞太后誄表〉），

---

❾⓿ 王興華：《中國美學史》（天津：南開大學出版社，1993 年 3 月第一版），〈第十七章、魏晉南北朝的美學思想〉，頁 292。

❾① 劉玉平〈曹植文學思想三題〉《四川師範學院學報》（哲社版），1994 年第五期，頁 11、12。

又稱曹叡所作〈平原公主誄〉「文義相扶，章章殊興，句句感切，哀動神明，痛貫天地。楚王臣彪等聞臣爲讀,莫不揮涕」（〈答詔示平原公主誄表〉），亦強調誄之文體，以哀情動人之作用。曹植能注意到誄之抒情性質，當與其「雅好慷慨」之文學好尚有關❷。又或文學之聲律等等問題，則不再贅述。

以上粗略舉出三曹之文學思想，可知愛好文學，體認文學的功能之曹操，留存之相關資料雖少，經抽絲剝繭，剔抉爬梳，亦能了解其文學創作之主張，是取務實、博學之基本理念。其子丕，其文學價值理念，則以立德揚名爲先，如不成則退而求著篇籍立言，以求不朽，植亦愛好文學，思想亦體認到文章立言之價值，不過因平生志向以立功建業爲重，因之即以立功爲先，立言則其次。而因其曾言「辭賦小道」，致被劉勰評爲「陳書辯而無當」（《文心・序志》）。兄弟二人之文學價值觀有其同，有其異。批評論方面，兄弟二人，皆以爲創作各有所長，難成通才，故宜建立客觀公正之批評標準，唯曹植主張批評家除應有深厚之學養外，本身亦須具備高度之創作能力，此則其兄丕並未論及。而丕主張之「文氣論」、「文體論」，則是曹植所未探討到，或少論到之觀點。

至若曹植之「審美感應論」，涉及之「雅好慷慨」；曹丕則亦有類似之提及，曹丕〈與吳質書〉曾言憶起往日南皮之游的樂趣時，所神往者，是「高談娛心，哀箏順耳。……清風夜起，悲笳微吟。樂往哀來，淒然傷懷」，在回憶往事之種種中，不禁淒然感傷，慷慨悲涼之情調，則成一種令人神往之審美境界。鍾嶸《詩

---

❷　同註❹，頁 52、53。

品》評價建安詩人時，亦多審視其慷慨悲涼之審美情調。明人鍾惺
評論三曹時，亦稱「曹氏父子高古之骨，蒼涼之氣，樂府妙手」
❸，評語「蒼涼之氣」，即指慷慨悲涼之情思之美感。曹氏兄弟與
建安文人，無不因悲涼意象，而反映出內心慷慨悲涼之審美情趣，
而此亦是當代文人之精神氣質，與時代氣氛下之產物，由此得知，
某些文學理論，不一定代表著個人之看法，有些觀點亦是當代文人
士子們，在當時文學思潮影響下，在彼此談笑酣飲，相互切磋討論
中，一致肯定之共識與主張。

肆、結語

　　所謂「人心不同，如其面焉」（《左傳》），人心叵測，人性亦
有其善變與複雜性，隨著年齡、閱歷、處境、人事等之不同，隨時
都在變。因之人格之塑造與形成，亦是有極多因素雜糅甚中。對一
位作家而言，人格除呈現於其人生歷程、日常生活外，亦呈現於其
文學作品、著述中，相對的，自其作品之風格，亦可探測出其人格
之特質。蓋作品之風格，即是作家本人之個性與品格，是作家性
靈、生命，投射至作品中之表現，代表著作家心靈裡之光輝。

　　西方哲學家叔本華謂「風格是心的面目」，陸機亦言「誇目者
尚奢，愜心者貴當，言窮者無隘，論達者唯曠」（〈文賦〉），可知
個性、品格在文學創作轉化成風格時，因個性、品格之差異，文學
創作亦有不同之風格。文學創作，即在表現作家本人之性格，故人

---

❸　同註❺，摘錄明、鍾惺《古詩歸》卷七，評三曹語，頁64。

格亦爲風格。因之探究三曹之人格特質，文學思想，對了解三曹之時代環境、生平歷程、志向抱負、文學創作、歷史評價，甚至魏晉文學，均有益處，相對的，由此可追尋三曹人格特質如何生成？三曹文學思想有何理念、主張？從而揭示三曹文學著述，在魏晉南北朝，在整個中國文學史之獨特地位與魅力。

　　以三曹各有其明顯而獨特之人格特質，使其文學思想各具有創發性，啓迪後人，影響後代文論甚大。而三曹之文學創作，有繼承有創新，亦各有特色與成就，宜其在文學史上，成爲父子同臺，極爲難得之熠熠巨星，誠如近人王瑤所評：

> 建安文學的光輝，卻就植基於曹氏父子底這種新的嘗試和提倡，配合了那個動亂時代經過顛沛流離的文人生活，所以才會在文學史上放一異彩的[94]。

可謂一針見血，評不虛發。

---

[94]　同註[1]，《中古文學風貌》〈曹氏父子與建安七子〉，頁2。

講評意見

李威熊

逢甲大學中國文學系

中國文學的獨立，魏晉是很重要的時期，尤其是建安時期鄴下文學集團的曹氏父子扮演很重要的角色。本論文是針對三曹的人格特質和文學思想加以探討，不僅可以了解建安文學的主要內涵、特色，而且也可凸顯曹氏父子在中國文學發展史上的地位。

論文取材豐富，參考資料充實，注解也相當翔實，但為顧及全論文集的體例，是否可改為當頁注。

有些論點相當可取，例如提出「文學創作即表現作家本人之性格，故人格亦風格」，又如稱「三曹皆重視文學，肯定文學之價值」，這些在中國文學的研究上，都具有重要意義。

本文論析與引證如能就三曹之詩、文等作品去分析歸納，所得結論將更具說服力。全文參引不少文獻資料，但同樣資料避免重複使用，以節省篇幅。例如「曹操逝世」就連提三次；曹植率軍救曹仁事也被重提；將後面的省去，並不會影響文章內涵。

在推論判斷方面，被研究者和研究者的觀點，有時相互混淆，造成錯亂，尚待釐清，在論曹氏父子人格和文學思想時，有些立論稍有矛盾。如稱曹操性格殘暴奸陰，具有複雜性、矛盾性，接

著引魯迅的話說：「曹操是一個很有本事的人，至少是一個英雄」，倒是蠻肯定曹操。又如說曹植「性格善良仁孝發於自然」，「與父操個性有相近處」，但下頁卻說「本性善良之曹植，……絕不像其父兄操與丕」……如此類似矛盾的文辭有多處，建議請再仔細加以檢視。

　　三曹的文學思想是本論文的討論重點，惜論析較爲傳統，缺乏新意。其實曹氏父子的文學觀與當時社會和玄學風氣息息相關；曹操對禮教名教的反彈；曹丕在即位前後思想的變化；曹植前期、後期詩文風格的不同，在理想與現實、積極與浪漫、建立功業與神仙追求……等，其間的衝突與矛盾，都展現在不同階段的作品中，因此討論三曹文學思想，也應注意到三人在不同時期變化。

　　有關「建安風骨」應該不只是指曹植而言，請再斟酌。且「建安風骨」也是三曹詩文很重要精神特色，有待進一步討論。

　　本論文探宏觀角度，提出一些值得參考的觀念；但如能縮小範圍，深度的去探討某一主題，貢獻將更大。

語音對文字的顛覆
——文學史寫作的現代理念❶

呂微

中國社會科學院文學研究所

關鍵詞

文學史、民間文學、現代性

摘　要

近代以來世界範圍內語言、文學革命的重要理念之一體現爲語音對文字、口頭文學對書面文學的造反。但是，由於前者對後者

---

❶ 本文在寫作過程中參考了胡適：《白話文學史》（上海：新月書店，1928年）；【日】炳谷行人撰，陳燕毅譯：〈民族主義與書寫語言〉，《學人》（南京：江蘇文藝出版社，1996年）第九輯，頁 93-112；【瑞士】索緒爾著，高名凱譯：《普通語言學教程》（北京：商務印書館，1980年）；【法】德裏達著，汪堂家譯：《論文字學》（上海：上海譯文出版社，1999年）。

的顛覆仍然是一種等級關係內部的權力迴圈，因此，在打破傳統意識形態之後，又建構了新的語言和文學意識形態。索緒爾的「內在語言學」思想爲我們反思學術意識形態提供了富有啓發性的思路，而民間文學研究的形式化作業和比較文學研究的跨文化視野都爲我們摒棄文學內部的等級觀念，並克服「一國文學史」寫作的「學術——政治」悖論提供了可能的途徑。

壹

文學史寫作是一個現代性的事件，特別是在 20 世紀的中國，「中國文學史」始終是最受政府和學者青睞的學術樣式，而近二十年來由於「重寫文學史」口號的提出，各種「中國文學史」著作更是層出不窮。造成「中國文學史」寫作之繁榮昌盛的原因是多方面的，其中最重要的原因或許是：文學生成爲自律性生活領域的現代現象，以及史學作爲本土傳統的和現代普遍的認同方式，二者相結合，就造就了文學史寫作在現代中國的學術景觀。換言之，人們通過寫作文學史從一個生活側面重建了現代與傳統的關聯，從而爲現代生活提供了基於傳統資源的合法性❷。

---

❷ 「歷史寫作」在歷史上曾經歷了三個發展階段：原始口傳的神話歷史、古典書寫的政治歷史、現代書寫的社會歷史。神話歷史將族群的起源追溯到某位超自然的神祇那裏，古典歷史將王朝的起源追溯到某位神聖祖先那裏，而現代歷史學將現代社會的法理根據寓於某種歷史發展的規律性之中，因此無論哪種歷史寫作實際都具有文化合法性的論證功能，現代史學自不能外。

　　既然文學史的寫作是以一種現代方式重建了現代與傳統的聯繫，那麼文學史寫作的現代方式究竟怎樣呢？通過對文學史研究對象（或曰「取材角度」）的考察，可以發現，文學史的寫作實際上是對歷史遺傳的「文」的材料的重新取捨和編排，入選文學史的文獻，我們稱之爲「文學作品」（已捨棄了「文學性」不強的作品）。其次，還可以發現，被我們現代人認定爲是文學作品的文本，不僅有屬於「文」（書面）的材料，也有原本屬於「語」（口頭）的材料，這些「語」的文本被現代學者用文字記錄下來並轉換成「文」的文本以後，同樣進入了文學史的聖殿。所以，「語音」和「文字」的並置應當被確認爲文學史寫作的重要現代理念之一❸。而這些被認爲原本是「語」的材料，借用「五四」以來的學術語言表述大多可被定義爲「口頭文學」或「民間文學」。

　　本文主要是從民間文學的學科立場著重討論文學史寫作之現代理念之一的「語音和文字的並置」或者極端地說是「語音對文字的顛覆」的問題，在指出文學史寫作是以象徵方式體現了現代主體性的內涵之後，筆者還要指出「語音對文字的顛覆」這一文學史寫作之現代理念的問題性所在。

貳

---

❸　在中國歷史上，也多有將語音文本轉換為文字文本的現象，如《詩經》之〈國風〉，如《樂府詩集》，但其「觀風知政」的初衷與將「語音與文字並置」的現代文學史理念殊為不同。

　　自從「五四」歌謠運動引進現代西方民間文學學術以來，中國學者為理解、把握民間文學現象（從譯介現代西方學者的觀點開始）已經進行了近一個世紀的討論。在上個世紀八〇年代大陸出版的高等學校文科教材《民間文學概論》一書中，參與寫作的學者們對民間文學的性質和特徵曾做出過如下表述：在階級社會裏，民間文學是傳承於下層階級——勞動人民中間的文學，而口頭性和集體性則是最能顯示民間文學本質的外在特徵❹。正是通過下層民眾的主體屬性以及口頭性和集體性等載體特徵，民間社會的口頭文學與上層階級的書面文學最終被區別開來。

　　但是，根據今天的學術史知識，我們已經瞭解到，給予民間文學的上述定義並不完全是對於一種客觀現象的忠實描述，當時的定義曾深深地受制於特定歷史語境下某些外在因素的影響。所謂「外在因素」我在此指的是「五四」時代的啟蒙先驅者們對於民主社會和民族國家的鄭重許諾和浪漫想象。「五四」的先驅者們認為，既然傳統的階級統治是靠書寫經典所維持的，那麼為了建構現代民主社會和民族國家的合法性基礎很自然地也就應當而且可以訴諸下層民間社會的集體、口頭文本。儘管「五四」先驅自己並不屬於下層社會，但這些現代精英們堅信，蘊藏於下層民間的、集體傳承的口頭文本可以代替傳統經典成為現代性之合法性論證的有效資

---

❹　該書的原話是這樣的：「民間文學是勞動人民的口頭創作。」在階級社會裏，「民間文學主要是農民、手工業工人、近代產業工人以及出身於社會下層、活動在農村和城市的民間藝人的創作。」鍾敬文主編：《民間文學概論》（上海：上海文藝出版社，1980 年），頁 1、頁 4、頁 25、頁 33。

源。由於相對於書面文學的口頭文學在現代文學和政治革命中所發揮的意識形態功能，因此口頭性和集體性這些能夠確證民間文學之階級主體性的文學載體性特徵就為現代學者所特別堅持，因為任何對於民間文學口頭性和集體性特徵的質疑都將有損於現代主體性的合法基礎，至少是在抽象的象徵領域。

中國現代民間文學運動不僅僅是直接引進西方學術的結果，也是「五四」白話文運動合邏輯的引申❺。據胡適的看法，「五四」的白話──新文學（文化）革命運動的興起是本土語言、文學歷史進化的必然。由此，「五四」啟蒙主義和浪漫主義將口頭語言和口頭文學置於崇高的地位，就具有了無求於外的本土歷史發展的合理性。也就是說，口頭語言、白話文學的現代合法性不僅與「五四」運動關於建立現代民主社會和民族國家的政治訴求直接相關，同時也有自身的學理依據，這就是關於「言語──文字」同一性和等級性的「前蘇格拉底」式的語言哲學觀點。

根據蘇格拉底（Sokrates，前 469─前 399）以前以及蘇格拉底「本人」的語言哲學觀點，思想、言語和文字之間被認為具有同一的性質。也就是說，言語是表達思想的工具，而文字又是記錄言語的工具。換句話說，言語是思想的符號，而文字又是（言語）符號的符號。然而，儘管三者同源，卻不一定就絕對同構並且功能相等。同為符號，言語和文字都不被認為是理想的「好」工具，不僅言語不能準確地表達思想，文字更是無法忠實地記錄言語。因此，

---

❺　拙作〈現代性論爭中的民間文學〉，《文學評論》2000 年第二期，頁 124-
　　134。

儘管人的思想、言語和文字趨向於（內容）同一性的關係，但在傳達絕對真理的能力方面，三者之間是有差別的，這就導致了行走在接近真理的路途中時，思想——言語——文字依次遞減的「形式——功能」等級。於是，當蘇格拉底「不立文字」、孔子「述而不作」，以及老子認為「道不可道」時，思想、言語和文字同一性兼等級性關係就被「前軸心時代」（或軸心時代前期）的語言哲學肯定下來。❻

但是，儘管在「前軸心時代」的哲學家們眼中，文字是比言語更糟的符號工具，但是到了「軸心時代」以後，無論文字的發明還是文章的書寫以及文學的創作都使那些「舞文弄墨」的人們比那些僅僅借助「耳口相傳」的人們擁有了更多、更大的傳達真理的權力❼。特別當其中的一些人掌握了用欽定的文字書寫的宗教政治、文學權威文獻——「經書」時，先前哲學家們眼中從思想、言語到

---

❻　「軸心時代」，英文寫作 Axial　Period，德國哲學家雅斯貝斯（Karl Jaspers）提出的概念，他認為，在西元前 500 年前後，世界幾大古代文明同時出現了精神上的理性覺醒，並對此後世界歷史的發展產生了具有決定性的影響，因此他稱這一時期為世界歷史的「軸心時代」，或譯作「軸心期」，參見【德】卡爾·雅斯貝斯著，魏楚雄等譯：《歷史的起源與目標》（北京：華夏出版社，1989 年），頁 8。

❼　雅斯貝斯認為，人類歷史「軸心期」的本質在於人確立了自我反思的思想形式，「思想成為自己的對象」，而反思無疑需要依賴體外知識形式——文字得以實現。【德】卡爾·雅斯貝斯著，魏楚雄等譯：《歷史的起源與目標》（北京：華夏出版社，1989 年），頁 9。

文字的功能遞減關係就被徹底顛倒了過來。用拉丁文書寫的聖經和用古漢文（雅言）書寫的《詩》、《書》於是被認爲是絕對真理的書面形式，後來的口頭言說只能淪爲對書面真理的詮釋。經典文本的出現將文字和言語之間的距離拉大了，並且造成了文字對於言語的強力統治。

但是到了近代，在啓蒙主義和浪漫主義思潮的語言觀中，出現向前蘇格拉底語言觀複歸的傾向，在此意義上，胡適稱「五四」文學革命是「文藝復興」即傳統文化之一種（如口語文學）的現代復興，是有道理的❽。胡適提出過一個語言學的假定，他說，在中國歷史的前軸心時代曾經有過一個言文一致的階段，但是，由於文字的演化相對滯後於言語，所以在經過一段時間之後，就發生了言、文脫節的現象❾。言、文脫節被認爲是一種語言史的演化結果，或者說言、文脫節是從歷時性角度觀察語言現象的結果。於是，根據這種語言史觀，重蹈「言、文一致」作爲對於「言、文不一」的歷史反撥在理論上就是可能和應當實現的目標。據此，「五四」白話文運動追求「言、文一致」的理想國語也就具有了充分的學理依據，而不僅僅是轉達了意識形態的政治訴求。

但是，語言學家和文藝學家們很快也就發現，在言語表達和文字表達分屬不同階級專利的時代，重建「言、文一致」（國語）的最初努力只能求助於來自民間和民眾的口頭語言——口語或記錄

---

❽　胡適：〈中國文藝復興運動〉，姜義華主編：《胡適學術文集・新文學運動》
　　（北京：中華書局，1993 年），頁 284-296。

❾　胡適：《白話文學史》（上海：新月書店，1928 年），上卷，頁 1-2。

口語的白話（白話文）。根據胡適語言史觀的理解，口頭語言——白話既然在歷史上就已經是書面語言——白話文的基礎，那麼白話也一定能夠爲重建新一代「言、文一致」的書寫語言（國語、官話、普通話）作出新的貢獻。這種「我手（書）寫我口」的白話、白話文和白話文學將最終走向思想、言語和文字內容和形式功能同一性的真理目標。

於是，在從「言、文不一」到「言、文一致」的歷史運動中，合邏輯地引申出了歌謠——民間文學運動。根據「五四」語言——文學革命的邏輯，民間文學、平民文學、大衆文學最終要代替官方的、貴族的和精英的文學。就此而言，語言革命、文學革命就不僅僅是符號工具的革命，同時也是價值觀念的革命，以及稟有這一符號工具的階級——民衆所進行的改變政治、社會關係的革命。「五四」語言和文學革命就是要將由於歷史原因而錯位的語言、文化等級關係重新再顛倒過來。如前所述，根據前軸心時代的語言觀，言語被認爲是比文字更加接近真理的符號工具；現代啓蒙——浪漫主義者同樣認爲，真理往往掌握在民衆而不是傳統的士大夫階級手中。

在「五四」時代，限於那時的語言觀和文學觀，「五四」學者不可能在等級關係以外設想口語和文字，以及民間口頭文學與經典書面文學的關係。我們翻閱《歌謠》周刊和胡適《白話文學史》，可以發現「五四」學者在描述民間口頭文學時所使用的辭彙之貧乏！自然、樸素、清新……這些形容詞本來都是用於描述書面文學作品的；而現在，人們將這些原本奉獻於書面作品之最高境界的讚頌統統轉贈給了口頭文學。「五四」學者之所以只能借用評價書面

文學的標準來看待口頭文學，原因在於，儘管「五四」學者反對將口頭文學視爲文學等級中的較低層次，但口頭文學始終處在文學的等級關係之中則是不爭的事實。「五四」學者聲明，傳統的士大夫階級視民間的口頭文學爲等而下之之物，如今他們卻要摒棄這種傳統的成見，讓口頭文學成爲文學殿堂的座上賓。但是，由於「五四」學者無法用等級關係以外的其他關係模式來想像口頭文學與書面文學的關係，因此，儘管他們以極大的勇氣顛倒了民間文學與士大夫文學的傳統等級，但二者也就立即陷入了一種新的等級關係之中。無論如何，口頭文學都必須在等級關係（無論何種等級關係）中確立自己的存在理由。

　　一般說來，世界範圍內的近代語言革命可上溯到歐洲的文藝復興，炳谷行人在創造性地轉換了德裏達（Jacques　Derrida，1930—　　）關於「語音中心主義」的命題之後，對近代以來世界性口語革命與民族國家文化、政治意識形態的關係做了出色的闡釋。據德裏達說，語音中心主義是西方自柏拉圖（Platon，前 427—前 347）以來的傳統，語音中心主義也就是邏各斯（logos）中心主義或理性中心主義。實際情況當然與此相反：語音中心主義是一種前軸心時代的，以及類似「返祖」現象的現代性事件。正是以此，炳谷行人才用語音中心主義指稱文藝復興以來口頭語言（語音）對於文字的「造反」（即「顛覆」）。炳谷行人說：「在現代西歐，語音中心主義不是傳統的形式主義（即邏各斯中心主義），而

是一個同它相對立的運動。換言之，它表現爲試圖用與拉丁文（世界語、共同語、標準語）相對的方言來寫作。在一段很長的時間裏，不同的地區進行著同樣的努力。……現代民族國家的形成和以方言爲基礎創造一種書寫語言的過程可以說是相互協調並行不悖的。❿」這就是說，自從古希臘以來以文字爲載體的西方傳統意識形態到了近代遭到以語音（方言口語）爲載體的新的文化意識的反抗，其代表性事件就是但丁（Dante Alighieri，1265—1321）、路德（Martin Luther，1483—1546）等人借用方言（語音）寫作而創造的各個民族國家書面語言，這股近代潮流發展到浪漫主義時代則繼之以格林兄弟（Jakob Griimm，1785—1863；Wilhelm Griimm，1786—1859）爲代表的採錄口頭文本的民間文學思潮。

炳谷行人指出：「首先，我們必須把語音中心主義當作一個不僅僅限於西方的問題來加以考慮。其次……不能同現代民族國家問題相脫離。在民族國家的形成過程中，世界各地無一例外地出現了同樣的（語音中心）問題，即使這兩者並不總是同時發生的。」在炳谷行人看來，近代口頭語言──語音對於文字的造反（顛覆）所表徵的實際上是一場政治革命和文化革命。對這場政治和文化革命，炳谷行人主要強調了其建立民族國家的內涵，但是參照中國現代語音革命──白話文運動的經驗，這場政治、文化革命的內涵還應再加上爭取民主社會的內容。白話文運動所推崇的是中國「前近代」以來的市民口頭語言──口語，而它所要反對的則是古文以及古文所承載的傳統聖賢經典。但是，當胡適把白話文的前途規定爲

---

❿ 炳谷行人語，參見註❶，下同。

「國語的文學」和「文學的國語」時，我們也就明瞭民主社會和民族國家本應是一個問題的兩面❶。要之，民間社會本是一個無文字的社會，因此民間也就是一個只有語音的社會，於是要讓人民「當家作主」，成為民族國家的主人，就必須將語音置於文字之上，或者代替文字處於文化的中心位置。炳谷行人說：近代「語音中心主義（運動）包含的正是這樣一種政治動機，它同城邦／國家（即民族國家）的形成有著至為密切的關係」。

　　如前所述，與政治上統治與被統治的關係一樣，歷史上語音

---

❶　近代以來啓蒙主義運動的目標是理性的世界性、普遍性實現，然而這一關於理性的理想在現代世界中卻只能通過民族國家這個非理性情感支撐的文化共同體來逐步實現，於是，現代性就建立在了理性的社會理想和非理性（民族國家）的文化依據的雙重合法性基礎之上，而現代學術（如文學史的寫作）則往往是用理性的科學方法論說非理性（民族國家）文化認同的合法性，這就是所謂的「現代性的悖論」。利奧塔爾（Jean-Frangcois　Lyotard，1924—　）注意到現代性的合法化對於「敘事知識」的依賴，但他沒有講到他所謂的「大敘事」、「元敘事」或「啓蒙敘事」、「解放敘事」（如文學史著述）等對於理性的科學方法的運用。用理性的實證手段論證非理性的想象目的在中國的現代性經驗中得到最為充分的展現，因此我始終將中國文學史著述中的「社會發展史寫作模式」作為現代性的社會——文化現象和知識現象加以理解，而不是僅僅嘲笑其「意識形態性」或「庸俗社會學」的淺薄，相反我認為其中蘊涵著深刻的現代知識社會學問題。利奧塔爾關於「大敘事」的論述參見【法】讓-弗朗索瓦·利奧塔爾著，車槿山譯：《後現代狀況——關於知識的報告》（北京：三聯書店，1997年）。

和文字的關係也被理解爲一種等級關係。於是，近代語音革命乃至政治革命的模式也就只能被人們想像爲傳統等級關係的重新顛倒。人們無法想像在等級關係之外，語音和文字之間還能有什麼其他的關係模式。然而亦如前述，儘管語音和文字之間存在著不平等的關係，但二者同時又以同一性相聯繫，正如前軸心時代以及現代語言哲學所描述的，言語是思想的外殼，而文字又是言語的外殼。與文字相比，言語本來處於更加接近真理的位置，但是由於文字僭越了言語原本應有的權力，因此才導致了近代以來語音企圖重新奪回中心位置的革命。拉丁文和古漢文都是脫離口語的，而但丁、路德的方言寫作以及白話文運動都企圖改變「言、文不一」的歷史，希望歷史回到「我手寫我口」的「言、文一致」的軌道上來。於是，所謂「言、文一致」實在應當被理解爲一場語言的人民革命。就此而言，「五四」學者的語言觀是一種歷史語言觀，也就是一種具有政治意識形態性質的民族國家語言觀和文化語言觀。炳谷行人說：「用方言寫作具有反抗拉丁文、羅馬教會和帝國統治的政治意義。語音中心主義意識形態把那些迄今爲止互不相關甚而至於並不存在的族性和種族召喚出來了。換言之，排除書寫語言／文明，語音中心主義也就排除了（文字統治的）『歷史』。」即在形式上回到前軸心的烏托邦時代。

迄今爲止，我們對於言語和文字的關係，以及口頭文學與書面文學關係的理解都是建立在前軸心時代的以及現代的語言觀基礎之上，這種語言觀把文字和語音，以及口頭文學和書面文學統統當作同一性的等級物加以理解。不僅言語、文字的關係是符號與符號的隸屬關係，口頭文學和書面文學同樣具有源頭與支流的從屬性

質。因此，對二者之間緊張關係的處理，除了將顛倒的關係再顛倒過來，似乎沒有其他更好的處理辦法。在「五四」白話文運動中，胡適在批判古文時同樣認爲，古文的獨尊及其沒落都是因爲它脫離口語，於是掌握書寫語言的階級也就控制了支配無文字民眾的文化領導權，但與此同時也就埋下近代語音革命的伏筆，而救治古文僵化的可能良方只有重返古文的源頭活水──白話一途，從而再建「言、文一致」的文化系統。

在現代革命語言觀的背後站立的無疑是近代的民族觀、社會觀。我們看到，社會學所描繪的階級等級和語言學所描述的語言（言語──文字）等級關係驚人地一致。正如炳谷行人所斷言的，近代以來的歷史語言學是具有意識形態功能的語言學。人們對於言語、文字關係的理解是基於對社會關係的理解，因而站在現代歷史語言觀的基點上，人們也就不可能對語音和文字的等級關係有所質疑。同樣，我們對於民間口頭文學與書面文學關係的理解也曾深深地受制於現代中國社會、政治革命的模式，因此，我們對於文學內部關係的理解也就無力超越我們對於外部社會關係的觀察。於是，文學不可能被理解爲脫離社會、政治關係而存在的無主體的、自在的和自律的語言現象，處身社會、政治關係當中的文學最終也就只能或是貴族文學或是平民文學而不可能是二者之外的、純粹的文學自身。

索緒爾（Ferdinand De Saussure，1875─1912）的偉大之處在於他首先揭露了近代歷史語言學的意識形態性質。在索緒爾看來，歷史語言學是一種外在的語言學，而真正的語言學應當是純粹的內在語言學，即排除了任何外在影響（包括政治影響）的語言

學。當然，這種純粹的內在語言學只是一種理論上的抽象，而在語言的各種外在歷史形態——言語和文字中，文化、政治的影響總是不可避免的，因而每當我們說到具體的、歷史的語言，我們所看到的（如炳谷行人所說）總是反映一定文化和政治關係的語言，也就是說，外在的語言總是反映著某一民族在某一歷史時刻所創造的某種文化以及該文化所達到的水平。索緒爾特別強調了書面語言和文學語言的意識形態性質，他舉例說，並非任何方言都能轉化為書面語言，能夠轉化為書面語言的只是諸多方言中的一種，但丁、路德都只是選擇了義大利和德意志方言中的一種，使之上升為規範的民族語言。現代、當代中國官方欽定的標準語言如普通話也只是以北方話和北京音為基礎，使之成為語言規範。而使一種方言或口語具有規範力量的就是現代民族國家的文化——政治權力。索緒爾由此揭示了近代語音革命的真正意義。在索緒爾看來，原本是反抗古代文字（拉丁文、古漢文）強制規範的近代語音革命，最終也要走向新的語言規範的意識形態。從白話、官話、國語到普通話，從歌謠運動到民間文藝學，中國現代語音中心主義始於意識形態的反抗，終於新的意識形態的建構，其歷史進程與索緒爾所揭示近代歐洲語音革命如出一轍。因此，炳谷行人才說：「語音中心主義巧妙地內化書寫語言以及民族國家」，「有哪一種口語不以書寫語言和民族國家為仲介呢？」

　　因此，我們應當有所領悟了，近代語音革命不是簡單地把一種口語或方言直接轉化為民族國家和全民社會統一、標準的書面語言——文字，正如現代漢語決不像胡適當年所預期的那樣是由宋元市民口語直接轉化而來的，現代中國民族國家和全民社會的統一語

言——現代漢語是一個創造和規範的過程，在此過程中，文學家對口頭語言的汲取，翻譯家對西方經典的移譯，政府對國語、普通話的強制推廣，都對現代漢語的形成做出了各自的貢獻。同樣，「五四」以來我們對於民間文學的探錄本身也是一個規範的過程，正如「記錄一種方言就使得這種方言界限分明了，甚至可以說使它規範化了」，在國家學術的政治背景下，民間文學的忠實採錄和思想抽象也就可以從意識形態建構的角度予以理解了。這也就是筆者在本文開始所言「語音與文字並置」或「語音對文字的顛覆」這一文學史寫作之現代理念的問題性所在。

索緒爾的語言學批判實質上是一種意識形態批判，他試圖建設一種不受意識形態制約的純粹的現代語言學科——內在語言學，從內在語言學的立場看，「語言不是書寫語言，但也不是口頭語言（口頭語言最終也要走向規範化），更不是民族國家語言」。但是索緒爾的努力不被自己的後來人理解，今天的學者仍然汲汲於用自己的學問做意識形態論證而不自知，以至炳谷行人說：「在索緒爾之後存在的只有外在語言學。」由於索緒爾關注的主要是語言的意識形態問題，所以他對思想、言語和文字之間的關係沒有什麼新鮮的見解，索緒爾沿用了前蘇格拉底的語言哲學觀點，即口頭語言是思想的工具，而書寫語言——文字又是口頭語言的工具的命題。但索緒爾索要建立一種超越「思想——口語——文字」惡性循環的語言學，也就是做純粹形式分析的語言學。索緒爾將文字分爲表意文字和表音文字兩大系統，又以漢字爲表意文字的典型代表，這一思路啓發了德裏達。

在德裏達看來，語音中心主義當然是一個西方的長期傳統，

語音中心主義換句話說也就是理性——邏各斯中心主義。在古希臘哲學家蘇格拉底看來，在同一性的思想、言語和文字等級系列中，人的思想無疑處於最接近「上帝之思」的真理起源和中心的位置；而人的口頭語言和文字更是思想表達的工具，或者工具（口語）的工具（文字）。但是，儘管蘇格拉底「不立文字」以來的西方傳統總是鄙夷書面語言——文字，認爲最好的工具也辭不達意，然而二千多年來文字始終不斷地僭越言語的地位並最終取得成功❷，這是因爲思想、言語和文字本身的同一性質早已爲這種僭越提供了可能。但是，正如以上所指出的，只要語音中心主義並不把語音提出到語言等級制之外，那麼任何在思想、言語和文字同一性等級關係之內的運動，即使是語音對於文字的造反、顛覆，或將語音置於文字之上的權力位置，也仍然無法破除語音中心主義（反過來就是文字至上主義）的自我桎梏。索緒爾認爲，即使語音革命也無法避免文化——政治意識形態的污染，原因即在於此，因爲，語音——文字的權力迴圈是被限定在特定文化——政治傳統之內的。

爲了打破西方精神在思想、語音和文字之間的反復迴圈，德裏達將目光轉向了東方的漢字。在德裏達看來，表意漢字根本就與西方的拼音文字不同，漢字完全可以不依賴語音而存在（這絕對是誤解），創造漢字所根據的是直觀（而非理性邏各斯）原則。於是，德裏達看到了最終破解西方語音（理性邏各斯）中心主義的希望。無論德裏達對漢字的闡釋是否正確，他企圖在西方傳統之外尋

---

❷　這是索緒爾的看法。陸揚：《德裏達·解構之維》（武漢：華中師範大學出版社，1996 年），頁 22。

找超越西方理性傳統的參照座標，以使語音和文字不再處於一種等級關係之中的努力總是值得肯定的。至少在德裏達那裏，文字已經和語音成爲平起平坐的類型關係。

這也是索緒爾努力的方向。

索緒爾和德裏達都看到了，在一個文化傳統內部，無論是文字僭越語音，還是語音造反、顛覆文字，都不能擺脫系統內部的惡性循環。這就提示了我們，當我們在本文化的系統內部借用口頭文學造反書面文學的時候，我們能否擺脫重建意識形態的潛在悖論，同時我們能否建設一種與意識形態無涉的真正意義上的現代學科，就成爲一個值得深思的問題。就民間文學學科來說（文學史寫作也是如此），如果我們的口頭語言文學仍然和書面語言文學處在同一性的等級關係之中，當我們的民間文學研究以及文學史寫作還處在「一國民間文學」或「國別文學史」的視野中時，我們建設一個自在和自律的，同時也擺脫了任何意識形態制約的、純粹的現代學科的努力都將成爲一個可疑的問題。這個問題就是：我們能否打破語音與文字的等級迴圈，發現一種類似德裏達所說的「文字學」那樣的、可與書面文學相並置的口頭文學，以及如同索緒爾所說的趨向於「內在的」民間文學？索緒爾的內在語言學曾經「拒絕同語言相關的『主體』，因爲主體從一開始就鎖閉在民族之內」。民間文學研究在拒絕主體方面其實早有芬蘭歷史地理學派篳路藍縷的嘗試，至少，比較文學的視野對於任何研究一國文學的學者來說，都是使其研究非意識形態化的有效解毒劑。

當然，也一定會有人反問：文學真的能夠像語言那樣從「內在」的視角切入嗎？文學不是文化的集中體現嗎？如果脫離了文

化、脫離了歷史，還有什麼文學可言？因此，本文只是提出了問題，而暫時還無法給出問題的答案，也就是說，將「內在的」文學研究和文學史寫作從可能變爲現實，還需各國學者的共同努力。但是至少，重溫索緒爾的思想可以使我們對自己的歷史敍事和主體話語之意識形態化的危險性保持足夠的警惕。

講評意見

鹿憶鹿

東吳大學中國文學系

　　呂先生的論文主要是從民間文學的學科立場著重討論文學史之現代理念之一的「語音與文字之並置」的問題，討論是否可以擺脫文字僭越語音或語音造反文字的惡性循環？討論是否能建立一種與意識形態無涉的真正意義上的現代學科？

　　德里達指出在西方的形而上學傳統裡，對「存在」的信念與賦予言說的特權（與文字符號或書寫相對）共同合謀。他堅持認為，在西方思想史裡，文字的表達與言語相比一直在貶值，因為按照西方的傳統，言語或聲音更接近思想和意識。基於這樣的理念，發現一種可與書面文學並置的口頭文學，就成為文學史寫作的重要方向。

　　論文中有一個非常卓越的見解，「僅僅用集體性和口頭性（實際是口語性）已經難於解釋所有的口頭敘事文學體裁」，呂先生特別舉史詩《江格爾》為例，說明「藝術的創作體永遠屬於天才的少數群體，這在書面文學和口頭文學中是同樣的現象。」而口頭性≠口語性，口語是隨時都在創新，口語的本質是「時尚」，口頭藝術所遵循的不是時尚原則，而是傳統原則。然而，或許也該考慮另一

個問題，八〇年代大陸出版的民間文學相關論述中，無不強調民間文學的階級性，「民間文學是傳承於下層階級──勞動人民中間的文學。」勞動人民固然是民間文學的創作者，但民間卻不限於勞動人民這個階層。舉凡在民間所有的人，如市民、地主、富農、富商，甚至次僧道、巫婆、地痞、流氓，都是構成民間的客觀成分。而民間社會的口頭文學與所謂上層階級的書面文學最終被區別開來，階級性或是另一個商榷的因素。

　　另一個建議，引用外國翻譯名詞或人名，最好附原文。而有些文句太過聱牙，需稍加潤飾。

論「典範模習」在文學史建構上的「漣漪效用」與「鍊接效用」

顏崑陽

東華大學中國語文學系

關鍵詞

典範模習、文學史建構、漣漪效用、鍊接效用

摘　要

本文旨在省察現行一般「中國文學史」著作中，對漢代東方朔、揚雄等人之擬騷，揚雄、班固等人之擬司馬相如賦，以及明代前後七子之「擬古」，所爲之不當的詮釋與評價；並由此問題之導出而重新思考：所謂「模擬」有何比較精確的義涵？所謂「文學史建構」有哪些不同的型態？從「模擬」三種範型的分析中，我們提出「典範模習」這一中國文學史上普遍而傳統的文學行爲，並探討它在「文學史建構」上有何效用？經過分析論證之後，我們判斷它在文學史建構上能產生「漣漪效用」與「鍊接效用」。在這些問題

釐清之後，接著我們便據以分析上述文學史著作中，有關漢、明這二階段文學史之論述，其不當之處何在？並一一加以檢討、駁正。

壹、問題的導出

我們的問題是這樣導引出來的：

一般「中國文學史」的著作，對於漢代的騷賦，自東方朔〈七諫〉以下的作品，散體大賦自揚雄〈長楊〉、〈羽獵〉以下的作品，大多籠統地用「模擬」的概念作為判準，卻未精切地解讀文本，便遽爾做出頗為負面，甚至否定的評價。這樣的論述，更強烈地表現在對明代前後七子詩文的評價上。於是，諸多「中國文學史」之著作對上述之論點轉相因襲（這也就是他們譏誚漢、明諸家之「模擬」吧！足為反諷），就此模鑄了我們對這二段時期文學史的認知，至今卻還沒有人對這樣的論述作深切的檢討。以下，我們先略引幾種現行常見的「中國文學史」著作，其中有關上列的論述，以做為討論的起點：

劉大杰《中國文學發展史》：

> 代表漢賦的，是子虛、上林、甘泉、羽獵、兩都、二京一類的作品，而不是惜誓、七諫、哀時命、九懷、九歎、九思一類的作品，因為這些文字，無論形式內容，只是楚辭的模擬，而成為屈、宋的尾聲。

又云：

他（東方朔）的七諫，因襲楚辭，用典多，價值不高。

又云：

由於司馬相如的創作，漢賦的形式格調，已成了定型。後輩的作者，無法越出他們的範圍，因此模擬之風大盛。這風氣從西漢末年到東漢中葉，等到張衡幾篇短賦出來，才稍稍有點改變。

又云：

（揚雄）一生著作豐富，出於模擬者居多。甘泉（按甘泉之形製實用騷體，非擬相如賦，劉大杰未察）、羽獵、長楊、河東四賦，是擬相如的子虛、上林。廣騷、畔牢愁是倣屈原的。在辭賦方面，他以屈原為模擬的對象。……辭賦到了這種模擬的時代，自然是更沒有生氣，沒有意義，只是照著一定的形式，堆砌辭句，鋪陳形勢。外表華麗非凡，內面空虛貧弱。

又云：

其（班固〈兩都賦〉）內容為敘述京都，與西漢流行的描寫游獵宮殿的不同。結構宏偉，富於文采。但其形式組織，卻全是模仿子虛、上林。再如他的幽通，是模仿屈原的離騷，典引是模仿司馬相如的封禪，答賓戲是模仿東方朔的答客難。在這種模擬的空氣下，要產生有新意識有新生命

　　的作品，是很難的。與班固前後同時的作家，如馮衍、杜
　　篤、崔駰、傅毅、李尤之徒，也都在這種空氣之下活躍
　　著，因此我們也無須多說了。

又云：

　　張衡時代，漢賦的模擬之風並沒有停止，他自己的二京
　　賦，也是這類作品❶。

　　從上引劉大杰對漢代辭賦這段時期文學史的論述來看，除了
「追隨楚辭，在形式上初有轉變，而成就較高」的賈誼和枚乘❷、
「揉合各家的特質，加以自己的創造，建立了固定的形體」的司馬
相如❸，寫出「漢賦中優秀作品（〈悲士不遇賦〉）」的司馬遷❹，
以及「漢賦的轉變，由他開其緒端」的張衡之外❺；西漢中晚期到
東漢中葉，從東方朔到王褒、揚雄、班固等，在劉大杰以籠統的
「模擬」概念爲判準的評斷之下，這些已被肯定爲一流的辭賦家們
幾乎都只做了沒有多大價值的「文抄」工作。劉大杰對於「文學
史」的建構，顯然只重視「創」與「變」的經驗現象；而「因」的

---

❶　以上數段引文俱見劉大杰：《中國文學發展史》（臺北：華正書局，民國 76
　　年 7 月），頁 129、145、148、149、150、151。

❷　同註❶，頁 137。

❸　同註❶，頁 145。

❹　同註❶，頁 146。

❺　同註❶，頁 151。

經驗現象,則可以不加細究,便總判之以「模擬」,並貶低其價值,甚至略而不談,如對待馮衍、杜篤之輩,所謂「無須多說」矣。

劉大杰之論如此,其餘如鄭振鐸插圖本《中國文學史》❻、葉慶炳《中國文學史》❼、王忠林等編著《中國文學史初稿》❽、游國恩等編著《中國文學史》❾、北京大學中文系集體編著《中國文學史》❿、馬積高、黃鈞主編《中國古代文學史》⓫等等,其持論陳陳相因,大致與劉大杰沒有什麼顯著的差別,不一一贅引。

至於對明代前後七子的論述,我們可引劉大杰、游國恩之說為代表:

劉大杰《中國文學發展史》:

> 明代的擬古主義,正式形成一個派別而以理論來號召的,

---

❻ 鄭振鐸:插圖本《中國文學史》(臺北:藍星出版社,民國 58 年 5 月)。

❼ 葉慶炳:《中國文學史》(臺北:學生書局,民國 76 年 8 月)。

❽ 王忠林等編:《中國文學史初稿》(臺北:石門圖書公司,民國 67 年 11 月)。

❾ 游國恩等編:《中國文學史》(臺北:五南圖書出版公司,民國 79 年 11 月)。

❿ 北京大學中文系集體編著:《新編中國文學史》(高雄:復文圖書出版社,未標明出版年月)。

⓫ 馬積高、黃鈞主編:《中國古代文學史》(臺北:萬卷樓圖書公司,民國 87 年 7 月)。

則始於李夢陽、何景明。……這是擬古主義者說明從事文學必須摹擬的理論。……擬古主義的作品，結果只能變為古人的影子**⑫**。

游國恩等編著《中國文學史》：

他們（李夢陽、何景明等）拋棄了唐宋以來文學發展的既成傳統，走上盲目尊古的道路。他們的創作一味以模擬剽竊為能，成為毫無靈魂的假骨董**⑬**。

劉、游二氏之論如此。上列諸家文學史著作，除馬積高、黃鈞所編《中國古代文學史》之持論有些差異外**⑭**，其餘都同樣很粗糙地以「擬古」、「模擬」，甚至「剽竊」的評斷，極度貶低前後七子的詩文。而且他們的論述，大致有二個共同點：一、側重描述前後七子「文必秦漢、詩必盛唐」的所謂「擬古」理論，而不實際去細讀他們的詩文作品，亦即以「文學批評史」的視點去書寫「文學史」。二、側重在前後七子文學自身藝術價值（就上一點而言，他們實未細讀諸家作品）的評斷，而未側重針對他們的理論與創作實踐，在「文學發展歷程」上的意義與價值，做出適切的詮釋與評

---

⑫　同註**❶**，頁 927、931、932。

⑬　同註**❾**，頁 1138。

⑭　同註**⓫**。他們認為，前後七子提倡秦漢盛唐，以矯「臺閣體」和「八股文」之弊，根據「取法乎上」的原則，把秦漢古文當作最高典範來效仿。無論在理論上和創作上，都取得了不小的成就。冊四，頁 26、28。

判。所謂「文學發展歷程」，近指相對明初「臺閣體」與「八股
文」之風的變革，遠指相對於漢、唐所建立詩文「典範」的承繼。
亦即諸家對前後七子的論述，是以文學自身的「藝術性評價」取代
「文學史性評價」。

　　從上述「中國文學史」著作的閱讀，我們所被導引出來的問
題是：

一、他們所謂「模擬」，界義頗為模糊。從其論述脈絡所獲致
　　的理解，「模擬」即是以他人的作品為模型，而加以類似
　　性的仿作，因此與「創新」背反。這種模擬的作品，沒
　　什麼價值。然而，我們的疑問是：「模擬」這一批評術
　　語，其界義是否真的可以這樣簡化？如果我們將「模
　　擬」視為一種「文學行為」，從行為表象觀之，雖同為
　　「模擬」，然而從其行為的「準則」或「策略」（法）與
　　所達致的「目的」或「效用」去進行分析，是否會有不
　　同範型的差異？

二、「模擬」事頗複雜，屈騷之「依詩取興」、揚雄之擬式司
　　馬相如賦、唐人之建立各種「詩格」而舉作品例示、明
　　代前後七子之倡為「文必秦漢、詩必盛唐」等，皆是廣
　　義的「模擬」。其中，唐人的「詩格」非擬式某特定之
　　「家」或某「文類」的理想「體式」❶❺（以下簡稱「家

---

❶❺　「家」乃指以「人」為主的「風格單位」，參見龔鵬程批評術語詮釋〈家〉，
　　《文訊月刊》中華民國 74 年 12 月，第二十一期，頁 352-354。「體式」，指
　　可為範式的文體，參見顏崑陽：〈論文心雕龍「辯證性的文體觀念架構」〉，

　　體」與「類體」），而是歸納詩歌語言形式技巧為若干格
　　式化的定法，以為創作之軌則，瑣碎枝節，與文學史的
　　建構無涉，可不論列。至屈騷之「依詩取興」、揚雄之擬
　　式司馬相如賦、明代前後七子之倡為「文必秦漢、詩必
　　盛唐」，皆是以某一「家體」或「類體」為「典範」而
　　「模習」之，可稱之為「典範模習」。其中存在著模習者
　　與被模習者前後「體式」之間的「因」或「變」關係，
　　不管從創作或批評的觀點來看，都深涉文學史的建構。
　　因此，我們要問的是：「典範模習」這一文學行為及其產
　　生的作品，假如將它置入「文學史建構」的觀點上去加
　　以詮釋與評價，則有何效用呢？
三、理論上，對某一篇、某一家或某一時代文學作品的評
　　價，因所指涉的「價值性」不同，而可區分為作品本身
　　的「藝術性評價」、作品衍外的「社會性評價」、作品在
　　文學歷史因果序列上的「文學史性評價」三種。三種評
　　價之間，並不必然一致。「藝術性價值」高者，若於文學
　　發展無甚影響效用，則「文學史性價值」不高；反之亦
　　然。那麼，我們要質疑的是上述「文學史」的論述對於
　　「模擬」的文學行為與產生的作品，僅作「藝術性評
　　價」，並以此取代「文學史性評價」，是否造成價值判斷
　　上的混淆？

收入顏氏著《六朝文學觀念叢論》（臺北：正中書局。民國 82 年 2 月），頁
147-148。

四、從中國文學史的宏觀而言,「典範模習」的文學行為,自
　　屈騷之「依詩取興」、揚雄之擬式司馬相如賦,已啓其
　　端。至六朝劉勰等文論家之說,更已形成「理論」。然
　　則,屈原以下的文學家,沒有不做「典範模習」者。「典
　　範模習」的行為,到宋代更大肆鼓吹,而建立眾所共識
　　的「學古論」;從創作的事實層面看,宋人之詩也幾乎沒
　　有不學唐人之詩者❶。這項議題所涉,不只「創作」上的
　　「學習論」而已,更深及「文學史」的建構觀念。「典範
　　模習」與「模擬」在概念上雖不完全等同,卻大有互
　　涉。因此,假如籠統地以「模擬」的概念為判準,去評
　　斷文學史上眾多作家,則不但揚雄、班固以及明代前後
　　七子受到前述的貶責,其他作家恐怕少有能夠倖免者。
　　因此,我們的疑問是:揚雄等漢代辭賦家與明代前後七
　　子的作品,其「文學史性價值」,是否可在前述疑問釐清
　　之後,重做評判?

　　上列第二個問題,我們所嘗試提出的解答,也就是本文所假
設的論點,乃是:「典範模習」在文學史建構上,具有「遞漪性」
的效用與「鍊接性」的效用。這一論點,從我們對中國文學歷史經
驗現象深入地進行「綜合解悟」時,便可獲致。但是,做為現代學
術性的論述,它當然有待下文依據史料的分析、詮釋加以證成。

---

❶　參見徐復觀:〈宋詩特徵試論〉,收入徐氏著《中國文學論集續編》(臺北:
　　學生書局,民國70年10月),頁23-41。

貳、「模擬」的三種範型及 「典範模習」的義涵

　　文學上的「模擬」，從廣義而言，只要作者依擬前行既成的文學產品為範型而進行創作，都可謂之「模擬」。從中國文學史上歷代的創作經驗現象來看，所有的創作，除了最原始的創造者之外，都可視為廣義的「模擬」。「模擬」而能變化出另一面目，便是「再創」。因此，絕大多數的文學作品，幾乎都不是「原創」，而是「再創」。以文學史的建構為價值判準而言，「模擬」有其不可棄置的價值。以文學的藝術性為價值判準而言，「模擬」而能「再創」，亦有其高度的價值。

　　廣義的「模擬」是一個頗為籠統的概念，有必要進行更精確的分析。由於「模擬」是指涉實在經驗內容的概念，因此分析的進行必須切實於文學史上已發生的「模擬」行為；然而，文學史上的「模擬」行為，其個別現象非常雜多，甚至無法做到完全的歸納。因此，我們只能從文學史總體的宏觀中，提舉若干「範型性」的案例，分析其「模擬」的特徵，再從而綜合出相對確當的概念。

　　第一個範型是屈騷對「詩」（指三百篇）的「模擬」。這是中國文學史上最早出現的「模擬範型」。雖然，這個範型的建立並非出於作者的自供，也就是依據史料的顯示，屈原並未自供創作〈離騷〉等作品時，有意以「詩」為範型而模擬之。但是，漢代以來，諸批評家依藉二者的比對，由其基本特徵的相似性，而詮釋性地建立了詩、騷的因變關係，也就是「騷」因於「詩」而變化出另一面

目。從「因」的關係而言,「騷」是對「詩」的模擬。這樣的詮釋,從西漢淮南王〈離騷傳〉所謂「國風好色而不淫,小雅怨悱而不亂,若〈離騷〉者,可謂兼之矣」❶,已啓其端。而至東漢王逸〈離騷經序〉,更明指:「〈離騷〉之文,依詩取興,引類譬喻。」他的意思是屈原〈離騷〉所用「興喻」的表現形式,乃是「依詩」而來。其〈楚辭章句序〉亦云:「屈原履忠被譖,憂悲愁思,獨依詩人之義,而作〈離騷〉,上以諷諫,下以自慰。❶」這段論述,也明指屈原「依詩人之義,而作〈離騷〉」。什麼是「詩人之義」?義者,宜也,所行合宜也。什麼是「所行合宜」?即是下文「上以諷諫,下以自慰」,這就涉及詩人的「創作意圖」了。「詩」皆緣事而發,以行「政教諷諭」之用意。這種「創作意圖」正是「詩」的基本精神,合於人臣之義。而屈原之作〈離騷〉,實因承了「詩」的這種精神。綜合前面二段文字而言,在漢人的詮釋中,屈騷不管表現形式或內容所涵的精神,皆以「詩」爲「典範」而模擬之。王逸在〈楚辭章句序〉中,沿著上文「依詩人之義」後,更擴大「騷」之與「詩」的關係至於因承「五經」,並做局部字句的比對,云:

---

❶　此語參見司馬遷撰:《史記・屈原列傳》(臺北:藝文印書館,影印清乾隆武英殿刊本),卷八十四,頁 1004。又王逸:《楚辭章句》錄班固〈離騷序〉亦有此語,指爲淮南王〈離騷傳〉所說(臺北:藝文印書館,汲古閣本),卷一,頁88。

❶　同註❶,《楚辭章句》卷一,頁 12、87。

夫〈離騷〉之文，依託五經以立義焉。「帝高陽之苗裔」，
則「厥初生民，時惟姜嫄」也（按《詩・大雅》之句）。
「紉秋蘭以為佩」，則「將翱將翔，佩玉瓊琚」也（按
《詩・鄭風》之句）。「夕攬洲之宿莽」則《易》「潛龍勿
用」也。「駟玉虬而乘鷖」，則「時乘六龍以御天」也（按
《易・乾・象辭》）。「就重華而陳詞」，則《尚書》〈咎繇〉
之謀謨也。發崑崙而涉流沙，則〈禹貢〉之敷土也❶。

這樣的比對，雖頗枝節，但卻更具體地說明漢人之認為屈騷
並非前無所「因」的原創。屈原是以「詩」，甚至擴大到「五經」，
為其「典範」而模擬之，最終變化出自己的面目。這樣的詮釋，至
六朝亦為劉勰所接受，故於《文心雕龍・辨騷》中，持相同的論
調：

屈原婉順，〈離騷〉之文，依經立義。……將覈其論，必徵
言焉。故陳堯、舜之耿介，稱湯、武之祇敬，典誥之體
也；譏桀、紂之猖披，傷羿、澆之顛隕，規諷之旨也；虬
龍以喻君子，雲蜺以譬讒邪，比興之義也。每一顧而淹
涕，歎君門之九重，忠怨之辭也；觀茲四事，同於風雅❷。

劉勰也是從比興的表現形式與美刺之志、忠怨之情的內容精

---

❶　同註❶，《楚辭章句》卷一，頁87。

❷　劉勰撰：《文心雕龍・辨騷》（臺北：開明書店，民國58年，范文瀾注本），
　　卷一，頁29。

神,比對詩、騷的同質之處,而判斷騷是以「詩」(甚至五經)為「典範」而模擬之。如此,騷之於詩的因變關係便被建構起來,合為「風騷」,形成同系而更大範疇的「典範」,再經後世不斷的因變而構成傳統,佔去整部中國文學史很大的篇幅。

騷之模擬於詩,雖是漢人開始的「批評型建構」,然而從他們比對的詮釋來看,的確二者存在著明顯的相似性。這些相似性,在同一文化系統中,由於一後一前的時序關係,而被詮釋為後者模擬前者;這種詮釋,假若沒有絕對客觀的否證,則並非全不可信。我們問題的重點,乃是在這前提下,去分析詮釋:騷之於詩的這一「模擬範型」,有何特徵?從漢代以來的論述,以及我們比對二者,其特徵皆在於「騷」所模擬於「詩」者,乃內涵之「政教諷諭」精神與形式之「比興」二端。分而言之,二端固有形式、內涵之別,但實為一體,也就「比興」之形式必以「政教諷諭」為內涵,而「政教諷諭」之內涵必以「比興」為形式。總而言之,這就是「詩」的本質,是「詩」所因依的文化精神。

準此言之,「騷」之模擬於「詩」的這一「範型」,是一種取其精神,宗法本質的模擬,我們可稱之為「宗本型的模擬」,是「模擬」的最高境界。

後世之模擬者,從其創作實踐而言,張衡之〈四愁詩〉、阮籍之〈詠懷〉、陳子昂、張九齡之〈感遇〉、李白之〈古風〉……,以至清代常州派張惠言之在理論上以「詞」上承「風騷」,而依「比興託喻」之義去進行創作實踐[21],都是這一類「宗本型的模擬」。

---

[21] 張惠言:〈詞選序〉以為「詞」之本質,「蓋詩之比興,變風之義,騷人之歌

第二個「模擬範型」是漢代賈誼、東方朔等人之擬騷與揚雄、班固等人之擬司馬相如的散體大賦。這是繼屈騷擬詩之後，所出現的第二種「模擬範型」，也是一般「中國文學史」著作中，經常描述到並加以貶責的「模擬」。

這種「模擬」之不同於前一種，約有二端：一、是在觀念上，模擬者自供其模擬行爲，並將它理論化爲「學習寫作」的法則。二、是更明確地在「文類」的「體製」上，進行模擬。「體製」是文類在語言形式上趨向規格化的組構。因此，這種「模擬」甚爲明顯。

先說第一端，漢人之模擬屈騷，乃出於自覺的觀念，並且蔚爲風氣。這不只由現存諸多漢代騷賦作品可得證實；並且在漢人的論述文字中，也有不少供詞，例如班固《漢書·揚雄傳》記載揚雄之對屈原，「悲其文，讀之未嘗不流涕」，因而作〈反離騷〉、〈廣騷〉、〈畔牢愁〉㉒，而班固〈離騷序〉對漢人之模擬屈騷，更有概括性的描述：

> 其文弘博麗雅，爲辭賦宗。後世莫不斟酌其英華，則象其從容㉓。

則近之矣。」，見《詞選、續詞選校讀》（臺北：復興書局，民國 60 年 9 月），卷一，頁 5-6。

㉒ 班固撰：《漢書·揚雄傳》（臺北：藝文印書館，王先謙補注百卷本），卷八十七，頁 1514-1515。

㉓ 同註⑰，頁 88。

王逸〈楚辭章句序〉也有同樣的描述：

> 自終沒以來，名儒博達之士，著造辭賦，莫不擬則其儀
> 表，祖式其模範，取其要妙，竊其華藻❷❹。

至於揚雄、班固等人之模擬司馬相如的散體大賦，《漢書·揚雄傳》也有一段明確的記載：

> 蜀有司馬相如，作賦甚弘麗溫雅。雄心壯之，每作賦，常
> 擬之以為式❷❺。

現代一般「中國文學史」的著作，也經常引述這段文字為據，再由粗略的印象，以為揚雄的〈甘泉〉、〈羽獵〉、〈長楊〉、〈河東〉四賦，皆模擬司馬相如之作，其價值不高。班固〈兩都賦〉亦復如此。

揚雄之擬式司馬相如賦，並將這種「模擬」理論化為學習寫作的法則。《西京雜記》卷三，云：

> 或問揚雄為賦，雄曰：讀千首賦，乃能為之❷❻。

這則記載也見於桓譚《新論》，文字略有差異❷❼。「為賦」是

---

❷❹　同註❶❼，頁 88。

❷❺　同註❷❷，頁 1514。

❷❻　《西京雜記》（臺北：商務印書館，影歷代小史本），舊題劉歆撰，或疑為葛洪、吳均所偽託。卷三。

❷❼　桓譚撰：《新論》（臺北：中華書局，《四部備要》本）。按《新論》全書已亡

「創作賦」，因此這是一個「創作論」上的問題。然而，揚雄的回答，卻是「讀千賦」。「讀」與「作」有何關係？顯然，「讀」是「作」之前的一種日常學養。這「學養」的工夫，並非僅在於「知識」的充實，而更是對「典範性作品」，從閱讀之中，去進行「模習」。因此，我們可以說，漢代時，揚雄已在觀念上開啓「典範模習」之論。

次論第二端，一般「中國文學史」作者，在比對賈誼、東方朔、王褒等人所作「騷體賦」，其以「兮」為節的句式，與屈騷相同。而比對揚雄、班固等人的散體大賦，其設為主客問答，及經緯宮商，纂組成文的鋪敘形式，與司馬相如〈子虛〉、〈上林〉相差無幾。準此，則揚、班之模擬相如，證據確鑿。凡此，皆由「體製」之模擬所做的判斷，若以不涉及評價的「描述」而言，這也是不可否認的事實。

我們分析這一模擬範型的特徵，厥有三端：一、是因襲前行文類的「體製」。東方朔等人之寫作「騷體賦」、揚雄等人之寫作散體大賦，即是文類「體製」的模擬。二、是模寫前行作家所開創的題材類型，揚雄之〈羽獵〉等賦，班固之〈兩都賦〉、張衡之〈二京賦〉，都是模寫司馬相如〈子虛〉、〈上林〉所開創的題材類型。三、是以前行作家作品所創造的「體式」為理想「典範」而模習之。東方朔等人之以屈騷的「體式」為「典範」，揚雄之「擬相如以為式」，即以司馬相如賦的「體式」為「典範」，都是「家體」的模擬。

佚，上引為輯佚本，頁83。

　　準此，則綜合前述二端，不管模擬「體製」或「體式」，都是某種文體的模擬，我們可借《文心雕龍・體性》所云「摹體以定習」之語，而稱這一範型的模擬為「摹體型的模擬」。

　　這種模擬，歷代非常普遍，或模擬其體製，或模擬同類之題材與主題，或模擬其體式，逐漸形成一種傳統的文學行為模式，稱為「祖述」或「祖習」。前述漢代東方朔等之被指為模擬屈騷，揚雄等之被指為模擬司馬相如賦，固是如此。及枚乘創作〈七發〉之後，爭相模擬者甚多，而形成「七」這種特殊的「類體」❷❸。此一模擬的文學行為，到魏晉六朝更為普遍，而且明白地成為一種「習作」模式，相遞成為「傳統」。從事模擬者，並非皆為鄙陋的文人，多的是文學史上第一流的名家，例如陸機、曹丕、陶淵明、謝靈運、鮑照等，並且這類「擬作」，也被肯認為一種特定的文類，《文選》甚至專立卷帙選錄之；從《文選》卷三十、三十一所錄幾十首「雜擬」之作來看，有的是模擬某一名篇，例如陸機〈擬行行重行行〉等十二首，張載〈擬四愁詩〉，袁淑〈倣白馬篇〉等；有的則模擬某一名家之體，例如鮑照〈學劉公幹體〉。至於不那麼「模式化」地明示所模擬的對象，而並世或異代的許多詩人模寫同一樂府詩題，例如〈行路難〉、〈自君之出矣〉，或模寫同一類題材，例如侍宴、從軍等，這類模擬行為，更是常見。宋代葉適《石

---

❷❸　晉代傳玄〈七謨序〉：「昔枚乘作〈七發〉，而屬文之士，若傅毅、劉廣世、崔駰、李尤、桓麟、崔琦、劉梁、桓彬之徒，承其流而作之者紛焉。七激、七依、七款、七說、七蠲、七舉、七設之篇……。」據嚴可均：《全晉文》（臺北：世界書局，民國 71 年），卷四十六。

林詩話》便曾論述到魏晉六朝這種「祖習」之風：

> 魏晉間詩人，大抵專攻一體，如侍宴、從軍之類，故後來
> 相與祖習者，亦因所長取之耳。謝靈運〈擬鄴中七子〉與
> 江淹〈雜擬〉是也。梁鍾嶸作《詩品》，皆云某人出於某
> 人，亦以此。㉙

　　其實何止魏晉六朝，這種「模擬」的文學行為，歷各代從未
斷絕。尤其到了宋代，更將它理論化為「學古」㉚；而在創作層面
上，如歐陽修之學李白、東坡之學陶淵明和白居易，山谷之學杜甫
等，都是很顯著的案例。至於明清時代「宗唐」與「挑宋」之爭，
以及前後七子被譏為「擬古」，都屬這一種範型的模擬。如此，則
這種「摹體型的模擬」儼然是一源遠流長的傳統，恐怕不能如一般
「中國文學史」著作簡化地以作品本身「藝術性評價」的觀點就可
蔑視之。

　　第三個範型的模擬，是唐人「詩格」一類著作所開啓的語言
形式技法的學習。唐代「詩格」一類的著作非常多，其大體是歸納
詩歌語言形式技巧為若干格式化的定法，以為寫作之軌則。但往往
不只標立名目，或作抽象概念的說明而已；多舉前行詩人的句子或
篇章為範例。這種「示例」的方式，其實就是為了供給學詩者依例

㉙　葉適：《石林詩話》（臺北：漢京文化公司，民國 72 年，何文煥輯《歷代詩
　　話》本），冊一，頁 433。

㉚　參見龔鵬程：〈論詩文之法〉，收入龔氏著《文化、文學與美學》（臺北：時
　　報文化出版公司，民國 77 年 2 月），頁 61-66。

模習,當然也是一種「模擬」的行為。例如皎然《詩式·跌宕格》中之「越俗品」,云:

> 其道如黃鶴臨風,貌逸神王,杳不可羈。郭景純〈遊仙詩〉:「左挹浮邱袂,右拍洪厓肩。」鮑明遠〈擬行路難〉:「舉頭四顧望,但見松柏園,荊棘鬱蹲蹲。中有一鳥名杜鵑,言是古時蜀帝魂。……。」**㉛**

至於一般「中國文學史」著作中,經常會敘述到,並指為「模擬」甚或「剽竊」的「奪胎換骨法」,也是這一範型。宋釋惠洪《冷齋夜話》記載山谷曾提出「奪胎換骨」之法:「不易其意而造其語,謂之換骨法。規模其意而形容之,謂之奪胎法。」。宋代嚴有翼《藝苑雌黃》亦載,宋徽宗詩「北極聯龍袞,秋風折雁行」,乃「奪胎」於杜甫〈謁玄元廟〉:「五聖聯龍袞,千官列雁行」**㉜**。這顯然是局部詩句的仿似。雖有學者以為具「點化」之功,而無蹈襲之弊**㉝**,但畢竟是明顯的語言修辭的模擬。至於李夢陽、李攀龍等,尺尺寸寸於古人,甚至將古人之作改易若干字句,便為己作,也是這類模擬。一般「文學史」對他們甚多批評,不一

㉛ 皎然撰:《詩式》(臺北:漢京文化事業公司,民國 72 年,何文煥輯《歷代詩話》本),冊一,頁 32。

㉜ 嚴有翼撰:《藝苑雌黃》(臺北:華正書局,民國 70 年 12 月,郭紹虞輯《宋詩話輯佚》本),頁 540。

㉝ 參見龔鵬程:《江西詩社宗派研究》(臺北:文史哲出版社,民國 72 年 10 月),頁 196。

一俱論。

這一模擬範型的特徵，厥有二端：一、是將模擬客觀化爲規格式的技法。二、側重在語言修辭，甚至局部字句，進行「形似」的仿作，而忽略作品整體的神氣。因此，不管模擬者或被模擬者的「主體性」完全喪失。這個範型的模擬，從其特徵，我們可稱它爲「仿語型的模擬」。

在中國文學史上，所謂「模擬」，經過上述範型化的分析、綜合，我們可以瞭解到它複雜的義涵，非如上述劉大杰等文學史作者所見那樣的粗略，從這三種範型來看，第一、二種的區別，雖在於前者乃穿透文體的表象，而直探其本質與所因依的文化精神，庶幾無跡可尋；後者則始而依循文體之表象模習之，終而契入其內在之神理，故有跡可尋。二者正如禪宗頓、漸之別。不過，他們卻有其共通之處：一、是以某一「典範」爲對象進行整體性的模習，不管體製或體式，其模習都是重在整體的掌握，而不作局部修辭的仿造；因此，即使有所謂「法」，也是原理、原則性的「活法」，例如屈騷之「依詩取興」、「依詩人之義」，揚雄、班固之依司馬相如賦的鋪敘手法，而非瑣碎規格的「死法」❸。二、模習的過程，模擬者與被模擬者的「主體」俱在，而進行「互爲主體」的「會悟」。因此，這二種模擬，有別於第三種淪失「主體」而僅作局部修辭之仿造；我們可以合稱第一、二種的模擬爲「典範模習」。

論述至此，我們有必要對「典範」一詞作簡要的定義：「典」有正、常、法之義。而「範」除了也有常、法之義，更另有具象性

---

❸　活法之說，參見同註❸，頁 66-70。

的「模型」之義。合義複詞之「典範」,則有「正常而可以為法的模型」之義,意即「典型模範」也。宋代郭若虛《圖畫見聞錄》云:「典範則有春秋、毛詩、孝經、爾雅等圖。」正是此義。西方學術上,有 paradigm 一詞,中譯為「典範」。孔恩(Thamas . S. Kuhn)在《科學革命的結構》(The Structure of Scientific Revolutions)一書中❸,將它界定為科學學術上某種可以被普遍取法的系統性理論。另外,西方又有 canon 一詞,中譯為「典律」,指可為準則的文學、藝術作品。中國古典文學中,往往視人品與文品為一,文體之「體」兼有客觀文類「體製」概念與作者主觀性情所注之「體貌」概念,故《文心雕龍》「體」與「性」合論而有〈體性〉篇,終而主客兼融以構成「體式」(或稱「體格」)概念❸。因此「典範性」的「體式」,必合「類體」與「家體」而成。準此,本文所用「典範」一詞,其義不同於孔恩所說 paradigm 一詞中譯之「典範」,因為孔恩所指為抽象概念之理論,本文所指為具象之文體。同時,也不同於 canon 一詞中譯之「典律」,因為「典律」偏指語言文字所構成之作品,而本文「典範」一詞,則兼指作品中所涵作者的性情人格。從「文體」的觀念來說,「典範」所指稱之「文體」,不是偏從作品語言要素所構成的文體,而更強調由作者性情要素所構成的文體。

　　循此,第三種模擬範型,所模擬者只在局部修辭或規格式之

---

❸　孔恩:《科學革命的結構》(臺北:允晨文化公司,民國 74 年,王道還等編譯)。

❸　參見資料同註❸,顏崑陽:〈論文心雕龍「辯證性的文體觀念架構」〉。

技法，其中沒有統整性的「類體」概念與「家體」概念。而文學史的建構，從創作成果，即所謂「作品」來看，「類體」與「家體」是二大要素。因此，我們可以說，第三種範型的模擬與文學史的建構無涉，而第一、二種範型的模擬，即「典範模習」，則與文學史的建構關係密切。

參、文學史建構的基本型態及「典範模習」在文學史建構上的效用定位

　　文學史的建構，大體言之，約為二種基本型態：一、是批評型的建構；二、是創作型的建構。

　　「批評型的文學史建構」指的是依藉文學批評的行為方式，以進行文學史的建構。文學歷史經驗的本身，是諸多並時發生或前後繼起而散列不整的現象。他必須經過文學史家的揀擇、詮釋，而建立個別經驗現象之間的價值位次與因果關係，並構成系統性的敘述，此之謂「批評型的文學史建構」。這一型態的建構，又可次分為「論述型的建構」與「選文型的建構」。前者如《文心雕龍·時序》，依藉論述性的語言，以描述歷代文學階段性的演變，並詮釋其演變的原因[37]。現代學者的「中國文學史」書寫，更是這一型態

---

[37]　劉勰撰：《文心雕龍·時序》以為文學演變的原因是「文變染乎世情，興廢繫乎時序」，版本同註[20]，卷九，頁114。

的典型之作。後者如蕭統《文選》，以「事出於沈思，義歸乎翰藻」的特定文學觀爲依據，進行作品的揀選。作品揀選，已涵評價之義，決定何者入史、何者不入史；然後在編排的順序上，先分體製，次分題材類型，同一體、類中的作品則「各以時代相次」。從其編選體例而言，《文選》不作論述，卻依藉對「文本」做系統性的揀選與時序性的編排，而具體地建構了「遠自周室，迄乎聖代」的文學史❸。另外，明代高棅的《唐詩品彙》則兼具二者，前面〈總敘〉、〈歷代名公敘論〉以及各類詩體的〈敘目〉，以論述性語言提出初、盛、中、晚四唐之說與正始、正宗、大家等「九格」之品，而經緯交織，以建構分期、體格流變的歷史詮釋系統。然後又依藉對作品的揀選、編排，以「文本」具體呈現一部完整的「唐詩史」❸。以上就是依藉理論與實際批評而完成的文學史建構。

　　「創作型的文學史建構」指的是作家經由歷史文化意識的自覺而因承或變革前行「典範性」之文體，以創作的實際行動去建構某一文學傳統。所謂「歷史文化意識的自覺」，非僅指其人對歷史文化客觀的認識，更重要的是指其人之意識到歷史文化乃聯繫個體生命價值實現而形成的「機體」，「我」無法自外於這機體而獨存，是這機體的一部份，享有這機體所給予既成的價值物，而我亦當有所承接地去實現價值，以使這機體得以繼續傳衍。「有所承接」並非毫無揀擇的概括承受，因爲歷史文化機體本身菁蕪並存，所以

---

❸　蕭統撰：〈文選序〉，見《文選》（臺北：華正書局，增補六臣註本），頁 1。

❸　明代高棅：《唐詩品彙》（臺北：學海書局，民國 72 年 7 月，影法宗尼校訂本）。

「承接」即是一種選擇性的接受。這一行動乃是經由歷史經驗的反省而展開的，但與前一建構型態不同之處，在於其歷史經驗的反省，並不僅為建構一被陳述的歷史知識客體而已。「反省」是為了覺知真相與判別價值，以做為「行動」的方針。因此，通常都朝向於揀擇「典範」以為承接而付諸實踐，從而建構傳統。就文學而言，即是以「創作」的實際行動，去承接前行的「典範」，從而建構某一文學傳統，例如韓愈在散文上，揀擇秦漢儒家文章為「典範」，以「創作」的實際行動，上有所承繼而下有所開啟，從而建構秦漢一系的「古文」傳統。又例如陳子昂反省到「風雅」的「典範」到晉宋而莫傳，乃以「創作」的實際行動，繼往而開來，以建構「風雅」一系（或云風騷、騷雅）的詩歌傳統❹。凡此，都屬「創作型的文學史建構」。因此，文學史建構的第一序，不是上一種主客分立的「批評型建構」，而是這一種主體涉入以參與歷史創造的「創作型建構」。甚者，「批評型建構」應該以「創作型建構」的歷史經驗事實為參考，否則不免流於「虛構」，而不是「建構」。

從上述二種文學史建構的基本型態來看，「典範模習」正是「創作型文學史建構」主要而且必要的行為方式。

---

❹ 陳子昂撰：〈與東方左史修竹篇序〉云：「文章道弊五百年矣，漢魏風骨，晉宋莫傳……風雅不作，以耿耿也。」他雖只溯及漢魏，但又批評齊梁之詩「風雅不作」，則顯然以漢魏為風雅統緒。據《陳子昂詩注》（四川：人民出版社，1982 年 6 月，彭慶生注釋本），卷三，頁 217-218。

肆、「典範模習」在文學史 建構上的「漣漪效用」 與「鍊接效用」

　　依循上一節的論述，文學史是由群體的「文學行爲」經驗與產品所構成。只有一個人，無論如何有價值的「獨創」，也無法構成文學史。而即使諸多個人的「獨創」，卻彼此沒有任何「互動性」的關係，也同樣無法構成文學史。因此，「文學史」必是由「群」與「己」之文學行爲經驗的辯證關係所構成。「己」指個人的創作，「群」指個人與個人，以文學爲事的並時性社會互動關係或歷時性文化傳承關係。而這種以「文學」爲事的社會互動與文化傳衍關係，必然逐漸型塑出某些普遍性的成規，以爲共所依循；這種成規乃是社會群體的產物，對個人創作雖不具絕對的支配力，但卻具相對的規範效用。文學歷史經驗的這種辯證性，劉勰在《文心雕龍》中將它理論化爲「通變」。其〈通變〉云：

> 夫設文之體有常，變文之數無方，何以明其然邪？凡詩賦書記，名理相因，此有常之體也；文辭氣力，通變則久，此無方之數也。名理有常，體必資於故實；通變無方，數必酌於新聲[41]。

---

[41]　劉勰撰：《文心雕龍・通變》，版本同註[20]，卷六，頁 17。

　　任何一種「文類」之「名理相因」的「有常之體」，是群體的產物，是普遍的規範，應該去遵循。而作者個己的「文辭氣力」，則是在「有常之體」的規範下，能通而變之的要素，也是自由創新之憑藉。那麼，「常體」的規範存在於何處？曰：「故實」；「故實」指的當然是前行理想的「典範」之作。因此文學創作，應以「望今制奇」的「創新」爲終極目的，然而其過程卻必須「參古定法」，才能使「創新」不致訛變而失常，這就是「典範模習」或說「學古」的理論依據。同時，依藉這種群與己、古與今的辯證關係，也才得以在個體與個體之間，一代與一代之間形成「循環相因」、「參伍因革」的文學歷史建構[42]。

　　準此，「文學史」就其歷史經驗現象的本身而言，乃是群體在文學行爲上所實踐「創」、「因」、「變」的序列事件。有「創」者，必有「因」者。「因」而能「變」，又是「創」，可稱爲「再創」。因此「創」，往往前有所「因」。嚴格說來，被寫入「文學史」中的作家作品，無「無因」之「創」，亦無「無創」之「因」。「無創之因」，是百分之百的抄襲，根本不能進入「文學史」。「無因之創」，是獨在歷史脈絡之外，無法納入歷史因果序列的任何位置被詮釋與評價。這種創、因、變的循環關係，清代葉燮在《原詩》中有一段論述，可爲參考：

---

[42]　同註[41]，〈通變〉云：「望今制奇，參古定法。」又云：「夫誇張聲貌，則漢初已極。自茲厥後，循環相因，雖軒翥出轍，而終入籠內。……諸如此類，莫不相循，參伍因革，通變之數也。」

漢蘇、李始創為五言，其時又有無名氏之〈十九首〉，皆因
乎《三百篇》者也。然不可謂即無異於《三百篇》，而實
蘇、李之創也。建安、黃初之詩，因於蘇、李與〈十九
首〉者也，然〈十九首〉只言其情，建安、黃初之詩，乃
有獻酬、紀行、頌德諸體，遂開後世種種應酬等類，則因
而實為創，此變之始也。《三百篇》一變而為蘇、李，再變
而為建安、黃初。建安、黃初之詩，大約敦厚而渾樸，中
正而達情。一變而為晉，如陸機之纏綿鋪麗，左思之卓犖
磅礡，各不同也。……❸。

葉燮這一段論述，是以「詩」這一文類為對象，用創、因、變的概
念，去詮釋《三百篇》以下的「詩史」。蘇、李創作「五言詩」，非
憑空而生，乃因於《三百篇》，其「因」為何？葉燮沒有說明，但
以理推之，中國古典詩之「體製」，五言與四言雖有一字之異，但
其行偶（指二句為一聯）、押韻，卻在《三百篇》已建立基型；「五
言體」就此一基型而言，乃因於《三百篇》之「四言體」而來，然
既有所「異」，便是「再創」。至於其「風雅」之基本精神，雖不像
「體製」那樣明確，但當為蘇李五言詩之所因；而蘇李又有其個人
「文辭氣力」之創新，故「不可謂無異於《三百篇》」。而建安、黃
初、在五言的「體製」上完全是因於蘇李與古詩十九首，然而在內
容上，卻已由「自言其情」擴展到「獻酬、紀行、頌德」種種新的

---

❸　葉燮撰：《原詩·內篇》（臺北：藝文印書館，民國 66 年 5 月，丁福保訂
　　《清詩話》本），下冊，頁 694-695。

題材，故「因而爲創」，也是「變之始」。這裡所謂「變」，由下文對建安、黃初詩體特色的描述來看，指的是個人之體或一代之體的變化。上引文字，左思之後，葉氏對歷代名家或某一時代之所謂「變」，也都是對作品體貌的描述品評。

葉燮這一段論述，當然是「批評型文學史建構」中的「論述型建構」。因此，就文學史家對文學歷史經驗本身所爲後設性書寫的建構而言，往往必須依據對經驗事實的考察、理解而來。「創」、「因」、「變」是文學歷史經驗所本具的發展規律，同時也是文學史家用以詮釋、建構文學史所持的準則。後設書寫的文學史建構，其要務也就在於更明確、更完整地詮釋種種文學歷史經驗事實中所本存的創、因、變關係，而給予系統性的描述。

在這創、因、變的經驗事實序列中，其所創、所因、所變即是以「文類」及「家」（作者）爲依歸的「文體」。所謂「文學史」就是「類體」與「家體」交織而創、因、變循環遞接的歷程。所謂「建構」也就是此一歷程的統整。

那麼，「典範模習」在上述「創作型文學史建構」，創、因、變的關係中，究竟居於什麼位置，能產生什麼效用？答案很明顯，是居於「創」而至於變（再創）之間「因」的位置，而它在文學史的建構上所能產生的「效用」乃是「漣漪」與「鍊接」。

「漣漪」是一種以一個中心點爲開始向四周擴散的水文現象。我們藉此意象表示文學史上，某一新的文體被一典範性作家創始之後，同代作家群起模習擬作而蔚然成風的這一種並時性擴散的現象。文學史上這種「漣漪現象」實頗常見，屈原始創「離騷」之體，其徒宋玉、唐勒、景差慕而擬作。南齊「永明」年間，謝朓等

人試作五言四句、講求聲律、麗藻的小詩,號爲「新體」,一時文士群起仿效競作,而形成「永明體」,並深遠地影響到唐代近體五絕的形成。凡此,都是文學史上的「漣漪現象」。而這一現象,就是因賴「典範模習」的這種「模擬」行爲所產生。前文說過,文學史是由群體性的文學行爲經驗所建構而成。準此,我們可以斷定「典範模習」在文學史建構上具有「漣漪效用」。

「鍊接」是鎖鍊個個珠粒前後串接的現象。我們藉此意象表示文學史上,某一新的文體被一典範性作家創始,而並世「漣漪」競作之後,異代作家因承其體而繼作,形成歷時性接續的現象。文學史上這種「鍊接現象」更是常見,屈騷在宋玉、唐勒、景差之後,漢代之賈誼、枚乘、東方朔、枚皋、嚴忌、王褒、揚雄……因承其體而繼作。司馬相如創始散體大賦之後,揚雄、班固、張衡,甚至魏晉何晏、王延壽、左思、潘岳相繼競作。蘇、李以至古詩十九首創始五言體之後,魏晉六朝以迄歷代無以數計之詩人因承其體而繼作。曹丕〈燕歌行〉創始七言體,其後歷代詩人因承其體而繼作。凡此,皆爲文學史上的「鍊接現象」。而這一現象,也由「典範模習」的行爲產生。這正是文學史得以建構的主要因素。因此,我們可以斷定「典範模習」在文學史建構上具有「鍊接效用」。

我們很難想像,假如某一文體創始之後,不經「因」的階段,也就是沒有作家群「漣漪」地並時擴散與「鍊接」地異代接續,「文學史」將何以構成!準此,文學史之建構、書寫,不能只重視「創」與「變」,而忽視「因」。必須對創、因、變之因果關係做完整的詮釋、敘述,才是系統嚴密的「文學史」之作。

「典範模習」之所以能從漢代開始逐漸形成一種「傳統」的

文學行為模式，連所有一流文學家都這樣做，此實非偶然，也不是諸文學家不知文學「貴在創新」。從「創作論」而言，「典範模習」與「創新」是一種辯證歷程，這層意義歷代文論家多有見識，非本文所要處理的重點，可暫存不論。我們集中從「文學史論」的觀點，來探討這個問題。「典範模習」之所以形成一種「傳統」的文學行為模式，其深層所因依的正是古代文人重視「傳統」的歷史文化意識。在他們的意識中，生命做為「文化價值」的存在，是「集體」的存在，而非「個體」的存在。而這視諸多「個體」集合為一不可分割的「價值整體」而存在的意識，非只表現在對並時性「普遍價值」的共同企求；更表現在對歷時性「普遍價值」的共同傳承。後者也就是「歷史文化傳統意識」。「文學」是總體文化一個精英性的面向，其種種行為當然也受到這種「歷史文化傳統意識」的制約；也就是在文學家的觀念中，文學創作雖求「創新」，但「創新」不是「絕對個體性」之事，而是將「個體」納入「群體」，形成在「時序」中「繼往開來」而辯證發展之事。「典型在夙昔」（文天祥〈正氣歌〉句）而「古今一相接」（李白〈謝公亭〉句），正可做為這種辯證發展的寫照。因此，所謂「祖述」、「祖習」都屬當然，除非完全翻版模鑄，否則沒有人會認為勦襲。這種觀念成為系統化的理論，最具代表性的就是上述《文心雕龍》所提出的「通變」。理論如此，在實際批評的層面，他們也以這種觀念去建構文學史，顏之推、劉勰之認為「文章皆出五經」固不待言[44]。沈約在

---

[44]　「文章皆出五經」之說，參見劉勰撰：《文心雕龍·宗經》，版本同註[20]，卷一，頁 13-15。顏之推撰：《家訓·文章》（臺北：漢京文化公司，1983 年，

《宋書‧謝靈運論》中，歷敘漢代以迄建安之「文體三變」，然後追討其源，則判為「同祖風騷」❹，而文學史上所謂「風騷傳統」於焉建構完成。這一傳統下貫歷代，不但包括詩、辭、賦，甚至詞、曲亦納入其中，清代常州詞派之以「詞」上承風騷，即是明例。至於鍾嶸《詩品》，以國風、小雅、楚辭為三種最高典範，歷述漢代之後的詩人詩作，以為「某源出於某」，而建構五言詩完整的「源流譜系」，其所依據的也是漢代以來，已成「傳統」的「典範模習」之風❹。上述這類「批評型的文學史建構」，並非純屬理論的觀念性虛構，他們於各詩人之間的源流關係，雖未能一一實證，但總體而言，卻依據漢代以來文學史上這種「典範模習」傳統而普遍的經驗。

依循上述，我們可以綜括「典範模習」，在「漣漪現象」與「鍊接現象」之下，對文學史的建構，實際上產生什麼樣具體的效用，這也就是它的「文學史性價值」之所在：

一、「典範模習」的第一個效用，是「漣漪現象」與「鍊接現

王利器集解本），卷四。

❹ 沈約撰：《宋書‧謝靈運傳論》（臺北：藝文印書館，清乾隆武英殿本），卷六十七。其文云：「自漢至魏，四百餘年，辭人才子，文體三變，相如巧為形似之言，班固長於情理之說，子建、仲宣以氣質為體……源其颷流所始，莫不同祖風騷。」

❹ 參見廖蔚卿：《六朝文論》（臺北：聯經出版公司，1985 年），其中〈詩品析論〉第三章〈體源論的探討〉，頁 287-296。又顏崑陽：〈六朝文學「體源批評」的取向與效用〉，《東華人文學報》民國 90 年 7 月第三期，頁 27-28。

象」對新創的「文體」產生「趨定效用」。從「創作型文學史建構」來說，文學史之所以能成爲文學史，除了以「人」爲主的「名家」輩出之外，「文類」不斷的創新，也是主要因素。然而，任何一種創新的「文類」，其「體製」之「穩定」爲「形式特徵」顯明的「常模」，而能與其他「類體」區隔並供眾多作者之依循，實非一蹴可幾；也絕非靠「創始者」一人可以爲功，而必然要經「典範模習」的「漣漪」與「鍊接」現象，群起競作而產生「趨定效用」，才能逐漸完成。唐代近體律絕，從六朝開始，歷經將近二百年，無數詩人轉相「模習」，不斷實驗，才「穩定」爲一特定的文類體製，這是最顯明的例子。那麼，屈原創始「騷體」之後，「騷體」之能成爲文學史上一種重要的文類，其「體製」之所以能成爲共所遵循的「常模」，難道不是經宋玉諸人的「漣漪現象」而漢代賈誼、東方朔以下諸人的「鍊接現象」，爭相「模習」而後奏功的嗎？

　　二、「典範模習」的第二個效用，是藉「漣漪現象」與「鍊接現象」，並時性地形成一代文風，歷時性地構成源流統緒。文學史就是依這種時空經緯交錯的群體文學行爲經驗而構成。除上述沈約所洞察而建構的「風騷傳統」、鍾嶸所慧見而建構的五言詩「源流譜系」。後世所有文學源流或流派的建構，也都是在這種「典範模習」的文學歷史經驗上立說。呂本中所建構的「江西詩社宗派」，豈不以江西諸詩人同祖「杜甫」而遞相「模習」的經驗事實爲基礎？故元代方回乃倡明江西詩派的「一祖三宗」之說**❼**。呂本中所

---

❼　方回撰：《瀛奎律髓》（臺北：佩文書社，光緒庚辰懺華庵重刊本），卷二十

倚爲建構的「宗派」觀念，雖借自傳統「宗族」的社會關係模式，然其經驗基礎卻是黃山谷、陳后山、陳簡齋等人同對「杜甫」進行「典範模習」的文學行爲事實❹。

三、「典範模習」的第三個效用，是由於「漣漪現象」與「鍊接現象」，使某一文類之體「名家」輩起而「作品」層出，形成同類鉅大的「量」數（質的問題可另討論）。因而使得此一文類的創作成果，能在「文學史容積」中獲致最大的「佔有率」。所謂「文學史容積」，我們將它定義爲文學史被建構而書寫時，必有所選擇，哪些文類、哪些作家、哪些作品值得寫進來，皆有所去取。故其書寫「總量」必有「容積」上的限制。在這「文學史容積」限量的實況下，某一文類雖經某一典範作家所「創始」，然而若不經「典範模習」的「漣漪現象」與「鍊接現象」，讓代表性的名家作品達到某種程度的數量，便很難在「文學史容積」中獲致較大的「佔有率」。楚辭、漢賦、唐詩、宋詞等，這些文類的創作成果之所以在「文學史容積」中得到較大的「佔有率」，都是同一文類中「典範模習」的「漣漪現象」與「鍊接現象」所促成。

綜合上述，我們可以說一般「文學史」著作所謂「模擬」，其中最主要的文學行爲模式，就是「典範模習」。它在文學史建構上，由其「漣漪現象」與「鍊接現象」而實際地產生上述三種效用。因此，從「文學史性評價」的角度來看，歷代諸文學家所展現

六，陳與義〈清明〉詩批語：「古今詩人，當以老杜、山谷、后山、簡齋為一祖三宗。」

❹　參見同註❸。

的「典範模習」行為，都應從上述的觀點評判其價值，而不宜以「凡模擬都是沒有創新」這樣粗糙的概念，便率爾以作品自身的「藝術性評價」取代「文學史性評價」，而對「因承」階段的作家作品過度貶斥，甚至棄置不論，例如上述劉大杰等文學史作者之對待漢代擬騷、明代擬古的輕蔑態度。何況，「典範模習」是古人傳統的學習法門，是否能由此而再創新意，必須細讀作品，才能做出精切的評價，豈可從浮面之印象輕斷？

伍、檢討一般文學史著作中，對「模擬」行為批評之誤謬

依循上列論述之後，我們就可以回過頭來切實檢討劉大杰等一般文學史著作，對漢代東方朔、揚雄等人與明代前後七子之所謂「模擬」的批評是否切當？

我們在第一節提出，文學的評價約有三種：文學作品本身的「藝術性評價」、衍外而與社會文化發生關係的「社會性評價」、在文學發展歷程因果關係中的「文學史性評價」。這三種評價，在諸多的文學史著作中，也都被操作過，我們可以舉例略作說明：

劉大杰《中國文學發展史》評曹丕的五言詩云：「文辭清綺，而情韻佳勝。❹」這是作品本身的「藝術性評價」。又特別提舉東

---

❹　同註❶，頁 260。

漢趙壹的〈刺世疾邪賦〉而評云:「他以犀利的詞句,憤激的情緒,揭露了漢末吏治的腐敗無恥,人情風俗的勢利敗壞……這說明他對維護正義的堅定意志!……政治傾向如此鮮明的作品,在漢賦中真是罕見。❺」這是作品衍外功能的「社會性評價」。又評賈誼〈鵬鳥賦〉云:「這一篇賦是荀子賦篇的繼承和發展,也是楚辭的轉變,是可以作為漢賦的先聲的。」這是「文學史性評價」❺。

　　文學史的書寫,原則上,這三種評價可以並用,理想的狀況是文學作品兼具了這三種價值,典型的例子就是《詩經》中的風、雅諸作與屈騷。其次,則是兼具「藝術性價值」與「文學史性價值」者,例如賈誼〈鵬鳥賦〉、相傳蘇武與李陵贈答的五言詩作。然而,問題是並非所有文學作品都如此,當這三種評價在同一文學作品身上呈現不一致時,甚至三者只能取其一,其價值取捨的優先順位應當如何?從文學史建構的知識本位來看,我們有理由做以下優先順位的排列:文學史性價值、藝術性價值、社會性價值。

　　大體而言,古來文學作品何止千萬,能被寫進文學史者,都至少具有藝術性與文學史性價值。文學史書寫的採擇,本身就已隱涵了評價。問題是,當三者只能取其一時,依優先性而言,則只能取「文學史性評價」了。一種文學作品,雖「藝術性價值」與「社會性價值」比較低,但「文學史性價值」比較高,仍可入史,而且必須讓它入史。最顯著的例子就是班固的〈詠史〉詩❺。而現代新

---

❺　　同註❶,頁 153-154。

❺　　同註❶,頁 139。

❺　　班固:〈詠史〉詩,參見《班蘭臺集》(臺北:文津出版社,明代張溥輯《漢

詩史上，胡適《嘗試集》中的詩，尤其第一首始作❸，其例證更是明切。這些作品，從藝術性來看，價值都不高。然而，皆有文類上的「創體」之功。文學史的構成，「文類」之「體」是必要條件。因此，這些藝術性不高之作，若不入史，則與這文類有關的歷史，將無法建構。故而，「藝術性」絕非文學史書寫中，最優先的評價；「社會性評價」更非最重要，只有在社會主義狹窄的文學史觀管見中，「社會性評價」的優位，才會被拉升到那麼高。劉大杰《中國文學發展史》之特出東漢趙壹〈刺世疾邪賦〉就是一個明例。這篇賦的「藝術性價值」不高，更未見在文學史發展因果關係中對後世產生什麼影響，也就是至少劉大杰並未說明它有何「文學史性價值」，卻將它大書特書，這不能不說是社會主義文學史觀下的偏好了。

假如從上述三種文學評價的判準來看，以劉大杰所代表的一般「中國文學史」著作，對漢代與明代諸家所謂「模擬」（甚至被視為剽竊）的「批評」，實在充滿「評價」的矛盾，甚至可說混淆不清。這些模擬之作，在他們看來，不具「社會性價值」，固不待言。而且既已被他們持著「凡模擬都是沒有創新」的粗糙觀點，貶

魏六朝百三名家集》本），冊一，頁 459。按鍾嶸〈詩品序〉評班固之〈詠史〉詩為「直木無文」，語言藝術性不高。

❸ 民國 7 年 1 月，胡適、沈尹默、劉半農於《新青年》四卷一號發表新詩九首，第一首是胡適的〈鴿子〉。民國 9 年，新詩史上第一本詩集，即胡適《嘗試集》，由亞東圖書館出版。參見瘂弦：〈中國新詩年表〉，收入氏著《中國新詩研究》（臺北：洪範書局，民國70年元月），頁 198-201。

低藝術性價值。甚至，也未見他們從「典範模習」的種種效用去論述這些作家作品在文學史建構上的價值。準此而言，這些作家作品根本沒有資格入史。然而，他們卻又無法否定這些作家作品在文學史上既定的地位，而不得不費專章專節的篇幅去書寫。這種現象，難道不讓人大惑歟？

首先，我們檢討漢代這段文學史。他們對「擬騷」之作，幾乎就以不管形式組織或題材內容都「因襲屈騷」一句話，就貶到可以棄置不論的境地了。因此，除賈誼的〈鵩鳥賦〉、枚乘的〈七發〉、王褒的〈洞簫賦〉，因能抒發個人情志或略見創體，而多著墨幾句之外，其他就一筆帶過，甚至「無須多說」了。

我們先說所謂「形式組織」是什麼？文學史作者幾乎都未說明。不過揣度其意，應該指騷體帶「兮」的句式（以下簡稱「兮句」）。果是如此，其說實為大謬。「兮句」是騷體之為騷體，而有別於四言詩的基本形式特徵，是屈騷將齊言詩歌散體化之後，對「騷」此一新體詩必要的規律性節奏所做的設計，也就是騷體的「常模」或說「定式」。凡「體製」中之「常模定式」，是可以共所持用而反覆操作的形式，轉相因襲，正可依藉「漣漪現象」與「鍊接現象」，對此一「體製」產生「趨定效用」。這尤其在「騷」此一「體製」初創階段，更需多數作家的「模習」，才能產生前一節所論述的那些效用。因此，漢代正當騷體初創階段，諸多一流作家競為「典範模習」，對騷體在文學史的發展上，具有很重要的價值。何況，任何一種類體「常模定式」的因襲，與其作品的藝術價值無關，這與所有詩人都共用「四言」、「五言」、「七言」，甚至完全格式化的「絕句」、「律詩」之體製，我們不能視為「因襲」而就貶低

其作品藝術性，是同樣的道理。這不是什麼特殊理論，而是一般常識。以東方朔等人在形式上擬騷而貶低其價值，這種評斷連「常識」都沒有。「形式因襲」會涉及到藝術性評價者，只有當這種「形式」已與特定作品的內容有機結合爲一不可切割的整體，也就是所謂「有意義的形式」時，才能做出「因襲」而「缺乏價值」的判斷。漢代之擬騷，在形式的因襲上，很少出現這種狀況。

　　至於所謂「題材內容」的因襲，則同樣是不作深究的誤讀。漢代以賈誼「惜誓」爲始、東方朔、嚴忌、淮南小山、劉向、揚雄……等鍊接，亦即以屈原之遭遇、哀怨爲「題材」的一批「擬騷」之作，其後多收在王逸注的《楚辭章句》中。這批作品，就是被文學史作者詬病「因襲屈騷題材內容」而沒什麼價值的作品。這真是中國文學批評上最大的誤讀謬見。假如這種評斷成立，那麼詩歌史上所有類如「詠屈原」、「詠漢武帝」、「詠諸葛亮」等以「人物」爲主的「詠史」之作，都一概沒有價值。因爲上述擬騷，由賈誼〈惜誓〉創始，就是以「屈原」爲題材而以騷體爲形製的「詠史」之作，開出「騷體詠史」這一類型。甚至創造以騷體影寫屈原而喻託自己情志的傳統，由漢代下貫到明清❺❹。漢代這類「擬騷」乃「藉古喻今」之作，以屈原的遭遇情懷爲意象，寄託著漢代文人對「時命」的悲嘆，這就是中國詩賦史上「悲士不遇」的類型性主題。這一主題由屈騷創始，漢代文人繼作而得以建構完成。有關這

---

❺❹　參見王學玲：《明清之際辭賦書寫中的身份認同》第四章〈身份重構的召靈儀式〉，民國 90 年 10 月，輔仁大學中國文學系博士論文。明清之際的辭賦書寫中，頗多影寫「屈原」以喻託士人改朝換代時，「身份認同」的情志。

方面的論述，徐復觀先生與我的幾篇論文❺❺，有更詳細的探討，可為參考。準此，即使從題材內容來看，漢代擬騷也有非常高的價值，實宜在文學史書寫中，給予頗大的「容積佔有率」。

從上面的論述來看，在文學史書寫中，由於作者對相關理論甚至常識之不足，又對代表性作品不深究細讀，而造成的謬見；漢代擬騷這段批評，可說是最典型的案例。

至於揚雄、班固、張衡等對司馬相如散體大賦之模擬，上述文學史作者也同樣以「形式組織」與「題材內容」的因襲加以貶斥，值得再作檢討。

散體大賦的「體製」，其「模式化」的程度，沒有「騷體」那麼常定。但賦之為賦，尤其是司馬相如所創制完成的「寫物賦」，其不同於他類體製，而可為辨識者，仍有它的基本形式特徵，那就是句子與句子聯結關係上以「行偶」為主體，以及篇章結構以「鋪敘」為基型。這早在司馬相如就已為「賦」的形製做出界說：「合纂組以成文，列錦繡以為質，一經一緯、一宮一商，此賦之跡也。❺❻」揚雄也同樣界定「賦」的形製為：「推類而言」❺❼。至《文心

---

❺❺　徐復觀：〈西漢知識份子對專制政治的壓力感〉，參見徐氏著《兩漢思想史》（臺北：學生書局，民國 79 年 7 月），卷一，頁 281-292。顏崑陽：〈論漢代文人「悲士不遇」的心靈模式〉，收入《漢代文學與思想學術研討會論文集》（臺北：文史哲出版社，民國 80 年 10 月），頁 209-250。顏崑陽：〈漢代「楚辭學」在中國文學批評史上的意義〉，收入《中國詩學會議論文集》（臺灣：彰化師範大學國文系，民國 83 年 5 月），第二輯，頁 181-247。

❺❻　參見同註❷❻，卷三。

雕龍・詮賦》更明指：「賦者，鋪也，鋪采摛文。❺❽」我們可稱這種依時間次序或空間次序進行「面」或「層」的「鋪敍」為「時空勻展性」的形式❺❾。現代學者對此也有所論述矣❻⓪，無庸贅說。

這種基本「形式特徵」，雖不像詩與騷那樣為「定式」，然而大致也是寫物散體大賦的「常模」，可為共用，即使轉相因承，反覆操作，亦與作品的藝術性評價關係不大。

至於題材內容之因襲，同屬「宮苑都城」的類型，即此就以「模擬」的概念貶低其價值，這也顯然不瞭解在中國文學史上，這種「類型化書寫」，從「創作學習論」以及語言藝術的美學觀點，古代文學家對此都有頗為普遍與傳統的共識。他們絕非在反覆操作沒有意義價值的文學行為。

假如，我們能暫時離開「言志抒情」這一傳統的文學觀念立場，暫時不去苛求某些類型化題材的書寫，必然要有作者個人情志的託喻，而換由創作學習與語言藝術的審美立場，去看待這種種轉相模習的類型化書寫，便會有全然不同的評價。他們的寫作意圖，

---

❺❼　參見同註❷❷，其文云：「雄以為賦者，將以風之，必推類而言，極靡麗之詞，閎侈鉅衍，競使人不能加也。」

❺❽　版本同註❷⓪，卷二，頁 46。

❺❾　顏崑陽：〈漢代「賦學」在中國文學批評史上的意義〉，收入《第三屆國際辭賦學學術研討會論文集》（臺北：國立政治大學文學院，1996 年 12 月），頁 117-119。

❻⓪　例如簡宗梧：〈賦體語言藝術的歷史考察〉，參見簡氏著《漢賦史話》（臺北：東大圖書公司，民國 82 年），頁 195。

絕非只爲惰性的因襲，而是試圖由「典範模習」中，一方面去揣摩前行佳篇的妙法，另一方面也去尋求「再創」新意以及語言藝術之美的可能，這就是劉勰「通變」之說在創作論上的意義。準此，題材的因承，即使由「藝術性評價」的判準來看，也不能以「凡模擬都沒有價值」這麼粗糙的觀念就一言以蔽之。細讀作品而後做出確當的批評，是書寫文學史的必要工作。揚雄、班固、張衡等擬式司馬相如的散體大賦諸作，有沒有藝術價值，只有回到作品本身去作精切的閱讀，而觀其類型化的書寫中，在「有常之體」的基礎上，其「文辭氣力」是否有所殊變。其實，這種問題，前人論述多矣，大致言之，散體大賦從司馬相如到揚、班之輩，已由客觀鋪敘變爲主觀情志之涉入而多「議論」色彩，「再創」有別於司馬相如賦的另一種體式，這是很明顯的特徵。沈約在《宋書·謝靈運傳論》中，便已指出：「自漢至魏，四百餘年，辭人才子，文體三變，相如巧爲形似之言，班固長於情理之說……。」因此，不能說揚、班之輩只知因襲模擬而已。

綜合上述形式與題材二端，換個角度，若從「文學史性價值」判準來看，揚、班之因承司馬相如所創設散體大賦的敘述模式，「鍊接」競作，才使得這一文類的「體製」產生「趨定效用」，而構成一種特殊的「類體」。至於題材相因，競寫官苑都城之盛，而形成同一類型；這種「類型化」的書寫，本是文學史上非常普遍而傳統的文學行爲。不管從理論或事實層面來說，這都是不可避免也無須避免之事，因爲人類的生活經驗本有其共同性質，題材來自於生活經驗，「類型化」有其不能不然之勢。假如凡是同寫一種「類型」的題材，便沒有藝術價值；那麼，何止羽獵、長楊、二

京、兩都之賦沒有價值，凡閨怨、宮情、邊塞、山水、田園、送別、鄉愁等等類型題材之詩作，皆當如此。然而，這類作家作品卻都在「文學史容積」中佔有率甚大。文學史上某些源流或派別，例如一般「中國文學史」著作中，常有田園派、邊塞派之說，甚至某些文體的確立，例如一般「中國文學史」著作中常有「宮體」、「詠史體」之說，這幾乎都得依賴「類型化」書寫的現象，才能建構起來。「類型化書寫」就是「典範模習」所形成的「漣漪現象」與「鍊接現象」。總之，不管形式或題材，若從文學史的「創作型建構」而論，揚、班等之因承司馬相如賦，實有其不可忽視的「文學史性價值」。

明代前後七子之主張「文必秦漢，詩必盛唐」，被現行的文學史作者指為只是「古人的影子」、指為「剽竊」、「毫無靈魂的假骨董」。其實，我們細審這些批評，所依據者不是文學史作者對明代前後七子「典範模習」理論本身之客觀而確當的討論，也不是對明代前後七子詩文作品全面而深入的解讀。有關「典範模習」在理論與實際上，對文學史建構的效用，其確當性如何，本文前面已論述甚詳，不再贅說。至於明代前後七子詩文作品，雖由「典範模習」而得，是否另成面目，這有待更多專業學者的探究，此處暫存不論。但是，一般文學史作者既未對前後七子的作品有過全面深入的閱讀，只舉一、二首所謂「模擬」之作，便以偏概全地做出如「假骨董」、「影子」這類籠統的印象批評，誠為不公而無效之論。

我們在這裡要指出的是，上述文學史作者，其批評所依據者，不過是七子之間，例如何景明與李夢陽書信往復的論爭，或其他流派對前後七子的攻擊。而選擇了其中之合於己意的說法為預設

之立場，便對前後七子做出強烈而偏狹的批評，實在缺乏客觀公正的立場。所謂「合於己意」，這個「己意」指的就是「五四新文化運動」之後，新文化人所自覺或不自覺操存的一個普遍的「文化意識型態」——「反古」。這可由「五四」之後所出現「中國文學史」的書寫中，「逢古多反」的模式化論點獲知。因此，前後七子的「典範模習」主張，被視爲「擬古主義」，豈有不加強烈批判之理。

依循前述，「典範模習」不管從「創作論」或「文學史論」的視點來看，其理論或創作實踐，都有相對的確當性。漢代以來，已成普遍而傳統的文學觀念與行爲模式。故從「典範模習」的基本原則或精神言之，前後七子之以秦漢爲古文的理想典範，盛唐爲近體詩的理想典範，並沒有謬誤，至少也可以被相對地尊重。其遠承古典傳統，重建理想文體，以改革「臺閣體」與「八股文」之風，從文學史的發展歷程而言，「因」於「古」而「變」乎「今」，其所「因」乃古典理想文體之「鍊接」，而當時天下靡然從風的響應，也展現了「漣漪」的效用而形成流派，並佔有「文學史容積」頗大的比率。而其所「變」，則是當代前行文風的改革。若從文學史建構的視點觀之，絕不能忽視他們的價值。

從事實層面來看，明代文學流派成風而各有「宗法」，「典範模習」是共同的文學行爲。除前後七子之外，或宗唐或挑宋，皆各立其「典範」，就以被認爲最具個人創新性的歸有光來說，也宗法司馬遷之《史記》及唐宋古文。既各有所宗，各爲「典範模習」，何以獨斥前後七子之「文必秦漢、詩必盛唐」！學秦漢、盛唐是「擬古」，學唐宋就不是「擬古」嗎？何以會產生這種偏頗的批

評，除上述一般文學史作者的偏見與不見之外，前後七子本身的理論主張，也有些歧誤，歸納言之，厥爲二端：

一、前後七子之主張「文必秦漢，詩必盛唐」。問題不在典範是「秦漢」、「盛唐」，而在於「必」。這就有「典範絕對化」之弊矣。「典範」一旦「絕對化」，便產生「排他性」，而引起所宗殊異者的「對抗」。因此，前後七子在當代便已多受其他流派之強烈批評。現行文學史作者也由此而找到許多貶斥的藉口。

二、前後七子中，內部就已有模習方法之爭。如李夢陽、李攀龍等之尺尺寸寸於古人，似書法之依帖臨摹者，已將「典範模習」由「互爲主體」以「會悟」其神氣的「活法」，導向淪失主體而執泥形式規格之「死法」。「法」的「規格化」，從「創作論」而言，當有其可議之弊端。這也就授予一般文學史作者貶斥的理由。

綜而言之，從理論上來說，前後七子對於「典範模習」的論述主張，走向「典範絕對化」與「方法規格化」，確有極端偏狹之弊。但在原則上，並不能就此否定「典範模習」在「創作論」與「文學史論」上的意義。而文學史的書寫，在作家作品的實際批評上，也不應僅從理論的層次去衡定其實際的創作成果。理論與實際創作，本就有不可避免的落差。因此，在實際批評層次，回到前後七子的作品本身，進行更全面而精切的研究，是書寫這段文學史必要的基礎。至於其理論與實踐，在文學史建構上所具有的「漣漪效用」與「鍊接效用」，應當不可蔑視，此前文已論明矣。

陸、結論

綜合以上的論述，我們可以歸結爲下列的判斷：

現行一般「中國文學史」著作，往往以「凡模擬都沒有創新」這樣籠統、粗糙的觀念，就對漢代東方朔、揚雄、班固等辭賦家之擬式屈騷與司馬相如賦加以貶責，甚至棄置不論；而視西漢中晚期到東漢中葉爲「模擬期」，評價不高。又對明代前後七子之詩文理論與創作，亦視作「擬古主義」，譏誚爲「古人影子」、「假骨董」。其不解「模擬」之義涵與在文學史建構上的效用，而混淆文學作品之「藝術性評價」與「文學史性評價」，誤謬甚明，值得省思與批判。

經過史料分析與綜合之論證，我們得以明白，「模擬」的義涵複雜。在中國文學史上至少有三種範型，其中二種皆爲「典範模習」，從漢代開始以迄明淸，已形成普遍而傳統的文學行爲模式。而文學史建構，可分爲「批評型建構」與「創作型建構」，以創、因、變爲其軌則。「典範模習」，正是「創作型文學史建構」必要而主要的文學行爲，居於由「因」而「變」的階段，能產生「漣漪效用」與「鍊接效用」。文學評價，也可區分爲「藝術性」、「社會性」、「文學史性」三種，「典範模習」之作具有「文學史性價值」，在文學史的書寫中，不應受到忽視。

依藉這樣的論述，以檢討一般文學史著作上列的誤謬，我們得以對漢代與明代此二階段的文學史重作確當的詮釋與評價，知其由「典範模習」的「漣漪現象」與「鍊接現象」，對文類體製之「趨定」、「流派」之構成與「文學史容積」之佔有率都產生很大的效用，頗具「文學史性價值」。

「文學史」的研究與書寫，是一門「博通」之學。文學史家

必須兼備對歷代主要作家作品精切的閱讀經驗，至少對他人這方面的研究成果要作深廣的吸納，以及相關的歷史、文化、社會、文學的種種理論基礎，而後才能寫出一本「合格」的「文學史」。

「中國文學史」的書寫，最早並非由中國學者開始。1880年，即出現瓦西里耶夫（Vasil'ev V.P.）的《中國文學史綱要》，1897 年，日本吉城貞吉也出版了《支那文學史》。至 1904 年，即清光緒 30 年，林傳甲才出版第一本中國人寫的《中國文學史》。然而，至今百餘年，有關「中國文學史」之著作，斷代與分體之文學史不計在內，就已有四百種以上❻❶。我們沒有全部讀過，不敢斷言有多少「合格」之作。但是，就現行常見的幾種「中國文學史」著作，我們的閱讀經驗，卻相當失望。一言以蔽之，幾乎都只是歷代文學概述，而不是文學史，並且有些「概述」還不見得精切。至於史觀之不明或偏狹，文學價值判準之混淆，更是常病。本文所論述，即是其中一例。

1983 年，龔鵬程在「中國古典文學研究會」第五屆學術會議上提出一篇論文：《試論文學史之研究》❻❷，以劉大杰《中國文學發展史》為例，檢討批判一般「中國文學史」著作中諸多誤謬的問題，當時頗引起討論。然而十幾年過去，問題卻依然存在。一本能肅清這些問題的合格中國文學史仍未誕生。我輩應該慚愧，並期待

---

❻❶　參見黃文吉：《中國文學史書目提要》〈臺北：萬卷樓圖書公司，民國 85 年 2 月〉。

❻❷　參見「中國古典文學研究會」主編：《古典文學》〈臺北：學生書局，民國 72 年 12 月〉，第五集，頁 357-386。

21 世紀上半葉，一本合格而優良的「中國文學史」著作，能在某些「博通」學者的主筆下誕生！

講評意見

梅家玲

臺灣大學中國文學系

　　本文旨在省察現行一般「中國文學史」著作中，對文學「模擬」不當的詮釋與評價，進而省思其與「文學史建構」的相關問題。其中，「漣漪效用」指同代作家群起模習擬作而蔚然成風的並時性擴散現象；「鍊接效用」表示文學史上某一新文體被一典範性作家創始，並世「漣漪」競作之後，異代作家因承其體而繼作，形成歷時性接續的現象。所涵括的文學議題，自漢代的擬騷到明代前後七子的復古，關懷面深廣，對文學史研究有一定意義。但事實上，在此之前，早已有不少當代學者曾就文學「模擬」一事提出不同看法（參見梅家玲〈論謝靈運擬魏太子鄴中集詩八首并序的美學特質——兼論漢晉詩賦中的擬作、代言現象及其相關問題〉，一般文學史的不當之說，實不辯自明。倒是本文提出「『典範』模習」之說，則仍有許多可以進一步思辨之處。包括：

　　一、「典範」是如何形成、如何被認定的？「模擬」是否是
　　　　「典範」得以成立的條件？二者間的關係為何？而典
　　　　範，與當時文學場域的形成與遷變又有什麼樣的互動關
　　　　係？

二、無論是宗本、觀念、體製、題材，本文中所強調的「典
範模習」，似乎皆爲理智趨使下，出於有意識的模仿學
習，卻忽略「同有之情」的呼喚感召。特別是漢晉同類
詩賦的寫作，每每多由於「臨文嗟悼，不能喻之於懷」，
「遂感而賦之」（參見陶淵明〈感士不遇賦〉序文）。此
一情形，由個人言，是以生命印證生命，由群體言，是
集體文化情意認同的實踐。若能擴大著眼此類文學實
踐，及其與理智性的、有意識的仿擬活動間的交融拉
鋸，是否更豐富了「典範模習」的意義內涵？

三、就整體言，本文所提出的「典範模習」、「漣漪效用」、
「鍊接效用」等觀念，其背後的預設，其實是一個
「一」以貫之的文學史體系。它預設了文學必然是有一
定中心，有前承後繼的連續性整體。但它所引發的問題
是，文學史必須，或者必然，一定要在這樣一個「一以
貫之」的思維體系下建構嗎？當預設中心去努力建構漣
漪與鍊接關係時，是否忽略了個別作者與文本的殊異
性？忽略了整體表象下的斷裂與縫隙？而對於「典範模
習」在文學史上的定位，是否一定要由此一具有中心意
識的漣漪與鍊接式思維來進行？可否從解構角度出發，
在一般解讀下被視爲是出於模習的文本之中，探析當時
文化情境中，各種話語形構彼此間抗爭，協商，往來交
鋒的過程？

時代考驗小說，小說創造時代
——清末「新小說」的小說美學

駱水玉

輔仁大學中國文學系

關鍵詞

新小說、古典小說、晚清

摘　要

伴隨著時代的驚蟄聲，小說在清末躍居文學主流，同時也新變爲開通民智、改良群治、救亡圖存或推動文明進化等時代意識的承載者。本文試圖探溯清末「新小說」所宣言或前置的核心觀念，尤其是「欲新一國之民，不可不先新一國之小說」這類命題底下所汩湧的時代對話意義，以及其在清末小說界所造成的影響。「新小說」的終極課題，乃是藉由清洗、拉拔整個現實世界以前瞻未來的群治新境界，雖不免歧路徬徨，理想終與現實交錯而行，然其中實深切反映了整個時代的集體焦慮，對現實難以抑遏的譴責之情，乃

至醒覺與幻滅輵輆的前瞻視境，從而顯影出那個時代的另一種真實的「人心所構之史」。

壹、回顧：清末「新小說」 的時代意義

　　1888 年，在美國作家貝拉米（Edward Bellamy, 1850—1898）《回顧：2000—1887》（*Looking Backward, 2000—1887*）一書的〈前言〉中，小說家對人類完美的前景展現了無比的企圖心：

> 歌頌此一二千紀元的作家和演說家們，其一貫主題幾皆為
> 將來而非過去；其所言者非為以往的進展，而為未來的進
> 步——無歇止的躍進與高昇，直至人類完成其無可名狀的使
> 命。
>
> （The almost universal theme of the writers and orators who
> have celebrated this bimillennial epoch has been the future
> rather than the past, not the advance that has been made, but the
> progress that shall be made ever onward and upward, till the
> race shall achieve its ineffable destiny.）❶

---

❶　Edward Bellamy, "Preface, " *Looking Backward, 1900-1887*（New York： The
　　New American Library, 1960），xxii.
　　中譯引自張惠娟：〈樂園神話與烏托邦——兼論中國烏托邦文學的認定問

　　三年後，清光緒 17 年年底起至 18 年 4 月（1891—92），上海
《萬國公報》連載英國傳教士李提摩太（Timothy Richard）的節譯
本（譯名《回頭看紀略》），光緒 20 年廣學會出版節譯單行本，易
名爲《百年一覺》。這部虛擬公元 2000 年烏托邦社會的「小說」，
被當時關心西學與中國前途的知識菁英界定爲政治論著，康有爲
（1858—1927）《人類公理》（《大同書》前身）參考過這部西學，
譚嗣同（1865—1898）《仁學》特別提到：「若西書中《百年一覺》
者，殆彷彿〈禮運〉大同之象焉。❷」儒教「天下爲公」的大同世
界，可以不再是遠古一去不返的黃金時代，而可能落實於不遠的大
未來，這或許是小說藝術與傳統中國的烏托邦視野暨新時代的大同
理想，第一次有意義的對話。

　　當 1903 年《繡像小說》刊出新譯本《回頭看》時，《百年一
覺》回復其作爲「小說」的正身，但「小說」這一文類，在時代的
沖激下，已經被賦予了絕非「小說」的新論述。

　　中日甲午戰役（1894—95）所引發的恥辱與危機意識，一方
面重挫了清廷自同治初年到光緒 20 年（1862—1894）三十餘年來
洋務運動的自強新機，同時日本始自 1867 年幕府退位、1868 年天
皇復出後，近三十年維新的速成案例，又爲戰敗的中國開啓了新一
波的新學浪潮。「小說」的新論述，即誕生於這樣的維新氛圍中。

　　清光緒 23 年（1897）10 月 16 日至 11 月 18 日，嚴復（1852

題〉，《中外文學》中華民國 75 年 8 月第十五卷第三期，頁 83。

❷　譚嗣同：《仁學》，蔡尚思、方行編：《譚嗣同全集（增訂本）》（北京：中華
　　書局，1981 年），頁 367。

—1921）、夏曾佑（1863—1924）以不具名的方式在天津《國聞報》連載〈本館附印說部緣起〉❸一文，傳播「歐、美、東瀛，其開化之時，往往得小說之助」的說法，深化並拉高了康有爲、梁啓超（1873—1929）等當時亟思變法圖存的知識菁英之「幼學」教育說❹，更將歷來移易「天下人心之風俗」的教鞭，乃至治世之具，由經史典籍移交給通俗說部。次年年底，戊戌政變（1898）後亡命日本的梁啓超在《清議報》發表〈譯印政治小說序〉，推舉小說爲「國民之魂」，艷稱其推動政教變革的不世之功，並譯載柴四郎（1852—1922）《佳人奇遇記》（1885—1897）、矢野文雄（1850—1931）《經國美談》（1883—1884）等日本當代政界人士的政治小說，兌現了《國聞報》「附印說部」的空頭支票。清光緒 28 年（1902），梁啓超在日本橫濱創辦「中國唯一之文學報」——《新小說》❺，更一舉鼓動了當代中國（尤其是通商口岸）相繼興起的小說報刊風潮。《新小說》的發刊辭——〈論小說與群治之關係〉，以頗爲聳動的口號起筆、收煞：

---

❸　收於陳平原、夏曉虹編：《二十世紀中國小說理論資料（第一卷）1897—1916》（北京：北京大學出版社，1997 年），頁 17-27。

　　本文徵引的清末小說資料，如未特別說明，均出自該編，以下不另註明。

❹　新小說報社刊載於《新民叢報》第十四號（1902）的發行廣告，即以「中國唯一之文學報《新小說》」作為標題。

❺　康有為《日本書目志·識語》「幼學小說」（上海大同譯書局，1897），梁啟超《變法通議·論幼學》「說部書」。詳見本文第三節，頁 18。

欲新一國之民，不可不先新一國之小說。……

故今日欲改良群治，必自小說界革命始；欲新民，必自新小說始。

回顧清末最後近二十年的小說界動態，這個「新小說」的呼聲，相當程度地為整個時期的文學思潮定調。「新小說」之「新」，對 19 世紀末、20 世紀初的文藝界來說，是個以現在進行式為時態且指向未來的形容詞兼動詞，是有意藉由重譯傳統小說、改寫小說傳統的內涵與定位，賦予小說這一歷來「遭貶」的文類以「嶄新的知識生命和政治意義」❻，從而臻至全面更新整個傳統的政教格局之終極演化。

以歷史的眼光看，「新小說」可作為概括這一時期的小說作品與小說言談的專有名詞。「新」雖是過去式，仍兼具形容詞與動詞的語態，一方面指涉這時期有別於傳統的小說新氣象，另一方面，則著眼於《新小說》及後繼的各類小說刊物在譯著、論述等各方面所掀起的「新小說」風潮，實開啟並標誌著 20 世紀小說新世代的來臨。

當然，所謂「小說新世代」這個命題，關涉頗為複雜而多面的動態進程與意義。略言之，清末啟動的小說新氣象，即以康來新先生所歸結的事項為例，諸如「小說創作的盛產豐收，小說理論的群體參與，小說發展的時代導向，小說發行的新聞化，以及小說地

---

❻ 李歐梵：〈追求現代性（1895—1927）〉，《現代性的追求——李歐梵文化評論精選集》（臺北市：麥田出版公司，1996 年），頁 233。

位的高度提昇」等等❼；除了吸引更多知識份子在小說創作或理論層面的參與外，其直接效益，確實爲日後新文學環境建立起更專業的職業作家群、更廣大的市場和讀者群。因而清末小說風潮所具有的前瞻意義之一，或可名之曰：「小說時代全面來臨的先驅與前鋒」。❽

　　然則，鑒於清末特殊的時空位置，所謂「小說時代」的意義，不單指小說取代傳統詩文主流或文學生態的轉變等文學板塊的位移變動問題，而往往攸關晚清在文學史上的定位，特別是 19 世紀最後五年至清朝覆滅（1911）這十多年間狂飆的小說界生態，與日後所謂現代小說或新文學間各方面的過渡轉化關係，甚且關涉到學者對整個近代文史所建構的發展模型或詮釋框架。在「傳統」與「現代」、「小說」與「時代」等頗具辨證意義的大敘述中，清末「新小說」作爲先驅與前鋒的角色，與那個時代的境遇其實頗爲類似；一方面它既是歷朝最具改革意識、提出最豐富的改革方案的時期❾，另一方面又難免時代的制約與錯亂，而這兩者的錯綜，畢竟將整個傳統中國翻轉入民國紀元。

　　相關論述，大陸學者著墨甚深，然在「啓蒙」思潮與「現代化」進程這兩大思維定勢下，對清末小說動態的典型評議，大多有

---

❼　詳參康來新：《晚清小說理論研究》（臺北市：大安出版社，中華民國 75
　　年，頁 1-8）。

❽　同上，頁 6。

❾　參見馬勇：《夢想與困惑：1894—1915》（昆明：雲南人民出版社，2001
　　年），頁 36-117。

點類似陳平原先生在《二十世紀中國小說史》（1989）中的總評，以一種多少帶點同情的理解與惋惜的腔調去肯定其前瞻的時代意義：

> 這一代作家沒有留下特別值得夸耀的藝術珍品，其主要貢獻是繼往開來、銜接古今。值得慶慰的是，誰要是想探討中國現代小說與古代小說的聯繫與區別，研究域外小說對中國小說的影響以及中國小說嬗變的內部機制，都很難繞開這一代人。正是他們的點滴改良，正是他們前瞻後顧的探索，正是他們的徘徊歧路乃至失足落水，真正體現了這一歷史進程的複雜與艱難。❿

「作為 20 世紀中國小說的起點」⓫，或者說，在學者對「五四典範」與「現代化──世界化」的孺慕之情下所交互錯綜的既回顧又前瞻的視域中⓬，晚清小說在文學創作與文學思想方面的前瞻意義，與其說是長篇章回小說中具有籠罩全局、本體結構意義的「序幕」，倒不如說更接近短篇話本中的「入話」（或稱「得勝頭回」、「笑耍頭回」）──先導以一至數則不等的故事，或正面或反

---

❿ 陳平原：《二十世紀中國小說史（1897─1976）》，收入《陳平原小說史論集》（石家莊：河北人民出版社，1997 年），頁 605。

⓫ 同上。

⓬ 參見龔鵬程：〈「二十世紀中國文學」概念之解析〉，陳國球編：《中國文學史的省思》（臺北市：書林出版公司，民國 83 年），頁 74-96。

面預驗「正話」的教誨，或「先說此一段作個笑本」^⑬，以銜接或等待「五四」，乃至「現代化」這部大書。

　　臺灣學者李瑞騰先生，亦在探索「民國以後新文學思想的源頭」之終極目標下，剖析晚清文學思想的新／舊對抗、互動、交替之內涵與意義，從而落實了晚清作為「中國新舊文學交界的關口」的文學史定位^⑭。香港學者蔣英豪先生，則著意闡釋晚清知識菁英，如何掙脫傳統、走向世界、融入世界文學，以導向「世界大同」的理想，從而肯定「晚清文學的世界化」這一基本趨勢，最重要的是，「正因為有這個過程，五四新文學才得以順利誕生」^⑮。或許，換個敘述視角，在「五四」這部大書深遠的影響下，如趙毅衡先生所指陳：清末「新小說」這一「苦惱的敘述者」，只能被認為是傳統小說的最後一個階段；五四文學是中國現代文學的開端，也是最獨特的新型文學，從那以後，中國現代文學再不可能恢復到傳統樣式，也基本上沒有再返回五四樣式^⑯。再換個更具反思性或顛覆性的視角，如袁進《中國小說的近代變革》所批判：清末小說

---

⑬　明凌濛初撰：〈徐茶酒乘鬧劫新人，鄭蕊珠鳴冤完舊案〉，《二刻拍案驚奇》（臺北市：桂冠圖書公司，1984 年），卷二十五，頁 485。

⑭　李瑞騰：《晚清文學思想論》（臺北市：漢光文化事業公司，中華民國 81 年）。

⑮　蔣英豪：《近代文學的世界化──從龔自珍到王國維》（臺北市：臺灣書店，民國 87 年）。

⑯　詳參趙毅衡：《苦惱的敘述者──中國小說的敘述形式與中國文化》（北京：十月文藝出版社，1994 年）。

變革的雙重「任務」，除了要改變鄙視小說的傳統觀念外，還要擔
負促使小說近代化的「使命」；第一項任務的完成乃挪用「文以載
道」、「以文治國」的舊傳統而大功告成，惟在此等傳統文學觀念的
制約下，恰與「近代化」的基本要求相衝突，故不僅造成近代小說
的平庸，且影響深遠，爲了這一選擇，中國小說不得不付出沉重的
代價。**⓱**

　　誠然，著眼於傳統如何走向現代、中國如何走向世界的大敘
述，清末「新小說」的確可以被定位爲舊傳統的臨終謝幕員暨新紀
元的蹣跚學步者。但在學者所建構的近代文史發展模型或詮釋框架
底下，或不容忽視的是，假設有一股潛藏的力量，或多或少左右了
整個敘述視角，那這個角色恐非「時代」莫屬。

　　從回顧的角度來看，若說清末小說界的「徘徊歧路乃至失足
落水」，「真正體現了這一歷史進程的複雜與艱難」，那麼這段歷史
進程不正也是這一代人揮之不去的時代烙印？敘述者或不在場的論
斷者，「可憐身是眼中人」。當這一代人評估清末「新小說」的歷史
定位時，當然不會抹煞「新小說」所召喚的是「欲新一國之民」、
「欲改良群治」的時代呼聲，也必然發現，五四的陳獨秀（1880—
1942）、魯迅（1881—1936）與清末的梁啓超其實是同一代的知識
份子，都同樣以青壯之姿鼓動時代風潮，召喚一代新人，復活更
新，再造少年中國或青春中華，而這一代只能作不在場的敘述者。
現代學者回顧、敘述這一百多年來的蹣跚史，大概很少不覺得苦惱
的，甚且因爲此等大敘述的主題是這麼的貼近回顧者的希望和需求

⓱　　袁進：《中國小說的近代變革》（北京：中國社會科學出版社，1992 年）。

（一如清末「欲新一國之民」、「欲改良群治」的呼聲），因而不免或多或少地影響了詮釋框架與敘述視角的設定。

　　其次，藉由這樣的一種自我的體認，或可重新探索清末「新小說」所展現的「時代意義」。如賴芳伶先生所指出，那是一個「近代中國徹底自痛苦中覺悟，急欲邁向現代化、進入世界性角色」的時代，清末小說不惟見證並深刻參與了當時政治與社會的變遷過程⑱；甚者，每一起時代的驚蟄聲——自喚醒「吾國四千餘年大夢」⑲的中日甲午戰役（1895）、曇花一現的戊戌新政（1898）、八國聯軍侵華的庚子事變（1900）、反美華工禁約的乙巳風潮（1905）、迄辛亥十月革命（1911），都挑釁著清末的知識份子，也考驗著所謂「新小說」的時代角色。因而，除了用發展史或現代專業的小說理論與思維來評估其或進步或偏頗的「新小說」話語外，它在那個時代所扮演或希望扮演的角色，可能反映或暗藏了知識份子什麼樣的時代認知及其自我期許的時代角色？且正如作品中的詞章往往含有某些意義是作者所始料未及的，學者所建構的理論框架不免潛藏著未被言說的心聲，探溯「新小說」核心觀念中的某些破綻或缺口，除了從更進步的小說觀來指認其粗疏牽強之處外，或可藉以翻看那背後「無言」或「未說」的意義。

　　再者，伴隨著時代的驚蟄聲，小說躍居文學之最上乘，新時

---

⑱　賴芳伶：《清末小說與社會政治變遷（1895—1911）》（臺北市：大安出版社，1994 年，頁 6、503）。

⑲　梁啟超：《戊戌政變記》，收於《飲冰室專集（三）》（臺北市：臺灣中華書局，民國 50 年），頁 1。

代的論述者除了肯定清末「新小說」促成此一曠古未有的功業外，或許還可以深思，這個「最上乘」的位置，對那個時代有何等意義與使命，而這樣的意義與使命對小說這一傳統的通俗文類所扮演的文化角色，可能產生何等的質變？或者，從當時流行的「進化」或「天擇」說來看，小說生態的演化（應當說發展變遷），如何驗證或考驗這個時被援引為國族存亡論述且頗為駭目驚心的新人類進化史觀？這些，都值得進一步深思。

本文主要以清末「新小說」所宣言或前置的核心觀念為探溯對象，但鑒於晚近學者在相關論述上，已有頗為充實而精細的辨析❷，因此本文不對清末的小說評論作完整而詳盡的分疏，也無意從文學理論的層次來界定其在小說（批評）史上的地位與意義，而是希望從特定的、或不免有所偏頗的角度，重新反芻清末「新小說」這個命題的意涵，藉以思索「新小說」與那個時代的對話意義。

貳、「進步」的演化：「新小說」的終極課題與嘲弄

袁世凱（1859—1916）醞釀稱帝的那一年，相當於《新小

---

❷ 較完整而精密的專書論著，可參見康來新：《晚清小說理論研究》（同註❼）、李瑞騰：《晚清文學思想論》（同註❶）、袁進：《中國小說的近代變革》（同註❶）、王汝梅、張羽：《中國小說理論史》（杭州：浙江古籍出版社，2001 年）。

說》創刊的十三年後（中華民國 4 年，1915），梁啓超在《中華小說界》第二卷第一號發表〈告小說家〉一文，回頭棒喝清末「新小說」一發不可收拾的影響力。這篇專論，提供了頗發人深省的回顧視角。

全文前半段以略帶思古幽情的筆觸開篇，談說小說在元明以前「未嘗爲重於國」的古事，接著似不無傷感的深論小說如何得以熏籠人心，致使「雖具有過人之智慧、過人之才力者，欲其思想盡脫離小說之束縛，殆爲絕對不可能之事」，由此而回溯並界定當年提倡「新小說」的初衷：

> 質言之，則十年前之舊社會，大半由舊小說之勢力所鑄成也。憂世之士，睹其險狀，乃思執柯爲補救之計，於是提倡小說之譯著以躋諸文學之林，豈不日移風易俗之手段莫捷于是耶？

至此，全文後半段急轉直下，這個當年首倡「小說爲文學之最上乘」（〈小說與群治之關係〉）的憂世之士，痛切地發現，小說的魅力足以侵蝕舉國士大夫的問學之業：

> 凡百述作之業，殆為所侵蝕以盡。……舉國士大夫不悅學之結果，《三傳》束閣，《論語》當薪，歐美新學，僅淺嘗焉為口耳之具，其偶有執卷，舍小說外殆無良伴。

在小說終於蔚爲大國後，「新小說」的勢力橫行無阻，這個早就侈言「小說有不可思議之力支配人道」的新小說提倡者，看到的

是不忍卒睹的小說世界：

> 還觀今之所謂小說文學者何如？嗚呼！吾安忍言！吾安忍
> 言！……近十年來，社會風習，一落千丈，何一非所謂新
> 小說者階之屬？循此橫流，更閱數年，中國殆不陸沉焉不
> 止也。

　　最後，全篇以介乎詛咒與勸善的語調收場：小說家要摸摸良
心，若仍然妖言「坑陷全國青年子弟使墮無間地獄」、「戕賊吾國性
使萬劫不復」，則必遭果報，「不報諸其身，必報諸其子孫；不報諸
今世，必報諸來世。」

　　姑不論梁啟超是否意識到，這篇控訴「小說妖」的專題論
述，不乏自我嘲弄、自我解構的意味，畢竟控訴者自身正是始作俑
者之一，但其中所纏絞的兩大敘議視點──移風易俗（或傷風敗
俗）的小說藝術觀、進化（新世界的企盼）或沉淪（焦灼的末世
感）的時代暨自我存在感受，至少是作者一以貫之的立場。

　　從舊傳統的眼光看，此等特重小說傳播、影響層面的藝術
觀，雖遠承「文以載道」、「化民成俗」等政教傳統，在歷來的小說
評議中也始終佔有一席之地，但若類比於宋明新儒學的「入世轉
向」，或更易藉以尋繹提倡者暨批判者自身既焦灼又企盼的存在感
受，畢竟如學者所指出，「新小說」的小說觀深植於士大夫傳統
❷❶。

　　按余英時先生的說解：宋明儒家接受新禪宗的挑戰與影響，

──────────────────

❷❶　袁進《中國小說的近代變革》，對此有多重面向的探討，同註❶❼。

轉而倡導與南北朝以來章句和門第的禮學截然異趣的所謂「人倫日用」的新儒學。一方面，對「眾生」表現出一視同仁的態度，並將「此世」之良窳完全繫乎人；因而另一方面，儒家對「此世」主要採取一種積極的改造態度，而絕非「適應」，以如臨大敵的心情來對待「此世」的負面力量，蓋人心惟危，隨時都可以是「創世紀」或「世界末日」。儒者則以先覺者自居，把「覺後覺」看作是當仁不讓的神聖使命，以全面重建社會秩序[22]。值得注意的是，頗具深遠的影響力與正統地位的朱熹（1130—1200），以〈大學〉爲「初學入德之門」，從格致誠正一直推到修齊治平，並硬改「親民」爲「新民」，建構一「明明德──新民──至善」之革新世界的規模與程式，以近似全面革新的宣言來界定「新民」的指歸：

> 新者，革其舊之謂也，言既自明其明德，又當推以及人，使之亦有以去其舊染之污也。[23]

對觀之下，清末「新小說」的提倡者，同樣對當世的負面力量充滿了憂世之心，「睹其險狀，乃思執柯爲補救之計」；其強調改革而絕非適應現狀的積極作爲，與譚嗣同《仁學》「夫善至於日新

---

[22] 這段敘議，乃隸括余英時〈儒家倫理的新發展〉中關於新儒家「入世轉向」的相關論述。

參見余英時：《中國近世宗教倫理與商人精神》（臺北市：聯經出版公司，民國 76 年），頁 43-84。

[23] 宋朱熹：《點校四書章句集注》（臺北市：長安出版社，中華民國 80 年，頁 3）。

而止矣，夫惡亦至於不日新而止矣」㉔，都深植於「不日新」即日趨下流的憂患意識。有點類似的是，這些憂世之士選擇轉向更貼近「人倫日用」、更普遍化、更易打動人心的話語，即「移風易俗之手段莫捷于是」的通俗小說，並且（曾經）相信，「新小說——新民」是一條通貫的康莊大道，可以直達全面革新社會秩序和政教格局的「群治」新世界。然則，在「覺世」這一層面的發展上，新儒家雖將經典的義理與影響力普遍化，但經典本身的陳義仍是儒者不斷回溯、重建以革新「此世」的理型或典律。「新小說」則不然，它在士大夫文化或文學傳統中，原本是異端、邊緣文類，在首倡者眼中，小說本身更是「此世」的負面力量的總源，或至少是推波助瀾的共犯，「新」這個命題本身就深埋著對「小說」既企盼又焦灼的複雜心態。補救之計，即所謂「執柯以伐柯」或「以其人之道還治其人之身」㉕，用通俗而簡易的邏輯來說：如果它是罪惡的淵藪或墮落的引力，那就從清洗它的蕪穢、拉拔它的向下之勢著手吧！一旦成功，舊小說就可以轉型爲清洗、拉拔世界的動力。至於在清洗拉拔的過程前後，才智過人的先覺者如何惕然以驚，盡脫壞舊但成功的小說藝術的薰籠，或許正是梁啓超在提前全身而退後，仍然對「小說妖」餘悸猶存的關鍵之一吧！

　　當然，新儒家對儒學傳統的重整，自有其特定的時代刺激和

㉔　同註❷，頁 318。

㉕　《中庸》：「執柯以伐柯，睨而視之，猶以為遠。故君子以人治人，改而止。」朱熹注曰：「故君子之治人也，即以其人之道，還治其人之身。其人能改，即止不治。」參見註㉓，頁 23。

儒學內部發展變遷的問題，清末「新小說」亦然，故雖皆以「新」為題，本有其各自相異的因緣、前提，也面臨迥然有別的時代挑戰和課題。從時新的眼光來看，清末的小說評議雖內容駁雜，且從理論的層次來看，不無歧異、辯難之處，但基本上有幾個共同的新趨勢──對敘事內涵、敘事命題上的「當代性」的要求與聯繫，評議眼光（包括對所謂「舊小說」的述論）之偏重「讀者」的接受層面、小說家或作品對當代的啟示與意義，以及鎔小說藝術與小說讀者、乃至整個中國現狀為一爐的「進步」的期待。這幾個現象，籠統的說，與清廷當時內外交迫的時代處境與知識份子的時代感受有關，是時代加諸於小說的新考驗，也是知識份子回應自身的時代感受所選擇的傳達方式之一。從最早的英國傳教士開辦的《萬國公報》所登載的一則邀稿文，即可略窺全局：

> 竊以感動人心，變易風俗，莫如小說，推行廣遠，傳之不久，輒能家喻戶曉，氣習不難為之一變。今中華積弊最重大者計有三端，一鴉片，一時文，一纏足。若不設法更改，終非富強之兆。茲欲請中華人士願本國興盛者撰著新趣小說，合顯此三事之大害，并袪各弊之妙法，立案演說，結構成篇，貫穿為部，使人閱之心為感動，力為革除。（〈求著時新小說啟〉，1895 年 6 月）㉖

這則啟事，以「時新小說」為題，指定創作者以「當代現

㉖　轉引自註⑰，頁 67。

實」爲謀篇命意的內涵與方向，一來從傳播學或教育學的角度推廣
小說，二來賦予小說的創作、閱讀以祛除時弊、革新中華、共襄富
強大業的新趣。因而所謂「時新小說」，以其「限時—現實」與
「立案演說」的新定位，不僅重新詮釋了「說部」的文類意義，且
頗可類比於以佛家「俗講」或醍醐灌頂的手段來警醒現實、改造世
界的一種內丹。

　　類似的「說法」，在清末所謂四大小說期刊——《新小說》
（1902—1906）❷❼、《繡像小說》（1903—1906）❷❽、《月月小說》
（1906—1908）❷❾、《小說林》（1907—1908）❸⓿的發刊緣起、宣傳
啓事中，都會多少帶上一筆小說時論：

> 蓋今日提倡小說之目的，務以振國民精神，開國民智識，
> 非前此誨盜誨淫諸作可比。必須具一副熱腸，一副淨眼，
> 然後其言有裨于用。名為小說，實則當以藏山之文，經世
> 之筆行之。（〈《新小說》第一號〉）
>
> 嗚呼！庚子一役，近事堪稽，愛國君子，倘或引為同調，
> 倡此宗風，則請以此編為之嚆矢。（商務印書館主人：〈本
> 館編印《繡像小說》緣起〉

---

❷❼　梁啟超創辦於日本橫濱，次年移至上海，第二卷起改由廣智書局發行，共出
　　二十四期。

❷❽　商務印書館創辦於上海，李伯元主其事，共出七十二期。

❷❾　上海群學社發行，吳趼人、汪淮父主編，共出二十四期。

❸⓿　上海小說林社發行，徐念慈主編，共出十二期。

　　吾人丁此道德淪亡之時會，亦思所以挽此澆風耶？則當自
小說始。……吾于是欲持此小說，竊分教員一席焉。（吳沃
堯：〈《月月小說》序〉）

　　今之時代，文明交通之時代也，抑亦小說交通之時代
乎！……則雖謂吾國今日之文明，為小說之文明可也；則
雖謂吾國異日政界、學界、教育界、實業界之文明，即今
日小說界之文明，亦無不可也。（摩西：〈《小說林》發刊
辭〉）

　　在進一步分析前，有必要先略述《小說林》的靈魂人物──黃
摩西（即摩西、蠻，1866─1913）、徐念慈（即東海覺我、覺我，
1875─1908）的論點。蓋相較於梁啓超等人，他們較強調小說「傾
于美的方面」之文學性、藝術性[31]。黃摩西〈《小說林》發刊辭〉
批評「今之視小說也太重」的時弊，諷刺「自尸國民進化之功」、
「大倡謠俗改良之旨」的「新小說」，不過是「無價值之講義、不
規則之格言」；徐念慈指出，「小說固不足生社會，而惟有社會始成
小說者也」[32]，似反對梁啓超「小說影響人心」──荼毒或革新社
會的前提與推論。因而在現代小說學者眼中，黃、徐可謂補充、糾
正了梁啓超過於強調「善」與「俗」的缺陷和偏頗，轉為強調

---

[31]　黃摩西語，「小說者，文學之傾于美的方面之一種也。」（〈《小說林》發刊
　　辭〉，1907）徐念慈亦主張，「所謂小說者，殆合理想美學、感情美學，而居
　　其最上乘者乎？」（〈《小說林》緣起〉，1907）

[32]　覺我：〈余之小說觀〉，《小說林》第十期，1908 年。

「真」與「美」，代表清末小說觀「深入期」的論點❸。然則，這樣的評斷，即使純就小說理論層面來看，恐怕過於簡化黃、徐二人本身出入所謂反映論與影響論、藝術論與人生論之間頗夾纏不清的小說觀點，也忽略了其提倡「真」、「美」的敘議脈絡。例如，黃摩西不僅提出小說與社會風尚二者「互為因果」的深入版❹，更對《三國演義》、《三俠五義》感應社會、刺激社會之效果大書特書❺。徐念慈所謂：「小說者，文學中之以娛樂的，促社會之發展，深性情之刺戟者也。❻」其實間接言說了黃摩西「言之不文，則行之不遠」的美學淵源，尤其在他挪用德國思想家的美學理論來牽合小說藝術的論述中，最後的總結均歸於素樸的影響、進化說。〈《小說林》緣起〉結尾，直截援用梁啓超〈論小說與群治之關係〉對小說影響力的經典說解：「殆欲神其熏、浸、刺、提之用。」〈余之小說觀〉末節，則將小說之改良落實於學生社會、軍人社會、實業社會、女子社會，宣稱：「是為小說之進步，而使普通社會，亦敦促而進步，則小說者，誠足占文學界之上乘。」大抵上，在小說的「當代——現實」性、「立案演說」的敘議傾向上，清末小說界具有實質影響力的論點，並沒有本質上的絕對分歧，而黃摩西是其中較具反省性的敘議者。

---

❸ 楊義：《中國現代小說史》（北京：人民文學出版社，1998 年），頁 18。

❹ 蠻〈小說小話〉：「小說之影響社會，固矣，而社會風尚，實先有構成小說性質之力，二者蓋互為因果也。」（《小說林》第九期，1908）

❺ 均見於〈小說小話〉，《小說林》第八、九期，1908 年。

❻ 同註❷。

　　接續前述四大小說期刊的時論，所謂「振國民精神，開國民智識」、「竊分教員一席」云云，在當時小說的提倡者、創作者、評議者筆下，是最老套的時新論調。然則，這個論調之所以具有時新與廣泛的迴響，不僅是對小說藝術特性所獲得的某種時代共識，其根柢或在於這樣的敘議視角，實有其呼之欲出的前景或背景，瀰漫著整個時代的氛圍，即前引「近事堪稽」的時局與由此煎熬生發的具體而迫在眉睫的憂患意識，以及連帶共生的「文明進化」的前瞻意識。如黃摩西〈《小說林》發刊辭〉，以「今日小說界之文明」擬之於「吾國今日之文明」，乃至「吾國異日政界、學界、教育界、實業界之文明」。這是清末「新小說」賦予「小說」這一文類、「新」這一革新意識的「嶄新的知識生命和政治意義」。談論清末的小說評議，在理論層次的辨析外，往往難以完全迴避這樣的前景。

　　進而言之，談論此等連帶共生的「近事堪稽」、「文明進化」的時新議題與氛圍，若分而論之，一一各自歸位於時局的刺激或文化思潮，雖不至挂一漏萬，但總有割裂之虞。誠如學者所論，嚴復站在一種危機哲學的意理基礎上刊譯赫胥黎（Thomas Henry Huxley, 1825-1895）的《天演論》，在社會上造成巨大浪潮[37]。這個浪潮，一方面在「外種闖入，新競更起」的演化論暨時代處境的認知下，「物競天擇」、「優勝劣敗」、「適者生存」等術語，加重了「亡國滅種」的現實感，從而成為當時風行全國的新學與通用話

---

[37]　原名《演化與倫理》（*Evolution and Ethics*, 1893）。《天演論》於 1896 年登載於《國聞報》，1898 年出版單行本。詳參賴芳伶，同註[18]，頁 108-117。

頭；另一方面，「天擇說」對人類從物種到社會之演化過程，假定並演繹了直線進程的時間觀，亦即經由淘汰的過程，「優勝劣敗」或「適者生存」，而使人類世界整體朝向一「進步」的方向❸，用當時的通行語來說，即朝向文明進化或文明開化的發展方向。這樣的進化觀，可以說是某種熏籠人心的價值意識、前瞻意識。

這個前景之進佔小說界，或可以嚴復、夏增佑〈本館附印說部緣起〉的演說為底稿，由梁啓超〈譯印政治小說序〉、〈論小說與群治之關係〉等相關論述來定調，群起響應的「新小說」創作者與評議者推波助瀾，而以燕南尚生鎔鑄新意境以入舊評點的《新評水滸傳》為極軌。

〈本館附印說部緣起〉對於小說的傳播效應、影響效應，一開始就作了聳動的形容，繼而探究之，歸結出兩大根源：一曰人類之公性情，即英雄與男女，小說「于斯二者之間」，「作為可駭可愕可泣可歌之事」，故能震動一時、流傳後世；二曰言與事，小說以其通行而近於口語又繁衍其事的語文特性，敘寫人人相習又符應人心期望之虛事，故入人最深、行之久遠。末尾，非常簡略地用一句話來檢視《三國演義》、《水滸傳》、《聊齋誌異》、《西廂記》、「臨川四夢」的影響，總結是「天下人不勝其說部之毒」，以對比於「歐、美、東瀛，其開化之時，往往得小說之助」的傳聞，從而提

---

❸ 現代學者對於以人類、進步為中心的傳統演化觀，已多所批判、修正。相關論點，參見古爾德（Stephen Jay Gould）著，范昱峰譯：《生命的壯闊——古爾德論生物大歷史》（*Life's Grandeur*, 原名 *Full House*）（臺北市：時報文化出版公司，1999 年，頁 147-259）。

出兩大結辯：其一，文學的「本原」、「宗旨」，「在乎使民開化」；其二，「今日人心之營構，即爲他日人身之所作」，所以小說「爲正史之根」。

全文脈絡大致如上，但這篇長達八千多字的「緣起」，以近三分之二的篇幅，演繹「非有英雄之性，不能爭存；非有男女之性，不能傳種」的政教演化史觀。以下僅擷引其英雄說的部分說法，以窺其一斑：

> 古人之所以勝庶物而得以自存者，一在于能合群，二在于能假器。……其合群所推之長，必即其始為假器之人。……
>
> 觀聖王之跡，可以知古人之自處矣，物競是也。……
>
> 洎乎民智開，教化進，……斯時之人，固無禽獸之足慮，即生番、黑人低種之氓，其漸滅夷遲，降為臣僕，不復齒人之數，亦數千年于此矣。……
>
> 人之游蹤日以遠，此種之人與彼種之人相見，各爭其利，則其事必出于相減，而後可以自存耳。……
>
> 天下之民，風化不齊。最下之人，野蠻如虎兕，……稍次之民，則昏昏如家蓄之禽獸，……半開化之國，稍有學問之民，……蓋血氣之世界，已變為腦氣之世界矣，所謂天衍自然之運也。

概括而言，英雄領導群倫、開啓民智民力，以爭取人與自然、人種與人種之間競存的勝利，並導向更開化的人倫世界。職是，所謂

「公性情」之「公」，不僅指陳人所同具之人性人情，且意含著與競存息息相關的「公領域」之演化趨勢，所以英雄爲人所不能忘，天下家國不可一日沒有英雄。猶可深思者，這樣的一種英雄論，一方面在競存的天擇壓力下，又隱含了對人類社會日趨進步的信心。尤其在甲午戰役潰敗後，所謂以「器械之精，士卒之練」定勝負的血氣世界，今日已演進至以智識爲主導的腦氣世界云云，對於數十年來「師夷之長以制夷」而專力於戰艦、火器、養兵練兵之法的洋務運動，似又開啓了轉而著眼於政教革新的新機。

然則，若用另一種不那麼理性的說法來看，器械文明的「進化」日新月異，總是趕不上輸出國進步的腳步，但智識文明則不然，既可掌握器械文明所據以繁衍的根基，又不必受限技術層次的進程，最能一舉邁向復國強種、全面而速成的大躍進。這樣的說法或不無曲解之嫌，但至少可部份解釋，一批非小說界的知識菁英，突然將通俗小說躋昇爲最上乘的文學，又特別中意其傳播效應與移易人心的影響力，乃至開風氣之先的首倡者如嚴復、梁啓超，要將中國之落伍歸根於舊小說之荼毒，將歐、美、東瀛之開化歸功於小說之文明。

在戊戌變法失敗後，漂流海外的梁啓超在日本軍艦上找到了小說的慰藉、鼓舞與靈丹妙藥，也找到了新的英雄事業。在〈論小說與群治之關係〉一文中，梁啓超用心演說小說的「二體」（現境界、他境界）、四用（熏、浸、刺、提），用力鋪排舊小說之陷溺人群的五大「惟小說之故」，大聲疾呼：「今日欲改良群治，必自小說界革命始；欲新民，必自新小說始。」又親自下海，撰寫「新中國」的「未來」（《新中國未來記》，1902），其影響力在清末幾乎

無人可及，也最能反映前述舊傳統與時新意義下的「新」意，以及交融著「近事堪稽」、「文明進化」之既焦灼又企盼的時代與存在感受。

再回到舊傳統，若說嚴復、梁啓超將舊小說施以荼毒人心、敗壞群治的烙刑，其實從另一角度看，也引發後繼者撥亂反正，重新演繹傳統小說的「新」意，從而在某種程度上清洗、拉拔了小說的主流傳統。《新小說》推出多人共話的評述隨筆〈小說叢話〉，對於誨淫誨盜的經典之作，如《紅樓夢》、《金瓶梅》、《水滸傳》等，頗多新掘的「進步」意義。黃摩西在《小說林》發表的〈小說小話〉專欄，評論《水滸傳》這部作品，「純是社會主義」，「山泊一局，幾於烏托邦」，蓋自有歷史以來，「未有以百餘人組織政府，人人皆有平等之資格，而不失其秩序，人人皆有獨立之才幹，而不枉其委用也。」（《小說林》第一期，1907）王鍾麒（即无生、天僇生，1880—1913）〈歷代小說史論〉，在「振興吾國小說，不可不先知吾國小說之歷史」的意識下，總結古代小說家之創作動機：「一曰憤政治之壓制，二曰憤社會之混濁，三曰哀婚姻之不自由。」將傳統的發憤著書說，拉引至「群治」的層面，從而呼籲國人從事「新小說」的創作，「不可不擇事實之能適合於社會之情狀者爲之，不可不擇體裁之能適宜於國民之腦性者爲之」，「著爲小說，借手以救國民」（《月月小說》第一卷第十一期）。其專論《水滸傳》、《金瓶梅》、《紅樓夢》的〈中國三大家小說論贊〉（《月月小說》第二卷第二期），基本上亦延續此等思維定勢，而特多傷心人語。

若論清洗、拉拔或將舊小說、舊評點挪爲時用的創意度、進

取性，燕南尚生之《新評水滸傳》，允推傑作。敘言表明，這部新評「適值預備立憲研究之時」，「即以貢獻於新機甫動之中國」，故其立意旨趣、評議重點，如學者所論，「文學活動的字裡行間卻不時傳來時代脈搏的律動」，「與其說燕南尚生的《水滸》評點提供了有關小說的資訊，倒不如說透露了更多他個人的政治主張。**❸❾**」全書之論點，學者已有詳盡的分析**❹❶**，故本文不擬一一贅述，僅摘取燕南尚生繼承而顛覆小說評點傳統中文法章句之學的十一則「命名釋義」部分前五則，以領略其說文解字的新根基，也藉以表彰當時的新意境：

一、水滸　水合誰是相仿的聲音，滸合許是相仿的樣子。……這部書是我的頭顱，這部書是我的心血，這部書是我的木鐸，我的警鐘，你們官威赫赫，誰許我這學說實行在世事上啊！……

二、史進　史是《史記》的意思，進是進化的意思。……施耐庵說，誰許我這說兒實行，……大行改革，鑄成一個憲政國家，中國的歷史，自然就進於文明了。……

三、魯達　魯是魯國的魯，達是達人的達。魯國的達人，不是孔夫子是誰呢？……但只是用專制的用專制，善逢迎的善逢迎，百姓們越待越愚，越愚越受人愚弄，久而久之，竟是認賊作父，誰許我說的是理呢？咳呀！只有魯國的孔

---

❸❾　康來新，同註**❼**，頁 101。

❹❶　同註**❼**，頁 101-108。

夫子了。……

四、宋江　宋是宋朝的宋，江是江山的江。公是私的對頭，
明是暗的反面。……不過要破除私見，發明公理，從黑暗
地獄裡救出百姓來，教人們在文明世界上，立一個立憲君
主國。……

五、柴進　柴是吾儕的儕，進是進取的進。……猶言吾儕沿
著這個階級進來，才不愧是黃帝的兒孫。……㊶

　　誠然，進化論的氛圍在清末小說界無所不在。除了「新民」、
「促社會之進步」之相關話頭與理念外，清末在短短幾年間出現了
不少摹想新中國未來文明的烏托邦或理想派小說，而小說這一文
體，作為文明開化的先驅與標誌，它本身也被當作文學進化的必然
產物。然則，在傳統中國的天朝視野、君主專制即將駕崩的前夕，
通俗說部登昇文學殿堂，入世翻滾為進化浪潮下的主流趨勢，對於
文學傳統或文學發達史上小說這一文類，以及對於「新小說」所焦
灼企盼的民智開、文明進、中國強這一進程，是否真的創造了「大
躍進」的新時代？

　　小說界空前的繁榮固不遑多讓，也從此一直佔居當代文學的
主流；辛亥一役的成功，將傳統中國帶入民主新紀元，也自此走向
世界，往開發國家的文明趨勢前進。然則，後代人回顧這一「進
步」的演化史，不管是小說或家國，還是免不了焦灼、苦惱。

㊶　引自阿英編：《晚清文學叢鈔——小說戲曲研究卷》（上海：中華書局，1960
　　年），頁 133-135。

　　民初小說界的主流，是所謂的哀情小說、黑幕小說等，雖被現代學者指為萎靡淺薄、酸軟不堪的媚世之文❷，然其繁榮景象，超越之前的任一時期，且自此一直佔居真正的通俗文學的主流。當然，清末的新小說大將，在民國前後凋零殆盡❸，或許是原因之一，但至少在跨過民國紀元的小說家眼中，絕對不是因為「新小說」已完成變革文明的時代使命，故得以退居為正宗閒書。

　　首倡者梁啟超並沒有功成身退，《新小說》自第四期起漸失吸引力，1905 年後改由廣智書局發行，小說界已難得再見梁啟超持續的努力。直到時革世易的 1915 年，梁啟超才又親自操刀控訴「小說妖」，但緊接而來開啟新一波小說浪潮的五四文化運動，梁啟超已非進步浪潮下的弄潮兒。包天笑（1876—1973）曾撰作《碧血幕》（1907），宣揚主角秋瑜（以秋瑾為摹本）衝決家庭羅網、投入革命以捨身救國的英雄志業，這位清末「新小說」大將，不僅譯著多部小說（尤以《迦因小傳》、《馨兒就學記》知名於世），且通過時代的考驗，在民初茁壯為鴛鴦蝴蝶派、禮拜六派的名家，且直

---

❷　參見楊義，同註❸，頁 35-65。

❸　以創作名世者，產量豐沛的李伯元（1867—1906）、吳趼人（1866—1910）早逝；劉鶚（1857—1909）完成《老殘遊記》二編後，次年（1908）被清廷流放新疆而卒；《孽海花》的作者曾樸（1872—1935），在小說林社停辦後轉入政界發展，僅翻譯了幾部小說、戲劇；革命健將黃小配（1872—1912），1907 年創辦《中外小說林》，鼓吹新小說不餘遺力，更創作《洪秀全演義》、《二十載繁華夢》、《大馬扁》、《宦海升沉錄》、《宦海潮》、《黃粱夢》等十多部小說，於辛亥革命後為陳炯明所害。

到晚年都一直想脫卻脫不掉這個名家的頭銜❹。頗有意思的是，包天笑在主編的季刊《小說大觀》創刊號中，特意撇清：「所載小說」，「無時下浮薄狂蕩、誨盜導淫之風」（〈《小說大觀》例言〉，1915），更重新反芻清末「新小說」的焦灼與企盼，全文如下：

> 時彥之論小說也，其言亦夥矣。任公之四種力，曰熏、曰浸、曰刺、曰提，謂可以盧年一世，延毒群倫。平子之五對待，曰繁簡、曰古今、曰蓄泄、曰雅俗、曰虛實，謂得百司馬子長、班孟堅，不如得一施耐庵、金聖嘆，得百李太白、杜少陵，不如得一湯臨川、孔云亭。其推崇小說家也，曰大豪傑，曰大聖賢，曰大教育家，其位置之高，將升諸九天以上。今竟何如乎？<u>則曰群治腐敗之病根，將借小說以藥之，是蓋有起死回生之功也；而孰知憔悴萎病、慘死墮落，乃益加甚焉！</u>世則惟恐其死之不驟，而以穢惡之空氣、腐毒之流質，日日供養之、食習之，以至於此乎？……嗚呼！<u>向之期望過高者，以為小說之力至偉，莫可倫比，乃其結果至於如此，寧不可悲也耶！</u>客曰：「否。子將以小說能轉移人心風俗耶？抑知人心風俗亦足以轉移小說。<u>有此卑劣浮薄、纖佻媟蕩之社會，安得而不產出卑</u>

---

❹　包天笑於 1960 年 7 月 27 日在香港《文匯報》發表〈我與鴛鴦蝴蝶派〉，對於自己被歸類為鴛鴦蝴蝶派，頗覺恥辱、苦惱。參見楊義，同註❸，頁49。

<u>劣浮薄、纖佻媟蕩之小說？供求有相需之道也。</u>」則將應之曰：「如子所言，殆如患傳染病者，不能防護撲滅之，而反為之傳播毒素，<u>勢必至於蔓延大地，不可救藥，人種滅絕而後止</u>。人即冥頑，何至自毒以毒人哉！」茲以《小說大觀》之初出版也，敢貢其愚於讀者，用以自勉。（天笑生：〈《小說大觀》宣言短引〉，重點為筆者所加）

是陷溺的時代淹沒了「新小說」進化的呼聲，還是小說陷溺了「新時代」進化的動力？按當今先進的小說藝術或文化史觀來看，這個提問無疑是愚魯、荒謬的，或者提問者本身，自不能免去那一絲嘲弄的況味。然則從另一個角度說，它相當程度地反映了進化浪潮下的過來人，對於那個時代、那個時代的小說，似難抹消的迷惑、不平與執念，也影響了他們對於時代與小說與時俱進的操作策略與功過論斷。畢竟，追求進步，據說是「人之所以為人」的人類演化趨勢，雖然這條生物演化學上的直線進程移用於人文社會的發展變遷時，多少有點過於天真，但它的確反映並影響了人類的進步神話與迷思，包括清末「新小說」對於「小說—時代」的焦灼與企盼，以及後來者對於清末那個時代、那個時代的小說所論斷的功過，或多或少都離不開「進步」這個冥頑的提問。延續這個思考，以下進而藉此反芻並重建清末「新小說」在進化的焦慮下所衍生的影響論與反映論。

參、「說話」的藝術：「新小說」的影響論與反映論

　　用最素樸的理論層次來看，清末「新小說」對於小說與現實之間的緊密聯繫，大致不出影響與反映這兩種敘議基點。分而論之，反映論的推衍起點，多建立於狄葆賢（楚卿、平子，1873—1921）所謂的「蓄泄」❹觀，一則以小說爲「社會之 X 光線」、「今社會之見本」❻，照見、發露現實百態與人情物理，故謂「惟有社會使成小說者也」；二則著眼於小說家在現實激刺下之蓄憤、泄憤，即狄葆賢所謂「處黑暗之年代，無可與言，無從發洩，不得已借小說以鳴之。❼」與王鍾麒的〈歷代小說史論〉、〈中國三大家小說論贊〉的旨趣接近，基本上仍然側重其社會意義。至於影響論的推衍基礎，則以「讀者」的（被動）接受爲思考起點，故特別側重小說的藝術感染效果，以及小說之通俗易讀而引人入勝的文體特性，梁啓超〈論小說與群治之關係〉在清末最具經典地位。但這樣的分殊，頗有割斷其敘議脈絡或模糊焦點之虞。一來，如前所述，「新小說」這個命題本身就具有清洗、拉拔整個時代與文學的前提，它本質上或操作上都不免染上影響現實的思考路向；其次，清

---

❹　楚卿：〈論文學上小說之位置〉，《新小說》第七號，1903 年。

❻　楚卿：〈論文學上小說之位置〉；曼殊（梁啟勳）：〈小說叢話〉，《新小說》第十三號，1905 年。

❼　平子，{小說叢話}，《新小說》第八號，1903 年。

末「新小說」就其整體傾向與深層心理來看，不論是從反映或影響的思路來闡釋小說與現實的關係，都真切地反映了敘議者對現實的譴責意識。

還是先著眼於舊傳統。梁啓超〈論小說與群治之關係〉一文中，用超過四分之一的篇幅痛斥舊小說以「百數十種小說之力，直接間接以毒人」的罪狀，其中氣勢最磅礴的一段：

> 今我國民惑堪輿，惑相命，惑卜筮，惑祈禳，因風水而阻止鐵路、阻止開礦，爭墳墓而闔族械鬥殺人如草，因迎神賽會而歲耗百萬金錢、費時生事、消耗國力者，<u>曰惟小說之故</u>。今我國民慕科第若羶，趨爵祿若鶩，奴顏卑膝，寡廉鮮恥，惟思以十年螢雪、暮夜苞苴，易其歸驕妻妾、武斷鄉曲一日之快，遂至名節大防，掃地以盡者，<u>曰惟小說之故</u>。今我國民輕棄信義，權謀詭詐，雲翻雨覆，苛刻涼薄，馴至盡人皆機心，舉國皆荊棘者，<u>曰惟小說之故</u>。今我國民輕薄無行，沉溺聲色，綣戀床第，纏綿歌泣於春花秋月，銷磨其少壯活潑之氣，青年子弟，自十五歲至三十歲，惟以多情多感多愁多病為一大事業，兒女情多，風雲氣少，甚者為傷風敗俗之行，毒遍社會，<u>曰惟小說之故</u>。今我國民綠林豪傑，遍地皆是，日日有桃園之拜，處處為梁山之盟，所謂「大碗酒，大塊肉，分秤稱金銀，論套穿衣服」等思想，充塞於下等社會之腦中，遂成為哥老、大刀等會，卒至有如義和拳者起，淪陷京國，啟召外戎，<u>曰</u>

惟小說之故。嗚呼！<u>小說之陷溺人群，乃至如是，乃至如是</u>。

其歸罪於小說者，或頗欠說服力，然執此小說一家即罵盡諸色，鮮活生猛地反映了腐敗的社會現實與敘議人痛切的譴責之聲。而這樣的論調，也出現在重估、肯定傳統小說價值的筆墨中，以王鍾麒〈中國三大家小說論贊〉為例：

> 施氏（施耐庵）少負異才，自少迄老，未獲一伸其志。<u>痛社會之黑暗，而政府之專橫也</u>，乃以一己之理想，構成此書（《水滸傳》）。……元美（王世貞）生長華閥，抱奇才，不可一世。……<u>彼以為中國之人物、之社會，皆至污極穢，貪鄙淫穢，靡所不至其極</u>，於是而作是書（《金瓶梅》）。……曹氏（曹雪芹）向居明珠相國邸中，時本朝甫定鼎，<u>其不肖者，往往憑借貴族，因緣以奸利，貪侈之端，乃不可僂指數</u>。曹氏心傷之，有所不敢言，不屑言，而又不忍不一言者，則姑詭譎遊戲以言之，若有意，若無意（《紅樓夢》）。

王氏推崇小說家，乃「思想有能高出社會水平線以外者」，而《水滸傳》、《金瓶梅》、《紅樓夢》這三部「好而能至」的小說，基本上都可視為小說家對現實的譴責。這樣的解讀與論斷準據，與梁啟超實具有類似的傾向，對那個時代的存在感受，都是陰暗的，都難掩其深切的痛惡之情。

　　若說控訴舊小說或肯定舊小說的深層意識都難以抹去對當前

現實的譴責，那麼「新小說」扮演的究竟是「補天」還是「非天」的角色？所謂「理想派小說」，即「導人游於他境界，而變換其常觸受之空氣」，似乎可以或應當具有革新現實的影響力，如清末摹想新中國未來的烏托邦小說。所謂「寫實派小說」，即「徹底發露」人所懷抱之想像、所經閱之境界等「現境界」❹，似必然反映世道已然萎病墮落不堪的現實，如清末蔚為大宗的譴責小說。實則，按「新小說」的初衷，「新」的命題本身就預設了影響的方向，譴責是為了喚醒人心、警醒世道，而理想之所以為理想，自然以非議現實為起點，以導向值得期待、努力，更美好的未來的現實。不過，這純粹是一個理型，現實的景況往往模擬失真或歧路徬徨，甚至茫昧失控。

原始要終，將小說拉到文學之最上乘和現實界的中心勢力，多少有那麼一些焦點渙散、失控的味道。康有為、梁啟超等人最初留意到的小說特質與價值，乃針對源生於市井階層的白話小說和戲曲之通俗性，有意藉以啟蒙識字不多、智識未開的下層庶民，進而為變法維新運動建立更廣泛的群眾基礎。康有為〈《日本書目志》識語〉（上海大同譯書局，1897），主張增七略為八、四部為五，添加「幼學小說」一門：

> 今日急務，其小說乎！僅識字之人，有不讀經，無有不讀
> 小說者。故六經不能教，當以小說教之；正史不能入，當
> 以小說入之；語錄不能喻，當以小說喻之；律例不能治，

---

❹ 「現境界」與「他境界」之說，引自梁啟超，〈論小說與群治之關係〉。

當以小說治之。……今中國識字人寡，深通文學之人尤
寡，經義史故，亟宜譯小說而講通之。

梁啓超《變法通議·論幼學》亦列「說部書」一項：

今人出話，皆用今語，而下筆必效古言，故婦孺農氓，靡
不以讀書為難事，而《水滸》、《三國》、《紅樓》之類，讀
者反多於六經。……今宜專用俚語，廣著群書：上之可以
借闡聖教，下之可以雜述史事，近之可以激發國恥，遠之
可以旁及彝情，乃至官途丑態，試場惡趣，鴉片頑癖，纏
足虐刑，皆可窮極異形，振厲末俗，其為補益豈有量耶！
（《時務報》第八冊，1987）

行文雖不脫譴責現實之意，然其敘議位置，與康有爲之收編小說的
急務，都頗有「在朝」的意味，可以說是「新小說」的擬官方版。
戊戌變法失敗後，在朝的變法者淪貶爲在野的逃臣或漂流海外的豪
傑，再經庚子一役，京國陷落，舉國信心淪喪殆盡；這或許是影響
「新小說」推衍方向最關鍵的兩大轉捩點。將傳統文類暨主流文化
中一直居於遭貶、在野處境的小說，尤其是通俗小說、戲曲，拉到
至高的中心位置，從某個角度說，也是把家國的政教中心篡位爲新
興的在野勢力。本文無意深究梁啓超等人推功或歸罪小說的意底牢
結，但至少就新學啓蒙與救亡圖存意義上，「新小說」的理想與現
實，在發展過程中常常會出現啓蒙對象（「婦女粗人」與整個世
界）之落差，文學定位（最上乘的文學藝術與粗通文墨的預期讀
者）之矛盾，甚至終極目標的失落。畢竟，一旦被收編者取得中心

的主宰地位，收編者可能就不再是具有主控權的當道者。

　　頗極端而具眩惑力的例子，當推陶祐曾（別署報癖、崇冷廬主，1886—1927）〈論小說之勢力及其影響〉一文。作者以擬「說書人」聳聽書場的敘議口吻，將小說當道的魔力誇飾至極點：

> 咄！二十世紀之中心點，有一大怪物焉：不脛而走，不翼而飛，不叩而鳴；刺人腦球，驚人眼簾，暢人意界，增人智力；忽而莊，忽而諧，忽而歌，忽而哭，忽而激，忽而勸，忽而諷，忽而嘲；鬱鬱蔥蔥，兀兀矹矹；熱度驟躋極點，電光萬丈，魔力千鈞，有不可思議之大勢力，於文學界中放一異彩，標一特色，此何物歟？則小說是。自小說之名詞出現，而膨脹東西劇烈之風潮，握攬古今屬害之界線者，唯此小說；影響世界之普通好尚，變遷民族運動之方針者，亦唯此小說。小說，小說，誠文學界之占最上乘者也。……是以<u>列強進化，多賴椑官；大陸競爭，亦由說部</u>。……西哲有恆言曰：「<u>小說者，實學術進步之導火線也，社會文明之發光線也，個人衛生之新空氣也，國家發達之大基礎也</u>。」（《遊戲世界》第十期，1907）

這段議論若切割為兩半，前半段極力摹繪小說千變萬化、不可思議的活動特質，後半段將學術進步、社會文明、個人衛生、國家發達等幾乎整個世界的控制權交給小說。反推回去，則「新小說」清洗、拉拔整個時代現實的「補天」大業，豈真假力於這樣難以捉摸、非理性的力量？再看模擬梁啟超新文體為時代獻策的最後一

段：

> 吾今敢上一羣完全之策，以貢獻於我特別同胞之前曰：欲
> 革新支那一切腐敗之現象，盍開小說界之幕乎？欲擴張政
> 法，必先擴張小說；欲提倡教育，必先提倡小說；欲振興
> 實業，必先振興小說；欲組織軍事，必先組織小說；欲改
> 良風俗，必先改良小說。

換個更偏頗但合乎邏輯的說法：放下擴張政法、提倡教育、振興實
業、組織軍事、改良風俗等實務，先全力建設小說這項基礎工業
罷！前者本是「新小說」所預期要發揮的影響力，且擱置小說能否
完成此等大躍進的疑點，但這樣的論述模式，即使不全然逆轉了
「新小說」的終極目標，至少是部分失落了其真正的關切焦點與著
力點。

　　陶文雖然極端，但並不是孤例。自梁啓超〈論小說與群治之
關係〉起算，「論小說與社會之關係」、「論小說與改良社會之關
係」、「小說與風俗之關係」、「小說發達足以增長人群學問之進
步」、「學堂宜推小說為教科書」、「論寫情小說于新社會之關係」、
「義俠小說與艷情小說具灌輸社會感情之速力」、「小說種類之區別
實足移易社會之靈魂」……這類標題夥矣！姑且懸置這支隊伍中有
多少人把小說的群治使命當作宣傳話頭，但或不無諷刺的是，傳統
說部，作為一種有別於詩文正統的邊緣文類，原本就往往以附庸主
流規範的策略（諸如化民成俗、考見世事、乃至消愁破悶、發憤著
書等），而取得依存之道，但也藉由這類命題的掩護，而可能顯隱
不等地宣洩正統的政教體系下或不無可議的「人欲」「人情」（或美

其名曰「人倫物理」)。小說，在某種意義上，爲主流傳統提供了源源不絕的「缺口」或「活口」，也總有辦法在不同的時代氛圍中找到自身存活之道。清末「新小說」所標榜的「新」這個議題，就是新的支柱。

當然不能忽略清末「新小說」對現實極其痛切而焦灼的關懷，因而另一種解讀的方向，或許還要回到小說家的補天大業。假小說之力以影響時局、甚至提攜整個老大中國的大躍進，若說這樣的熱情與自信真有些癡心荒唐，那麼其中恐怕反映了更多辛酸的況味。小說，提供了在野者譴責現實的空間，也提供了彷若親身參與、主持革新變法，擴張政法、提倡教育、振興實業、組織軍事、改良風俗，清洗、拉拔整個中國之進化歷程的著力點和自我造像。在小說登昇爲文學之最上乘、膨脹爲現實之中心勢力的進化（或虛構）的歷程中，在「新小說」本身放眼現實、前瞻未來的視野中，最真實的文體，乃是難以抑止的譴責之情，以及虛構的、擬說書場景的敘述人權威。

在創作方面，清末「新小說」改變了傳統以單行本行世的模式，而大多以報刊連載爲最初的發表媒介，並在譯著（閱讀）域外小說的過程中，不再全然侷限於傳統章回小說中由（虛擬的）說話人操控下所形成的全知敘事、注重佈局、時間連貫等框架。故雖貌似傳統長篇的章回形構，在敘事模式上已出現更多元化的實驗❹。然其逐回連載的發表形式，小說家與讀者之間的「說——聽」模

---

❹　參見陳平原：〈西方小說的啟迪與中國小說敘事模式的轉變〉，《中國小說敘事模式的轉變》（臺北市：久大文化公司，1990 年），上篇，頁 33-146。

式，在某個意義上，又宛若重溯長篇章回形構所源生的、悠久而具有廣泛群眾基礎的市井「說話」、「講史」傳統。不同的是，清末小說家不僅以平面媒體爲書場，且「新小說」參與、介入現實的意識，幾乎無所不在。傳統說話人（敘述人）的開場白或敘述干預，出現了更貼近說話人與閱聽者所處的當前時局的議論，其現實氛圍且滲進政治、社會、歷史、公案、言情、義俠等清末幾乎所有類型的「新小說」中。例如，張肇桐所撰的《自由結婚》（署名猶太遺民萬古恨著、震旦女士自由花譯，自由社，1903），雖以才子佳人之情貫串全局，然「關于政治者十之七，關于道德者十之三」，從兒女之天性、學生之資格進至英雄之本領，由觀察社會之黑暗導引至建立國家之大業❺⓿。李伯元（南亭亭長，1867—1906）《文明小史》（《繡像小說》，1902—1905）的開場白，以閒話家常的口吻兜引讀者直接進入眼前的這一刻：

> 我們今日的世界，到了什麼時候了？有個人說，老大帝
> 國，未必轉老還童；又一個說，幼稚時代，不難由少而
> 壯。據在下看起來，現在的光景，卻非老大，亦非幼稚，
> 大約離著那太陽要出，大雨要下的時候，也就不遠了。❺❶

另一方面，如趙毅衡先生從敘述學角度所作的探索，「新小說」爲了對付日益複雜的題材，對付新引進的敘述方法，敘述者的干預增

---

❺⓿　自由花：〈《自由結婚》弁言〉，自由社，1903 年。

❺❶　李伯元：《文明小史·楔子》，收入林明德、賴芳伶主編：《晚清小說大系》
　　（臺北市：廣雅出版社，民國 73 年），頁 2。

加，而語調更為激烈、急切，且不乏自我辯解之詞，從而塑造出一個頗為緊張不安而又極力維護其敘述權威的說話人❷。例如，吳趼人（本名吳沃堯，又號我佛山人，1866—1910）《九命奇冤》第六回敘兩族人為風水問題爭執不休時，說話人現身剖白：

> 看官！須知這算命、風水、白虎、貘貅等事，都是荒誕無稽的，何必敘上來？只因當時的民智，不過如此，都以為這個是神乎其神的，他們要這樣做出來，我也只可照樣敘過去。不是我自命改良小說的，也跟著古人去迷信這無稽之言，不要誤會了我的意思呀。❸

在以進步的代言人自居的權威中，又充滿了焦慮之情，似乎深怕自己淪為傳播毒素者流。這類影響的焦慮，在部分言情小說或消閑文章的身上，於纏綿悱惻、消閑遊戲之餘，總要把那個哀情、閑情與家國之感、憂世之情說合在一起，頗透顯其不安的內在悸動。❹

---

❷ 參見趙毅衡，同註❻。

❸ 吳趼人：《九命奇冤》（臺北市：文化圖書公司，中華民國 80 年，頁 29）。

❹ 為消閑文章辯護，例如李伯元〈論《遊戲報》之本意〉，從「不得已的深意」出發，申說「不知歌樓舞榭，一痛哭之場也」等等議論，故「竊以為隱憂，始有此《遊戲報》之一舉」，「無非欲喚醒痴愚，破除煩惱。」（《遊戲報》第六二三號，1897 年）

哀感頑豔的言情筆墨，如吳趼人《劫餘灰》、《恨海》將男女之情置於當代歷史現實的悲劇框架中，至民初徐枕亞《玉梨魂》，且將男主角的「殉情」與「救國」合在一起。

　　透過小說，小說家似取得一操演天下大局的權威地位，然則這個具有影響力的中心位置，當然僅是虛像，而清末小說家對這個虛妄的造象，未必是渾然不覺的。真實的景況是，影響世界的用心與信心，往往陷溺於或逆轉爲黑暗大陸的顯影。魯迅所謂：「揭發伏藏，顯其弊惡，而於時政，嚴加糾彈，或更擴充，並及風俗。雖命意在於匡世，似與諷刺小說同倫，而詞氣浮露，筆無藏鋒，甚且過甚其辭，以合時人嗜好。❺❺」說出了清末小說當時最具市場競爭力，以及留給歷史最鮮明的主題：譴責，對當前現實幾近全面的譴責。雖則，譴責是爲了警醒世道、喚醒迷夢，卻終不免一發不可收拾。

　　「救世之情竭，而後厭世之念生」❺❻，從「補天」走到「非天」，可謂譴責小說不能自已的心路歷程。至於清末「新小說」所摹想的新中國，大多斷簡殘篇，其中堪稱完整而娓娓動人者，旅生的《癡人說夢記》（《繡像小說》，1904─1906）誠屬箇中翹楚，學者且推許其體現了擴張、專注、動態、前瞻等真正的烏托邦風貌❺❼。然則，所謂中國的光明遠景，現呈於主角賈希仙的老岳丈──

---

❺❺　魯迅：《中國小說史略》（臺北市：風雲時代出版公司，中華民國 79 年，頁 349）。

❺❻　李懷霜〈我佛山人傳〉追敘吳趼人語，引自《九命奇冤》，同註❺❸，附錄，頁 214。

❺❼　Hui-chuan Chang （張惠娟），*Literary Utopia & Chinese Utopian Literature：A Generic Appraisal*（Ann Arbor，Michigan：University Microfilms International，1986），pp. 220-234。

稽老古，一位沒處施展孔聖平天下之志的九十一歲老叟的「怪夢」中；而小說中的烏托邦，名曰仙人島，位於中國現實勢力追捕不到的海外異境。對於島主賈希仙「流亡」海外所成就的驚人事業，《癡人說夢記》收場詩贊曰：

> 離奇幻象沙塵根，亞海難招志士魂，天外無天容骯髒，夢中有夢闢乾坤。拘虛鑿空知誰是，竊國偷鉤一例論。五百田橫人倘在，未堪都沐漢家恩。(三十回) ⓾

晚清小說所前瞻的「中國未來的榮景」，所虛擬的黑暗大陸邁向躍進與高昇的歷程，總有這類自我設疑、癡人說夢式的醒覺。無怪乎這類烏托邦，知名者如蔡元培（1868—1940）《新年夢》（《俄事警聞》，1904）、頤瑣《黃繡球》（《新小說》，1905）、陳天華（1875—1905）《獅子吼》（《民報》，1905）、陸士諤《新中國》（改良小說社，1910），多有一個「入夢」的設計。

當梁啓超在民國 4 年〈告小說家〉中，將「新小說」歸類為小說妖者流時，雖將年代割斷為「近十年來」（剛好是梁啓超退出《新小說》後的時期），仍然反映也必須承擔「新小說」進化歷程中難以抑遏的譴責意識，以及極力主導未來走向而力不從心的困境。畢竟，《新小說》是清末首創的小說雜誌，刊載其中的〈論小說與群治之關係〉影響了清末「新小說」的敘議走向；梁啓超未完成的《新中國未來記》，是「新小說」論述中國大未來的開山之作。梁啓超正式揭開補天大業的序幕，也預設了「新小說」以虛擬

⓾ 旅生：《癡人說夢記》，同註ⓗ，頁 210。

的說話人聲音譴責整個時代的基調。不無巧合的是，《新小說》創刊號〈論小說與群治之關係〉、《新中國未來記》的作者署名——飲冰，「朝受命而夕飲冰」❺❾，以及那一代的小說創作者、小說敘議人的別名——摩西、覺我、楚卿、憂患餘生、平等閣主人、天僇生、天笑生、洪都百煉生、俠人、冷血、自由花、萬古恨、愛自由者、東亞病夫、新中國之廢物、趼人……，本就自我命定了他們動盪不安的熱腸與使命感，反映了整個時代的集體焦慮，也影響了他們加諸於小說藝術的熱腸與使命。然則，也正是在這個歷程中，「新小說」的確創造了時代，顯影出那個時代的另一種真實的「人心所構之史」❻⓪。

肆、百年一覺

發表於 1902 年的《新中國未來記》，雖然一開場就預演了「西曆二千零六十二年，歲次壬寅」，中國維新五十年的國際祝典，可是這場溯自 1902 年壬寅創立「立憲期成同盟黨」（簡稱憲政黨）以來，歷時一甲子的回顧❻①，卻只寫了五回就半途而廢，還引

---

❺❾　《莊子·人間世》：「今吾朝受命而夕飲冰，我其內熱與！」引見郭慶藩編、王孝魚整理：《莊子集釋》（臺北市：萬卷樓圖書公司，民國 82 年），頁 152。

❻⓪　嚴復、夏增佑〈本館附印說部緣起〉：「有人身所作之史，有人心所構之史，而今日人心之營構，即為他日人身之所作。則小說者又為正史之根矣。」

❻①　引見梁啟超：《新中國未來記》，同註❺①，頁 1、6。

得學者們更改梁啓超的數學演算法，重將 2062 年推回到 1962 年。
這百年的誤算，也許是有心的。廣學會在 1892 年刊行貝拉米《回
顧：2000—1887》的節譯單行本，書題就定爲「百年一覺」。《新中
國未來記》藉前瞻未來以回顧過去的寫法，可能深受《百年一覺》
的影響，畢竟這種倒敘的敘事模式，並不是傳統說部的慣例，而
「百年一覺」這一視境，以其醒覺與幻滅交織的意象，的確在某種
意義上，映顯了清末「新小說」對於未來榮景的嚮往中，所轇轕的
既真且幻的心理實覺。

覺醒本身具有新生的意味。「新小說」在開通民智、新一國之
民的呼聲中，躍居文學之最上乘，也必然順道承擔從新小說、新
民、一直到未來新文明的進步使命，以及這個使命本身所汩湧的源
泉，亦即對當前現實深重的譴責意識，乃至前瞻未來而又無從著力
的挫敗感。「新小說」覺迷醒夢的現實關懷，走向世界文明大國的
前瞻視野，難以一手推開汩汩而來的、似幻非真的醒悟感。

然則，回顧清末這一時期的小說史，今人當然不會認同德國
心理學家佛洛姆（Eric Fromm, 1900—1980）爲貝拉米《回顧：
2000—1887》一書所添加的序言：

> 雖然猶太——基督教傳統與世界其他偉大人文宗教於基本宗
> 教、道德理念上頗多類同處，然烏托邦卻幾乎爲西方心靈
> 所獨有。
>
> （Indeed, While the Judeo-Christian tradition shares many
> basic religious and ethical ideas with the other great humanistic
> religions of the world, the utopia is the one element that is

almost exclusively a product of the Western mind.）[62]

也不至於重估小說對世界的媚惑力，從而惕然以驚。將清末「新小說」接榫於整個傳統到現代的近代史、文學進化歷程，當然是必要的，但當這一代人精準地掘剖、分殊其在小說創作與理論層次的進步與偏頗，及其對整個進化歷程的功過時，或不免讓人聯想到，以人類爲中心的演化史觀中，兩次「人之所以爲人」的大躍進——第一次是從逐漸荒蕪的叢林中「站起來」，直立爲猿人，走向廣闊的草原世界；第二次則從先驅人（Homo antecessor）、巧手人（*Homo habilis*）等突生具有複雜、高等心智的大腦構造，出現了具有文明創造力的現代智人（*Homo Sapiens*），完成終極演化（Becoming Human）[63]。站起來、走出叢林、放眼世界，變成文明的高級現代人，可以說是清末「新小說」推功或歸罪小說的內在重要動因之一，但它可能也是現代人頗爲執迷也亟欲釐清的演化歷程。已經走向世界的這一代人，回顧、重建百年前「新小說」的「人心所構之史」，又何嘗盡脫這一進步的演化史觀之熏籠。

　　文學史的探索，總要釐清種種現象的流變及其生發的動因，

---

[62]　Eric Fromm, "Foreword," in *Looking Backward, 1900-1887*（New York ： The New American Library, 1960）, vi-vii.

　　中譯引自張惠娟，同註❶，頁 84。

[63]　參見 Ian Tattersall 著、孟祥森譯，《終極演化——人類的起源與結局》（*Becoming Human ：Evolution and Human Uniqueness*，臺北市：先覺出版公司，1999），頁 123-198。

故而乃有發展模式或詮釋框架的設定，然則在建構與詮釋的同時，也總不免提供自我另一返照的省思視野，一如清末「新小說」的小說美學。

講評意見

康來新

中央大學中國文學系

新小說今年正好一百年！

百年宜於緬懷與紀念，百年更適合重讀與再評價。

駱教授論文的最大創意是她善用個人多年來鑽研烏托邦文學的專業優勢，以當初頗具影響力的烏托邦經典——《百年一覺》，來起結與開闔新小說的歷史，如此首尾銜接，形成她的獨家觀察，很可喜！

其次，她也發揮了中文學門的知識考掘工夫，使梁啓超的小說新民說與朱熹的大學新民說互爲文本。梁、朱二人都在建構革新世界的規模與格式（朱熹硬改「親」民爲「新」民），這一點，也值得肯定。

不過，對新小說的評價，駱教授不免從眾，視之爲「說話」的「入話」，換言之，五四新文學才是具有高度價值的本事、正文，而新小說？新小說再怎麼肩負「時代」的重責大任，但也只能算是預備、暖身與牽引。

我的建議：第一，題目就改爲「百年一覺」，正好可以寫照駱教授的新小說感受——非常的烏托邦：理想的、未來的、幻滅的、

嘲玄的，怎麼未來總也不來？

第二，以「新」爲關鍵詞，普查末世的「新」流行：「新」學、「新」黨、「新」政、維「新」……。對「信而好古」的傳統而言，向前進步的時間觀，「新」所意味的價值觀，都應該成爲「新」小說的背景說明。

第三，可以陳平原先生編選的資料爲主，自行取捨並建構具有獨家史觀的新小說史，換成了我，我會特別突出科幻讀物、域外思潮（包括周氏兄弟的譯本，以及王國維借用西學的紅學）、女性意識，這麼一來，新小說二十年的價位可以大幅升值。

第四，一百年前梁啓超自覺自稱的「新小說」運動，因爲文獻尚存，所以我們更可以看到他對小說版圖的擴張性，凡可以「親民」的如新樂府、如廣東戲、如語怪小說，都受歡迎，版圖看來很大，但無限上綱爲救國、救民、救世的最上乘，卻又只認定爲政改教改的工具，毋寧又淪爲下乘了。如果 1897 至 1916 的新小說未曾留下什麼精品經典，那麼 1957 至 1971 的法國新小說的藝術成就就正好是答案：法國新小說是挑戰巴爾札克的舊有敘事模式，藝術是因，藝成爲果，也自是不足爲怪的順理成章！

故事新編
──論明末耶穌會士所譯介的伊索式證道故事

李奭學

中央研究院中國文哲研究所

關鍵詞

耶穌會士、寓言、挪用、利瑪竇、證道故事

摘　要

明清之際西學東漸，天主教耶穌會士曾譯介了不少伊索寓言式的證道故事，可惜不爲傳統所知，致使其見棄於中國文學史甚久。本文旨在由文學史的角度重探這些或譯或寫的歐洲「寓言」，希望能爲中國文學史的研究開發新的課題。本文取材的主要對象，係利瑪竇的《天主實義》和《畸人十篇》。所謂「寓言」凡二指：一爲角色以人爲主，但故事難以在現實世界發生者；二爲一般所稱的「動物寓言」，古希臘伊索所述者爲大宗。在方法論上，本文稍改美國批評家布魯姆所謂「誤讀」的概念，專事在「超勝」的心理

下「修訂」文學文本，「重新發現」其意義的「重詮」過程。所謂「修訂」，係指書寫者本身的「誤讀」行為，乃就故事的形式與內容而言，而所謂「重新發現」或「重詮」，則是讀者在「誤讀」下的接受行為。明末耶穌會士所用的西洋古典寓言，多數都經過這兩種「誤讀」方法調整過，致使其形式與意義大變，可稱「故事新編」或「新詮」，時而甚至是兩者兼而有之。本文專論「新編」，自上述耶穌會著作中取樣分析，探討這些寓言如何經會士「誤讀」，而「誤讀」後又形成什麼樣的文學新意，在中國文學史上又經曾人如何借用過。

從理論談起

本文為拙作〈故事新詮——論明末耶穌會士所譯介的伊索式證道故事〉的續篇❶。在該文中，我曾指出明末耶穌會士為布教所需，在中國挪用了不少西洋「古典時期」的寓言（*fabulae*）。這些伊索或「伊索式」寓言的「故事原貌」，耶穌會士或予保留，或加更動，幾乎斧鑿不施。但是在寓義上，會士則擺脫西洋傳統的羈

本文為國科會專題計畫成果之一（計畫編號：NSC 89-2411-H-003-037），初稿承芝加哥大學余國藩、米倫（Michael Murrin）及蔣森（W. R. Johnson）三位教授指正，定稿前又承輔仁大學康士林（Nicholas Koss）教授，中央研究院李豐楙、華瑋、楊晉龍及廖肇亨四位博士指正，謹此申謝。

❶ 李奭學：〈故事新詮——論明末耶穌會士所譯介的伊索式證道故事〉，《中外文學》第二十九卷第五期（2000 年 10 月），頁 238-277。

絆，從基督教的角度試爲再剖，從而在中國別創出某種「故事新詮」的宗教修辭。如此所形成的「伊索寓言」，在某一意義上乃歐洲中古證道故事（exemplum）的流風遺緒，因爲是時「證道的藝術」（ars praedicandi）於基督教理的「喻」與「證」便係如此修辭，結果通常演變成爲文學史上的正面貢獻。

　　儘管如此，由於這些伊索寓言在布道文化上身段柔軟──而我們倘就此而論──卻也會發現所謂「寓言」實則並無「本體」可言。其結構特性往往就表現在其不具「定性」這一點上；借爲宗教文類時，尤其如此。前及拙文曾經指出，金尼閣（Nicholas Trigault, 1577—1628）的〈南北風相爭〉業經華化（頁 242-243），如果我們因此而仍以「伊索寓言」稱之，那麼「寓言」果真就毫無「原形」或「本來的結構」可言。「變」反而才是寓言歷久不變的內在結構。職是之故，寓言會因地因時甚或因人而制宜。舉例言之，利瑪竇在《畸人十篇》內講有〈馬與人〉典型的伊索寓言一條❷，其結構即受制於利瑪竇個人在華的發聲位置，寓義上也受制於他攜帶入華的歐洲教牧文學的內涵。由是亦可知，金尼閣的兩風爭雄固可見其個人的內在因素，寓言結構之所以生變也會因其所處的晚明社會而有以致之。在這種情況下，「伊索寓言」每每就會演變成爲「伊索式寓言」，和「西洋古典」的關係已經若即若離。傅柯（Michel Foucault）嘗謂敘事體會因其「聲明」（énoncé）位置改變而致形變或義變，證之明末耶穌會士所講的伊索式證道故事，誠

---

❷　[明]利瑪竇：《畸人十篇》，在[明]李之藻編：《天學初函》，六冊（1628 年初版；臺北：臺灣學生書店影印，1965），1：280。

然。❸

　　明末耶穌會寓言雖有不少在情節上和希臘羅馬一致，他們此時取為證道故事者有更多卻重塑了古典的傳統，而且程度不小，引人側目。這部分的寓言，我們可藉布魯姆有關文學影響的研究理論予以解讀，或可因此而得另一觀點有異的詮釋方法。布氏探討西方浪漫詩人時，嘗因佛洛依德的淪啓而有所謂「影響的焦慮」（anxiety of influence）之說，以為文學的發展乃後浪推前浪不斷擠壓所致，係後人對前人恒存的「反叛」心理使然。類此「反叛」，內容無他，殆為「文本之間的各種關係」而已，因為這些「關係」必然會導致「某種批評行為，某種誤讀或瀆職」。傳統定義下所謂的「影響」，在布氏重詮下因此就越位而用指某種「調整」、「新見」或「重詁」的行為了。繼之而起的是一種新的「修訂的動作」（action of revision）或——在另一個層次上說——是某種「誤寫」（miswriting）的行為。其態度積極，結果每每更見創意❹。

　　我在〈故事新詮〉裡也說過，西洋傳統對古典寓言的詮釋，從利瑪竇到艾儒略的耶穌會士多持異議，尤其罕探上古的釋義之法。繇是觀之，會士選擇寓言以布道，本身其實就是某種批評的行

❸　Michel Foucault, *The Archaeology of Knowledge and the Discourse on Language*, trans. A. M. Sheridan Smith （New York： Pantheon, 1972）, pp. 79-87。

❹　Harold Bloom, *A Map of Misreading* （Oxford： Oxford University Press, 1975）, pp. 3-6. Cf. his *Agon： Towards a Theory of Revision* （New York： Oxford University Press, 1982）, pp. 3-51。

為。這種行為就算稱不上布魯姆所謂的「瀆職」，至少也會是他煞有其事稱之「誤讀」的過程。其間差異僅存於一：布氏理論中的詩人，每因個人某種艾迪帕斯式的情結而反出前人，明代的耶穌會士則是為某種崇高不朽的宗教真理而「誤讀」。會士絕不會相信自己所為有瀆其職，因為柏拉圖和基督教式的寓言解讀家恒以「真理」為重。只要於此有所俾益，再怎麼「誤讀」，他們都在所不惜，都「於法有據」。所謂「文本之間的關係」，接下來所反映者當然就是某種強烈的經解上的修正論，是一種「重下標的，重新回省」的行為，可因宗教或神學上的「正確性」而「為情造文」，「重新思考，再予重詮」。❺

伊索或伊索式寓言乃民俗文類，我們迄今仍難確定其「文本」起源。在歷史長河中，《伊索寓言》又迭經演變，從今人所知最早的本子開始就屢見「誤讀」與「錯寫」的情況。詩人的「誤讀」，布魯姆已如上述發展出一套心理分析式的說詞，這裡我或許也可以為耶穌會挪用古典寓言試進一解：會士「誤讀」從而「錯寫」的程度，可以和他們「新詮」古典的情形相抒；我們甚至可謂他們在華所說的伊索寓言常帶「新編」的性質。較諸古本，雖然我所謂「新編」多含形態變化（morphological variants），但我必需指出：本文中，我著墨尤甚者會是會士「徹頭徹尾」重述的故事。他們若非在古典寓言的指導之下「重說故事」，就是從希臘羅馬文化中擷取合於基督教精神者而鋪展成文❻。儘管在相當大的程度上，

---

❺　Bloom, *A Map of Misreading*, p.3。

❻　有關基督教挪用希臘羅馬思想的討論，參見 Jaroslav Pelikan, *The Christian*

「新詮」的故事仍可維持其傳統的形式，但舊有的故事一經明末耶穌會士「新編」，在結構上便會產生實質變化，「原作」的形式已如羚羊掛角，幾乎是船過水無痕了。在這種情況下，所謂「新編」也不過是委婉說法，因為故事幾乎已經新構（re-plotting）或重編（re-fabricating），變成了一則全新的寓言了（re-fabulized）。

在晚明耶穌會史上，「故事新編」的現象出現得遠較《伊索寓言》的如實複述為早。會士或為說明教義，或為點明教眾，經常在護教著作中自編喻道新戲，利瑪竇的《天主實義》便是這種風氣的「始作俑者」❼。在這本耶穌會最重要的教義要理中，利氏曾自創

Tradition： A History of the Development of Doctrine, vol I （Chicago： University of Chicago Press, 1971）, pp. 27-41；Elizabeth A. Clark, *Clement's Use of Aristotle* （New York： Edwin Mellen Press, 1977）, pp.1-88；Dennis Ronald MacDonald, *Christianizing Homer* （Oxford： Oxford University Press, 1994）, pp.3-34；尤請參 Edwin Hatch, *The Influence of Greek Ideas and Usages upon the Christian Church*, 5th ed. （Rpt. Peabody： Hendrickson, 1995 ）；Jaroslav Pelikan, *Christianity and Classical Culture： The Metamorphosis of Natural Theology in the Christian Encounter with Hellenism* （New Haven： Yale University Press, 1993）等二書。

❼ 利瑪竇：《天主實義》，在李之藻編，1：351-636。《天主實義》中，利氏最早採用的兩個證道故事都是基督教型。首例出現於頁 394-395，本文註❹會加以撮述。第二例則為奧古斯丁的故事，述其在海邊散步時有關三位一體的沉思，見頁 395。有關第一個故事在中世紀的用例，見 John. A. Herbert and Harry Ward, eds., *Catalogue of Romances in the Department of Manuscripts in*

一「儒喻」,為上文提供最佳的說明。此喻頗堪玩味,利氏用來曉喻倏忽人世,謂之不過世人言行的試煉罷了。說喻之前,利氏先指出該年明帝國適逢「大比」,繼而便推衍道:「今大比選試。是日,士子似勞,徒隸似逸。❽」然而這種勞逸的分配僅屬表象,實情當然遠非如此。因為「試畢」之後各歸其位,「則尊自尊,卑自卑也」。喻中細節,利瑪竇在講完後首先指向俗世意義,用了個修辭

---

the British Museum, vol III (London: Printed by Order of the Trustees, 1910), 480:17。至於第二例,見 Herbert, 404:549, 421:93, and 479: 1; Clemente Sánchez, *The Book of Tales by A. B. C.* (*Libro de los enxienplos por a.b.c.*), trans. John E. Keller, L. Clark Keating, and Eric M. Furr (New York: Peter Lang, 1992), p. 277; and Theodor Erbe, ed., *Mirk's Festial: Collection of Homilies* (London: K. Paul, Trench, Trubner, 1905), p. 167。另請參較後藤基巳譯,《天主實義》(東京:明德出版社,1971),頁 59。

❽ Douglas Lancashire and Peter Hu Kuo-chen, S.J., trans., *The True Meaning of the Lord of Heaven* (St. Louis: The Institute of Jesuit Sources, in cooperation with Taipei: The Ricci Institute, 1985), pp. 141-42 將「今大比選試」譯為「今天可以比為選試之日」(The present can be compared with the day of examination),我以為有誤,因為《天主實義》在南昌首版的 1595 年適逢明廷會試。這一年舉國應試的情況,利瑪竇曾筆之於所著 *Storia del'Introduzione del Cristianesimo in Cina*。是以《天主實義》中所謂「今」,指的係該年,而「大比」當指書中接下所稱之「選試」,亦即是時舉國之會考,參較 Pasquale M. D'Elia, S.I., ed., *Fonti Ricciane* (Rome: La Libreria dello Stato, 1942), 1:36-50。

反問便將之盡括而出：「有司豈厚徒隸而薄士子乎？」

　　這個問題在論證上當然是個僞裝，利瑪竇取之以掩護其宗教上的目的。待其俗義表過，結論繼而便轉至精神層次：「吾觀天主亦置人於本世，以試其心而定德行之等也。」（李之藻編，頁 427-428）利氏的「儒喻」中，「大比」是個喻中之喻，利瑪竇借之以二度凸顯「人世乃試煉」這個典型的基督教觀念。然而試煉有其旨意的歸依，目的當然在爲世人的靈命預作準備，係昇天後我們在他界更美好的生活的發端。

　　利瑪竇此一新創之「喻」，顯然是拙作〈故事新詮〉裡討論過的〈叨著肉的狗〉及〈三友〉的先聲，而且因爲喻涉時事，有歷史臨即感，在天主教說故事這一行內尤屬難能可貴。我視之爲「故事新編」，原因在利瑪竇「創作」之時，內心可能早就存有基督教「說寓言」（*fabula docet*）傳統裡的上述這兩個故事。故事新編可以重賦道德寓義，不過就像此一「儒喻」，多數情況下耶穌會「新編」的行爲僅在延申某些基督教常譚（*topoi*），或在闡述其中思想，如是而已。職是之故，〈故事新詮〉所論諸作志之所在的布教關懷，新編的故事就難以自其遁逃而出，而「新詮」和「新編」每一匯合，發展出來的更是一種迥異以往的傳統，敘述局面之奇值得我們再加細味。

　　由於上述意義之故，下文我舉以爲例所擬加以討論者，便可謂布魯姆定義下「文學影響」的結果。儘管如此，我們心中若再存我迄今之所述，那麼我要指出我所謂「影響」不完全指意象或情節結構的傳承。我所擬論述的「寓言」，反而和「影響」一詞的心理層面關係較大。這也就是說，這些寓言的口度者在心理上都有超越

古典寓言的欲望，而這種「欲望」當然又是建立在信仰的基礎上，
目的在把基督教強而有力的傳播出去，以便重繪中國宗教的版圖。
下文中我的論述，會啓之以耶穌會士在寓言結構上的「誤讀」，繼
而再論及緊隨其後的各種詮釋問題。

閱讀「誤讀」

　　文學敘述不一定藉「新編」來「重詮」，但凡「新編」，多半
就會「重詮」。〈故事新詮〉中我曾提及 15 世紀英國與荷蘭的道德
劇《凡人》（*Everyman*），道是此劇一般論者咸以爲源出〈三友〉
這個著名的天主教證道故事，而利瑪竇亦嘗藉寓言或曲詞撮述其中
部分的寓義（頁 258-265）。上文提及的問題，且讓我從〈三友〉
再行談起。此一故事乃僞伊索寓言；《畸人十篇》中，利瑪竇化之
爲言談例證，在結尾處除講了一條「法蘭克人沙辣丁」的軼事外
❾，還引了一則動物寓言以強化其寓旨，培理（Ben Edwin Perry）
英 譯 巴 伯 里 （ Babrius ） 的 《 伊 索 故 事 集 》
（ Βαβρίου μψθιαμβοι αισώτειοι ） 時 稱 之 〈 瘦 身 之 必 要 〉
（"Deflation Necessary"）❿。耐人尋味的是，利瑪竇重述這整篇寓

---

❾　此一軼事罕見討論，德微催在中世紀時倒曾引為證道故事，見 Thomas F.
　　Crane, ed., *The Exempla or Illustrative Stories from the Sermones Vulgares of
　　Jacques de Vitry* （London： David Nutt, 1890），p. 185。

❿　Ben Edwin Perry, trans., *Babrius and Phaedrus* （Cambridge： Harvard
　　University Press, 1965），pp. 106-107。

言的手法特殊，很難讓人聯想到所出或許就是巴伯里：

> 野狐曠日飢餓，身瘦臞。就雞棲竊食，門閉，無由入。逡
> 巡間，忽睹一隙，僅容其身。饞亟，則伏而入。數日，飽
> 飫欲歸，而身已肥，腹幹張甚，隙不足容。恐主人見之
> 也，不得已，又數日不食，則身瘦臞如初入時，方出矣。
> （頁 163）

在巴伯里的版本中，這隻狐狸大快朵頤前，其實有一伏筆，和利瑪竇這裡所述的〈野狐喻〉差異極大。巴氏如此寫道：「某參天古橡根部有一洞，內置牧羊人所遺破舊袋子一隻，其中裝滿了隔日的麵包與肉類」（頁 107）。方之利瑪竇的故事，巴伯里這個寓言的頭開得十分平淡，而利「作」之所以曲折有致，原因在他一下筆就是懸疑，把故事的張力拉到極致。由於野狐飢餓已久，我們知道故事必有下文，否則懸疑所致的張力便無以消解。果然，寓言的主句隨即登場，因為野狐瘦身成功，終而得以由隙縫脫身而出。

如此敘寫，我們可想利氏於原本必定有所添改，所作方能變成一首尾俱全的有機體。他重點所在是這隻野狐的內心戲，三言兩語先表出其想盼，接下來才寫活了飢不擇食的饞亟。是以故事的深度早已超越了巴伯里。寓言中的食物本為牧羊人無意中所遺，但利瑪竇轉之為精心調製的雞食。此一情節上的「新編」不無深意，野狐正是因此才由「拾遺者」轉為人類所謂的「竊食者」。這隻狡獸之所以不能自雞栖遁脫，非因大啖佳餚後「腹幹張甚」——就像巴伯里筆下同一隻動物一般——而是因為滯留雞栖「數日」而「飽飫」所致。儘管巴伯里所寫的狐狸蠢極，需賴同類語帶嘲弄的獻策

方能脫困，耶穌會故事中的動物卻是自售其計，以智慧逃過一劫。《畸人十篇》和《況義》裡的明代〈三友〉情節略異，不過這點並未導致故事生變。利瑪竇和巴伯里因野狐故事所形成的差別則不然，其細節已經深具意義，足以令利「作」跳出〈瘦身之必要〉的希臘羅馬框架。

雖然如此，我仍然要指出利瑪竇的〈野狐喻〉——或其所遵循的證道故事傳統——走的仍屬巴伯里一脈的《伊索寓言》。我之所以有此一說，原因在〈瘦身之必要〉後出的版本多循巴本。歐洲證道故事的傳統中，就管見所知，此一寓言僅見於德微催（Jacques de Vitry）寫於中世紀的證道文集。然而即使是德氏所講，本源應該也是巴本的相關傳本。克萊恩（Thomas Frederic Crane）嘗為德著鉤沉，重構而出的拉丁故事因謂此一狐狸為倉儲內的食物故，緊隨某一狐狸鑽入孔隙，終致進退維谷❶。德微催此一故事半帶戲劇性；因為其中的狐狸也是兩隻，所以結構和巴伯里的寓言頗為類似。

利瑪竇的〈野狐喻〉則純屬獨角戲，顛覆了其古典「原本」的情節。由於利氏完全改寫了前人的本子，他的寓言就《伊索》的傳統而言，顯然便具有德希達（Jacques Derrida）所謂「推遲的意義」或「衍義」（deferred meaning）❷。若就〈野狐喻〉義解的首句質而再言，巴伯里讀來大概會大吃一驚，或許還會有點兒困惑：

---

❶ Crane, ed., p. 74. 另見他在本書頁 205 所作的分析。

❷ Jacques Derrida, *Positions*, trans. Alan Bass （London： Athlone Press, 1981），pp. 8-9。

「智哉此狐！」（頁 163）巴伯里的狐狸惶惶然有如喪家之犬，徒然令另一同類譏罵訕笑，而利瑪竇筆下的同一動物卻有如英雄一般，可以易「狡狐」的傳統形象為「智狐」。如此「新編」，其實也可能令基督教《新約》或《自然史》（*Physiologus*）的讀者瞠目結舌❸，因為野狐在利氏的文本中非但已乏負面聯想，反而變成是那

---

❸　《聖經》中提到「狐狸」的地方不少。例如路 13：32 中，耶穌即曾將希律（Herold）比為「狐狸」，而在太 8：20 中，寫經人也聽耶穌說過：「狐狸有洞，天空的飛鳥有窩，人子卻沒有枕頭的地方。」Michael, J. Curley, *trans., Physiologus* （Austin： University of Texas Press, 1979），p.27 則斷言狐狸「全然是狡獸，會設計耍人」，所以可以方之「鬼魔之屬」。此見亦可見諸 12 世紀的拉丁《百獸書》如 T. H. White, trans., *The Book of Beasts* （New York： Dover, 1984），pp. 53-54，或 13 世紀謝里登的奧朵（Odo of Cheriton）的《寓言集》（*Fabulae*），在 Léopold Hervieux, ed., *Les Fabulistes Latins depuis le siècle d'Auguste jusqu'à la fin du moyen âge* （Paris： Librairie de Firmin-Didot, 1896），4：220 and 303 及 de Vitry, in Crane, ed., p. 127。14 世紀時，馬努爾（Don Juan Manuel）的著作中也有類似之說，見 John Keller, L. Clark Keating, and Barbara, E. Gaddy, trans., *The Book of Count Lucanor and Patronio* （*El Conde Lucanor*；New York： Peter Lang, 1993），pp. 147-149。儘管《畸人十篇》中利瑪竇對他的「野狐」不無好感，在稍早的《天主實義》中，他卻比「狐狸」於「盜賊」，謂其「秉百巧以盡其情」，見李之藻編，頁 500-501。後一形容，可擬之於法國傳統中的「巧狐」故事，尤其可比《熱那狐的傳奇》中那隻狐狸，參見 D. D. R. Owen, trans., *The Romance of Reynard the Fox* （Oxford： Oxford University Press, 1994）。本

行為足式的人類典範，吾人應該「習以自淑」（同上頁）。《畸人十篇》乃耶穌會早期的護教文本之一[14]，我們思其內容而聯想及利瑪竇的野狐故事，繼而可能就會追問道：我們從這隻狐狸的經驗或故事中，到底能學到什麼教訓或智慧？這種「智慧」又如何能讓我們「習以自淑」？凡此種種，其答案應該才是利瑪竇講〈野狐喻〉的首要目的。

德爾菲（Delphi）的阿波羅（Apollo）神殿上雕「知己」（γνῶθι σεαυτόν/know thyself）一語，史上多認為是雅典七智者的名言[15]。上面的問題，實則可借「知己」這句話回答。其中的差異，唯利瑪竇〈野狐喻〉中的教訓早已基督教化，情形一如肯比斯的湯馬

文中我所用的《聖經》譯文，均取自《新標點和合本〈聖經〉》（香港：聯合聖經公會，1988）。

[14] 這方面相關的討論見 Henri Bernard, *P. Matteo Ricci et son Temps （1552─1610）*, vol II （Tianjin: Hautes Études, 1937）, pp. 170-171；Pasquale D'Elia, "Sunto poetico-ritmico di *I Deici Paradossi* di Matteo Ricci S. I.," *Rivisita degli Studi Orientali* 27 （1952）: 111-138, 以及佐伯好郎：《支那基督教の研究》，第三卷（東京：春秋社，1943），頁 198-201。

[15] 見 Plato, *Protagoras*, 343b。我用的是 W. K. C. Guthrie 的譯本，在 Edith Hamilton and Huntington Cairns, eds., *Plato : The Collected Dialogues* （Princeton: Princeton University Press, 1961）, pp. 308-352。有關「知己」一詞的後現代討論，見 Christopher Collins, *Authority Figures : Metaphors of Mastery from the Iliad to the Apocalypse* （Lanham: Rowman and Littlefield, 1996）, pp. 87-113。

士《遵主聖範》（Thomas à Kempis's *Imitatio Christi*, 1418？）中對
同一概念所作的處理。後書乃基督教名著，中譯本早於《畸人十
篇》刊刻後不久的 1640 年就已出現，譯者陽瑪諾（Emmanuel Diaz,
Jr.,1574─1659）改題為中古常用的《輕世金書》（*Contemptus
mundi*）**⑯**。雖然如此，在陽譯問世前數年，高一志（Alfonso
Vagnoni）的《童幼教育》（*c.*1628）也已藉文化拼貼點出「知己」
這個主題。高氏介紹雅典教育時，書中有如下一語：

> 亞得納（案指雅典）上古為總學之市，四海志學者咸集其
> 中，立上下二堂。上堂題曰：「必從天主」，下堂題曰：「必
> 知己。」**⑰**

---

⑯ Thomas à Kempis, *The Imitation of Christ*, trans. Leo Sherley-Price （New
York： Dorset Press, 1952）, pp. 73-74. [明]陽瑪諾（Emmanuel Diaz, Jr.）的
《輕世金書》據傳譯自西班牙文本（*Libro del Menosprecio del Mundo, y de
sequir a Christo*），相關問題見郭慕天：〈輕世金書原本考〉，《上智編譯館館
刊》，第二卷第一期 （1947 年 1 月及 2 月），頁 37-38。更細的討論見方
豪：〈遵主聖範之中文譯本及其註疏〉，在所著《方豪六十自定稿》，下冊
（臺北；作者自印，1969），頁 1871-1883。

⑰ [明]高一志 （Alfonso Vagnoni）：《童幼教育》，在鐘鳴旦（Nicolas
Standaert）等編：《徐家匯藏書樓明清天主教文獻》，五冊（臺北：方濟出版
社, 1996），5：296。另參見[明]畢方濟 （Franciscus Sambiasi, 1582-1649）：
〈靈言蠡勺引〉，在李之藻編：2：1127。畢方濟的傳記可見方豪：《中國天
主教史人物傳》，三冊，（香港：公教真理學會和臺中：光啟出版社,

這段話出典待考，不過「知己」一詞連中國傳統也不陌生。視之為名詞，此語可與「知音」互換，殆西方人所謂「另一個我」（*alter ego*），利瑪竇《交友論》開書已申其說❶。但在高一志的用法中，希臘與基督教精神融合為一，職責與人在宇宙中的地位同時也縮為一體❶。高一志此一穿鑿附會更具意義的是：在中國語言的象徵系統中，「上堂」與「下堂」本具高下與先後的次序之分，上舉「知己」於是便意味著人得「知」道自「己」在宇宙秩序中的地位，得了解自己在所謂「存在之鍊」（chain of being）中的處境。

1967），1：198-207。我相信這裡所引高一志的話亦出自證道故事的傳統，因為中世紀這類故事中不乏見此一古典睿智，例子請見 Arthur Brandeis, ed., *Jacob's Well, An Englisht Treatise on the Cleansing of Man's Conscience.*（*c.* 1440；London：Paul, Trench, Trübner, 1900），pp. 9-11 及 Charles Swan, trans., *Gesta Romanorum or Entertaining Moral Stories*（London： George Bell and Sons, 1891），p. 64。另請參較 Joan Young Gregg, "The Narrative Exempla of *Jacob's Well*：A Source Study with an Index for *Jacob's Well* to *Index Exemplorum*," Ph.D. dissertation （New York University, 1973），pp. 253-257。有關《童幼教育》的論述，見馬良：〈《童幼教育》·跋〉，在〈馬相伯先生遺文抄〉，《上智編譯館館刊》，第三卷第六期（1948 年 6 月），頁 247。

❶ 利瑪竇：《交友論》，在李之藻編，頁 300。

❶ 中國語言與文學中有大量的「知己」與「知音」之論，相關的精簡之論請見 Anthony C. Yu, *Rereading the Stone： Desire and the Making of Fiction in Dream of the Red Chamber*（Princeton： Princeton University Press, 1997），pp. 236-237。

由是反觀，利瑪竇〈野狐喻〉中所暗示的「知己」，指的似乎更是這隻狐狸所體「知」的自「己」在故事中的處境。巴伯里的狐狸因為巧合而得食物，利瑪竇的狡獸則是對雞食覬覦已久。這種後本對前本的大幅更動，倘由上文所陳來看，其實又深具宗教意義。利瑪竇的野狐取非應得，意在「竊食」，所以勢必禁食瘦身，方能遁逃。在非寫實的宗教意義上，這是「璧還」之舉。人生在世，從基督教的觀點看，一切均非個己原有，駕返瑤池前當然也要「璧還」塵世所得。所謂「塵世」，在「野狐」寓言的文脈中，其非利瑪竇筆下的「雞棲」者何？

如此閱讀倘非野狐說禪，則利瑪竇的〈野狐喻〉或可再添一解，亦即人類乃天主所造，我們理當對祂心懷敬畏。此話在〈野狐喻〉的上下文裡又從何說起？細玩利瑪竇的故事新編，他筆下這隻狐狸的「瘦身」工作當然勉強，可是「恐主人見之也」，這隻狐狸仍然聰明得知道要借挨餓瘦身象徵性的「璧還贓物」。如果連動物都明白這層道理，那麼人類——尤其是「富人」——這種受造物在面對上帝的正義時，豈非更該睿智，更該機警，更得把自己在塵世間的不當所得「物歸原主」？在我們「從天主」之前，我們先得敬畏天主。這種「敬畏」，其實和世人所由或世人在宇宙間的身分有關，所以「從天主」的先決條件必然是「知己」。

「野狐」一喻深寓此意，我在〈故事新詮〉裡曾引的《西琴曲意》故此又綸音再聞：「吾赤身且來，赤身且去」（頁 258），人世於我豈有增損於萬一[20]？此一慧見，利瑪竇合之以野狐的寓言，

[20] 參見李之藻 1：228 及 1：538，另請參較李奭學：〈基督教精神與歐洲古典

而其間的聯繫，我想應該是他在《畸人十篇》中所「誤讀」——這也是「創造性的誤讀」——的中國成語「白駒過隙」（參見頁119）❷。世事浮漚，年命如「白駒過隙」。利瑪竇把這個世俗明喻轉成宗教隱喻，凡人入世故此即為狐入雞棲，都是空乏腹笥而由「僅容其身」的門下「縫隙」擠入。此所以利氏說：「夫人子入生之際，空空無所有也。」人子既入，隨即又像野狐竊食一樣要「聚財貨」而「富厚」其生（頁 163）。問題是他本赤身而來，財貨非其固有，〈三友〉的部分母題於此遂又得見。人世所得之財貨，這裡隱喻的是曩前那第一友，至少在寓言閱讀上確可作如是解。這第一友在〈三友〉中拒絕隨「士」共赴審判，因為人「及至將死，所聚財貨不得與我偕出也」。利瑪竇深明此理，所以才有下面一問，將他重編〈野狐喻〉的目的盡括而出：「何不習彼狐之計，自折閱財貨，乃易出乎哉？」（頁 163-164）對利氏而言，此一「野狐」乃一「智狐」，而「知己」這一基督教所收編的古典智慧從而殆集其身。

傳統的合流——利瑪竇的《西琴曲意》初探〉，在初安民編：《詩與聲音——2001 臺北國際詩歌節詩學研討會論文集》（2001 年 12 月），頁 34-35。

❷ 「白駒過隙」原指人由孔隙窺見白駒疾馳而過，或以「白駒」為「日」之隱喻，指其移照孔隙的時間不過俄傾。[清]王先謙注《莊子·知北遊》便謂：「白駒，駿馬也，亦言日也。隙，孔也。夫人處世，俄傾之間，其為追促，如馳駒之過孔隙，欻忽而已，何曾足云也！」見郭慶藩輯，王孝魚校正：《莊子集釋》（臺北：華正書局，1980），頁 747。就〈野狐喻〉的上下文觀之，利瑪竇於「白駒過隙」的理解，似乎是「白駒穿孔隙而過」。

巴伯里的〈瘦身之必要〉，中世紀聖壇上頗有人講。但就其與利瑪竇在中國所述者的關係而言，管見所及，僅《道德集說》（*Fasciculus morum*）內有類似之作，而且同質性有限。《道德集說》寫於十四世紀初，其中「野狐」故事的拉丁文結構實爲「陳述」（statement），因爲「全文」在語法上只是一句話，既乏「敘述」，也沒有「戲劇」性的推衍。下引乃拉丁原文，其後的翻譯僅供參考，因爲中文重現不了拉丁文由類如英文關係代名詞與連接詞拉長的句構：

> Set certe, sicut vulpes furtive in lardario et superflue carnibus repletus non valens pre nimia ventris replecione per foramen exire per quod intravit, aut neçessario evomere compellitur quod comedit aut a canibus capi, dilacerari, et occidi.（p. 338）
>
> （但有隻狐狸私自溜進一座糧倉，吃下比自己能吃的還多。因爲飽飫漲甚，這隻狐狸無法從進來的小洞鑽出，所以勢必得吐出所食，否則只有等狗來結束自己的生命，把自己給撕成碎片。）

這個「故事」乃不列顛某方濟會士所講，看了之後，我想誰也難以否認此一遊方僧心中存有相關寓言的傳統形態。他或許直接受到《伊索寓言》的影響，或許間接轉自歐洲中古證道故事的傳統，如德微催在《證道文集》內曾經爲之加工者。但是方濟會士所述顯然已經濃縮成爲「陳述」，和利瑪竇的「敘述」之聯繫僅見於故事中

所涉的狐狸數目是一，而這隻動物也是自行潛入糧倉。中古之世，
方濟會僧在歐陸的影響力大，但由於「陳述」的特色就是缺乏情節
進展，所以我仍難斷言利瑪竇所講和《道德集說》有關。即使這個
關聯得以證成，其中仍有一個問題待決，亦即「孔洞」（forāmen）
意象和「狗」（canis）的出現難以「托喻」（allegory）解之，尤難
傳達利氏「浮世短暫」和「人有主宰」或「造物有主」的寓言。

　易言之，利瑪竇〈野狐喻〉的「創作性」指導原則，仍然是
基督教借自希臘古典的「知己」這個教中常譚。就其「虛構化」的
過程而言，利瑪竇的方法恰好和我在〈故事新詮〉裡所論者相反，
因為他本擬藉異教以說明本教，而這種「說明」實則卻由本教轉向
異教發展。兩者既處疑似之間，又是背道而馳。巴伯里或其拉丁衍
本乃利瑪竇的寓言建構所由，不過後者的想像力更富，出奇得可以
「翻異」原本，使之成為一個新的故事，而不僅止於「番易」或
「翻譯」而已。類此故事在表意上千姿百態，意涵深遠，〈故事新
詮〉裡我所引韓德森（Arnold Clayton Henderson）的另一觀察可以
引來再作說明：「只要寓言引申出來的意義好，方法佳，」則說故
事的人「可因某寓言而孳生出許多意義來」❷。在這個見解之外，
我們其實還可逆向再加上一句話，亦即明末入華的耶穌會士可因哲
思而讓舊瓶裝新酒。只要重編的寓言有足夠的空間發展和此一哲思

---

❷　Arnold Clayton Henderson, "Medieval Beasts and Modern Cages： The Making
　of Meaning in Fables and Bestiaries," *PMLA* 97/1 （1982）：46. Cf. St.
　Augustine, *On Christian Doctrine*, trans. D. W. Robertson, Jr. （New York：
　Macmillan, 1958），pp. 101-102。

或宗教常譚有關的聯想，會士「故事新編」的現象就會層出不窮。

　　「野狐」寓言中，這些「有關的聯想」最後都會以某種斯多葛哲學作結。在利瑪竇完成《畸人十篇》之前近千年，基督教就已把此一上古哲學據爲己有。〈野狐喻〉中利氏所強調的斯多葛常譚，他用書中篇題表現出來：「人於今世惟僑寓耳」（頁 125）。我們之所以以「僑」狀人處境，泰半因其所「寓」者非其「宅第」或其「家」使然。緣此之故，基督教思想史上才會有「僑寓」和「家園」的辯證性對立。我在〈故事新詮〉裡討論過的寓言，有一些早已如此寄意。不過利瑪竇的幽微走得更深，更遠：他不僅藉《畸人十篇》討論是類思想，而且還把後期斯多葛哲學家伊比推圖（Epictetus，1 世紀）《雜論》（*Encheiridion*）的部分「改譯」成《二十五言》❷❸。伊氏棄財富和妻子如敝屣，又擬之爲旅人和旅邸的關係。《畸人十篇》將這一點「寓言化」得生動風趣，而其大要則莫過於或爲利瑪竇機杼自出的一個「實人故事」。

　　話說義大利有某隱士名曰「雅哥般」（Giacomo）❷❹，曾受所知

---

❷❸　見李之藻編，1：321-349。有關利瑪竇「中譯」《雜論》及耶穌會思想和伊比
　　　推圖的淵源，參見 Christopher Spalatin, S.I., "Matteo Ricci's Use of Epictetus's
　　　Encheiridion," *Gregorianum* 56/3 （1975）：551-557；尤其是 Spalatin 另著
　　　Matteo Ricci's Use of Epictetus （Waegwan：Pontificia Universitas Gregoriana,
　　　1975）。《雜論》一書，我用的版本是 W. A. Oldfather, trans., *Epictetus*, vol II
　　　（Cambridge：Harvard University Press, 1996），pp. 483-537。

❷❹　我從凝溪之見，認爲「雅哥般」的故事是利瑪竇自創，見凝溪：《中國寓言
　　　文學史》（昆明：雲南人民出版社，1992），頁 209-230。「雅哥般」一名，在

囑托，攜四雞歸「家」。待其人返抵宅門，卻發現失其所托。「他日，遇諸塗」，乃就此詰問於雅哥般，詎料後者回道所置正是其宅，繼而所引至處居然是其人的「生壙」，而四雞赫然見焉。所知訝然，問曰：「吾托汝攜歸家，曷置之塚乎？」雅哥般則對曰：「彼汝寓，此汝家也。」（頁 139-140）

雅哥般以「塚」為「家」，實則不無深意，乃從生命哲學的角度在省思人類在塵世中的存在問題。這個省思具體化的表現，見之於他以「寓」字定義凡人觀念中自以為是的「家」。和後面這個字比較起來，「寓」字因有「僑」字為前提，所以在雅哥般的觀念中有「短暫」、「可變性」、「無歸屬感」、「不能依賴」、「缺乏主體性」，甚至是「沒有自主性」等意涵。雅哥般所謂「家」字，相形之下反而具有一切反面的特質，尤其具有「恒久」與「實體」之感。由是觀之，除了「壙」或「塚」外，由於人會質變會腐朽，人世其實已經沒有其他地方可以稱得上是這種「永恒的家」。雅哥般的故事因此和〈三友〉這個比喻一樣，說明的都是證道常譚上所謂「死候之念」（*memoria mortis*）。權借利瑪竇的話來講，這也就是說「人之在世，不過暫次寄居也」（頁 130）。在世的生活，因此就得「轉喻」（trope）成我們對「永恒的家」的渴求。然而諷刺的是，如此「返家」的「大道」，居然是「死亡」一途。

我們若將雅哥般和野狐的故事並置而觀，所得必然是《道德集說》在野狐「陳述」後所講的「富者如竊賊，命終而物歸原主」

D'Elia, "*I Deici Paradossi*," p.129 中「還原」為"Giacomo"這個義大利名字。
至於這裡所提伊比推圖的觀念，見 Oldfather, trans., p.491。

這種結論（頁 339）。下面我不擬引《道德集說》再加申述，蓋
1645 年艾儒略仿利瑪竇《二十五言》所撰的《五十言餘》之中，
已引《聖經》經文如此比喻道：「昔有富人，乃積乃倉。一夕寢
際，私自謂曰：『吾軀乎，隨爾飲食飫飽，舒泰逸樂，庫藏足多年
之用矣。』忽聞聲曰：『狂乎哉，今夕爾將還爾命矣，庫藏非爾
矣。㉕』」

　　故事說畢之後，艾儒略還有感嘆待發，有如在呼應上述《道
德集說》的結論：「嗚呼，人間之事莫定于死，又莫不定于
死。……我軀原生乎土，終必歸乎土。」（頁 369-370）有關
「土」的最後兩句話化自〈創世紀〉，應無疑義，而喻義所暗示者
除「及時行善」這個通俗教義外，無非又是伊比推圖那一套堅忍哲
學。伊比推圖既經基督教化㉖，前述「返家」和「死路」的矛盾遂
又展開辯證，最後統一而化為天主教的證道常譚。艾儒略的《五十
言餘》有「生寄死歸」一語（頁 894），其中更含上述辯證的真
諦：「寄」者，「寄寓」也，「歸」者，「歸家」也，而媒介雙方者說
來諷刺兼弔詭，居然又是「死亡」一途。艾儒略這句箴言因此頗得
斯多葛的三昧，《五十言餘》說是出諸某一古人。有鑑於伊比推圖

㉕　[明]艾儒略：《五十言餘》，在吳湘相編：《天主教東傳文獻三編》，六冊（臺
　　北：臺灣學生書店，1984），1：369。

㉖　見 Hatch, pp. 142ff。西洋上古和斯多葛位處對立的伊比鳩魯思想
　　（Epicurianism），明末耶穌會士亦曾提及，而且從基督教的「誤讀」加以貶
　　抑，見利瑪竇：《天主實義》，在李之藻編：頁 534-535，及高一志：《齊家
　　西學》，在鍾鳴旦編，2：574。

主靜，其哲學以內心之靜制身外之動，我們故可推測艾儒略筆下的古人或許就是這位羅馬先哲。

在「家」這個觀念外，伊比推圖《雜論》中還有兩個觀念在利瑪竇《二十五言》中俱經基督教化，而且同樣因「翻異」與「番易」故而又中國化了。其一為「生命如筵席」，其次是「人生如夢」（頁 338-339 及頁 343-344）❷。這兩個觀念當然都是老生常譚，蓋曲終人散，歡宴還能不結束？幕落戲散，演員可能賴在舞臺上不走？不論是宴會或歌臺舞榭，這些都短暫而倏忽，絕非你我永恆的「家」。所以我們應導欲以御，再以堅忍之心處世。臻此化境，那麼即使面對的是妻子財貨兩失，我們也會節哀順變，視如上蒼已加「收回」。我們生而為人，既非「人世」這座舞臺的創造者，當然更不是那永恆的歡宴的主人，則人生豈非如夢，生命難道不是必散的筵席？明乎此，堅忍不難；能如此，伊比推圖則說我們便「值得為天上的諸神所宴請」。❷

《二十五言》鏤版後四年，利瑪竇發揮「誤讀」巧技，在《畸人十篇》中把「妻子」和「財貨」解為〈三友〉中的前二友。他如此「誤讀」，等於在為雅哥般的故事做一主題上的聯繫，而伊

---

❷　「人生如戲」的概念，利瑪竇：《天主實義》，在李之藻編：1：537-538 另有幾乎逐字的發微。《天主實義》中這段話，利氏指係某「師」之所言，此人顯然就是伊比推圖。《天主實義》此處，是利氏不論中文、拉丁文、義大利文或葡萄牙文的著作中，唯一隱約坦承《二十五言》非其所作而有其原本之處。

❷　Oldfather, trans.，p. 495。

比推圖口中「諸神所宴請」的貴客，此刻也會再經基督教化，變成是「爲天主所客，宴諸天上」❷。由於《二十五言》推演下來的結果是如此，我們在《畸人十篇》中才會看到「寓」和「家」展開矛與盾的衝突與對立，甚至在「誤讀」雅哥般之前，此一對立早也已形變而改以「陳述」的面貌出現了。利瑪竇說：

> 見世者，吾所僑寓，非長久居也。吾本家室不在今世，在後世……。當于彼創本業焉。今世也，禽獸之世也。故鳥獸各類之像俯向于地，人爲天民，則昂首向順于天。以今世爲本處所者，是欲與禽獸同群也。（頁 131）

這段話裡「人爲天民，則昂首向順于天」二句，利瑪竇稍早在《西琴曲意》中的說法是「人之根本向乎天，而自天承育其幹枝垂下」（頁 284）。不論前者或後者，利氏的話都不僅是提喻，其中寫實的成分更重，而且蘊有深刻的神學意涵。在基督教的救贖史裡，「向上仰望」的姿態早已變成象徵，是人類這種「天民」希望回歸於「天」的表示❸。然而要擺脫「禽獸之世」，回歸於天或回返「本家」，我們詭異的反而得先「下沉於地」，像雅哥般所示的進入墳塚才成。雅哥般的「理論」，當然也隱含著某種宗教詭論，亦即

---

❷ 利瑪竇：《二十五言》，在李之藻編：1：339。Spalatin 的英譯見所著 *Matteo Ricci*, p. 36。

❸ 參見傑佛瑞・波頓・羅素（Jeffrey Burton Russell）著，張瑞林譯：《天堂的歷史》（*A History of Heaven： The Singing Silence*；臺北：新新聞文化公司，2001），頁 38-40。

「家」等於「死」,而我們每天「回家」的儀式不就是一場「死亡之旅」,是日復一日在演練如何「就死」?這點如果結合中世紀盛行的「善終書籍」(books of how to die well)來看,倒非夸夸之言,而是歷史實情。既而如此,那麼我們怎能大喇喇說今世有別於彼世,彼世又好過於今世呢?

如同謝和耐(Jacques Gernet)在《中國與基督教的影響》中的暗示,中國文化缺乏一套靈知論(Gnosticism),又欠缺某種柏拉圖式的哲學(Platonism),所以明清之際的中國人實難理解基督教的天堂觀[31]。另一方面,利瑪竇和耶穌會內的同志卻直承羅馬正統,認為上帝賦予人足夠的理性,可以令人體認到天外還有一個先驗性的「天」。為了強調人類「推理」的能力,《天主實義》的相關章節裡,利瑪竇復從柏拉圖和士林哲學的角度著手論道:「智者不必以肉眼所見之事方信其有理。理之所見者,真于肉眼。夫耳目之覺或常有差,理之所是,必無謬也」(頁 546-547)[32]。在《天主實

---

[31]　Jacques Gernet, *China and the Christian Impact：A Conflict of Cultures*, trans. Janet Lloyd （Cambridge：Cambridge University Press, 1985）, pp. 193-247. 另見孫尚揚:《明末天主教與儒學的交流和衝突》(臺北:文津出版社,1992),頁 246-251。

[32]　李天綱:〈孟子字義疏證與《天主實義》〉,在王元化編:《學術集林》,第二卷(上海:上海遠東出版社,1994),頁 200-222 論道:《天主實義》的寫作深受中世紀士林哲學的影響,而後者又因此書而影響及清代大儒戴震的《孟子字義疏證》。參見 Lancashire, et al., trans., p. 84n 及 Gernet, p. 243。另請參較葛榮晉編:《中國實學思想史》,第二冊(北京:首都師範大學出版

義》這部護教的開山著作中，利氏又講了一個半屬「寓言」的「比
喻」（*similitudo*），重點再予強調：

> 吾輩拘於目所恒睹，不明未見之理。比如囚婦懷胎，產子
> 暗獄。其子至長，而未知日月之光，山水人物之嘉，只以
> 大燭為日，小燭為月，以獄內人物為齊整，無以尚也。則
> 不覺獄中之苦，殆以為樂，不思出矣。（頁 561）

衡諸文脈或歐洲常情，上引裡的「暗獄」應指「地牢」
（dungeon）一類的處所，所以陳述中帶有敘述（emplotted），把基
督教「生時如拘縲洩」，而「死則如出暗獄」這種典型思想比況而
出❸。中國史上，如此虛構的故事未曾之見，有之，則得俟諸民國
初期魯迅著名的「鐵屋」意象，雖則後者意之所在並非屬靈的世界
❸。「暗獄」之喻令人動容，暗示者正是眼見者未必為真，目睹者
未必是實，所以肉眼所未見者，未必並無其事。喻中所擬「證」的
基督或天堂大「道」，重點從而又回到了前引利瑪竇所謂「耳目之
覺或常有差，理之所是，必無謬也」這句老話。

就形式而言，〈暗獄喻〉奇巧，可比馬克羅比（Ambrosius

社，1995），頁 246，及張錯：〈基督文明的明清入華策略〉，上篇，《當
代》，第一三〇期（1998 年 6 月），頁 108。

❸　[明]黃貞：《尊儒亟鏡》，在《破邪集》卷三。我引自孫尚揚，頁 238。

❸　魯迅：〈自序〉，見所著《吶喊》，在《魯迅全集》，卷一（北京：人民文學出
版社，1981），頁 419。參見李歐梵：〈來自鐵屋子的聲音〉，在所著《現代
性的追求》（臺北：麥田出版公司，1996），頁 35-54。

Theodosius Marcrobius，4 世紀）所稱「狂想故事」（*narratio fabulosa*）❸❺，本身當然也是一語雙關，同時隱喻基督教的「今世」和「來世」之別，又係金尼閣〈叼著肉的狗〉的異形同體。德微催嘗因《巴蘭與約撒法》（*Barlaam and Iosaphat*）或《沙漠聖父傳》（*Vitae patrum*）而在中古聖壇上講了一個故事，道是印度某王子打出生起便匿居穴洞之中，除哺育他的奶婦外，外界人事一概懵懂，如是者凡十易寒暑❸❻。利瑪竇的〈暗獄喻〉形似此一寓言，但於神似一點卻難講，因為柏拉圖的〈洞穴喻〉顯然才是利氏的主題借為基礎的根本。

有關柏拉圖的聯繫，史景遷在《利瑪竇的記憶之宮》（*The Memory Palace of Matteo Ricci*）內曾經提及，但未曾在各自所喻的異同上多作發揮，說來可惜❸❼。柏拉圖或他筆下的蘇格拉底和利瑪竇一樣，實則開喻就點明所述乃《共和國》（*Republic*）相關卷目的精神主旨，意味著所說在邏輯上不必合於人情之常。〈洞穴喻〉所寫乃一群囚犯，柏拉略過所犯者何罪的分疏，也不談他們究竟是

---

❸❺ Ambrosius Theodosius Marcrobius, *Commentary on the "Dream of Scipio,"* trans. William Harris Stahl （New York：Columbia University Press, 1952），p. 85。

❸❻ Crane, ed.，p. 39 and pp. 169-170.另見 St. John Damascene, *Barlaam and Ioasaph*, trans. G. R. Woodward, et al. （Cambridge： Harvard University Press, 1967），pp. 451ff 及 *Vitae patrum*, cap. xxx, in J.-P. Migne, ed., *Patrogiæ Latinæ* （Paris： excudebat Migne, 1864），73：152。

❸❼ Jonathan D. Spence, *The Memory Palace of Matteo Ricci* （London： Faber and Faber, 1988），p. 159。

何人的階下之囚，就像《天主實義》中囚婦所產之子，柏拉圖只交代他們在地底洞穴長大，除了「身後遠處火光」投射在牆上的影子外（514b）[38]，對世事可謂一無所知。牆上的投影是「幻」，這些地穴囚犯卻以為是「實」。《共和國》相關卷目旨在哲學家皇帝的檢選，重點是他們的教育與人格養成，但是我們如果把牆上投影解為人世的「仿像」（imitations），恐怕也不能說是穿鑿附會，毫無道理[39]。眾囚以虛為實，金尼閣筆下的狗則把「肉影」視為「實質」之肉。這兩個故事除了一為「牆上投影」，一為「水中倒影」外，所寓竟有同工之妙。

利瑪竇的「暗獄」意象因為邏輯論證類此，所以新意再開，變成是柏拉圖筆下「洞穴」的投「影」。如此論證的基礎，說穿了無他，正源出本文中我一再強調的「文本誤讀」，含有強烈的超勝之意。從字面上看，蘇格拉底口中的「地穴」（cave）未必指「地牢」。不過我們讀來必需如此認定，因為穴居其間的人「自童騃歲月起就帶有頭枷腳鐐」（514a）。「童騃歲月」的強調，在利瑪竇的耶穌會寓言中更甚。囚婦之子不僅「長於」暗獄，而且正是在此「產下」。柏拉圖於無意中讓「地穴」演為「地牢」（517b），利氏的「暗獄」之所出，我揣測上述乃聯繫上的首要。文前又指出基督

---

[38] Paul Shorey, trans., *Republic*, in Edith Hamilton and Huntington Cairns, eds.，pp. 575-844。

[39] Cf. Colin Strang, "Plato's Analogy of the Cave," *Oxford Studies in Ancient Philosophy* 4 （1968）：19-34.這部分的中文疏論，見劉若韶：《柏拉圖〈理想國〉導讀》（臺北：臺灣書店，1998），頁 176-209。

教好將今世比爲「暗獄」，我則疑爲其次。囚婦之子「以大燭爲日，小燭爲月」，恰和地穴中人桴鼓相應，因爲這些囚犯也把石壁倒影比爲「星光」，或是分屬「日月」（516b）。柏拉圖的穴居之人就是「人類」，利瑪竇的暗獄之子也是「凡人」的代喻。獄中燭火和包括他母親在內的其他人，於是便構成他所知道的世界。此外的人間諸事，他一概茫然。柏拉圖的穴中「倒影」乃宇宙「實體」（*substantia*）的反諷，而利瑪竇的獄中「實情」又是外在世界所投射之「影」，兩者滲透顯然。不論柏氏或利氏的意象，其中都具雙重意涵，利喻尤然，而且用來駕輕就熟，適可據以成就其宗教修辭，把那「假」中之「真」或「虛構」裡的「真理」給彰顯出來。這〈暗獄喻〉的第一層意義，利瑪竇嘗借《天主實義》的序言預爲說明，可知其見重之一斑：「愚者以目所不睹之爲無也，猶瞽者不見天，不信天有日也。然而日光實在目，自不見，何患無日？」（頁 368）

　　歐洲古典寓言常見「篇前提挈」（promythium），利瑪竇的〈暗獄喻〉雖然是古典變體，上面所引的明喻卻也算是某種說明性的提挈。我在〈故事新詮〉裡曾經提到，明末的耶穌會士把拉丁文的「神」（*Deus*）字譯爲「天」，利瑪竇於此爲「天」的存在所做的辯護，因此便有如在爲他所信仰的神或天主再展辯舌。〈暗獄喻〉精緻無比，利瑪竇當然「舌粲蓮花」。尤有甚者，他又強調「天」中有「日」，而這「日」或「太陽」所發之「光」在天主教傳統的基督論（Christology）中乃常見的象徵，通指上帝三個位格（*personae*）中的前兩個，亦即「天父」和「聖子」。柯羅植（Henri Crouzel）疏論奧利根（Origen）《第一原理》（*On First*

Principles）時，有如下之說，我們可引來說明：

> 「天父」就是那反射「聖子」之光的「光」，此光又以「聖
> 子」之「光」為傳媒，因之而行動。對奧利根而言，「我們
> 在您的光中看到光」便意味著：「我們在『聖子』之『光』
> 中會看到『天父』」的『光』」。（頁 126）**❹**

在這種「光照」之下，我們可以確定在利瑪竇的推論中，「天父」
或「天主」會變成一切的重心。《天主實義》又強調「理」（*nous*／
logos）這個字，認為是超乎現象的實體（如頁 380），可取自然界
的光或日光以「理喻」之。有鑒於這種中國人罕見的修辭方式，我
們也可推知上帝在《天主實義》中至高無上的地位。如果僅因肉眼
難睹天主，我們就否定聖父與聖子，利瑪竇以為愚不可及，所以汲
汲告誡之。再因此一「光照」之故，上文自《實義》所引出來的利
氏「提挈」，我們甚至也可認定就是那義從所出的寓言的等體。如
此一來，寓言本身乃變成一虛構性的「方便善巧」，正可用來說明
那也匿藏在巧製而出的類比中的基督教理。

---

❹ 柯羅植另又說道：「很少人會以『光』稱呼『聖靈』，不過『聖靈』也有燭照
而為人啟蒙之意。」換言之，在比喻的層面上『光』也是『聖三』（the
Trinity）這一體的三面。打早期拉丁與希臘教父如特土良（Tertullian）與奧
利根以來，「太陽」及「陽光」就是基督教上古現成的意象，多用來比喻
「聖三」之間的關係。見 Richard A. Norris, Jr., "Introduction" to his trans. and
ed., *The Christological Controversy* （Philadelphia：Fortress Press, 1980），p.
14。

這一切無非雙重虛構，係經巧手打造而成，也充分顯示〈暗獄喻〉中利瑪竇真正的意圖。對柏拉圖而言，真理當然不存在於「人工製品的陰影」中（515c），因爲後者也不過是實體的仿像。明末的耶穌會士罕用柏氏的「模仿」（*mimesis*）一詞，然而他們從基督教的傳統出發，好把人世比爲天主或上帝的「印跡」。由於天主的懷抱是我們應該回歸之處，是以我們也應該超越今世或「印跡」，把眼界投向來世，一心仰望天主所在意義更高的處所。在〈暗獄喻〉裡，此一處所乃由囚婦之子所居的暗獄托喻而出。我們由是可以推想，囚婦之子果然看到獄外真正的陽光，必然會像柏拉圖筆下某穴囚鋌身站起，向那「光」的來處迎面走去。暗獄中的臘燭，至此不復具有意義，再也不會有人加以理會。囚婦之子一旦爲光芒所照，可能一時睜不開眼，就像《神曲》（*La Commedia*）中在神面前豎立的但丁一樣❹。利瑪竇的寓言裡，陽光所到之處無非好山好水，其中人物之嘉，可以期之。柏拉圖的故事裡，這裡是人類「可感悟」或「可感知」之地，「善」就存在於其中。後一觀念，《共和國》形容是「真」與「美」的「萬事萬物之所由」（517b-c），但是對利瑪竇而言，這個世界我們應先視如「人世」，

---

❹ *Paradiso* XXV.118-123, in Dante Alighieri, *The Divine Comedy*, trans. （New York：W. W. Norton, 1970），p. 551.在《天主實義》首篇，利瑪竇為強調那神聖的真理蘊藏豐富，永存不朽，又從他處引證道故事一，而其中凝視「太陽」或「天主」的母題再度出現。故事中的主角認為「[天主]道理無窮，……思[之]日深，而理日微，亦猶瞪目仰瞻太陽，益觀益昏」（頁 394-395）。

不過是天主所遺之「跡」，繼而才能由此再造新境，使之位移而爲天堂的所在。利氏故曰：「夫欲度天堂光景，且當縱目觀茲天地萬物。」

　　囚婦之子若可體貼此意，必然會翹心「全福之處」，企盼至美之土。如此敘寫，利瑪竇又冶世俗與神秘於一爐，把〈啓示錄〉的天堂觀（21：9-22：5）與柏拉圖的可知境域拉攏爲一。因此之故，那暗獄的獄外世界遂也變成人類的「本家」，❷ 而這又可借以解釋利瑪竇何以信心滿滿地說：囚婦若語其子「以日月之光輝，貴顯之粧飾」與「天地境界之文章」，則其子必然會知道所在的「容光之細，桎梏之苦」與「囹圄之窄穢」，而「不願復安爲家矣」（頁561）。既知「天鄉」或「本家」可愛，我們幾乎可以確定人世中的此子便願「裹糧」而歸之。

　　上文強調過一點：天主教的超越論，明清之際的中國人恐難理解。這個觀察妍媸兩見：自其妍者而觀之，中國傳統於基督徒特重的屬靈世界確實有隔，但是於利瑪竇的論證邏輯倒也不盡然不解。〈暗獄喻〉在雍正年間曾經吳震生和程瓊起出，借爲湯顯祖《牡丹亭》一劇批語的「引證」。❸ 在此之前，利瑪竇的著作已經

❷　參較[明]龐迪我：《七克》，在李之藻編，2：1090。

❸　[清]阿傍：《才子牡丹亭》（柏克萊加州大學圖書館藏影本），頁[83]（頁碼據柏克萊本的標示，文中下同）。此書及此點我乃承中央研究院中國文哲研究所的華瑋博士告知，謹此致謝。據華瑋所考，阿傍應該是程瓊，但《才子牡丹亭》可能是她和夫婿吳震生合批而成，詳情見華瑋：〈《才子牡丹亭》作者考述──兼及〈笠閣批評舊戲目〉的作者問題〉，《中國文哲研究集刊》，第

《詩經》經解挪用❹，而吳、程二人的《才子牡丹亭》再度徵引，則爲曲論家中所首見。二人引〈暗獄喻〉所擬評點者，係湯曲中最著名的〈驚夢〉一折，尤借以說明杜麗娘性情之所鍾，亦即劇中「可知我常一生兒愛好是天然」一句（頁[80]）。杜氏道出此語之前，方才讚賞過花簪翠裙，對人間至美戀戀不捨，引文中的「好」字故指她所喜歡的美妍之物，而她雅好此道確實也因生性所致，乃「自然」流露者。就在杜氏遊園之際，這種天性也表現在面對一片錦繡時，她心中所懷的浪漫遐想上：「裊晴絲吹來閒庭院，搖漾春如線。」（頁[80]）在吳震生程瓊眼中，這一切其實和情色有關。《牡丹亭》一劇，他們視爲性愛的托喻，而〈驚夢〉初唱，二人不但審之以情色之美，抑且把「恁今春關情似去年」一句直接判爲「艷事」已曉的少女心境（頁[81]）。待杜麗娘錦繡得見，在情景交映下，整個人遂春情忽慕，對自然界是特有所感了。所謂「晴絲」縷縷，說來便是她心中陣陣的「情思」。

可惜杜麗娘此刻折桂乏人，縱有沉魚落燕之貌或羞花閉月之姿也枉然。折中她所唱「恰三春好處無人見」一句（頁[80]），充分道出心中的驚促與無耐，又讓外在美景化成內心慕情的客觀投影（objective correlative）。曲文唱來聲聲急切，杜麗娘心旌搖蕩，而入夢前她也因比才會痛自哀嘆：「顏色如花，豈料命如一葉。」（頁[83]）

十三期（1998），頁 1-36。

❹ 李奭學：〈歷史‧虛構‧文本性──明末耶穌會「世說」修辭學初探〉，《中國文哲研究集刊》，第十五期（1999），頁 67-69。

　　吳震生和程瓊爲說明杜麗娘對人爲與自然美的喜愛合理，對人欲的想盼也合情，在〈驚夢〉的批語中遂由佛經一路引到西學，希望能夠得證所見。華瑋嘗就吳氏夫婦的批語撰文巧加分析，認爲當中關目在杜麗娘「愛好」之心即「人獸關」，而這「人獸關」又關乎利瑪竇的《天主實義》：後書所強調的人獸之分完全根植在人爲萬物之「靈」這個神學基礎上**❹❺**。華瑋之見，我以爲是，因爲利瑪竇的看法奠自士林神學，而後者早已因亞里士多德故而發展出〈野狐喻〉中我所指出來的「存在之鍊」一說。在這種宇宙層級論中，人之所以位居草木與禽獸之上，原因全在「生」、「覺」二魂之外，另有「靈魂」賦居其中。利瑪竇筆下的「靈魂」，實指亞里士多德所稱的「亞尼瑪」（*anima*），而簡中旨趣，可見天啓年間畢方濟（Franciscus Sambiasi，1582—1649）中譯的亞著《靈言蠡勺》（*De anima*）**❹❻**。《靈》書的底本乃亞著的高因伯評注本（*Coimbra Commentaries on Aristotle*），全書不但已經基督教化，連中譯本也都耶穌會化，神學意味濃厚。利瑪竇或《靈言蠡勺》所稱之「靈」，係理性的「靈知」，可以通達「天」意，正是〈創世記〉中人類得自神授的異秉，或謂班雅明自猶太神學參悟而得的純粹「直觀」（contemplation）的能力**❹❼**。有趣的是，吳震生和程瓊識得的

---

❹❺　華瑋：〈《才子牡丹亭》之情色論述及其文化意涵〉，見熊秉真、呂妙芬主編：《禮教與情慾：前近代中國文化中的後/現代性》（臺北：中央研究院近代史研究所，1999），頁 230 注 53。另參較此文頁 231 注 54。

❹❻　畢方濟口授，[明]徐光啟筆錄：《靈言蠡勺》，在李之藻編，2：1127-1268。

❹❼　Walter Benjamin, "On Language as Such and on the Language of Man," in Peter

「人獸關」卻不此之圖。在他們看來，所謂「靈心」不過別美醜，分妍媸的知識能力，功能性強，而世事之「好」，率由啓知。

就吳震生和程瓊再言，人所「好」者唯美妍之「好」而已；仙佛之所以爲人羨與不羨，亦繫於所具容姿之「好」。即使他們是「聚氣成形，在天趣者視之亦有覺。」是以引到利瑪竇時，兩人便謂：「西士謂天神了無花色者，恐不然。」杜麗娘自謂「顏色如花」，比仙佛更美更妍，怎可能不得人鍾愛？她的怨嘆，因此一面是轉入「驚夢」──夢見自己和柳夢梅一夕繾綣──的前奏，而就此刻吳氏夫婦研墨細參的荀子式情觀而言❹❽，一面卻也是「說欲」──亦即「人欲」也──的一大前提。〈暗獄喻〉繼之登場，可以想見在批語中會作何解。果不其然，利瑪竇所謂「欲度天堂光景，且當縱目觀茲天地萬物」這個邏輯，隱約間便已爲吳氏夫婦挪用，而且挪來反將了利氏一軍，蓋欲解天堂若得先知人世，則欲得人世或色相之「好」，我們能不由感知此「好」的「情欲」發端嗎？利瑪竇以表相凸顯真像，吳震生與程瓊深知其然，不過他們所

Demetz, ed., *Reflections* （New York：Schocken, 1986），p. 326。

❹❽ 有關荀子以「欲」爲「情」的文本，可見《荀子》中〈正論〉與〈榮辱〉諸篇，或參見余國藩著，李奭學譯：〈釋情〉，《中國文哲研究通訊》，第十一卷第三期（2001 年 9 月），頁 1-52。我用的《荀子》，係梁啟雄：《荀子簡釋》，收於嚴靈峰編：《無求備齋荀子集成》，第二十五冊（臺北：成文出版社，1977）。批評傳統中有關湯顯祖對「情」的看法，可見鄭培凱：〈解到多情情盡處──從湯顯祖到曹雪芹〉，在所著：《湯顯祖與晚明文化》（臺北：允晨出版公司，1995），頁 328-345。

重者反由靈轉肉，或謂借肉說靈。手法或有如所羅門王的〈詩篇〉，但其目的則爲華瑋意有所指的「情色審美」（〈情色論述〉，頁 229-233）。由是再觀，吳氏夫婦重表象，實因真象已經蘊含其間。此所以《才子牡丹亭》引〈暗獄喻〉畢，批語中才又會如下說道：「不知婆娑之難脫，實以有好可愛。」吳震生和程瓊甚至勸人看人世之情或色界之好，「不可如[利氏]是譬」（同上頁）。

吳氏夫婦深知利瑪竇的論證邏輯，所以自己的「引證」本爲批語或論證，此刻卻是批中帶批，或是任其變成批中之批。儘管如此，他們的論證與辯解卻也不是無懈可擊，百密中我看猶有二疏。首先如上所陳，是利瑪竇「靈」的定義和他們不同。這種理性能力志在直觀天人之際，不完全是有情無情的分界點。由是則《牡丹亭》所謂杜麗娘「因情還魂」的「魂」，利瑪竇可能認爲界於三魂中的「覺魂」與「靈魂」之間。其次，利瑪竇的表相與真相雖然形似，在「『神』似」一點上卻和前者有別，蓋「印跡」固然出諸「印」，本身卻不可謂等同於「印」，其間且有高下之分。是以人世誠可愛，然而較諸「天鄉」或「本家」之「美」，其間的層次差距直不以道里計。囚婦之子果真願意「『裹糧』而歸之」，這裡所謂「差距」是主因。

「『裹糧』而歸之」這個假說，其實不是我所設，而是利瑪竇個人的意思。不過出現的地方並非《天主實義》，而是《畸人十篇》（頁 224）。在後書的文脈裡，有一點意義別具，亦即利瑪竇雖用議論在修辭（deliberative rhetoric），論述的重點卻是出以證道故事的形式。更精確地說，他藉以證成上述之「道」的「或許」就是一則古典伊索寓言。「或許」二字，這裡我仍用引號加以凸顯，因爲

讀者只要細心一點，閱讀利喻時應可判明他和巴伯里等人也有某種距離。這種「距離」頗似荷雷斯在《詩信集》（*Epistles*）中之所為❹，幾乎是「斷章取義」以成文，彷彿讀者於故事內容早已耳熟能詳，所以理所當然可以省文重述。利瑪竇斧痕尤顯，下面所引我依舊視之為「故事新編」：

> 狐最智，偶入獅窟。未至也，輒驚而走。彼見迨中百獸跡，有入者，無出者故也。（224）

這個故事顯非「加工」，而是「改作」而成，新義再賦。在巴伯里的希臘「原文」中，這頭獅子因為年老力衰，無法狩獵，故以智取為策，走進窟中裝病，誘捕前來探視的群獸。他數售其計得逞，最後卻仍然功敗垂成，因為群獸中有一隻狐狸識破詭計，「見迨中百獸跡，有入者，無出者」，從而驚而走之。這隻狐狸精明機智，給巴伯里上了一課：「首揭義舉而未曾馬失前蹄的人有福了。他眼見他人之難，早已從中記取教訓。」（頁 132／133）雖然如此，利瑪竇新編「故」事，從中「讀到」的訊息卻是我們物故後榮登「天鄉」的基督教靈視。

利瑪竇之所以能夠成此聯繫，原因在他力可通天，把寓言自其傳統的文脈中抽離出來。這位耶穌會的善說者不說狐狸前去探病，只用了一個「偶」字便把此獸進入獅窟的過程道出。同樣一個「偶」字，也除破了巴伯里及從其說者所設的寓言背景，亦即病獅

---

❹ I.i., in Casper J. Kraemer, Jr., ed., *The Complete Works of Horace*（New York：Modern Library, 1936），p. 308。

售計的細節全遭抹除。新醅因此就由舊瓶流出，雖則利瑪竇的〈智狐喻〉遠比巴伯里簡單多了。普洛甫（V. Propp）研究全球的民俗故事，嘗謂此類故事中的「任何環節」都可「經演義而變成另一個獨立的故事」，至不濟也「可引出另一個故事來」❺⓿。他言下之意十分清礎，在《畸人十篇》的語境中莫非便指類如上引〈智狐喻〉的故事？何以獅窟內的獸跡中有入而無出者，這點利氏的寓言不曾交代，也是所述在結構上唯一的敗筆。不過不管這是意中之舉或無心之過，讀者閱讀時大概都不會在意。我們所佩服者，反而是狐狸眼觀四面，深知或有大難臨頭的謹言慎行。利瑪竇也因此而迅即將〈智狐喻〉的焦點轉移，而且打了一個比後就將之引入和「大難臨頭」相關的「死亡」去，取而成為整個故事的篇末寓義：「夫死，亦人之獅子迖矣」。如同我在〈故事新詮〉裡討論過的孔雀寓言，「精神道德」這種屬靈意義可謂〈智狐喻〉所擬舉以示人的第一個警訊。

　　既然有第一，那麼第二個訊息是什麼？我從利瑪竇的論證方式接下再談，因為其中的邏輯似是而非，頗為詭譎。利氏講完〈智狐喻〉後說了一段話：「懼死，則願生，何疑焉？仁人君子信有天堂，自不懼死戀生，惡人應入地獄，則懼死戀生，自其分也❺❶。（頁 224）這段話中包含著一個因果關係，和人類在世行為的末世

---

❺⓿　V. Propp, *Morphology of the Folktale*, trans. Laurence Scott, 2nd ed. （Austin：University of Texas Press, 1996），p. 78。

❺❶　參較龐迪我，頁 1090 中的話：「天堂正為眾人之本鄉，永命之所，天神及聖賢之境界。人昇之，能見天主之本體，定於善，不受害。」

賞罰有關。前謂利瑪竇弔詭，原因正在上引文中利氏顛覆了自己智狐寓言所擬傳遞的第一個警訊。倘由上述「篇末寓義」來看，〈智狐喻〉的重點其實非關「死亡」，而是冥路這條幽境所通之處。利瑪竇深知古來從黯域還陽者可謂絕無僅有，也沒有人還魂後猶可明示亡後的世界。面對幽途絕域，我們既然懵懂無知，誰肯願意從容就死？緣此邏輯，利瑪竇一意所擬說服和他對談的龔大參者是：如果我們知道死後所到之處，如果知道天堂福榮，那麼除了作惡多端者，恐怕不會有人畏懼死亡或迷戀今生了。

《畸人十篇》中，利瑪竇此一結論及其所順的邏輯之所以能夠成形，其實全拜對話之後有一架構更大的比喻所賜。善惡有報，其報俗人卻是惘然，所以利氏回龔大參問時才會說道：「譬如人情戀土，若有人從他鄉還，明知彼處利樂，便願裹糧從之。若去者自古及今無一人還，非萬不得已，誰欣然肯行哉？」（頁 224）我們可以想像，這個比喻在《畸人十篇》中還會經過一層敘述化的轉換，變成那馬上就要登場的智狐喻的寓言。問題是：〈智狐喻〉這篇新編的故事中到底有哪一點是在回應上引那「架構更大的比喻」？

如同智狐所看到的，獸跡入窟都是有去無回，所以也沒有人可以活著由幽冥之域還陽。〈智狐喻〉中，「冥域」或「死亡」乃由獅窟托喻，不過弔詭的是，不管利瑪竇再怎麼「誤讀」，窟中獸跡最後仍然是阻止不了智狐「入洞」的。何以言之？首先，按生命發展的法則，這隻狡獸儘管有前獸的「教訓」爲鑒，最後仍然不可能倖免於死亡，所以在托喻的層次上非得「入窟」不可，逃不開那幽黯國度的召喚。其次，就算窟中獸跡阻止得了一時，按這隻狐狸的

聰明才智，這種「阻止」也應該是「一時的失察」，因為依利瑪竇的邏輯，狐狸最後也應能回省到「入窟」並非「壞事」。此話又何以見得？利瑪竇以獸中「智」者稱呼這隻狐狸，所以可比人世的的「智者」或前及的「仁人君子」。像這些人類一樣，狐狸應該也可因其宗教嗅覺而在獸跡中讀出篇中利氏所稱的「聖城」來（頁231）。「仁人君子」這四個字之後，利瑪竇不是曾接上「信有天堂」一句話嗎？這隻狐狸既然有「智」，當然判別得了「死亡」的重要，也應該了解這才是進入「聖城」或「天鄉」唯一的坦途。仁人君子「不懼死戀生」，則智狐也應無懼，怎可能在寓言中得了恐死症？在利瑪竇或他所承襲的象徵系統中，「聖城」或「天鄉」都是人的「本家」，都是基督教所謂的「天堂」，其間聯繫可是昭然若揭！

　　綜上所論，〈智狐喻〉中的獅窟就算不是「天堂」本身，至少在本喻所處的語境或在利瑪竇的潛意識裡也是通往天堂之路。利氏此一寓言因此重寫了所據「原本」的道德寓義，使之變成一地道的「故事新編」。在這篇新作裡，群獸或許曾經淪為獅子的祭品，但在四義解經法（spiritual exegesis）的靈意（anagogical）意義上，這點或許也可解為對「萬獸之王」的臣服。基督教的傳統中，「獅子」經常是百獸書（bestiary books）裡萬王之王耶穌的代喻❷。

❷　見 Michael J. Curley, trans.，pp. 3-4，另見 T. H. White, trans.，pp. 3-14 及 Hanneke Wirtjes, ed., *The Middle English Physiologus* （Oxford：Oxford University Press, 1991），p. 5。另請參較 Frederic C. Tubach, *Index Exemplorum：A Handbook of Medieval Religious Tales* （Helsinki：Akademia

《聖經》裡也這樣用，〈啓示錄〉中聖約翰（St. John the Divine）就曾在天國見過「猶太支派中的獅子」，並稱之爲「大衛的根」，可以展開上帝寶座右手中的「書卷」，揭開上面嚴臟密封的「七印」。所謂上帝「寶座的右手」方，坐的正是三位一體中的聖子耶穌（5：1-5）。縱然我們不循此求解，淪爲祭品後的群獸仍可因「死亡」而得「新生」，因爲獅窟此刻已經變成「天堂」或「天堂之路」的代喻了。如此參究，《伊索寓言集》中此一故事確實已經《畸人十篇》給「誤讀」了，巴伯里所謂「他人之難」可以因此而「重下標的」，「修訂」爲因難而得救的宗教性試煉。〈智狐喻〉由是也得以「回省」其文本的傳統，在收場時將寓言轉化爲對人類──尤其是基督徒──「返鄉」的正確大道的思考。利瑪竇揮毫或話鋒一轉，故事新編出焉，強化了我們對人類「本家」的本質性了解。他的新編細緻而譎怪，確實由不得人不掩卷深思。

　　上文所謂「正確大道」爲何？我們不勞費神，其實也可以想見其然，指的必定是以德淑世，以愛化人，而且不因無常而懼，要勇於面對大限，認識死亡。倘要人不懼死，不畏亡，利瑪竇新編的寓言就得將前提說明白。由《天主實義》的〈暗獄喻〉觀之，我們要體認世爲縲絏，生爲逆旅，似乎唯有超乎其上，進入「天鄉」才可，而僑寓於世的人間行旅要變成天上尊客，享有永生，保有至福，也要依賴這種超越論來取得。《畸人十篇》中的對話者一旦體

scientiarum fennica, 1969），240：3054，3066，and 241：3072 中所提到的證道故事。或見 Louis Charbonneau-Lassay, *The Bestiary of Christ*, trans. D. M. Dooling　（New York：Arkana Books, 1992），pp. 6-14。

察及此，便會展懷開始溯其由來，那麼他可能就得趿回文前已經廣
加議論的〈野狐喻〉，甚至走回〈智狐喻〉的內容去。晚明耶穌會
的寓言果然母題若是，則會士幾可謂是在中國教導某種「善終」的
哲學。《新約·希伯來書》曾經縷述亞伯到亞伯拉罕一脈的義人，
深為敬重其人生命歷程與信仰的堅定。這些人的死亡因此就變成某
種宗教典範。晚明耶穌會寓言——以利瑪竇所述者為例——幾乎個
個環環相扣，形成一幕幕象徵性的連環道德劇，而饒富意義的是，
這一幕幕的戲又仿如在虛構或敘述化〈希伯來書〉上述諸人之死所
引申出來的屬靈教訓：

> 這些人都是存著信心死的，並沒有得到所應許的；卻從遠
> 處望見，且歡喜迎接，又承認自己在世上是客旅，是寄居
> 的。說這樣話的人是表明自己要找一個家鄉。他們若想念
> 所離開的家鄉，還有回去的機會。他們卻羨慕一個更美的
> 家鄉，就是在天上的。所以神被稱為他們的神，並不以為
> 恥，因為他已經給他們預備了一座城。(11：13-16)

閱讀本體

這座「城」，當然就是利瑪竇在《天主實義》或《畸人十篇》
中屢屢強調的「聖城」、「本鄉」或「本家」。談到這裡，有鑑於耶
穌會寓言和《新約》已生聯繫，有人或許會問道：除了陽瑪諾夾敘

夾「譯」的《聖經直解》（1636）外❸，明末的耶穌會士——尤其
是本文中我常常提到的利瑪竇等人——何以會捨《聖經》上耶穌的
比喻（parable）不用，反而寧取上古伊索式寓言以布教？不論是從
宗教或從修辭學的觀點看，在歐洲證道故事廣義的大家庭中，比喻
故事無疑都是《聖經》中耶穌教誨的最佳說明性工具。但是耶穌會
士不僅罕用耶穌的比喻，而且除了直引中世紀傳統中的伊索式證道
故事外，甚至還會舊瓶裝新酒或在布魯姆式的「誤讀」心理下，乾
脆就推陳出新，由形構到意義都讓自己重新來一番。會士罕用耶穌
的比喻布教，這個問題因此令人好奇，而其答案也會涉及本文開頭
我所談的「影響」觀，尤其是某種布魯姆式的認識。

　　不論護教或布教時，耶穌會之所以罕用耶穌的比喻，實際上
都涉及比喻和寓言的本質。兩者間不但內涵有別，而且敘述技巧也
呈逆向發展。從現代觀點來看，比喻固然教的是天國的消息，可是
其故事卻可能發生在現實的世界，角色故而多屬人類。寓言卻反其
道而行，因為故事多半超乎自然，因此角色多屬動物或植物。儘管
如此，這些角色若非扮演人類的表率，便在暗示人類的愚行❹。話
說回來，比喻與寓言誠然有這些大差異，我卻不認為這是耶穌會決
定以伊索式寓言證道的關鍵。就我在〈故事新詮〉和本文中分析過
的寓言來看，我認為主因有二。首先，比喻乃〈詩篇〉籠統言之所

---

❸　例如陽瑪諾：《聖經直解》，在吳相湘編：《天主教東傳文獻三編》，第四冊
　　（臺北：臺灣學生書店，1984），頁 2702 及頁 2729。

❹　J. A. Cuddon, *A Dictionary of Literary Terms* （Garden City：Doubleday,
　　1977），pp. 251 and 469。

謂的「暗語」（dark saying），其中雖有「古時的謎語」之意（78：
2）**⑤**，卻是說來解明〈馬太福音〉中所稱「天國的奧祕」（13：
10）。這些「奧祕」，耶穌用比喻加以解明，目的在曉諭「眾人」
（13：2-3）。弔詭的是，我們在〈福音書〉裡也發現耶穌說喻，常
常志不在讓人聽明白。〈馬可福音〉中他對十二門徒說道：「喻」只
對「外人講」，目的是「叫他們看是看見，卻不曉得；／聽總是聽
見，卻不明白」（4：10-12）。如果不細說詳解，「眾人」根本無由
得悉耶穌比喻的堂奧，對他們而言，這些故事永遠玄之又玄。這點
或可解釋〈福音書〉中何以耶穌用喻的頻率極高，而他每說完一喻
就得當眾解釋一遍**⑥**。後人意猶未盡，時常還得在他的基礎上再予
發微，「替袘」在歷史上累積了大量的「比喻解經學」（parabolic
exegesis）**⑦**。

---

⑤ 參較太 13：35 耶穌預表論式的援引：「我要開口用比喻，／把創世以來所隱藏
的事發明出來。」有關正文所引「暗語」在希伯來文中的意涵，參看
Raymond E. Brown, S.S., et al., eds., *The New Jerome Biblical Commentary*
（Englewood：Prentice Hall, 1990），p. 539。

⑥ 如太 13：18-23 及 36-43。

⑦ 歐洲中古時人，常常混淆耶穌用喻的目的，見下文的討論：Stephen L. Wailes,
"Why Did Jesus Use Parables？The Medieval Discussion," in Paul Maurice
Clogan, ed., *Medievalia et Humanistica*, new series 13（Totowa：Rowman and
Allanheld, 1985），pp. 43-64。另參較 Stephen L. Wailes, *Medieval Allegories
of Jesus' Parables*（Berkeley and Los Angeles：University of California Press,
1987）一書。

　　我們得了解一點，〈福音書〉中聽耶穌講道的「眾人」，其實多數是祂自己的族人，非特彼此文化背景相同，也深受當時猶太傳統的薰陶。如果連這些同代同族的猶太「眾人」都體會不出耶穌喻中的意義，那麼明末的耶穌會士又怎能期待中國人眾了解個中「天國的奧祕」？從文化到宇宙觀，中國人可幾乎和猶太人全然左違。耶穌會士倘要保證在華傳教成功，當然就得採取一套和耶穌在巴勒斯坦不同的宣教方式，也就是要改造己教的傳統，藉「本土化」以適應中國的國情。耶穌的影響，入華耶穌會士因此得遁脫，有時——在我看來——甚至是刻意的逃避。比喻故事既然不適用，當然要割捨，從而另覓力量或許等同的證道工具。

　　在中國，寓言本爲先秦諸子的看家本領，從莊子到韓非子都能說善道。七國既亡，寓言在中國有江河日頹之勢，迄有明一代方才重振，是以鄭振鐸（1897—1958）稱明世爲「寓言的復興」❺❽。此時作家輩出，從開國重臣劉基（1311—1375）到國之將傾的文壇才子如趙南星（1550—1627）與馮夢龍（1574—1646）等人都著有寓言專集。他們「超儒趕道又越彿」，在傳統寓言的基礎上精進用功，造就了一批批心裁別見的新故事，不但爲文壇生色，同時也嘉惠當代讀者❺❾。耶穌會士趕在此刻入華，難免濡染於時代的文風。

---

❺❽　鄭振鐸：〈寓言的復興〉，見所著《中國文學研究》（臺北：明倫出版社重印，1973），頁 1207-1243。

❺❾　中國傳統宗教寓言和市井結合甚深，相關簡論見鄺智賢：〈導言〉，在所編《儒道佛鑑賞辭典》（長沙：岳麓書社，1994），頁 1-13。有關寓言在明代的發展與流行的狀況，見陳蒲清：《中國古代寓言史》，增訂版（長沙：湖南教

近人在羅明堅和時人唱和往還的詩作中，便發現屢有寓言或類寓言之作❻。時尚如此助長下，可想耶穌會士也會回想到昔日在歐洲聖壇上聽聞到的大量寓言式證道故事，何況這些故事還是他們所熟悉的「證道藝術」中的邏輯論證工具。此外，有一點和我目前的關懷聯繫更深，應予一提，亦即《伊索寓言》和馬克羅比式的「狂想故事」在內容上都屬「無稽之談」，可借以「演」生命之「大荒」，一如《紅樓夢》藉「小說」爲示範❻。在這種情況下，耶穌的比喻故事在理解上當然爭不過寓言，因爲前者有其認識上必備的文化背景，明代的中國人難以輕易求得，而後者言簡意賅，卻是不用認識前題即可婦孺都解。易言之，我相信伊索式證道故事之所以見重於明末耶穌會士，寓言的普世性格應該是關鍵所在，至少是之一。道教寓言繁富多姿，明人即使略過此一文類不論，也可以在佛教的本生故事中察得寓言和宗教的緊密聯繫❻。寓言的面紗背後的屬靈意

育出版社，1996），頁 257-333。

❻　〈冤命不饒譬喻〉中，羅明堅就有如下四句：「烏鴉拿獲一蜈蚣，喙食蜈蚣
　　入腹中。豈料蜈蚣身有毒，即傷烏鴉死相同。」見 Albert Chan, S.J.,
　　"Michele Ruggieri, S.J.（1543—1607）and His Chinese Poems," *Monumenta*
　　Serica 41（1993）: 153。有關羅明堅和時人的唱和，除上文外，另請參見
　　Albert Chan, S.J., "Two Chinese Poems Written by Hsü Wei 徐渭（1521—
　　1593）on Michele Ruggi eri, S.J.（1543—1607），" *Monumenta Serica* 44
　　（1996）: 317-337。

❻　Cf. Yu，pp. 3-52。

❻　參見孫昌武：《佛教與中國文學》（長沙：人民出版社，1988），頁 15-23。另

義，他們因此不難照見。就我所知，從費卓士（Phaedrus，歿於西元 14 年）開始，西方古典寓言在形式上即具備文前提過的「篇前提挈」和「篇末寓義」這兩個顯著的特點。晚出的《伊索寓言》中，這兩者都由最後的「道德教訓」（moralitas）代爲縮合。寓言沒有比喻故事那麼「晦澀」（dark），上文已經詳爲分疏，其中的「道德教訓」本身又是寓義解說，故事可以因之而變得更加透明，即使是明代讀者，相信接受上也不會有太大的困難。

耶穌會士固可從證道文學取材，從中古伊索一脈的寓言中擇取布教所需，但是我們仍需了解晚明既非西方上古，亦非歐洲中世紀，兩者間仍有足以造成不同的地方。文化背景與時空一轉，耶穌會士非但得放棄耶穌的比喻，同時也要調整伊索原來的面貌。此一改之變所涉，正是寓言與比喻的第二個差異，蓋無論就形式或意義而言，寓言都具開放性（open-ended），所以也都有其不定性（undecidedness），正如我在〈故事新詮〉中所述者（頁 242）。寓言無從捉摸，「不定」若此，故而所謂寓言的「原本」往往也就缺乏自主性。亦因此之故，古典寓言方能經人再三詮解，幾無限制。由於寓言定性闕如至此，所以才又缺乏主體性，結構上隨時都可因外力而改變。長久以來，耶穌會士向以文化上的適應力著稱，尤其能調和中國國情，使文化扞格無從產生❻❸。在某種意義上，這種能

請參較 Arya Sura, *Once the Buddha Was a Monkey*, trans. Peter Khoroche（Chicago：University of Chicago Press, 1989）一書。

❻❸　參見下舉各書中的相關討論：D. E. Mungello, Curious Land：Jesuit Accommodation and the Origins of Sinology （Honolulu：University of Hawaii

力也表現在會士「新編」歐洲寓言的文學能力上。無論形構或寓義，他們的寓言都可因時因地因人之需要而調整。我在〈故事新詮〉中討論過的〈南北風相爭〉早已呈「華化」之勢❻，而本文舉以為例的兩條狐狸故事更屬「新編」的極致，結構上生變不談，確實也「基督教化」得可以為耶穌會宣教所用。

　　寓言這種形式上的彈性，不可能發生在耶穌的比喻故事上。在基督教的信仰中，耶穌乃「聖子」，是〈約翰福音〉所謂上帝「道成肉身」（1：14）❻。這個「道」，在〈創世紀〉裡是人世形成的動力（1：1-31），在〈出埃及記〉中則為猶太及基督教倫理中所謂「十誡」的立法者（34：10-28）。一言以蔽之，「道」乃宇宙中超越一切的絕對力量，是神可藉之以顯現自身的權威。就此而言，約翰為耶穌和「道」所作的聯繫，也正是耶穌何以在基督教的存在之鏈位階居首的原因。不過倘由神在〈創世紀〉所「道」者亦括含耶穌在〈福音書〉中所「道」者觀之，這種「邏各斯基督論」（logos-Christology）就顯得有點詭異了，因為在神學上，〈福音

Press, 1985），pp. 44ff；George H. Dunne, S.J., Generation of Giants：The Stories of Jesuits in China in the Last Decades of the Ming Dynasty （Notre Dame：University of Notre Dame Press, 1960），pp. 269-302，以及 Gernet, pp.24-30。

❻　另請參見李奭學：〈如來佛的手掌心──試論明末耶穌會證道故事裡的佛教色彩〉，《中國文哲研究集刊》，第十九期（2001 年 9 月）：7-471。

❻　Cf. William Barclay, Introduction to John and the Acts of the Apostles （Philadelphia：Westminster Press, 1976），pp. 70ff。

書〉中耶穌的話不必然是人世形成的推力**❻❻**。更顯弔詭的是，由於耶穌的話在基督教神譜上位居至高，這些話的威權等同於上帝，而耶穌的比喻因屬〈福音書〉中諸多的言談之一，所以在文化上位階亦高，在神學上更是超越了一切，凡人能輕易加以「新編」嗎？易言之，這裡我想強調的是個問題：上帝或天主可以「降世為人」，轉化為耶穌，但是「人」能或敢在形構上「轉化」耶穌的比喻嗎？

如果可以的話，那麼《聖經》解經史上恐怕就不會出現我們今天所謂「比喻解經學」**❻❼**。我甚至可以說耶穌的比喻也是西方「『道』體中心論」（logo-centrism）組合上的一大——就算不是全部——成分。這種中心論，20 世紀六〇年代以來德希達（Jacques Derrida）已經撻伐有加**❻❽**，正可見其百代難移的地位。因此之故，

---

❻❻ 教會史早期有關「邇各斯基督論」的爭論，見 Richard A. Norris, Jr., "Introduction" to his, ed., *The Christological Controversy* （Philadelphia：Fortress Press, 1980），pp. 1-31。

❻❼ 自古以來，這方面的專著不勝枚舉，我比較熟悉的現代專著除前述 Wailes 的著作外，另有 Herbert Lockyer, *All the Parables of the Bible* （Grand Rapids：Zondervan, 1963）；Amos N. Wilder, *Jesus' Parables and the War of Myths* （London：SPCK, 1982）；and Robert T. W. Funk, *Parables and Presence* （Philadelphia： Fortress, 1982）等書。

❻❽ Jacques Derrida, *Of Grammatology*, trans. Gayatri Chakravorty Spivak （Baltimore：Johns Hopkins University Press, 1976），pp. 74ff. Cf. Jonathan Culler, *On Deconstruction ： Theory and Criticism after Structuralism* （Ithaca：Cornell University Press, 1982），pp. 92ff；and Michael Payne,

比喻故事遂變成一超驗的結構，是神的權威部分基奠之所在。不論情況如何轉，歷史上都由不得人變易其貌。比喻的詮釋者可以有意義上的新見或異見，他們卻沒有明代耶穌會士處理上古寓言在形構上的自由，不能任意加以「新編」⑩。

解經學家有權重詮耶穌的比喻，這點誰也不能否認。不過這裡我急待再予強調的是：耶穌會士重詮古典寓言的活動，立足點和解經學家大不相同。從中世紀早期以來，在某個意義上，歐洲的比喻詮釋者解經的努力確實類似〈故事新詮〉中我已經指出來的耶穌會作為。這些詮釋者並不著眼於文本的流動性，而是在某種「基本

Reading Theory：An Introduction to Lacan, Derrida, and Kristeva （Oxford：Blackwell，1993），pp. 139ff。

⑩ 〈士師記〉上有〈膏樹為王〉一條伊索式故事（9：8-15），《舊約》之前即已廣為流傳，中世紀亦曾見引為證道故事。龐迪我《七克》中引用此一故事時雖於原文有損，顯然視同證道故事，但他卻不敢以「寓言曰」述之，只能用「經曰」取代，原因或許也在上述《聖經》經文的「不可重塑性」。龐引見李之藻，2：365。〈膏樹為王〉在中古時代作為證道故事的用例見 Odo of Cheriton, *Fabulæ*, in Hervieux, ed., 4：176，或 John C. Jacobs, trans., *The Fables of Odo of Cheriton* （Syracuse：Syracuse University Press, 1985），pp. 68-70。另見 Beryl Smalley, "Exempla in the Commentaries of Stephen Langton," *Bulletin of the John Rylands Library, Manchester* 17／1（January 1933）：126。至於此一「寓言」在併入《舊約》前流行的狀況，可見 Theodor H. Gaster, *Myth, Legend, and Custom in the Old Testament*, vol II （Cloucester：Peter Smith, 1981），p. 423。

立場」上加以詮釋。此外，他們所解在理論上亦不能左違耶穌的「立意」，所以「在理論上」，他們充其量又只是耶穌「自我詮釋」的發微或澄清，是一種後設式的「詮釋的詮釋」。這些詮釋者甚至也不是從布魯姆的定義出發，不是針對某一新的語境在做「重新瞄準」（re-aiming）的動作。我們從本文所論那兩隻狐狸的故事可以看出，明末耶穌會士在「故事新詮」這方面已迥異於《聖經》的解經學者。他們在華因「新編」歐洲寓言而致力的「新詮」，確實也是一種布魯姆式「重新瞄準」的動作。我之所以這樣說，一因他們所作所為於故事的傳統形式已經有變，再因故事所處的語境也大異於從前所致。就後者而言，我們或可說那傳統語境在晚明其實已經遭人重寫了（recontextualized）。故而對寓言來說是合法者，對比喻故事而言卻可能是非法的。入華耶穌會士何以好用希臘羅馬或伊索式寓言作為證道文類？這個問題的答案多方，不過耶穌的比喻所含攝的權威感及因之而來的不可塑性，我想可以是部分的原因。

　　綜上淺見，晚明耶穌會「新編」寓言的原旨應該已經大要粗具。這些寓言有自柏拉圖〈洞穴喻〉所發展出來的「狂想故事」，《天主實義》那〈暗獄喻〉即屬之，也有業經基督教化的「新編」伊索寓言。兩種新編的作為，基礎當然都是某種布魯姆式的「誤讀」，志在結構與主題上的雙重革命。所謂「革命」，我意指「扭曲」，也就是說「新編」的寓言和伊索的古典「原貌」已有形態之別，除了修辭作用外，編造的目的也和原始企圖不一。保羅有一次說他希望世人能——下面權引利瑪竇在《畸人十篇》裡的譯文——「以瞬息之輕勞，致吾無窮之重樂」（頁 254），但利瑪竇這位教中後生卻更動幾個字，輕而易舉就把保羅的希望化為屬靈的忠告。

《畸人十篇》故而又勸人切莫「以瞬息之輕樂，致吾無涯之重苦」。利瑪竇在要玩這套文字遊戲時，用了一個老練而又不失虔遜的中文習語來暗示：「敢轉其語」（同上頁）。我們倘以上文我所論者爲鑒，不難發現利氏及其耶穌會同志在中國明末「敢轉之語」可不止上引保羅的話，其中還包括〈暗獄喻〉這種「狂想故事」和有關狐狸的兩條「伊索式寓言」。這些故事都是經過「新編」而得，正是耶穌會這種「轉語學」或「轉喻學」（tropics）的創造性結果。

講評意見

康士林
輔仁大學外語學院

〈故事新編〉一文，主要引明末耶穌會士利瑪竇所改編的伊索式證道故事，說明「證道的藝術」在基督（天主）教理的喻證之間如何成就了文學史上的正面貢獻。

李君此文，旁徵博引，中西兼備，洋洋灑灑，深度廣度兼而有之。我曾忝爲李君之師，得見高徒治學如此，倍感欣慰。然吾等爲文不盡然必爲十全十美，吾愛之責之，乃書以下拙見就教於諸家，當期於李君之勤之精也。

（一）標題名爲〈故事新編——論明末耶穌會士所譯介的伊索式證道故事〉，內文所論主要爲利瑪竇改編之故事，而利氏作品則援引四篇爾？是否可將標題再行界定，比如加上「引利瑪竇作品爲例」等等？或是否可在內文中提及其他耶穌會士之作品，或利瑪竇的其他類似作品？

（二）摘要和內文中提及的「誤讀」、「修訂」、「重詮」、「新詮」、「重新發現」、「故事新編」等，語意略近，又不易界定清楚？何爲故事改編者之行爲？何爲讀者之行

為？因之論文作者明之目明，論文讀者怕有不知所指之憾？是否有其他改進空間？

（三）摘要部份提到「……旨在由文學史的角度重探這些譯或寫的歐洲『寓言』，希望能為中國文學史的研究開發新的課題」。李君如此用心良苦，觸角敏銳，殊堪可嘉。然「文學史的角度」何指？內文中恐怕並無太多觸及，是否可再詳細發揮？

（四）論文文體風格鬆緊不一，或有十分文言，或有鬆散如日常語言者。是否可要求論文文體風格稍有一致？比如第九○七頁末解「生命如筵席」、「人生如夢」處，是否有一時興起，意到筆隨，遇於盡興之嫌？

（五）論文結構推理、思路轉折之間是否可要求更切實緊密？比如論文中野狐寓言和斯多葛哲學之聯想？僑、寓、家、塚之譬喻轉折：比如利瑪竇〈暗獄喻〉和柏拉圖《共和國》之間？

（六）證道故事在福音傳播後（evangelization）和福音傳播前（pre-evangelization）之時空背景不同。李君論文結束前提出「『道』体中心論」，自是其識見所在。正如李君所言，聖經比喻故事已變成一超驗之結構，是神的權威之所奠基，因之寓言不可能發生在耶穌的比喻故事上。信哉斯言！然而，利瑪竇之改編故事乃屬於福音傳播前之工作，因而不可能引耶穌故事為喻。（謝惠英譯）

神話中的文學與文學中的神話
——論神話在中國文學史中的地位

鍾宗憲

輔仁大學中國文學系

關鍵詞

神話、語言、象徵、敘事、文學史

摘 要

「神話」在目前有關中國文學史的撰述中,大抵上呈現出三種不同的地位評價:其一,認爲神話代表著文學的起源,或者與文學早期的發展有關;其二,將神話與小說合併討論,尤其是針對神話與寓言、神話與志怪或神怪小說之間的關係加以繫連;其三,是根本略而不談,或者僅僅在敘述中簡單帶過。如果我們不單純以記載神話的載體屬性作爲文學史取材的判斷依據,也不以神話的功能性問題來作爲學科界定的導向標的,而是回歸到神話之所以爲神話的某些特殊質性,探究神話與文學的本質、神話與文學發展的關係

的話，其實不難發現：神話在創作原理上、表現形式上，乃至於對時代環境的反映上，都應該在文學史的討論中獲得比較肯定而明確的定位。

壹

　　自前清光緒 30 年（1904）林傳甲撰寫的《中國文學史》❶問世以來，百年之間，關於《中國文學史》編寫、研究的著作，誠可謂汗牛充棟。但是如果「文學史」確實是像葉慶炳先生所說的：「研究各時代文學演變之學問，即為文學史。❷」那麼我們對於文學史的敘述認知與要求，至少應該包含下列三個部分：第一，文學本身足供形成演變的構成單元要件分析；第二，刺激文學產生演化現象的內外在變動因素的探討；第三，在時間的發展軸線上，對於各個時期、各個區域文學所呈現出來的面貌，及其相互關係的敘述❸。而且，這三者彼此息息相關。

---

❶　林傳甲先生撰寫的《中國文學史》，據信是國人自撰《中國文學史》的第一本。此書原為林氏任教京師大學堂優級師範時所編寫的講義，目前傳世的有前清宣統 2 年（1910）石印本。臺灣則有影印版，林傳甲：《中國文學史》，臺北：學海出版社，1986。（影印宣統 2 年 6 月校正再版，民國 3 年六版）

❷　葉慶炳：《中國文學史》（臺北：臺灣學生書局，1987）頁 3。

❸　陳國球先生認為：「『文學史』既指文學在歷史軌跡上的發展過程，也指把這個過程記錄下來的文學史著作。就第一個意義來說，文學史存在於過去時空之中；就第二個意義而言，文學史以敘事體（narratives）的形式具體呈現於

　　所謂「文學本身足供形成演變的構成單元要件分析」，首先是必須要確認文學之所以爲文學的意涵，從定義上的單元組成中構築出文學本質上的意義，進而推展出單元與單元間的活動情況，來作爲解釋文學演變的背景前提。比如說，如果我們將「文學」界定爲「語言的藝術」，而「文學史」自然成爲「語言的藝術史」，那麼勢必涉及到對於日常生活的語言與表現藝術的語言的劃分，這個劃分或許會因爲每個時期對於文學觀念的不同，而有模糊的灰色地帶，但是唯有如此，才有可能在文學史的敘述中，論及藝術形式與表達功能的問題，從而推展出時代的差異性與演變的過程；再則，如果我們將文學活動，界定在作者、作品、讀者與現實這四者間的互動，那麼勢必涉及作者產生作品的主客觀條件的影響、作品呈現方式的類型與要求、讀者的接受能力與價值判斷，乃至於時代風格與文化環境對於文學藝術的不同見解，來回溯、檢討文學史的變動因素。也唯有如此，才能夠進入「刺激文學產生演化現象的內外在變動因素的探討」。

　　王國維的《人間詞話》說，文體通行既久，不得不變：「四言敝而有楚辭，楚辭敝而有五言，五言敝而有七言，古詩敝而有律絕，律絕敝而有詞。蓋文體通行既久，染指遂多，自承襲套。豪傑之士，亦難於其中自出新意，故遁而作他體，以自求解脫，一切文體所以始盛終衰者，皆由於此。❹」這段話事實上就是在說明刺激

我們眼底。」本文所指的敘述認知，即以此爲開展。陳國球（1956—　　）：

《中國文學史的省思》（香港：三聯書店有限公司，1993）頁1。

❹　王國維：《人間詞話》，臺北：中華書局，1970。

文學產生演化現象的內外在變動因素，而幾乎所有中國文學史的著作都將這段話引以為圭臬；同樣的，顧炎武《日知錄》卷二十一〈詩文代降〉說：「三百篇之不能不降而楚辭，楚辭之不能不降而漢魏，漢魏之不能不降而六朝，六朝之不能不降而唐也，勢也。❺」也是顛撲不破的至理名言。但是既然在陳述文學發展的歷史事實之餘，還要觀其變化，求其原因，恐怕就不能單純以「勢也」一語來推託了事；而且文體的興衰與演變，也不會是單純的因為「豪傑之士，亦難於其中自出新意」，就「遁而作他體」。除非，我們回歸當初林傳甲撰寫《中國文學史》的原始動機，這也幾乎是後來大多數編寫「中國文學史」的動機——以教育為目的，編寫「中國文學史」就是編寫教科書，那麼關於「中國文學史」的敘述，只需停留在「在時間的發展軸線上，對於各個時期、各個區域文學所呈現出來的面貌，及其相互關係的敘述」這個部分的要求上。

然而，就誠如陳國球先生所說的：

> 我們要認真省察種種敘事體（鍾案：文學史）的本質，質疑它的支配地位，進而積極地深思這敘事體的操作方式有沒有改善的可能。再者，這種思考雖然針對的主要是文學史著作的撰寫方式，但「如何描述」的考慮很容易就牽連到「如何選擇描述對象」的問題；換句話說，所謂「客觀事實」的文學活動或事件的範圍，也會因應調整。因此，對文學史敘事體的省察，直接影響我們對文學史本體的認

---

❺　顧炎武：《日知錄》，臺北：臺灣商務印書館，1978。

識，以及對文學史過程的理解。❻

　　文學史的敘述，面臨了再思考的問題。而以往的文學史著作，在我們要求文學史必須涵蓋上述三個部分的前提下，也確然還有再反省的空間。例如：關於駢文的藝術美學方面，甚至存在的事實方面，都被許多文學史著作所輕忽、歧視；口傳文學的存在，以及對於文人的書寫文學呈現的影響，也向來不被重視。這種情況的出現，其實就在於文學史的編撰者「對文學史本體的認識，以及對文學史過程的理解」的差異，所反映出來的現象。而在這其中，在觀念上與敘述上比較參差的部分，尤其是在「神話」的定位上。

　　「神話」的概念，也算是這百年來興起的一個「新」的概念。目前所知，最早提出「中國神話」概念的，應該是十九世紀末俄國聖彼得堡大學Ｃ・Ｍ・格奧爾吉耶夫斯基的中國神話研究專著《中國人的神話觀與神話》（1892 年聖彼得堡版）❼。然而中文的「神話」這個詞彙，卻是應該來自於日本；1903 年（清光緒 29年），上海文明書局出版了高山林次郎的《西洋文明史》，競化書局出版了白河次郎、國府種德的《支那文明史》等等，經由這幾部日文翻譯爲中文的「文明史」著作，或者像留日學生蔣觀雲在同一年的《新民叢報》發表的〈神話歷史養成之人物〉一文，「神話」這

---

❻　陳國球，頁 2-3。

❼　馬昌儀：〈中國神話發展的一個輪廓〉（《中國神話學文論選粹》編者序言，
　　北京：中國廣播電視出版社，1994，頁 7）。

個名稱才正式在我國出現❽。而關於中國神話的論述與整理，也才因此開展。大致而言，過去百年來研究中國神話，已獲致相當的成果，其主要的研究面向有五種：

1.對於神話產生動機的研究（神話思維、歷史敘述、歷史記憶）；

2.對於神話文化意義的研究（宗教文化、圖騰文化、比較神話）；

3.對於神話文本確定的研究（廣義神話文本、狹義神話文本）；

4.對於神話藝術形象的研究（考古資料解讀）；

5.對於神話的綜合性研究（神話理論的建立、神話史或神話研究史的建立）。

儘管神話研究有著跨學科的特性，然而早期在研究方法的使用上，則多是利用了考古學（強調出土文物的實證工作）與人類學（強調田野採集資料的重組）❾的基礎，其主要的目標是上古史或原始生活情境的建構與需求。這與當時隨著西學東移、人類學等現代人文科學的蓬勃發展、以及考古文物的陸續出土，更為重要的是民族意識在國家危機與文化弱勢的刺激之下急遽反彈等等客觀學術環境的影響，有著密不可分的關係。使得古文化與古歷史的探求，

---

❽　西方神話學（mythology）傳入我國的途徑有二，一是通過日本，一是直接來自歐洲。以上資料詳見馬昌儀：〈中國神話發展的一個輪廓〉，頁9。

❾　可參見馬昌儀：〈人類學派與中國近代神話學〉（《民間文藝集刊》第一集，1981）。

一時蔚爲顯學。早期的神話學者對於神話的研究與關切，探究其動機，並不是出於宗教上的信仰熱情，或單純學術上的求知興趣，而是出自民族歷史的需求❿。

就今天來看，我們很難否定神話確實是一門跨學科的研究工作，但是在此同時，我們也很難否定面臨中國神話的某些文學特質，所產生的困擾。歷來中國神話研究大致有四個研究上的困擾：

1.原典的不完整性——即明確研究對象的缺乏，使得神話體系構築上的有所缺陷。

2.傳說的不穩定性——時空不同所造成的差異，以及現階段口傳文學與傳統書寫文學間的距離推測；

3.定義的不確定性——來自西方學術的神話概念，與本國現實

---

❿ 王孝廉先生說：「中國古代神話傳說研究興起的原因和背景有五個：一是受了鴉片戰爭以來動盪不安的時代環境的影響，在現實和傳統的衝突中刺激了知識分子對於傳統的古史觀念產生了再思考和再批判的動機。二是受清代中葉到民初的疑古學風的影響，在這種不信任古史和典籍的疑經風氣的傳承下，產生了「古史辨」的古史研究，由此而導致了當時和以後的神話傳說研究。三是受了西洋科學治學方法和新史觀輸入的影響，由這些使當時的學者知道了神話學研究上的各種學說與研究方法。四是受了當時考古學的影響，出土的遺物和骨金文等使得古書典籍中的神話記載得到了真實的物證。五是受了「古史辨」的影響，「古史辨」對古史所做的推翻和破壞的工作而產生了神話傳說的還原。」見王孝廉：〈神話研究的開拓者〉，收錄在《中國的神話世界——各民族的創世神話及信仰》，頁 726，臺北：時報出版公司，1987。

上的神話研究對象，經常出現矛盾，而產生研究範疇過大
與過小的困擾；

4.內涵的不自主性——定義上的爭議，增加理論建立難度，同
時又必須面對文獻與考古實物的如何互動的思考與反省。

這四個研究上的困擾，基本上也反映在「中國文學史」該如
何去面對「神話」的問題上。因為當我們在為「神話」下定義時，
可以說幾乎全都在「文學」的框架中，而且這種情形，古今中外皆
然。然而，當初除了魯迅先生開始將神話與文學史的起源繫聯起
來，嚴格上說應該是將神話與小說繫聯起來（《中國小說史略》
❶）之外，自林傳甲以下大多數的中國文學史撰述，往往沒有認真
的以文學思考或文學批評的這個層面來看待「神話」，使得神話在
文學史中的地位停留在擺盪難定的情況。

在目前有關中國文學史的撰述中，關於「神話」的部分大抵
上呈現出三種不同的地位評價：其一，認為神話代表著文學的起
源，或者與文學早期的發展有關❷；其二，將神話與小說合併討

---

❶ 魯迅（周樹人）：《中國小說史》，原名應為《中國小說史略》，完成於 1924
年，所見影印版本：臺北：谷風出版社。

❷ 諸如：朱靖華、李永祜：《簡明中國文學史教程》（濟南：齊魯書社，
1988）、游國恩等：《中國文學史》（臺北：五南圖書出版公司，1990）、中國
社科院文學所中國文學史編寫組：《中國文學史》（北京：人民文學出版社，
1991）、劉持生：《先秦兩漢文學史稿》（西安：西北大學出版社，1991）、郭
預衡：《中國古代文學史長編》（北京：北京師範學院出版社，1992）、林
庚：《中國文學簡史》（北京：北京大學出版社，1995）、馬積高、黃鈞：《中

論，尤其是針對神話與寓言、神話與志怪或神怪小說之間的關係加以繫連❸；其三，是根本略而不談，或者僅僅在敘述中簡單帶過，或者以巫術文學概念視之❹。出現這樣的情況，一方面固然是中國神話研究本質上的困擾所帶來的；另一方面，也是在現有文學史編撰過程中，比較忽略了從文學的構成單元要件分析、刺激文學產生演化現象的內外在變動因素、在時間的發展軸線上，文學所呈現出來的不同面貌，及其相互關係等等面向去考量神話與文學、神話與文學史的關係上。這當然也涉及到文學史的編撰者「對文學史本體的認識，以及對文學史過程的理解」的部分。

國古代文學史》（臺北：萬卷樓圖書有限公司，1998）等等。

❸ 諸如：葉慶炳：《中國文學史》（臺北：臺灣學生書局，1987）；大多數「小說史」的著述或受魯迅（周樹人）：《中國小說史》（完成於 1924 年，所見影印版本：臺北：谷風出版社）的影響，皆以神話為小說最初形式之一，如：孟瑤：《中國小說史》（臺北：傳記文學出版社，1980）。

❹ 諸如：林傳甲：《中國文學史》（臺北：學海出版社，1986，影印宣統 2 年 6 月校正再版，民國 3 年六版）、趙景深：《中國文學小史》（完成於 1926 年，所見影印版本：臺北：莊嚴出版社，1982）、褚柏思：《中國文學史類編》（臺北：臺灣商務印書館，人人文庫，1976）、劉大杰：《中國文學發達史》（臺北：臺灣中華書局，1984，臺十三版）、胡克善、羅青、李永祥：《中國古代文學簡史》（濟南：山東大學出版社，1987）、金啟華：《新編中國文學簡史》（鄭州：中州古籍出版社，1989）、劉經庵：《中國純文學史綱》（北京：東方出版社，1996）等等。

貳

　　關於「神話」的定義，歷來爭論不休；對於屬於「中國神話」的定義問題，也曾經在大陸地區激烈討論過❸。暫且不論其爭論的結果如何，「神話」這個語詞是來自日本，而「話」在日本漢字的意義裡，即爲話語與故事之意，與「物語」的意思相近似。所以「神話」這個詞彙的直接翻譯，簡單的說就是「神祇的故事」。而「神話」的概念是來自西方，就西方而言，英文的 myth（神話）一詞出自希臘語 mythos（或是 muthos），原本指的也就是「以神或英雄爲內容的故事」❹。因此，神話至少在敘述（narrative）

---

❸　關於「中國神話」定義上的爭議，筆因於袁珂先生曾在編寫《中國神話傳說詞典》時，將序言標題作〈從狹義的神話到廣義的神話〉，並將前三節發表於 1983 年第四期的《社會科學戰線》上，同年又發表同名論文於 1983 年第二期《民間文學論壇》，引起各方討論。1984 年再度發表〈再論廣義神話〉於 1984 年第三期《民間文學論壇》。同期的《民間文學論壇》也刊出了武世珍先生的〈神話發展和演變中的幾個問題——兼與袁珂先生商榷〉。同年 5月，《民間文學論壇》編輯部由劉錫誠先生等在峨嵋山邀請了中國神話學者與相關民間文學、民俗學學者針對中國神話界說問題加以討論，並將摘要內容刊登於 1984 年第四期《民間文學論壇》。

❹　神話一詞英文是 myth，源於希臘文 mythos（或是 muthos）而來的。希臘語 muthos 語辭的根源意思是 logos，如紀元前八世紀或上溯於更早的 12 世紀時候 Homeros（荷馬），對於 muthos 一詞的意思，認為是「話語」或「被說的一些故事」等。到了紀元前 6 世紀的時代，詩人 Pindaros （522—448

或者敘事❶的部分，與文學息息相關。也就是說，至少「文學」，無論是書寫的、或口傳的，是神話表現形式的一環；而「神話」則是文學內容的一部份。這是文學史編撰者所不應加以規避的問題。

其次，將神話列入文學史的敘述當中的，大多不否認神話與「文學的起源」有著密切的關聯。其主要判斷依據，一方面是來自對於神話產生的時間與認定；另一方面是來自神話對於後世文學的影響。關於這樣的看法，容或可以以中國社會科學院文學研究所中國文學史編寫組所合力編寫的《中國文學史》❶為代表：本書的第

B.C）的時代，Muthos（神話）一詞就有了「說關於神性存在態的話語或故事」的意思。關於 muthos 一詞的展開歷史過程，Alexandre .Krappe 在他的「民俗學」（The Science of Folklore）中指出的變化過程是這樣的：「希臘語的 muthos 的意思單純是指 story 或 tale。到了荷馬時代，因為荷馬史詩的巨大影響，希臘人於是把神話的定義逐漸演變成神或英雄的故事，羅馬人又繼承和接納了希臘人的這種觀念，把它流傳到各國之間去。」由此 muthos 的語源上來看，可以推出神話就是「以神或英雄為內容的故事」，這確實是神話的一個定義。這個定義是古代希臘人在無意識中所制作出來的一個大眾性的定義。以上整理自王孝廉編譯：〈神話的定義問題〉。

❶ 「敘述（narrative）」的概念在中文的意義上，應該包含一種「表達」的概念，而不僅僅是「敘事」而已，為避免困擾，本文將「敘述」與「敘事」並舉。

❶ 中國社科院文學所中國文學史編寫組：《中國文學史》，北京：人民文學出版社，1991。

一個部分「封建社會以前文學」**⓳**，第一章標題是「中國原始社會的文學」，其中第一節是「中國原始社會的文化和文學藝術的起源」，第二節即爲「古代神話傳說」（頁 6-13）。本書引用了馬克思《政治經濟學批判：導言》對於神話的定義：神話是「在人民幻想中經過不自覺的藝術方式所加工的自然界與社會形態」，而提到：「他們要求：一、解釋自然界現象與社會現象；二、戰勝自然界、戰勝危害生命的一切敵人。這樣就產生了神話和傳說。神話是純粹的幻想和虛構；傳說卻是有一些歷史事實和影子，人們根據了一些歷史事實，通過幻想來加工，把這些故事內容大大充實起來。」（頁 6-7）書中認爲，古代神話傳說的特色：一、英雄人物在自然界的災害面前，都是以無比的力量去克服的；二、英雄人物的命運不是由神安排，而是自己決定，體現「人定勝天」的思想；三、表現了磅礴的氣勢或者優美的情感，富有抒情的意味。（頁 12-13）又說：「古代神話傳說對後世文學的影響很大。它是浪漫主義的源頭。後來一些積極浪漫主義的詩人都從古代神話傳說裡得到許多啓發，如屈原和李白的詩歌都十分明顯。我國的小說也是導源於神話傳說，戰國時期的《穆天子傳》就是利用了一些神話傳說的素材所寫出來的。魏晉的志怪小說是一些神話式的故事。一直到明、清，還有許多寫狐鬼變化之類的作品，也都是一脈相承。另外，有一些小說在寫法上和古代神話傳說有相類似之處，如《西遊記》寫孫行者和妖魔的鬥爭，《封神演義》裡面寫「截教」和「闡教」的鬥法

⓳ 受特定學術觀念影響，大陸學者往往將歷史中的社會型態變化，劃分為：原始社會、奴隸社會與封建社會；而「封建社會」起自春秋戰國時期。

等，很像黃帝和蚩尤作戰的情形。至於民間流傳的故事，和古代神話傳說相似的更多了。」（頁13）

整理本書對於神話的敘述基調，基本上是：

1. 神話出自原始初民的幻想，並根據某些歷史事實加以充實。
2. 神話表現出一種反抗的堅強意志，反抗壓迫、反抗自然；但是充滿浪漫的抒情意味。
3. 小說導源於神話傳說；神話是純粹的幻想和虛構，傳說卻是有一些歷史事實和影子。

像這樣的敘述，有著值得思考的空間：神話是否只限於年代上的「原始」，而沒有產生於後世的可能？現在被認定的所謂「神話」，其精神表現是否如此一致？小說導源於神話傳說，是形式的部分？還是內容的部分？當然，在我們試圖對「神話」的敘述加以「詮釋」時，會有各持己見的情形，只要言之成理，能自圓其說，除非有更明確的依據，否則誰也無法去強加否定。但是如果是可以跳脫出主觀詮釋的問題範疇，自然有反省的必要。

前文提到現階段中國神話的四個困擾，反映在這部書對於神話的敘述基調上，其實是文學史編撰時所面臨的最大判斷問題：如何確定文學史敘述的對象？這不單純是選擇、剔除的問題，而是更深刻的：沒有具體存在的文學作品，包括亡佚的、非書寫的、甚至無法確定真實存在過的？是否必須加以陳述？如果在討論文學演變的過程中，確實是必要的，又該如何勾陳？

例如：在理論上，我們認定神話應該是出自原始初民的幻想，而神話與歷史出現模糊的重疊現象，也屢屢見於各國神話之中，當然中國神話的合理化、歷史化的情形比較嚴重；但是，這僅

僅是「理論上」我們如此認為，真實的、可以在文學史上討論的具體作品在哪裡？像這部文學史贊同神話的產生年代很早，可以早到難以想像，也確定了神話出於幻想（自覺的或不自覺的），但是書中所舉的神話記載，雖然提到並引用了《山海經》，但例子卻大多出自《淮南子》。《山海經》據袁珂先生的說法是戰國中晚期作品❷，各家論定也大抵如是；而《淮南子》一書明顯是漢代作品，那麼關於「神話應該出自原始初民的幻想」的說法，豈非也如同神話一般？

再則，如果神話與文學的關係確實僅僅在於敘述或者敘事的部分，那麼或許可以像拙文〈中國神話的敘事性與象徵性〉❷所曾經提到的，「神話」應該以人的思維方式與語言表現方式視之，而且不應該僅以西方對於敘述（narrative）的認知來檢視中國神話，而認定中國神話是不完整的、殘缺的敘述，甚至認為中國是沒有神話的。因此，後來在拙文〈神話的時間與空間：以中國上古神話為討論核心〉❷之中，提出了中國神話在敘述方面的四點特質：

---

❷ 袁珂：《山海經校注》（臺北：里仁書局，1982）頁 497-498。

❷ 發表於「2001 年東亞漢學國際學術會議」（長春：吉林大學文學院，2001 年 8 月 23、24 日），修改刊登於《輔仁國文學報》第十七期（臺北：輔仁大學中文系，2001 年 11 月）頁 245-279。

❷ 發表於「全上古秦漢三國六朝文學與中國文化國際學術研討會」（香港：香港大學中文系，2001 年 10 月 11、12 日），修改刊登於《漢學研究集刊》第一期（香港：香港大學中文系、加拿大多倫多大學東亞系、阿伯特大學東亞系聯合出版，2001 年 12 月）頁 107-157。

1. 人文性質的神話多於自然性質的神話。這是指內容方面而言。中國神話對於創制方面的文化英雄敘述、民族族源方面的敘述，或者習俗推源方面的敘述比較多，對於自然現象的詮釋與敘述比較少。

2. 敘述方式多以塊狀的狀態呈現，而非時間線性的流動敘述。也就是說，敘述時不重視因果之間的過程，比較少出現情節方面的串聯，這也是中國神話歷來被批評是片斷的主要原因。

3. 出現「沉默現象」。「沉默現象」指的是兩個部分：第一部份是非口傳的書寫文獻記載出現斷層，使得神話敘述的還原往往必須借助後來的其他文獻記載，這固然是神話流變現象之一，但是文獻的時間差距過大，很難做到真正準確的地步，中間所隱藏的「沉默」部分難以理解。第二部份是口傳的民間文學，在被文字記錄前有各種被修改、演繹、附會的因素存在，這段「沉默」期間的長度與內容，難以估計。換言之，若想以現代的田野採集資料要還原上古神話，是有其困難度存在的。

4. 往哲學思維傾斜。由於神話敘述是片段的，使得每一個片段都會可能成為解讀時的重要依據，甚至每一個名詞都會成為重要的「符號」，要詮釋這些符號，除了語文本身的訓詁之外，只能往象徵意義的角度去嘗試詮釋，所以哲學思維的傾向會特別強烈；另一方面也由於中國神話有許多是被記錄在像《莊子》、《淮南子》等子書之中，所以說理過程當中的意義指向，比較值得重視。

那麼，我們不難發現，中國神話與歷史的貼合程度比較緊密，反映在文學當中，自然會與「史傳」的部分接合；而這種接合，與神話的文學呈現方式有關，無法避免的會在口傳與書寫當中流動，而產生變化；在這種流動變化當中，或者被諸子的論述所引用，而有成為「寓言」的可能；同時因為敘述或敘事上的片段，難以順利連貫，構成表達上的「跳躍」現象，或產生詮釋上的理解困難，於是在思考的邏輯上，必須將神話敘述或敘事的若干單元（可能是某個詞彙，也可能是某一段情節）予以符號化、意象化，使得解讀時的聯想空間因此而增大。

所以，神話在文學表現形式的來源上，可以有口傳的與書寫的兩種方式。在文學表現形式的類型上，可以是「詩」，尤其是敘事詩；也可以是「文」，包括內容也許是片段的、沒有故事性的散文，以及具有故事性的小說[23]。這些具體的文學現實，應該是可以反映在文學史的編撰內容當中的。

再則，回歸到神話的另一個重要構成性質——「神」的問題上[24]。即使我們無意從「神學」或「宗教學」的角度來對此加以討

---

[23] 關於「史傳散文」與小說的關聯，以及「諸子散文」對於「寓言」的運用，限於篇幅，暫不討論詳細。

[24] 「神話」必須具備四個敘述方面的要件，才可能被認為是神話：（1）特殊的人物，通常是「非人」、或「超人」，也就是我們一般所謂的「神」，這個特殊人物具有與生俱來的特殊能力，超越人力所及；（2）特殊的事蹟，這個事蹟可能發生在神與神之間，也可能發生在神與人之間，有時候甚至只是單純對於神的能力的一種敘述或說明而已；（3）神或是前項所說的事蹟所存在的

論，增加我們去理解神話的複雜程度。但是「神」的出現，確實是神話之所以被稱爲神話的重要判斷依據之一。如果我們姑且把神話當中的「神」，視之爲一種特殊的人物，泛指具有與生俱來的特殊能力，超越人力所及，甚至足以操控、改變一般人的命運與現實生活的「非人」、或「超人」的話，那麼我們依然很難去逃避有關宗教信仰的思考傾向的部分。

用比較感性的、帶有神秘色彩的角度來看，「神」是出自人的一種無力無助的、甚至於只是一種因無力無助而畏懼戒慎的心理產物。也許帶有些功利性，但是也很理所當然；因爲人始終在自我、社會、自然之間，試圖尋求一種定位與和諧，甚至進而追求掌控。所以，有時候這種無力無助，有著試圖改變現況的冀求，或者產生浪漫的完美憧憬；有時候這種無力無助，是出自對於現況的莫名，而有了解釋的需要，或者從而轉變爲建立傳統、主導歷史意識的動力；當然有時候這種無力無助，是滿足於現況而畏懼改變，希望藉由感恩來紓解畏懼的壓力、藉由祈福來作爲繼續保有的手段。因此，「神」的出現，是既無法擺脫現實、又必須與現實拉開距離的交錯作用下的結果。由此衍生，「信以爲真」，就成爲「神」之所以存在的重要依據，也是神話與後來的神怪小說之流的差異所在。即使這樣的差距，確實很難完全分辨得清楚。

特殊空間（地點），也許就是「神的世界」，也許是一個不可深究的特定或不特定場域；（4）神或是前項所說的事蹟所存在的特殊時間，或許這個時間經常被人認爲是歷史的一部份，或許這個時間只存在某些信以爲真的人的記憶裡。拙文：〈神話的時間與空間：以中國上古神話爲討論核心〉，頁 108。

　　用比較理性的角度來看，「神」是一種抽象的、很難具體實證的，這種「信以爲真」的存在，只存在於相信者本身或相信的群體之中，因而在此之外，就會有荒誕不經、無法理解的困惑，產生出「神話」的引申意涵：純粹的幻想與不切實際。也就是說，對於相信者而言，「神」是存在的，或許只是曾經存在、未來即將再現；而不相信者則可能會譏以爲空談。但是以藝術的觀點視之，「神」的出現，是將抽象意念予以具象化、形象化的具體表現。這個具體表現，實質上也就是藝術的基本要求。如果將這個表現，縮小到以「語言文字」作爲表現的工具的部分，那麼這個表現所呈現出來的，就是語言文字藝術當中的「文學」。而且，如果說文學的確是人在現實環境、歷史認知與個人感悟等等理性與感性的背景交互運作下，以語言文字爲載體所表現出來的藝術的話，那麼「既無法擺脫現實、又必須與現實拉開距離的交錯作用下的結果」所產生出來的，關於「神」的想像、敘述與理解，就充滿著「象徵」的符號性意味。尤其是在神話中所常見的怪異現象與形象，包括神話當中關於「變形」的概念，其實就是文學表達中，是一種突出的、一種渲染的、一種聯想的、一種象徵的、一種與現實產生若即若離的距離藝術手法的運用。即使這種運用，可能是一種純然不加思索的自然表現，而被我們歸之爲「幼稚」的不成熟手法。

　　甚或，再由具象化、形象化觀之。客觀來看，利用語言文字來將抽象意念予以具象化、形象化的難度，比較利用書面的圖畫、或立體的雕塑，乃至於肢體行動來將抽象意念予以具象化、形象化的難度爲高。就傳播、表達的角度來看，也是如此。所以當語言文字的使用與掌握能力不足，而以圖畫、雕塑、肢體行動來達到表現

與表達的目的，是可以被理解的。因此，紀錄神話的載體，也可以是圖畫、雕塑，或者制式化以後足以供後世依循流傳的儀式❷❺。將這樣的概念，放在關於藝術的討論當中，那麼神話與藝術的起源因此可以相對照。落實在文學觀念或類型之中，也因此可以將神話、儀式與戲劇共同思考。

像這樣從神話的本質與表現形式的關聯去思考關於文學與文學史的問題，或許可以提供文學史編撰者另一個思考方向。

神話與文學的關係，大抵上可以分為兩個範疇：第一部份是神話本質與文學本質上的相關性；第二部分是文學作品對於神話的運用。而神話與文學史之間的關係，當然也建立在這兩個範疇之中。

假設我們將神話的表現工具侷限在以語言文字為載體的部分上，則這個部分與文學相當，提供給我們足以進行對比的基礎。「語言」是人最初的表達工具；廣義的語言，包括肢體動作的語言、口舌發音的語言、紀錄語言的文字符號，以及各種足以表意的文化藝術形態。從狹義的語言文字的產生與運用來看，根源上是來

---

❷❺　這當中所涉及的，還包括是否是對於神話故事或概念的模仿，一種回歸式的復原，或者是一種再創作的演繹。尤其是戲劇，既不應當是儀式，也不應當視之為單純的神話，但是彼此間在形式、情節與人物上，容或有較為深層的關係。本文對此暫不討論。

自於社會現實上的需求，其主要的功能在於人與人之間的溝通，而達到彼此表示情意與心志的目的，而且文字在這方面的表現，從傳遞的時間長度看來，遠優於語言（口語）。但是單單是「溝通」、「表意」這兩項基本功能，就從來沒有一種語言文字能夠真正進行完全符合、完全貼切的表達❷❻。因為語言文字在進行表達的時候，往往來自於對於「事實」❷❼的模仿，此一「事實」包括了具體的事物與抽象的情緒（包括想像）。「模仿」其實是一種形象化必要的過程，但是透過語言文字的中介，與「事實」之間，原本就會出現像敘述者的「視角」、「敘述層次」、「語言表達成熟度」的差異等等，而形成落差。這樣的落差還不包括接受者本身的差異部分。也就是說，只要是使用語言文字進行表達，除非是最簡單的判斷句，否則或多或少都會有「虛構」的成分，也就是自覺或不自覺地加入「誇飾」或「渲染」的部分，尤其是敘述性的語言文字。日常生活語言與文學藝術語言比較大的差異是，即使日常生活語言不見得是最精確的語言表達，但是說話者（作者）與聽者（讀者）之間的意思傳達，可以是直接而不加遐想；文學藝術語言的表達，則主要是間接的。間接並非表達不準確或不完整，相反地，文學藝術語言往往要

---

❷❻　言辭不是現實，是幾乎所有語言學家的共識，例如：英籍日本學者早川（S. I. Hayakawa）研究東西方語言現象時，即如此表示。早川（1906—？）：《語言與人生》（*Language in Thought and Action*），中文譯本：柳之元譯（改編），臺南：大夏出版社，1995。

❷❼　這裡所謂的「事實」，指的是具體的心象（image）呈現，而不特定指現實或真實的事物。

求通過間接所產生的距離感，能更貼切自己所要表達的內容，甚至是因此而使得接受表達者能夠更容易理解、更容易感受到自己所要表達的內容，基本上是以說話者（作者）與聽者（讀者）之間主觀的心理互動，藉由表達上的部分留白，來彌補語言文字在客觀條件上無法完全表達的缺憾。

　　但是對於「語言」的使用主體來說，有一個值得注意的觀念：語言的使用能力，及語言功能性的創造，是建基於使用主體本身知識的多寡與感知的敏感程度；而且使用的主體藉以構思表達的想像空間，並無法超越其使用語言的能力。換言之，就算是最會思考、幻想的人，其思考、幻想的內容都還是只會侷限在他所認知的詞彙工具之中，而詞彙工具的適當運用，或者創造出新的詞彙工具，則又在於他知識的豐富與否；而運用與創造的動力，是來自於對於週遭環境與自我心理變化的一種感受。因此，在語言文字的表達上，隱晦性的語言、比擬性的詞句會自然而然的出現，這構成文學對於語言文字運用上的基本要件。「隱晦」的出現，其原始是由於我們無法適當明確的表達；「比擬」的產生，則是我們試著希望別人能夠更清楚準確的了解；此二者，原來是由於語言文字與「事實」表達的距離，所產生的不得已現象，後來卻都成爲了文學的表達技巧之一。

　　那麼回過頭來看「神話」的部分。很顯然地，上古所流傳下來的某些故事或記載，之所以被我們稱爲「神話」的主要原因是：這些故事的人物或內容，無論是詮釋自然現象的、講述英雄事蹟的、或推究民俗根源的，以理性的角度來判斷都是荒誕不經、非現實世界所可能出現的。所以神話往往是一種隱晦性的語言、疾病的

語言，並且因此可以與文學中「非邏輯性語言」的詩學相提並論。這一方面固然是因爲神話本身所具備的文學性質，以及神話語言的歧義性結構和意象的飽滿程度所帶來的印象；另一方面也肇因於神話的「原始語言」性質。「原始」是相對的概念，而非絕對的概念；當然時代較早的語言，是較爲原始的語言，詞彙相對的極其有限，表達上也相對的極其幼稚，這就是我們所謂的「原始初民的語言」。因爲只要是現有知識所無法詮釋、或者是技術上無法獲得實證，只能憑藉著想像來強以爲說，試圖以組合、堆疊式的詞彙語言來加以形容，做爲彼此溝通上能夠共同理解的語言模式，就是所謂的「原始語言」；而構成這種語言模式的思維方式，自然相對的是樸素而簡單的，那麼可以將之稱爲「原始思維」。其實，語言的使用，就代表著一種思維模式的完成，而這個思維模式可能是爲了去認識、去解惑、去記錄的，乃至於去表達，於是產生了以原始思維、原始語言所創造出來的神話。

我們之所以說神話產生的年代是比較早的，主要來自對於神話的表達是幼稚的、不成熟的現實推測，而對於神話內容相關記載的典籍，也代表著當時或更早之前的觀念，所以我們可以往「起源」的方向去思考。誠如「文學」的觀念，在歷史的發展過程當中，由原本意味著書寫與表述的學術活動總稱，逐漸而成爲專指特殊形式與內容的辭章，那麼單就「書寫與表述」的部分，就不應該捨棄神話。而且所謂「特殊形式與內容的辭章」，是我們對於語言藝術的部分特意強調之後的歸類概念，藉以彰顯對於文學的藝術性要求，自然也不應該捨棄具有「隱晦」與「比擬」性質的神話。

「隱晦」與「比擬」都是文學藝術上對於「象徵」的運用與

呈現,是產生聯想的玩味空間的手段,而「象徵」實質上指的是一種意義上的指向。韋勒克、華倫合著的《文學論》❷❽曾經提出「意象」、「隱喻」、「象徵」、「神話」的概念差異,而以「詩」的角度,認爲上述四者的關係密切:

> 如果一個意象一度被引作隱喻,而它能固定地反覆著那表現的與那重行表現的,它就變成象徵,亦可變成象徵(或神話)的體系之一部份。❷❾

在西方文論中,將「詩」視爲文學藝術的最高原則,詩論中關於「神話」的見解容或與神話學的神話義涵有所出入,但是對於神話與象徵的關係,卻有相當程度的吻合。「象徵」的意義指向與所要表達的意義標的之間的關係,可以是直接對比的,也可以是間接對比的。當這個意義的指向,對敘述者或接受者而言不是單一的時候,就會構築出一種多重內涵的「意象」或「語境」,這是由敘述者與接受者雙方面所共同定義的。這是神話的表達現象,也是文學藝術的判定準則之一。但是畢竟神話與文學之間,仍存在著差異,葉・莫・梅列金斯基的《神話的詩學》說:

> 神話創作蘊涵的只是詩歌無意識的本原,因此不能將諸如藝術手法、表現手段、風格等屬於詩學(鍾案:poietike)

---

❷❽ 韋勒克(Rene Wellek)、華倫(Austin Warren):《文學論》(Theory of Literature),王夢鷗、許國衡譯,臺北:志文出版社,1976。

❷❾ 《文學論》,頁 308。

　　　探討的對象使用於神話。然而，神話具有這樣一種特性，
　　即將一般的概念體現於具體的、可感的形式，即本身的形
　　象性；而形象性正是藝術所特有，在一定意義上說，藝術
　　又承襲於神話。最古老的神話，作為某種渾融的統一體，
　　不僅孕育著宗教和最古老的哲學觀念的胚胎（誠然，諸如
　　此類的觀念又形成於神話基原被克服的過程中），而且孕育
　　著藝術的，首先是口頭藝術的胚胎。藝術形態承襲於神
　　話，既承襲具體的、可感的概括手法，又承襲渾融體本
　　身。文學在其發展進程中，長期以來將傳統神話直接用於
　　藝術目的。**❸⓿**

　　神話的產生與文學的創作，兩者的主要差異在於「無意識」
而為之與「有意識」而為之的問題上，也就是這些藝術特質是創作
者不自覺的、抑或是自覺的。因為神話比文學更具有無法落實的不
穩定因素；這裡所指的「不穩定」，指的是對於解讀者而言。作者
的不確定、指涉意義的不確定、時空環境的不確定等等不穩定因
素，都讓解讀者很難在詮釋上、背景上取得一定程度的滿足，那麼
何來「象徵」可言？這個問題，也可能出現在某些民間文學上。斯

---

❸⓿　葉·莫·梅列金斯基（E. M. Menemuhckuu）：《神話的詩學》（魏慶征譯，北
　　京：商務印書館，1990）頁 1。關於「渾融體」，魏慶征先生的譯註說是指
　　「藝術的種種型態（音樂、歌曲、舞蹈、詩歌等）渾融一體的狀態，是為人
　　類文化萌生時期的特徵；又指人類原始時期文化的種種型態渾然不分的狀
　　態」。見原書註 2。

坦利·愛德加·海曼認為：

> 神話與文學是兩個不同的、獨立的實體，雖然我們無法孤
> 立地考慮神話，而變幻莫測的神話的某一特殊書寫文本，
> 乃至固定的口頭文本，完全可以被稱作民間文學。就文學
> 目的而言，一切神話，無論如何不可能只有單一的本質與
> 起源，不可能存在唯一神話或超神話。當代作家如梅爾維
> 爾、卡夫卡所創作的並非神話，而是表達某一種象徵性行
> 為的個人幻想，這與公共儀式的神話表達相當並且有關
> 係。沒有一個人，梅爾維爾也不例外，能發明神話或創作
> 民間文學。㉛

往往我們以「集體無意識」來討論神話創作的問題，有時候
也用這樣的角度來理解民間文學。在文學分類上，神話是經常被列
入民間文學的討論當中的。其實民間文學在定義上也是值得討論
的，「民間」是與「政府」的相對稱呼？還是與「士人集團」的相
對稱呼？現在一般對民間文學定義有廣義與狹義之別，劉守華先生
認為研究時，應該採取狹義，他認為民間文學當中的所謂「民間故
事」應該是：

> 同神話、傳說有別的民間故事則以現實世界中形形色色普

㉛　斯坦利·愛德加·海曼：〈神話的儀式觀〉（約翰·維克雷編：《神話與文
　　學》，潘國慶等譯，上海：上海文藝出版社，1995，頁 71-87）頁 86。原刊
　　於《神學論文集》（劍橋：劍橋大學出版社，1961）。

> 通人的生活遭遇及其理想願望為敘說中心，以自覺的藝術
> 虛構方式編織而成，富於娛樂性與教育性。對口述者來
> 說，它是最貼近自己的生活與心理，表達自己的情感與想
> 像最自由最隨意，因而也最富有文學意趣的故事。㉜

　　神話所描述出來的時空、人物，的確與歷史傳說、小說故事
不同，民間故事尤其落實到以現實世界為背景，當然與神話、傳說
是不同的。但是何以民間故事的創作就該是自覺的？而神話故事的
產生就該是不自覺的呢？姑且不論歷來對於文學創作的靈感是否出
自天才？像《文心雕龍·神思》所說的：「積學以儲寶，酌理以富
才，研閱以窮照，馴致以繹辭。㉝」雖然我們對於作家的藝術素
養，要求必須具備敏銳的藝術感受力、豐富的藝術想像力、獨特的
藝術表現力，但是即使在表達上幼稚如神話，是否是單純不自覺的
表達？「積學以儲寶」的概念強調出知識與表達間的關係，那麼在
知識尚未完整成熟時所進行的表達，當然運用尚未完整成熟的語言
文字，如同後來的「民間」文學對於語言文字的使用一般，都是質
樸的而富有象徵性的。所以，當神話的創說者或創作者在進行表達
時，究竟是內容上聯想、幻想的不自覺？還是形式上語言文字選擇
的不自覺？就值得我們再思辨而去加以釐清的。

　　如果指的是聯想、幻想的不自覺，那我們可以反問的是，除
非是真正有目的性的書寫或表述，甚至是被動性的應制或應題而

㉜　劉守華：《中國民間故事史》（武漢：湖北教育出版社，1999）頁 8。

㉝　劉勰：《文心雕龍》，臺北：華正書局，1981。

作，否則靈感的來源怎麼能肯定說一定是具有邏輯性的自覺？而今天所有對於神話的相關詮釋，不也正是試圖去探尋神話之所以出現，隱藏於神話背後的目的性嗎？即使神話與文學的創作，其實有時候是不必有明顯而特定的目的的。如果指的是語言文字選擇的不自覺，作為一個讀者或詮釋者，其實也無從截然判定作者使用時的動機與用意，更無從判定作者在語言文字選擇上的自覺或不自覺。

用敘述或敘事的角度來看待神話，神話確實是不成熟的：情節是片段的，甚至有時候僅僅是狀態的簡單敘述，或名詞上的解說；而人物的描摹，也經常是抽象模糊、異想天開的。其間的因素固然很多，但是似乎我們也過於苛求。即使沒有創作理論，即使真的是不自覺的產物，只要符合文學創作原理，呈現出文學現象，便應肯定其存在的價值。何況神話這個藝術的「渾融體」，所放射出來的影響，或是與後來文學發展相關的部分，確實是有跡可循的。

許慎的《說文解字·敘》說：「蓋文字者，經藝之本，王政之始，前人所以垂後，後人所以識古。**❸❹**」關於神話在文學史中定位的問題癥結，就是記載神話的典籍年代問題，也就是文學史論敘對象的問題。文學史的編寫必須有實證的材料作為輔證，因此不同於文學理論只要就理論理，而中國歷來保存下來載有神話的典籍又太少，似乎無法呼應前文所說「起源」的看法。這個問題與口傳文學的問題相同，也與文學史編寫取材的觀念有關。劉大杰先生的《中

---

❸❹ 許慎：《說文解字》（引自段玉裁注，陳新雄、李添富等重定：《新添古音說文解字注》，臺北：洪葉文化事業有限公司，據經韻樓藏版影印，1998）頁771。

國文學發達史》❸第一章開宗明義的標題是「殷商社會與巫術文學」，他將現代考古的材料，運用到對於文學史的敘述上，雖然他沒有提到神話；雖然他只能說：「我們可以斷定在殷商時代，一定有不少的祭祀祈禱的口頭歌謠。」（頁 8）雖然卜辭也不是具有完整的文學表達概念，也無法達到藝術化的要求；但是他仍能以「原始」的、「雛形」的概念來反向推衍文學較早的表現形態。而「巫術文學」的部分，他舉的例子是卜辭與《易經》。之所以舉《中國文學發達史》這個例子，是要說明當文學史的編寫責任必須承載文學起源的介紹的時候，有時候必須摒棄依賴「文學經典」的看法。文學的觀念是慢慢成熟，慢慢專業化，那麼文學史的編寫敘述過程中，也應該如此反映。

而且，大多數文學史敘述似乎都只是偏頗的肯定文學起源於「詩」或「歌謠」，彷彿古人只唱不說，也過度強調文學音樂性的重要❸。但是即便如此，中國最早的詩歌總集《詩經》，也已經反映出口傳文學的確實存在與神話的流傳情況。例如「國風」裡有許多是口傳文學，再經文人所整理記錄；而〈大雅·生民〉：「厥初生民，時維姜嫄。生民如何？克禋克祀，以弗無子。履帝武敏歆，攸介攸止，載震載夙，載生載育，時維后稷。」則是著名的關於周始

❸ 劉大杰：《中國文學發達史》，臺北：臺灣中華書局，1984，臺十三版。

❸ 有的文學史對於這個部分是有推論過程的。例如游國恩先生認為，詩歌的發展與宗教咒語有密切關係；而散文的產生較晚於詩歌，因為未有文字即有詩歌，散文則產生於既有文學之後，且多雜有韻語。游國恩等：《中國文學史》（臺北：五南圖書出版公司，1990）頁 19-20。

祖后稷誕生的感生神話。再如史傳散文中的《左傳》，昭公 17 年云：「郯子曰：吾祖也，我知之，昔者黃帝氏以雲紀，故爲雲師而雲名。炎帝氏以火紀，故爲火師而火名。」哀公 9 年云：「炎帝爲火師，姜姓其後也。」；或者《國語·楚語》關於「絕地天通」的說法，也都保留有濃厚的神話色彩。而諸子散文中的《莊子》，也有豐富的神話內容，〈應帝王〉云：「南海之帝爲儵，北海之帝爲忽，中央之帝爲渾沌。儵與忽時相與遇於渾沌之地，渾沌待之甚善。儵與忽謀報渾沌之德，曰：人皆有七竅，以視聽食息，此獨無，嘗試鑿之。日鑿一竅，七日而渾沌死。」這是關於渾沌神話的重要文本。更不用提的是，被視爲中國神話標準本的《山海經》與記錄保留大量神話的《淮南子》了。記載神話的文學類型，可以包括所有的文學類型，如果我們不以文體學或主題學的觀念附加在神話這個渾融體裡頭，其實文學史在討論神話時，是不乏論述的對象的。

　　《楚辭》可以說是浪漫文學的開端，《楚辭》之所以浪漫，來自於抒情的鋪陳色彩濃厚，也在於對神話素材的廣泛使用。浪漫，是需要與現實有所距離的，能有距離美感的抒情，其情感更能得以擴散。神話，無疑的提供了這樣的距離感。作者可以藉由現實環境的啓發，寓身於神話世界的時空當中，獲得一種與現實環境的疏離美感，在現實與虛幻間游移，也許有著超脫的飄逸，也許更顯其孤寂的淒涼，而成爲後來的作家——尤其是詩人，所喜用的一種表達方式。但是包括《楚辭》，或者像宋玉〈高唐賦〉、〈神女賦〉以及曹植〈洛神賦〉之類的作品，都同時有著記錄神話、演繹神話的性質，作家通常將神話視之爲「典故」來運用。例如晚唐的浪漫詩人

李商隱，就屢有運用神話來作爲典故的情形，〈錦瑟〉：「錦瑟無端
五十絃，一絃一柱思華年。莊生曉夢迷蝴蝶，望帝春心託杜鵑。滄
海月明珠有淚，藍田日暖玉生煙。此情可待成追憶，只是當時已枉
然。」李商隱詩因喜用典故，而隱晦難懂，卻也不失其美感而傳誦
千古，詩中前兩聯幾乎全用神話典故，是象徵手法的運用，也產生
時空交錯的藝術聯想空間。

　　後世作家對於神話的運用，除了當作典故，還有演繹神話的
創作小說和民間故事，而這個部分甚至成爲討論神話定義的引爆
點。當然，中國文學與神話的關係，最密切的是在小說的部分。

肆

　　神話無疑的是一種文學敘述。如果以「故事」論之，神話是
敘事體，包括了敘事詩（史詩）、敘事散文，以及以敘事爲主的小
說和戲劇。但是中國文學當中的敘事詩原本就少，具有神話性質的
敘事詩，除了《詩經》的若干篇章與少數民族的史詩之外，幾乎是
沒有的；而戲劇的發展則較晚，除了文獻中關於樂舞的記載，我們
所知有限。因此神話在表現上，主要是敘事散文與小說；比較具體
的影響脈絡是：神話→傳說、神話→寓言、神話→小說。

　　敘事散文與小說的界線該有多大？即使最簡單的化約爲「紀
實」的與「虛構」的，都會有不同的見解，諸如《史記》、或者
「志怪」之流，都在兩者間的模糊地帶。所以這個問題，並非本文
所能論及。就散文體的角度視之，可以兼容敘事散文與小說，但本
文僅只討論小說。

1980 年代對於「廣義神話」的爭議，可以反映出小說與神話的關係。袁珂先生說：

中國神話——自然是廣義的神話——應該包括那些部分呢？我以為，它應該包括如次九個部分。主要的部分，自然是神話。是神話因素最濃厚，一望而知是神話的神話，如像夸父追日、精衛填海、共工觸山、刑天舞干戚等。其次的部分，是傳說。第三部分，是歷史。這又有兩種情況：一種是神話化了的歷史，如像武王伐紂、李冰治水等，原本是歷史，卻附會了許多神話性質的東西；另一種是歷史化了的神話，如像少昊以鳥名官、顓頊絕地天通等，本來都是神話，後來卻把它們歷史化了。第四部分，是仙話。中國神話的一個最大特徵，就是神話流傳演變到後代，仙話侵入神話的範圍，嫦娥竊藥奔月、玄女教黃帝兵法、瑤姬幫助大禹治水等，都是仙話侵入神話範圍最顯明的例子。第五部分，是怪異。就是魯迅在《中國小說史略》裡所說的「怪迂變異之談，盛行于六朝」的「怪異」。第六部分，是一些帶有童話意味的民間傳說。（如中山狼）第七部分，是來源於佛經的神話人物和神話故事。例如眾所周知的哪吒鬧海、析骨還父、析肉還母神話，還有天女散花、善財龍女等神話，都是。第八部分，是關於節日、法術、寶物、風習和地方風物等的神話傳說。（如人日）第九部分，

是少數民族的神話傳說。**❸❼**

袁珂先生將「廣義的神話」概念，落實在他後來所編寫的《中國神話史》**❸❽**當中。而「廣義的神話」最為人所非議的，也因而引發爭議的，就是大量地將後世的小說創作，如《西遊記》、《封神演義》、《聊齋誌異》等，列為神話的文本定義之中，而且神話、仙話、志怪、傳奇不加細分。

同樣是從神話研究的角度出發，蕭兵先生在《古代小說與神話》一書中，把神話的型態轉變用「進化」的角度來觀察，藉以說明神話與小說間的關係，而將神話分為原生態神話、次生態神話、過渡態神話與再生態神話，並以「狹義神話」與「廣義神話」來概括**❸❾**。蕭兵先生的用意，應該是試圖調合 1980 年代初期以來對於神話定義是採廣義或狹義的爭辯，其實也是在呼應袁珂先生的看法。

面對這樣的說法，固然突顯出神話的敘事性以及與小說發展的關係，但是也引發出問題來：

首先，神話與仙話確實很容易相混，包括《山海經》的內容當中，也都已經出現相混的情形，但是兩者畢竟不同。仙話的主題

---

❸❼ 詳見袁珂：《中國神話傳說‧導言‧從狹義的神話到廣義的神話》，臺北：駱駝出版社，1987。

❸❽ 袁珂：《中國神話史》，臺北：時報文化出版企業有限公司，1991。本書是我國第一部「神話史」。

❸❾ 蕭兵：《古代小說與神話》，瀋陽，遼寧教育出版社，1992。

通常是「不死藥」的追求或反映「求仙」的觀念，而呈現出現世性
的生命追求。這種對於生命的追求，是冀望人的壽命可以無限延伸
到無窮無盡，足與天地同壽，甚至超越天地。然而「仙」不是
「神」，如果比較神話與仙話的內容，「神」是會死亡的，而「仙」
基本上不會；「神」的能力是與生俱來的，而「仙」的能力是修鍊
而來，人只要透過修鍊的方式，即有成仙的可能。基本上人與神只
能通過「巫」來溝通，而巫也不會是神。在「變形」的表現方面，
「仙」也有變形的能力，只不過神話裡是死後變形而再生，或者是
一種圖騰信仰的原貌重現；仙話裡的變形則往往是一種為了達到現
實利益的手段。所以兩者基本上並不相同。

　　其次，凡個人所創作的，往往我們傾向稱之為小說創作，凡
大眾集體所創作的，我們則稱之為民間文學，神話恰恰可以在這兩
者之間擺盪。問題是，在後世敘事較為完整的神話小說或神怪小說
當中，「神話」是小說作者所借助的「典故」？或文學表現的一種
技巧？還是文本所要呈現的主體？是個人的想像？還是大眾集體的
「信以為真」？因為神話是具有相當程度神聖性的，而神聖性的基
本依據，除了超越性之外，就是來自於大眾集體的「信以為真」。
況且蕭兵先生自己曾經說過：「盡可能優先使用古老可靠的材料。
不迷信從《大戴禮·五帝德》、《史記·五帝本紀》到《帝王世
紀》、《路史》那一套經過後人整理加工，層積化、系統化的材料。
❹」用這段話的精神來看，《大戴禮·五帝德》、《史記·五帝本

---

❹　參見蕭兵：《黑馬》（臺北：時報出版公司，1991），書中代序之文〈新還原
　　論——我怎樣寫《楚辭與神話》〉。

紀》、《帝王世紀》、《路史》等傳統素材尚不足取，又何況是後世文人所創作的小說呢？

　　當然，袁珂先生與蕭兵先生從神話保存的現實情況與神話傳說流變的實際發展加以思索，將神話的生命力轉寄在小說上，自有其獨到的見解與苦心。但是如果因此而忽略了神話與現實的距離問題，僅僅從表現形式的角度著眼，反而會抹滅了神話的某些特殊性。因為神話確實會不斷產生，現在對於地球以外生命體的各種想像與描述，就是最好的例證；而現代社會與少數民族區域，也都還有逐漸被發掘的神話出現。

　　話說回來，在文學史的觀念裡，我們仍然必須認同袁珂先生在《中國神話史》裡說提到的：「原始性固然是構成神話的要素，但是，神話是會隨著時代的進展發生變化的。不管是口頭流傳的也好，或經過文人記錄而加工潤色的也好，總的趨勢，都是要朝著由樸野而文明的這條路子走去的。」（頁 15）當然越擺脫「樸野」的部分，神話就越接近後來的文學觀念了。

　　再換一個角度來說，後來的小說對於神話素材的運用或演繹，其實有著功能性的意義，這些意義反映在：

　　1.創作上對於抽象意念的依附與呼應；

　　2.表達上產生形象聯想的具體效果；

　　3.情節上藉由神話的某些「原型」，拉開距離並予以呼應現實
　　　人生；

　　4.人物塑造上容易達到典型化的目的，可以竭盡所能的去誇
　　　飾、渲染；

　　5.藉由超出現實世界的傳奇特性，引發創作與閱讀樂趣；

6.可以藉此勾勒出理想的生活方式與生活情境；

7.可以擴大視野，提出人以外的——包括自然環境的——解釋
   觀點；

8.易於流傳，使影響擴大。

所以，神話與小說的關係，不僅止於敘事體的面向而已，無論在創作的素材提供上、引發創作的動機上、表達技巧的運用上，乃至於情感思想的昇華與寄託方面，神話都對小說提供了構思上的基礎；即使除了少數像《紅樓夢》之類的小說，其他大多被歸類為神怪小說。

從後世文學創作對於神話素材的運用情況來看，神話確實可以只是一種典故或象徵，一種透過神話思維方式表現出來的象徵，包括運用不成熟的語言文字表達，運用不算成熟的概念企圖強加敘述，而將神話思維質樸的成分彰顯於外在的象徵手法。但是當神話被保存下來以後，在後人看來也許是荒誕不經的，卻也提供了後世作者許多創作上的資源。

伍

在以往的百年之間，我們都只注重「文學中的神話」的這個部分，而比較忽略「神話中的文學」的這個性質。由於這樣的忽略，使得神話在文學史的論述當中始終地位搖擺不定。

經過上述的討論，其實神話在中國文學史中的地位應該是：

1.神話具有渾融體的性質，也反映在研究上的跨學科現象。神話與藝術的起源有關，落實到文學範疇，也應該與文學的

起源有關。

2.對於神話的「原始思維」與「原始語言」特色，不應僅僅限
於年代的判定，或者僅僅認為與原始宗教、原始信仰有
關，而應該是回歸到神話之所以為神話的文學本質部分。
因為神話在創作原理上、表現形式上，乃至於對時代環境
的反映上，都與文學密切關聯。所以，如果我們不單純以
記載神話的載體屬性作為文學史取材的判斷依據，也不單
純以神話的功能性問題來作為學科界定的導向標的，而是
從我們對於文學史敘述認知與要求的三個面向：第一，文
學本身足供形成演變的構成單元要件分析；第二，刺激文
學產生演化現象的內外在變動因素的探討；第三，在時間
的發展軸線上，對於各個時期、各個區域文學所呈現出來
的面貌，及其相互關係的敘述；來思考神話與文學的關
係，那麼對於神話與文學發展的關係，也就不難被理解。

3.記錄神話的方式，既然可以是書寫的、口傳的，文類上也可
以是詩、散文、小說、甚至戲劇，那麼神話與文學起源關
係的部分，至少應該可以與詩或歌謠並列討論才是。

4.除了記錄神話的文類問題外，神話的思維與哲學性說理、象
徵性語言與詩、敘述或敘事性語言與史傳、小說等等發展
的關係，適足以用來說明原來文學概念上的混沌現象，並
可以解釋文學史的文學意義取擇。

5.神話的發展與後世文學創作對於神話的運用，正可以說明文
學如何由質樸到文飾的過程，以及古今文學創作內涵與形
式之間，如何在變動的過程中有著某些不變的原則存在；

並可以加強對於後來文類或類型劃分的建構基礎。

6.神話的傳播問題也反映出文學的傳播問題，可以藉此釐清、突顯出歷來文學史論述所較少提及的傳播問題，或者將兩者互相對比參照，以確定文學史上的「經典」概念。

提到傳播的問題，如果因為神話文本的難以確定，或者因為神話保存的情況過於片段，那麼將神話與《詩經》並列討論，藉以論及「詩」的問題；或者將神話與寓言並列，藉以論及象徵性敘事的問題，如葉慶炳先生❹的做法的話，恐怕是比較妥切的。

神話是一種藝術的綜合體，而且有相當大的成分與特質，與文學息息相關。從神話本質與文學本質兩方面來思考神話在文學史中的地位，是必要的。神話的「原始性」，不只指年代，也指向人類表達的心靈深層，這個心靈深層無論我們是否自覺地發掘，都是創作的一種動力與反射。而神話語言的隱晦性與比擬性，其實都是文學概念中重要的因素。也許西方的神話可以單純用「敘事」的角度來面對，但是顯然中國神話自有其表現方式，而呈現出與西方不同的面貌。不過，既然西方可以用「詩學」的觀念來討論神話，那麼象徵性更強烈的中國神話，不是更應該回歸原本即屬於的文學範疇上嗎？

主要參考書目

1　　中國社科院文學所中國文學史編寫組：《中國文學史》，北

---

❹　葉慶炳：《中國文學史》（臺北：臺灣學生書局，1987），第五講。

京：人民文學出版社，1991。

2　王孝廉：《中國的神話世界》，臺北：時報出版公司，1987。

3　朱靖華、李永祜：《簡明中國文學史教程》，濟南：齊魯書社，1988。

4　林傳甲：《中國文學史》，臺北：學海出版社，1986。

5　林庚：《中國文學簡史》，北京：北京大學出版社，1995。

6　周育德：《中國戲劇與中國宗教》，北京：中國戲劇出版社，1990。

7　青木正兒：《中國古代文藝思潮》，臺北：文鏡文化事業有限公司，1985。

8　金啟華：《新編中國文學簡史》，鄭州：中州古籍出版社，1989。

9　前野直彬：《中國文學史》，連秀華、何寄澎譯，臺北：長安出版社，1979。

10　胡克善、羅青、李永祥：《中國古代文學簡史》，濟南：山東大學出版社，1987。

11　袁珂：《山海經校注》，臺北：里仁書局，1982。

12　袁珂：《中國神話傳說》，臺北：駱駝出版社，1987。

13　袁珂：《中國神話史》，臺北：時報文化出版企業有限公司，1991。

14　馬昌儀：《中國神話學文論選粹》，北京：中國廣播電視出版社，1994。

15　馬昌儀：〈人類學派與中國近代神話學〉（《民間文藝集刊》第一集，1981）。

16　章培恆、駱玉明:《中國文學史》,上海:復旦大學出版社。

17　郭預衡:《中國古代文學史長編》,北京:北京師範學院出版社,1992。

18　陳國球:《中國文學史的省思》,香港:三聯書店有限公司,1993。

19　游國恩等:《中國文學史》,臺北:五南圖書出版公司,1990。

20　馬積高、黃鈞:《中國古代文學史》,臺北:萬卷樓圖書有限公司,1998。

21　褚柏思:《中國文學史類編》,臺北:臺灣商務印書館(人人文庫),1976。

22　葉慶炳:《中國文學史》,臺北:臺灣學生書局,1987。

23　趙景深:《中國文學小史》,臺北:莊嚴出版社,1982。

24　劉大杰:《中國文學發達史》,臺北:臺灣中華書局,1984,臺十三版。

25　劉守華:《中國民間故事史》,武漢:湖北教育出版社,1999。

26　劉持生:《先秦兩漢文學史稿》,西安:西北大學出版社,1991。

27　劉經庵:《中國純文學史綱》,北京:東方出版社,1996。

28　魯迅(周樹人):《中國小說史》,臺北:谷風出版社。

29　錢基博:《中國文學史》,北京:中華書局,1993。

30　蕭兵:《黑馬》,臺北:時報出版公司,1991。

31　蕭兵:《古代小說與神話》,瀋陽,遼寧教育出版社,1992。

32　早川（S. I. Hayakawa）:《語言與人生》（*Language in Thought and Action*），中文譯本：柳之元譯（改編），臺南：大夏出版社，1995。

33　韋勒克（Rene Wellek）、華倫（Austin Warren）:《文學論》（*Theory of Literature*），王夢鷗、許國衡譯，臺北：志文出版社，1976。

34　葉・莫・梅列金斯基（E. M. Menemuhckuu）:《神話的詩學》，魏慶征譯，北京：商務印書館，1990。

35　斯坦利・愛德加・海曼:〈神話的儀式觀〉，約翰・維克雷編:《神話與文學》，潘國慶等譯，上海：上海文藝出版社，1995。

講評意見

陳益源

中正大學中國文學系

　　本文作者鍾宗憲教授是國內精研神話、勤於思辨的學者。他發現自林傳甲以下，百年來大多數的中國文學史撰述，往往沒有認真的以文學思考或文學批評的層面來看待「神話」，使得神話在文學史中的地位停留在擺盪難定的情況；他特別強調神話與文學的起源、發展和傳播息息相關，並一再呼籲文學史家既要注重「文學中的神話」，也不可忽略「神話中的文學」。

　　鍾教授的發現是符合事實的，他的呼籲也確實合於現今建構中國文學史的需要。21 世紀對於中國文學史的重新探索，若能愈加留心反思神話本質與文學本質的互通性，相信無論是歷來古典文獻裡的神話記載，或者現代田野調查所得的神話素材，都會在新的中國文學史的探索上，發揮其重大作用的。

　　問題在於，誠如鍾教授所提出的，歷來中國神話研究存在四個研究上的困擾：「原典的不完整性」、「傳說的不穩定性」、「定義的不確定性」、「內涵的不自主性」。前二者，乃古今口傳作品的共同現象，或許無力改變；但後二者，是不是應該先由神話研究學者設法予以解決呢？否則，文學史家在面臨不確定的定義、不自主的

內涵的情況下，恐怕還是難以精準拿捏「神話」在中國文學史中的
地位的吧！

中國文學史研究的世紀回眸與理性思考

蔡鎮楚

湖南師範大學文學院

關鍵詞

文學史、世紀回眸、理性思考

摘　要

　　作爲一門新學科的中國文學史，自 20 世紀之初誕生以來，已經歷一個世紀的風雨歷程。從總體來說，它在梳理中國文學五千年發展演變過程及其規律性方面之成敗得失，應該給予比較公正的歷史評價。其功績有三：一是建立了一門新的學科；二是初步理清了中國文學發展演變的歷史脈絡；三是初步再現了中國文學五千年的輝煌歷史。其失誤有四：（1）文學史觀的時代局限性；（2）文學史研究方法的線性思維模式；（3）文學史撰寫內容的陳陳相因和乏個性化；（4）文學史哲學的理論匱乏性。新世紀的中國文學史學科建

設，我認爲應該注重以下四點：一則加強文學史觀念的現代轉換與文學史哲學的理論建構；二則提倡文學史研究和撰寫的個性化與文學史教學的學術自由化；三則注重中國文學史學科研究史的研究，客觀地評價 20 世紀中國文學史研究和教材建設的歷史功過與成敗得失，總結歷史的經驗教訓，爲未來的中國文學史學科建設予以科學性的展望；四則加強中國文學史研究與教學的專門人才培養。

引言

文學史的研究，有通史、斷代史、專門史、地域文學史等研究門類。

中國文學史著述，最初是「西風東漸」的產物。

中國文學史著作的撰寫，肇始於俄國學者瓦西裏耶夫（Vasil'ev V.P）的《中國文學史綱要》，1880 年 SPb 出版,僅 163 頁，然而它卻開了中國文學史研究的一代風氣。而後，日本人古城貞吉於明治 30 年（1897）出版的《支那文學史》；又有《中國五千年文學史》，王燦翻譯，開智公司 1913 年版。其次如笹川種郎的《支那文學史》（1898 年東京博文館出版），中根淑《支那文學史要》（1900 年東京金港堂出版）。影響較大的是英國 Giles Herbert A《中國文學史》，凡八章 448 頁，1901 年倫敦出版。而中國學者的《中國文學史》研究和著作，乃起於 1904 年以京師大學堂講義形式出現的林傳甲《中國文學史》。自此以後，20 世紀的中國文學史研究呈現一種繁榮發展之勢，作家雲蒸，著作如林，據臺灣版黃文吉等編撰的《中國文學史書目提要》與附錄，自 1880 年以降，中

國和世界各地出版的各類中國文學史著作總書目多達一六○六種以上，可謂汗牛充棟矣！

如此眾多的中國文學史著作在 20 世紀面世，是中國文學研究中史無前例的學術文化現象。對中國文學史研究的世紀回眸，將有助於中國文學史研究和學科建設的可持續發展。本文不揣讜陋，以粗淺之見，對 20 世紀中國文學史研究及其學術成果進行全面系統的總結，對其成敗得失給予比較公正的歷史評價，總結經驗教訓，為未來的中國文學史學科建設提供比較合理的歷史參照系。

壹

受西方中國文學史研究思潮之影響，20 世紀之初，中國人自己開始著手中國文學史的研究。於是以「中國文學史」名書的研究著作在神州學術界出現：1904 年林傳甲在京都大學堂授課，根據日本大學的課程體系開始講授「中國文學史」，遂編寫《中國文學史》講稿，以講義內部印行；1905 年東吳大學黃人的《中國文學史》在上海國學扶輪社問世，1906 年竇警凡《歷朝文學史》以線裝鉛印本出版。儘管這三部中國人自己撰寫的《中國文學史》，從內容到體例還有許多缺陷，然而它畢竟是一面旗幟，一個新的飛躍，標誌著中國學者已經涉足於中國文學史的研究領域而成為中國文學史研究的主體，從而揭開了中國人治文學史的新的歷史一頁，其學術價值與歷史意義是不可低估的。

20 世紀的前五十年，中國文學史研究已經成為當時文學研究的熱門話題。據不完全統計，中國人自己撰寫的古代文學通史（不

含文學批評史和文學思想史）著作就多達一二五種。其中富有最佳影響的代表作有三種：

曾毅《中國文學史》，上海泰東圖書局 1915 年 9 月初版。

鄭振鐸《插圖本中國文學史》，北平樸社 1932 年 12 月初版。

劉大杰《中國文學發展史》，上海中華書局 1941 年、1949 年初版。

這三部著作是對前期外國人研究中國文學史的一種學術水平上的超越，標誌著中國文學史著作的成熟，代表著中國人在中國文學史研究方面的最高學術成果。

20 世紀的後五十年，中國人自己編撰的中國古代文學通史，大致有一五九種之多。影響較大的文學史著作有四種：

中國社會科學院文學研究所《中國文學史》，人民文學出版社 1962 年初版。

游國恩等主編《中國文學史》，人民文學出版社 1963 年初版。

馬積高、黃鈞主編《中國古代文學史》，湖南文藝出版社 1992 年初版，臺灣萬卷樓 1998 年繁體字版。

章培恒、駱玉明主編《中國文學史》，復旦大學出版社 1996 年初版。

袁行霈主編《中國文學史》，高等教育出版社 1999 年初版。

這個時期中國大陸的中國文學史研究有幾個突出的時代特色：（1）唯物主義文學史觀的強化，中國文學史的編撰強調以馬列主義毛澤東思想爲宗旨，唯物論與唯心論、現實主義與浪漫主義則成爲文學創作思想和文學創作方法的兩大分野。（2）指導思想的意

識形態化，中國文學史研究中階級性、政治性和人民性的加強，內容更側重於歷代作家的階級立場和作品思想內容反映人民痛苦生活與反抗性的一面。(3)強調中國文學史研究與編撰的集體意志和中國文學史教材的統一性原則，許多著作都是學者們和學生集體創作的成果，因而有主編和編者之別，有北京大學、北京師大、復旦大學等高校某年級學生集體編寫《中國文學史》的空前絕後的學術文化現象，中國文學史教材亦帶有指令性，明顯打上了中國大陸計劃經濟體制和社會主義大協作精神的時代烙印。

貳

20 世紀的中國文學史研究，取得了相當輝煌的學術成就。從總體來說，它在梳理中國文學五千年發展演變過程及其規律性方面之成敗得失，應該給予比較公正的歷史評價。其主要功績有三：

一是建立了一門新的學科。學科者，學術門類之謂也。自從現代意義的文學觀念形成以後，以文學爲研究物件的學科主要有三種：即文學史、文學理論、文學批評。文學史，以文學的歷史爲研究物件，屬於歷史學科的一個分支。鄭振鐸在《插圖本中國文學史·緒論》中指出：文學史「不僅僅成爲一般大作家的傳記的集合體，也不僅僅是對於許多『文藝作品』的評判的集合體」；因爲「文學乃是人類最崇高的最不朽的情思的產品」，故「文學史的主要目的，便在於將這個人類最崇高的創造物——文學在某一個環境、時代、人種之下的一切變易與進展表示出來；並表示出：人類的最崇高的精神與情緒的表現，原是無古今中外的隔膜的。」在中

國學術史上，中國文學史之成爲一門新的學科，是在 20 世紀崛起與成熟的。其主要標誌在於：（1）文學史觀念的形成和研究自覺性的增強；（2）文學史研究專家的崛起和《中國文學史》著作的層出不窮；（3）《中國文學史》被納入高校中文系的課程體系和文學史研究人才的培養。

　　二是基本理清了中國文學發展演變的歷史脈絡。20 世紀的中國文學通史論著，都從歷史學的角度來梳理中國五千年文學史的發展演變進程，爭取比較全面地描寫中國文學的演變軌迹。其歷史分期，大致有以時爲序、以人爲序與以社會形態爲序三種，採用五種形式：（1）大體以歷代王朝的更替爲文學史的分期依據：先秦、秦漢、魏晉南北朝、隋唐五代、宋遼金、元明淸文學，如游國恩等主編《中國文學史》；（2）以語言學的發展脈絡爲依據：上古、中古、近古、近代文學，如臺灣張迅齊《中國文壇四千年》；（3）以文體進化的自然趨勢爲依據，如鄭振鐸《插圖本中國文學史》：古代文學（先秦到西晉）、中世文學（東晉到明正德年間）、近世文學（明嘉慶年間到淸康熙年間），或以文體爲經而以作家爲緯者，如臺灣黃公偉《中國文學史》；（4）以社會文化形態爲分期依據，如中國社會科學院文學研究所《中國文學史》：由先秦而迄於 1840 年鴉片戰爭，分爲封建社會以前文學、封建社會文學，而另立近代文學史；（5）以作家作品爲序目者，如臺灣褚柏思《中國文學史話》。等等，無論何種分期方式，都在於對五千年中國文學史發展演進軌迹作出更加合理的論述。20 世紀問世的中國文學通史，從內容的取捨到歷史分期和寫作體例雖各有異，但都基本理清了中國文學史的發展線索，總體脈絡還是比較淸晰的。

　　三是初步再現了中國文學五千年的輝煌歷史。中國文學，歷史悠久，群星燦爛，佳作如林。然而長期以來，中國人習慣於傳統的思維模式和治學方法，沒有注重對中國文學史的總體研究和宏觀描述，儘管歷代詩話等論詩著作，也曾對中國詩史做過簡要的論述，但是中國文學歷來無史。20 世紀伊始，外國人的本國文學史研究和對中國文學史的研究，激發了中國學者研究中國文學史的熱情和學術興趣，因而出現了林傳甲、黃人等的《中國文學史》。然而，由於何謂「文學」與文學史的範圍及其取捨標準尚未解決，還只是極不成熟的文學史。惟有經過曾毅、鄭振鐸、胡懷琛、譚正璧、趙景深、胡適、胡雲翼、陸侃如、劉大白、陳子展、譚丕模、錢基博、劉大杰、李長之、林庚、高明、李曰剛等著名文學史家的共同努力，中國文學史研究和著述才有了長足的進步。20 世紀崛起的數以千計的中國文學史論著，結束了偌大的中國沒有《中國文學史》的歷史，再現了中國文學五千年輝煌的歷史篇章，這一歷史功績是永遠不會磨滅的。

　　回眸中國文學史一個世紀走過的風雨歷程，輝煌與坎坷同在，成功與失誤並存。已經有如此輝煌的成就了，我們沒有必要再對 20 世紀的中國文學史研究吹毛求疵。但是，檢討過去，在於開創未來。由於有前輩學者為之奠基，學術研究從來就是後來居上的。站在新世紀的學術視點上，我們以為 20 世紀的中國文學史研究及其論著本身，還存在以下失誤：

其一，文學史觀的時代局限性。何謂「文學」，何謂「文學史」？這是文學史家首先必須解決的問題。20 世紀之初，中國人的文學史觀還存在很大的時代局限性：一是把文學史等同於經史子集的概論；二是看重作爲正統文學的詩文；三是排斥所謂唯美主義文學作品，如辭賦、駢文；四是視小說戲劇爲「小道」；五是摒棄民間文學和變文。誠如鄭振鐸先生所說：「最早的幾部中國文學史簡直不能說是『文學史』，只是經、史、子、集的概論而已；而同時，他們又根據傳統的觀念——這個觀念最顯著的表現在《四庫全書總目提要》裏——將純文學的範圍縮小到只剩下『詩』與『散文』兩大類，而於『詩』之中，還撇開了『曲』——他們稱之爲『詞餘』，甚至撇開了『詞』不談，以爲這是小道；有時，甚至於散文中還撇開了非正統的駢文等等東西不談；於是文學史中所講述的純文學，便往往只剩下五七言詩、古樂府以及『古文』。」（《插圖本中國文學史・緒論》）受其正統文學史觀影響，郭紹虞、羅根澤先生於 1934 年出版的兩部《中國文學批評史》，皆成了正統文學（詩文）的文學批評史，因而是一部有缺陷的中國文學批評史。

其二，文學史研究方法的線性思維模式。早在 20 世紀三十年代，鄭振鐸在撰寫《插圖本中國文學史》之時，就試圖運用法國人 Taine（1828—1873）寫作《英國文學史》所倡導的「時代——環境——民族」三要素來研究中國文學史，從而一反時人把文學史當作「文學巨人」傳記的集合體的偏向，既注重作家作品，又重視其社會生活環境和其他文學現象、文學思潮。但總體而言，多數文學史家採用線性思維方式去研究中國文學史，以時爲序，以作家爲目，以作品賞析爲主，或如同文學史資料長篇，或如同作品鑒賞

集，思維空間比較狹窄，學術視野不夠開闊。而 20 世紀後期的一些文學史著作，受某種社會思潮的約束，其思維模式更加非邏輯化、非科學化，諸如北京大學、復旦大學、北京師大等高校在校大學生集體編寫的幾部《中國文學史》，就是幾個典型的例證；劉大杰先生奉命以階級鬥爭爲綱來修改其大著《中國文學發展史》，更是一個沈重的歷史教訓；甚至還有以儒法鬥爭爲主線而撰寫的《中國文學史》。文學史研究而被社會思想和政治運動所左右，豈非咄咄怪事！

其三，文學史撰寫內容的陳陳相因和乏個性化。鄭振鐸先生在評論 20 世紀初期中國文學史著作時說：「他書大抵抄襲日人的舊著，將中國文學史分爲上古、中古、近古及近代的四期，又每期皆以易代換姓的表面上的政變爲劃界。例如，中古期皆開始於隋，近古期皆終於明。卻不知隋與唐初的文學是很難分別得開的；明末的文壇上的風尚到了清初的幾十年間也尙相承未變。」（《插圖本中國文學史·例言》）文學史思想內容和文獻資料的陳陳相因，在 20 世紀的《中國文學史》著作中，乃是最常見、最嚴重的現象，美其名曰「編寫文學史」。因爲「編寫」不同於「撰著」，於是陳陳相因，相互抄襲，你因襲我，我因襲你，學生因襲老師，集體因襲他人，積習難改，最後連誰抄襲誰都難以分辨了，形成一種很壞的文風。特別是那些統編文學史教材，爲求其文學史觀和思想內容的所謂「公允」「穩妥」、不偏不倚，則集因承抄襲之大成，多粗淺平庸之作，很少有新的文獻資料和理論創見，缺乏「著書立說」式的學術化與個性化。學術的靈魂，在於創新。中國文學史著作與教材，如果不重在創新，只是一意因承抄襲，內容陳陳相因，看似汗牛充

棟，不過是一堆歷史垃圾而已，於人於學又有何益！

其四，文學史哲學的理論匱乏性。文學史哲學，是由文學史研究而派生出來的一門學科，屬於哲學學科範疇。其基本學術功能，在於對文學史進行哲學的理性思考，以文學史本體論和方法論爲中心，探討文學史發展的哲學基礎與邏輯起點，挖掘文學史研究的愛智之源。然而，20 世紀的中國文學史研究，基本上還從未涉足於「文學史哲學」這個深邃的學術領域。文學史哲學的理論匱乏性，主要表現在：（1）文學史研究注重文學反映社會現實的社會學功能，而忽略文學的本體論研究；（2）注重文學作品內容的思想性即「人民性」，而忽略對文學的審美價值研究；（3）注重文學史的「史」的描述，而忽略文學史發展演變過程中「天、地、人」三位一體的哲學內涵和邏輯結構；（4）受「述而不作」傳統思維方式影響，文學史研究重「述」不重「作」，忽略主體性的自我價值。

肆

歷史已經進入 21 世紀，全球化語境自然給中國文學史研究以新的機遇和挑戰。新世紀的中國文學史的學科建設，我認爲應該注重以下四點：

第一，則加強文學史觀念的現代轉換和文學史哲學的理論建構。儘管文學史的研究方法可以多樣化，中國文學史的學科建設，首要問題是研究者自身要實現文學史觀念的現代轉換。比如考據法，如對《二十四詩品》作者真偽的考證。許多前人得心應手的研究方法，我們仍然可以繼續應用。然而，恪守一隅，畫地爲牢，則

無助於學術的發展。我們的文學史觀念要更新，思維方式和研究方法也需要不斷更新。

文學史研究，取決於研究者的文學史觀。如社會學派則以「社會史」、「政治經濟史」來闡釋文學史；文化學派則以「民族文化性格」來闡釋文學史；形式主義、結構主義和新批評派，則認為文學史乃是文學形式自我生成、自我轉化的歷史；而接受美學認為，文學史是讀者接受作品和作品影響於讀者而形成特定的審美藝術效果的歷史。具有何種文學史觀念，就會產生何種意義的文學史。全球化語境下的中國文學史研究，沒有必要走全盤西化之路，我們有歷史悠久的中華文化，中國文學史的研究可以走自己的中華文化之路，突出中國文學所表現的民族文化性格和審美情趣。因而從文化詩學和文化人類學的角度對中國文學史重新予以審視和評估，則可以開拓出一個新的學術空間。諸如葉舒憲等主編的對《詩經》、《楚辭》、《老子》、《莊子》、《說文解字》的「中國文化的人類學破譯」，蔡鎮楚的《唐詩文化學》與《宋詞文化學研究》，沈松勤的《唐宋詞社會文化學研究》，等等，其學術視野、學術風格與學術境界完全不同於以微觀考釋見長的國學傳統與思維方法，足以說明中國學者正在自覺地從傳統國學的研究模式中走出來，運用文化人類學與文化詩學的演繹功能，將中國文學及其文學史學作為一種普遍的歷史文化現象，加以整體性的現代闡釋和文化破譯。

第二，則文學史哲學的理論構建。文學史哲學的理論體系，似乎可以從以下幾個方面來構建：（1）自然哲學：中國封建社會的正統文學，植根於中國農業文化的土壤之中，是「天道」、「地道」、「人道」相結合的產物；中國古典哲學所關注的「天人合一」

學說，乃是中國文學史理論構建的哲學基礎。（2）文化哲學：世界觀對人生之謎的解答有三種方式：希臘人用哲學，印度人用宗教，中國人用詩。聞一多先生說中國文化定型於《詩三百》，是詩化的文化；中國文學以抒情詩為主體，還有詩化的散文，詩化的小說，詩化的戲曲，是最具詩意化的文學。中國文學史始終打上中國詩文化的烙印，是真正意義上的「詩化哲學」。文學史哲學則注重其詩文化義蘊。（3）人生哲學：無論人種，無論民族，無論國別，無論古今，人生的悲歡離合，是人類所共同的。中國文學以社會人生為基本主題，其情感指向可以用「悲」與「歡」兩個字加以概括：其「悲」也源於理想與現實的矛盾，其「歡」也則產生於現實與理想的暫時統一。一部中國文學史，乃是中國人悲歡離合的變奏曲。（4）歷史哲學：「復古」與「通變」，是中國文學發展演變的一條基本規律；一部中國文學史，乃是中國文學以「復古」為「通變」的歷史。文學史哲學則通過對五千年中國文學新火相傳、長盛不衰、生生不息的歷史考察，去探討中國文學繁榮發展的歷史必然性。（5）生命哲學：生命即美；文學是生命的呼喚，是生命的讚歌。中國文學的生命之思，以「生命生成」為本的文學藝術本原論，以陽剛陰柔之美為審美特徵的文學藝術風格論，「文以氣為主」的文學藝術創作主體論，以生命之喻為特色的文學藝術批評方法論，皆淵源於《周易》中的生命哲學。（6）價值哲學：文學藝術，是有缺陷的現實世界折射出來的一束理想之光。中國文學以「真善美」為最高藝術境界，文學史哲學則以「真善美」為批評標準，強調人之真、物之真、情之真，注重美與善的統一、情與理的統一、人與自然的和諧統一，以藝術境界之美為最高審美標準。

　　第三，則提倡文學史研究和撰寫的個性化與文學史教學的學術自由化。文學史的統編教材，本是一種「官書」或是「專家合作」的史書。許多人對這種文學史不以為然，因為它扼殺了學術研究的創造性和個性化，使一些早已過時的平庸之作充斥於高校課堂，有些文學史教材，如同學術經典，一用就是幾十年，觀點老化，內容陳舊，既讓教者無所適從，又錮禁了學生的思維空間，不利於學術研究的繁榮，不利於學科建設的發展，不利於高校教師的學術化，不利於優秀專門人才的培養。

　　高校的文學史教學，其教學骨幹應該學者化；而文學史教學，則要提倡教師的學術自由化與教學自主性，以充分展現其文學史觀與學術成果。針對中國大陸和港臺地區高校《中國文學史》教材集體化的編寫隊伍和一統化的使用傾向，我們有必要呼籲《中國文學史》研究與著述的個性化。如同鄭振鐸先生早在半個世紀以前就指出：「『歷史』的論著為宏偉的巨業，每是集體的創作，但也常是個人的工作。以《史記》般的包羅萬有的巨著，卻也只是出於司馬遷一人之手。希臘的歷史之父希洛多托士（Herodotus）的史書，也是他個人的作品。文學史也是如此，歷來都是個人的著作。」（《插圖本中國文學史·緒論》）又說：「『官書』成於眾人之手，往往不為人所重視。蕭衍的《通史》的不傳，此當為其一因；宋、金、元、明諸史之所以不及個人著作的《史》、《漢》、《三國》乃至《新唐》、《五代》諸史，此當為其一因。但因為近代的急驟的進步與專門化的傾向，個人專業的歷史著作，卻又回到『眾力合作』的一條路上去。這個傾向是愈趨愈顯明的。其初是各種百科全書的分工合作化；其次便是大字典的分工合作化（例如《牛津字

典》）；最後，這個『通力合作』的傾向，便侵入歷史界中來。例如一部十餘巨冊的《英國文學史》（Cambridge History of English Literature），這種專家合作的史書，其成就實遠過於中國往昔的『官書』；但有一點卻與『官書』同病。個人的著作，論斷有時不免偏激，敍述卻是一貫的。合作之書，出於眾手，雖不至前後自相背謬，而文體的駁雜，卻不可掩。所以一般『專家合作』的史書，往往也如百科全書一樣，只成了書架上的參考之物。而成爲學者誦讀之資的史書，當然還是個人的著述。」（同上）

第四，則注重中國文學史學科研究史的研究，客觀地評價 20世紀中國文學史研究和教材建設的歷史功過與成敗得失，總結歷史的經驗教訓，爲未來的中國文學史學科建設予以科學性的展望。中國是歷史大國，中國人的史家意識特別強烈，從孔子作《春秋》到《春秋三傳》，從司馬遷的《史記》到「二十四史」，中國史學家皆能「究天人之際，通古今之變，成一家之言」，其「史筆森嚴」是舉世無雙的。然而，各門學科專門史的系統研究，起步卻相當晚。究其原因，我以爲與中國人恪守的宗法文化傳統和治學之道有關：以經典爲宗，替聖人立言，斤斤於「六經注我」或「我注六經」，不屑於對某一門學問作系統化的專門研究，以至形成一種集體無意識。

20 世紀盛行的《中國文學史》著述之風，是西風東漸的產物，是近代西學與中國傳統文化相融合的結果。中國五千年文學發展的歷史根基，中國先賢逐漸形成與成熟的文學史觀念，近代中國學者勇於借鑒西方詩學的思維方法來解決中國實際問題的學術精神，因而促成了 20 世紀中國文學史學科的崛起。如果將中國文學

史作為一門學科來研究，目的不在於批評過去，而在於建設未來，因而必須發揚學術民主，提倡學術自由。包括文學史觀念、文學史研究方法、文學史教材編撰，文學史教學等等，應該提倡多元化、多樣化，要人為地定於一尊是不切實際的；既要繼承又要創新，既要尊重前人的研究成果又要不斷開拓進取，發展與完善中國文學史的學科體系。

　　第五，則加強中國文學史研究與教學的專門人才的培養。中國文學史學科的建立，是近代中國社會思想開放的積極成果；中國文學史研究，則不應該是封閉性的個體行為。然而，長期以來，中國文學史的研究者們，多數是「閉關自守」，孜孜不倦於中國文學史的古籍資料之中，皓首窮經，老死窗間。精神可佳，無可厚非！然而，一個印度佛教北傳，竟然征服了一個古老而文明的偌大的中國，改變了中國文學發展的基本方向。這是為什麼？研究中國文學史者應該放眼世界，不懂印度與梵語詩學行嗎？不懂古代朝鮮和日本行嗎？日本人斷言「一部中國歷史，乃是漢民族與少數民族爭奪生存空間的歷史」，以此等歷史觀我們怎樣去闡釋中國文學史？有些學者主張西化中國文學史，而韓國學者稱東方文化之西漸者有四條途徑：即草原之路、大食之路、絲綢之路、香料之路，若以此而論中國文學史,我們又怎樣去描述中國文學面向西方的文化傳播？

　　當今之世，中國大陸的現代化建設如火如荼，方興未艾，中華民族的世紀夢想正在繪成光輝的現實藍圖。這是何等偉大的歷史輝煌啊！但是，大陸學界和現實社會中的「重理輕文」、經濟價值與社會價值的比例失調、高等教育產業化所造成學生價值取向上的名利觀念，學術思想上的「淡化兩古」（即古漢語與古代文學，古

代文學的實際教學時量已由過去的四百二十多個減少到三百二十多個課時），都不利於人文科學的人才培養和中國文學史學科建設。鄭振鐸指出：「文學乃是人類最崇高的最不朽的情思的產品，也便是人類的最可徵信，最能被瞭解的『活的歷史』。」因此，「一部世界的文學史，是記載人類各民族的文學的成就之總簿；而一部某國的文學史，便是表達這一國的民族的精神上最崇高的成就的總簿。讀了某一國的文學史，較之讀了某一國的百十部的一般歷史書，當更容易於明瞭他們。」（《插圖本中國文學史·緒論》）

結 語

　　2001 年的陽春三月，我應常德師範學院中文系之邀而作學術報告，學生提問：「某大學中文系主任說：『面向 21 世紀的資訊時代，人文社會科學系的學生不懂自然科學知識，只能說是一個邊緣人。』您以為如何？」我說：「這是一孔之見！這樣的人還有資格作『中文系主任』？通才、全才是沒有的；每一個發達社會，專業分工更加明細，需要更多的專門人才。人文社會科學工作者，以繁榮人類文化為業，以發展人文社會科學為本職。怎麼能說成是『邊緣人』？所謂『懂』與『不懂』的標準是什麼？是略知還是精通？如此求全責備，從事自然科學工作者不也是『邊緣人』嗎？熱愛專業，學好專業，以不變應萬變，才是我們的戰略戰術。」

　　近日我給 1998 年級上課，有學生又說：「蔡老師，我向您提一個嚴肅的問題：未來是資訊社會，我們學古代文學到底有何用處？」我回答道：「中國古代文學，是我們中華民族幾千年的文化

藝術遺產，是民族文化的歷史積累。無論未來是一個多麼發達的資訊社會，我們每一個人仍然是炎黃子孫，我們的細胞裏蘊涵著中華民族的文化義蘊，我們的血管裏流淌著中華民族的血液。我們每一個中國人，譬如你、我、他，好比一片綠葉，一朵鮮花，一輪果實。你能說滋育你的樹根、樹幹沒有用處嗎？你能把這樹根刨掉、將樹幹砍掉嗎？」學生們懂了，報以熱烈的掌聲。

　　「強國富民」，這是我們多少代仁人志士共同爲之奮鬥的遠大理想。我們中華民族要自立於世界民族之林，我們中國要躋身於世界強國之林，一句話「中華騰飛」，要依靠科技與文化的同步發展，一流的科學技術，加一流的學術文化，才能成就比西方更加輝煌的現代化大廈。在高等學校，在決策機關，在整個社會，「重理輕文」，作爲權宜之計與學科取捨，固然可以理解，然而是十分錯誤的，是一個極端荒謬的價值誤區。

　　文化是人類一切文明成果的歷史積澱，包括政治的，經濟的，軍事的，科學技術的，文學藝術的，生活方式的，等等。在人類歷史的長河中，一個民族，一個國家，一個朝代，有盛有衰；一種政治，一種經濟，一種軍事，有盛有衰。然而，文化作爲一種永久性的歷史積累，卻是相續相襌，生生不息的。文化的生命力，不在於其作爲物質外殼的存在形式，而在於文化的內在精神，在於創造文化及其在民族文化薰陶中耳濡目染的「人」。這正是中華文明長盛不衰的真諦之所在。只要民族不被滅亡，只要人類不被滅絕，文化之樹就會永遠常青。

　　人文社會科學的繁榮發展和人才的培養至關重要，中國要堅持走自己的發展之路，就必須「文理並重」，決不可「重理輕文」，

更不能「淡化兩古」。這是中國的「國粹」，是中華民族的人文精神之所寄。過去的一個世紀，雖然有人曾經拼命反對「國粹」，現在仍然有人在拼命排斥「國粹」，然而都難以動搖中國優秀傳統文化的深厚根基。歷史證明，中國文學的歷史輝煌，是任何歷國、歷代、歷地和其他學科無與倫比的。中國文學是中華民族傳統文化的主要載體，從這個角度來看，中國文學史的學科命運，也許決定了中華文化和中華民族的歷史命運。我們宜加強中國文學史專門人才的培養，我們要呼喚文化智者，讓中國文學史傳統學科後繼有人，讓中華文化薪火相傳、發揚光大、長盛不衰！

2001 年 10 月 1 日中秋節於長沙

講評意見

簡宗梧
逢甲大學中國文學系

以蔡教授在詩話學與文化學的成就,以及撰寫文學批評史的經驗,來講述這個論題,當然是游刃有餘。蔡教授以宏觀的視野,理性的思考,客觀的分析,並作感性的呼籲,是一篇極佳的學術演講稿,拜讀之後,獲益良多。

有關人文社會學科是否會被邊緣化的疑慮,尤其是中國古代人文的教學與研究這部分,更有極速萎縮的危機,這是兩岸都共同面臨的問題。蔡教授的呼籲,相信會引起很多的共鳴,我們當然也希望能得到更多的回響。

這是餘論的部分。就正論的部分來說,假使要我寫這樣的論文,我可能會搜集當今可以看到有關中國文學史的著作,逐一評述並綜合比較分析,做為「回顧」的部分。用學術論文處理資料的方式加以處理,這樣做或許笨拙一些,但可以使讀者獲得比較完整的資訊,更可以按圖索驥。

蔡教授中肯的批評「文學史撰寫內容的陳陳相因缺乏個性」,主張文學史的教學,「要提倡教師的學術自由化與教學自主性,以充分展現其文學史觀與學術成果。」這一點我很贊同。歷史本來是

強調客觀的，但經過整理所呈現的歷史，便不可能百分之百的客觀；史的撰述，除講究史料的掌握、方法的運用之外，還貴在有史識、有史德、有史觀。沒有史觀的著作，那就只是史料的堆積；沒有史觀的文學史教學，那就只是歷代文學史料的簡介。只要撰述者或教學者心術端正、意氣平和，不附會武斷，不詐偽誇大，不刻意標新，對史的脈絡可以有不同的詮釋與建構。也只有在多元觀照下，才更可能接近歷史的真實。

在蔡教授的論文中，我有一點不甚清楚的，是有關「文學史哲學的理論建構」問題。蔡教授提到文學史哲學的理論體系，可以從自然哲學、文化哲學、人生哲學、歷史哲學、生命哲學、價值哲學等六方面來建構。蔡教授雖然逐一加以解釋，這些哲學思想，也常在文學作品中觸及，並影響文學的發展。蔡教授所期許的，到底是以這些哲學思想做為觀察的角度，建構文學史的敘述脈絡，或另有其他的期待，也許蔡教授可以說得更清楚些。

另有一點令我感到疑或的是：蔡教授面對全球文化接軌，主張「沒有必要走全盤西化之路，我們有悠久的中華文化，中國文學史研究走自己的中華文化之路，突出中國文學所表現的民族文化性格和審美情趣。」如果讓所有研究者全盤西化，不符合多元化的期待，當然是要反對的。但在文化接軌之初，不免一時方枘圓鑿扞格不入，假以時日，當能加以吸收轉化，充實民族文化和審美意涵。就目前而言，即使某些人從事全盤西化的文學史研究，不也可以促進文學史研究的多元化嗎？所以就多樣化的提倡，是不是也可以給予適度的包容呢？

沒有「文學」，也不是「史」
——二十世紀「中國文學史」史觀與方法
之回顧省思

趙孝萱

佛光大學文學研究所

關鍵詞

中國文學史、史觀、文學史

摘　要

　　本文針對 20 世紀文學「史著」之史觀、方法與態度進行反思與探索。除了受當代思潮、政治意識影響的史觀問題待釐清外，本研究也將集中討論中國文學史研究的內在缺陷。也就是省思文學史意識、文學史體例、文學史描述等書寫的操作方式。

　　20 世紀基本的文學史觀與方法皆奠定於「近代」以及「五四」學術群體，之後可說是不斷重複前代之文學史態度、價值甚至錯誤。遍觀 20 世紀中國文學史著，「體例」多循成規。真可謂面目

雷同，空前畫一。其實「體例」不僅是章節安排之類的純技術問題，也蘊含對研究對象的整體思考和學術取向。基本上是以「時代環境」、「作家」、「作品」三者間之關係，表達了傳統「知人論世」史觀以及「時代環境決定論」之影響。上述這類「文學史」，沒有真正的「文學」史，也沒有真正的文學「史」。因為多數的中國文學史，既不重視文學內在規律與精神本質，也不注重「史學方法」與「歷史觀點」。

壹、緒論

　　「文學史」是中國在 20 世紀後才形成的研究學門。「文學史」一詞至少有兩種意義，一指文學在歷時系統中開展出的內在聯繫，以及論述這種聯繫的文本，也就是「文學史著」。現有「中國文學史」史著❶，可謂卷帙浩繁，汗牛充棟❷。百年間之史料、方法與思潮的發展變化，足堪反省回顧。

　　本文針對 20 世紀文學史著之史觀、方法與態度進行反思與探索。百年來，中國文學史基本史觀與方法，全奠基於 20 世紀之前

---

❶　此處所指「中國文學史」主要指中國文學通史。其他如文類史、分類史、區域史、斷代史、專題史等也包含其中。文類史，包括詩史、詞史、韻文史、散文史、駢文史、賦史、戲曲史、小說史以及各朝代斷代文學史、區域文學史。專題性研究，白話文學史、平民文學史、俗文學史、婦女文學史等。

❷　關於 20 世紀的文學史著之書目，係參考黃文吉編撰《臺灣出版中國文學史書目提要》臺北：萬卷樓圖書公司，1996。

三、四十年。之後可說是不斷重複前代之文學史態度、價值甚至錯誤。20 世紀重要的文學史觀皆奠定於「近代」以及「五四」學術群體。之後的諸多文學史，有史觀者多沿襲，無史觀者多是舊有史料之雜抄重編或是重新排比。對細微問題上或頗有進展，但對整體文學史的解讀，若與三○年代前相較並無太多突破。古代、現代文學史受進化史觀、經濟社會決定論、歷史必然論等影響，現代文學史尤受階級史觀、政治運動的影響。所以 20 世紀中國文學史的發展歷程，充分反映了「詮釋社群」（interpretive community）（例如學院學術群體）及其背後的建制（國家意識型態機器）在界定文學作品的意義和價值時所發揮的力量。

近十幾年來雖有一連串「重寫文學史」的反思與摸索，但能突破前代文學史家的文學史建構與觀念的「中國文學史」，還未可見。

面對「中國文學史」，其中可區分為「中國」文學史、中國「文學」史以及中國文學「史」等定義論題，其中就包括了地域定義、文學觀念、史學方法等等問題，複雜性不言可喻。除了「中國文學史」幾個字本身的複雜外，文學史著作與非文學因素（extra-literary factors）的關係，也是應該思考的重點。例如文學史寫作如何避免受到政治勢力的干擾、文學史如何分期斷代、或是文學史寫作者如何定位「接受者」以及閱讀者取向等問題。

另外文學史家必受所處時代的思想型態與價值取向的影響。因此檢查每個時代對文學史的觀念與價值判斷，便成為文學史研究的重要課題。其中各時代各種文學史之當代「史觀」與史學「方法」之探究，尤為本研究關注的重點。除了受當代思潮、政治意識

影響的史觀問題待釐清外，本研究也將集中討論中國文學史研究的內在缺陷。也就是省思文學史意識、文學史體例、文學史描述等書寫的操作方式。

貳、二十世紀「中國文學史」史觀與方法之回顧

一、世紀初「發生」原因的深遠影響

（一）域外之影響

中國文學史的萌芽與雛形，受到外國漢學家以及外國文學觀念的影響。20 世紀初是以西方眼光剪裁中國文學的時代。當時以西方文體觀念剪裁中國文學，如以「小說」代替「文章」即是。中國文學史之最初書寫，深受各國漢學家 19 世紀的中國文學史書寫影響。當時俄國人瓦西里耶夫（1811─1900）著《中國文學史綱要》❸、英國人翟理斯❹、德國人顧路貝《中國文學史》❺和日本

---

❸　瓦西里耶夫（1811─1900）著《中國文學史綱要》，1880 年在聖彼得堡出版。

❹　翟理斯《中國文學史》1901 年於倫敦出版。

❺　顧路柏《中國文學史》1902 年於萊比錫出版。

人古成貞吉❻、世川種郎（1870—1949）《支那歷朝文學史》❼等之中國文學史，早已問世。其中日本之影響尤巨。林傳甲《中國文學史》❽為林氏在日本早稻田大學所講授的講義增補而成，其自序中云其仿自日本。1915 年曾毅《中國文學史》則寫於日本，甚至完全抄自日人兒島獻吉郎的中國文學史。同時外國文學史家如泰納、勃蘭兌斯、郎宋等人的著作與觀點也被廣泛運用。

（二）教科書的影響

中國古代沒有文學史專著，有關文學歷史發展的論述，多散見於眾多的文苑傳、書目、序跋、文章作法等材料之中，尚未成為獨立的學問與學科。20 世紀初因學術觀念的轉向及教育制度的需要，「文學史」開始成為一門新而獨立的學科❾。這種學術轉向，間接導因於西潮之衝擊。近代知識體系的轉化，西方教育體制的引進對中國傳統學術精神造成衝擊，也導致「文學史」此一新學科之出現。1903 年「奏定大學堂章程」明言：「日本有《中國文學史》，可仿其意自行編纂講授。」

---

❻　古成真吉《支那文學史》出版於 1897 年。

❼　世川種郎《支那歷朝文學史》1898 年由東京博文館出版。1903 年由上海中西書局翻譯出版。

❽　1910 年為石印線裝本，共二十冊，東京弘文堂發行。

❾　參考陳平原〈「文學史」作為一門學科的建立〉（南寧：廣西教育出版社，1999）頁 3-5。

從此，為了課程所需，教師免不了講義的製作，從而製造了大量的《中國文學史》。因此倘若大學沒有文學史課程，就沒有如此多的文學史著述。卻因此造成了 20 世紀的「中國文學史著」幾乎全是上課講義或是教科書。此一先天身份，一、造成 20 世紀文學史著述全是學院派思路。二、也因為「講義」身份之原因，「致用性」與「讀者」（學生）接受能力的考量，成為最主要的書寫傾向。為滿足教學與課程的需要，文學史因此被要求要敘述明晰、結構完整、體例宏大。也因為寫作多為教學所需，「引介」與「入門」成為文學史之重要功能，多數只要如「概論」般介紹一連串文學歷史上發生的文學知識（作家、作品、社團、流派的名稱）而已。絕大多數文學史流於「大綱」、「條列」、「簡介」、「概要」、「略說」等講義性質❿。架構雖看似完整，但卻千篇一律；史料雖看似完備，但卻缺乏詮釋、觀點與解說。具學術創見的「專著」因此極為罕見。

文學史教科書撰寫方式的另一個流弊，就是 20 世紀中國文學

---

❿　就以臺灣出版的各種中國文學史為例，絕大多數為「大綱」、「條列」、「簡介」、「概要」、「略說」等性質的上課講義。例如王集叢《中國文學史問答》臺北：帕米爾書店，1967。李曰剛《中國文學史》臺北：文津出版社，1978年訂正版。易蘇民《中國文學史初稿》臺北：昌言出版社，1965。李鼎彝《中國文學史》臺北：傳記文學出版社，1978 年新版。易君左《中國文學大綱》臺北：信明出版社，1971。蔡慕陶《中國文學發展史》臺北：帕米爾書店，1972。宋海屏《中國文學史》臺北：臺灣學生書局，1974。褚柏思《中國文學史話》臺北：黎明文化公司，1982。等等。

史之教科書定位，決定了 20 世紀文學史更易受到政治控制的宿命，成為國家意識型態的組成部分。20 世紀各種文學史與「政治」關係尤為密切，多數無法擺脫政治意識型態與政治立場的掣肘。例如早年大陸出版的現代文學史，多受到「左」傾政治的干擾，對作家作品之評價以「政治立場」為優先，用階級鬥爭標準來劃分和評價作家作品，著重描述政治鬥爭史與文藝論爭史。對文學本身的審美評判與形式分析並不重視。至於臺灣不論是早年服膺於國民黨政治立場與解釋的許多新文學史❶❶，或是近年來著意於重構新的「臺灣史論述」的臺灣文學史❶❷，都能清晰看到政治立場在此斧鑿的痕跡。

二、「史觀」之奠定與二、三〇年代
學術社群的重大影響

　　二十年代初至四十年代是中國文學史撰寫的高峰，短短三十年間出版了約三百種中國文學史著。時之史家奠定了當今古代與現代文學史的基模，以及理解文學史的基本方式與視角，甚至基本的論點。可悲的是，之後幾十年的文學史寫作並未有太多的超越。

---

❶❶　如劉心皇的《現代中國文學史話》是以「三民主義的思想作為主流，對各種主義加以批判。」臺北：正中書局，1971，頁 830。

❶❷　如陳芳明在《聯合文學》上逐一發表的〈臺灣新文學史〉以及《左翼臺灣：殖民地文學運動史論》（臺北：麥田，1998）。

　　五四之學人群體拉遠傳統，將自身猛力地抽離傳統，帶來傳統與現代的對立與文化意識的斷裂。他們將歷史解體，建立了一個「傳統」，成功地革了「傳統」的命。因此，現今對「傳統」的認識很難不經過五四的過濾。文學史觀念亦然。胡適等人雖是成功的革命者，但他們的文學史觀多只是簡單的、武斷的概念，平面而單薄。但卻整整影響了近一個世紀。

　　若綜而論之，就是史觀存在二元對立的矛盾問題：如：將各文類的時代與影響整齊切開，未關注不同文體文類之間的並存功能。硬性區分貴族文學與平民文學，忽視士人階級的擴散與士庶階層的流動。硬性區分白話文學與文言文學兩種體系，未能明瞭白話傳統與文言傳統並非是壁壘分明的，忽略了如白話戲曲小說可能承襲文言的套語等現象。以及區分精華與糟粕、主流與非主流、代表性與非代表性等絕對化的二分問題。

　　其中有幾種代表性史觀，影響至今❸：

---

❸　其他述及 20 世紀文學史觀的研究還有朱德發《主體思維與文學史觀》（濟南：山東教育出版社，1997）與陳伯海《中國文學史之宏觀》（北京：中國社會科學出版社，1995）。如朱德發認為：「五四運動以來，常見的文學史理論類型大致有四種：一、是以社會歷史觀取代文學史觀，把文學史視為歷史的一部份。二、把生物進化論引進歷史研究領域。三、視文學史為文化史的一部份，以文化史的考察方法來考察文學把文學研究變成對社會、政治、宗教、道德、意識的藝術說明。把重點集中在文學所反映的政治、思想、道德、風尚等文化方面。四、政治鬥爭與階級史觀方法論。」頁 323、334。

（一）歷史循環論與進化論史觀

強調文學也有生老病死之「歷史循環論」與貴古賤今之「進化論」，應是 20 世紀影響中國文學史書寫最深的史觀。五四以後，幾乎所有的文學史都標榜進化觀。最直接的是譚正璧的《中國文學進化史》（1929 年）。現在通行的文學史幾乎都以「進化」角度討論文學發展，文學批評史也貶斥看來像是退化觀的文學觀念。

「進化論史觀」認為一切社會都是不斷進化。歷史的演變，有一必然之趨勢；一切社會既有進化的法則與程序，歷史亦然。進化論假想人類將命定地朝必然的途徑與程序，不斷進步，認為「文學者，隨時代而變遷者也」、「文學因時進化，不能自止。」因此其基本精神為反傳統，從而改變了中國傳統史觀中「源流正變」的文學復古思想。同時將反傳統的精神與歷史決定論接合。這種後勝於前；進化不息的文學史觀，正是當時發動文學改良運動的理論依據。

進化論既然認為文學是呈現「直線發展」的，認為一時代有一時代的文學，而後一代文學是前一代文學的進化。所以多根據生物「進化原理」以中國文學由略到詳、由粗到精作為描述主線。

例如胡適《白話文學史》視文學的過程為一「進化」的歷程，全面顛破了傳統文學的藩籬。胡適提出文學隨時代的進化不斷地演進與革命，故一時代有一時代的文學。胡適的進化內涵偏重在文學語言（文言與白話）和文學形體（四言詩、五言詩、七言詩等）的部分，較少涉及文學內容。

另外鄭振鐸也將中國文學分為五個時期「胚胎、發育、成

長、全盛、衰落」，標舉文學史自然發展的趨勢，並輔以實證主義研究方法。另外劉大杰的《中國文學發展史》的發展兩字，也具有生物學進化論的內涵。同樣運用生物有機循環的歷史決定論，來解釋文學的變遷。此種歷史決定論認爲文學的發展歷程，與自然之規律一樣，也會誕生、茁壯、成熟、死亡。暢論文學類型（文體）發展到某個階段，就會衰退、凋零而後消失。所謂「一時代有一時代之文學」，重點反而落入文學與時代的並時關係，即使企圖由此揭示不同時代的差異，也難免爲了遷就外緣因素而對文學系統做出切割，於是文學很容易成爲社會史、經濟史的附庸。「直線進化」的描述，很顯然是受了政治的影響，將文學政治效用的進步視爲整個文學的進步，而無視其在審美層面上的退化現象。

此一進化史觀的問題在於因爲強調文學發展有由榮到枯的定律，突出必然進化與衰亡的命定，既否定了個人之獨創，又否定了事件之偶然。同時「進化」容易給人「直線」發展的錯覺，「直線」意味著「排他」，以及對眾聲喧嘩、百花齊放現象的忽視。同時，一些表面上看來中斷或者未能連貫的文學現象，也容易被置之度外。另外，「進化」二字本身就帶有價值優劣之判準，其判準的之執行不在評價本身而在描述的過程。其實文學的成果無法按照歷史的先後程序來確定優劣，何況孰優孰劣，是以何者爲比較之基礎？不同文類之相互比較，其比較之立足點又在何處？文學不必然是後勝於前，古不如今的。

（二）馬克斯主義階級史觀與社會經濟決定論

這類社會學派的文學史原則，一則來自傳統，如劉勰「時運交移，質文代變」，或是葉燮「時有變而詩因之」等思維就是社會決定論。一則來自西方馬克斯主義。這類史觀第一確立經濟基礎與上層建築意識型態的觀點，第二把文學發展與階級鬥爭結合，第三提倡現實主義。這類史觀的文學史分期標準完全依附政治鬥爭、階級鬥爭的劃分，使文學發展完全失去自主性。此種劃分，勢必造成文學史的政治化傾向。進而導致文學史之複雜性與豐富性完全失去。非現實主義作品不是遭到否定，就是刻意被塞進現實主義的框架中。在不斷凸顯「勞動人民」與「統治階級」的敘述中，反映的只是對勞動人民的簡單化、平面化理解。

其中如劉大杰《中國文學發展史》就將文學文本置於時代或是生產環境中，以瞭解文學的變遷。三〇年代左翼學者受唯物史觀影響，特別突出經濟關係與階級矛盾，阿英《晚清小說史》和譚丕模的《中國文學史綱》足爲代表。五〇年代大陸運用馬克斯主義歷史主義與階級分析的方法，偏重於發現作品的階級性、人民性與鬥爭性。1962 年何其芳主編之《中國文學史》雖糾正了一些極左的史觀，分析較爲細緻，同時也較能注重藝術特色，但是從其分期「封建社會以前文學」與「封建社會文學」，以及陳述各代社會、政治、思想對文學影響等特徵，此書之文學史觀仍偏重於重視歷史主義的馬克斯主義社會派史觀。游國恩等主編的《中國文學史》同樣具有上述特點，使用同一種史觀，但此書更注意到文學形式的互相影響以及源流演變。

這類機械、庸俗的社會決定論以及對馬克斯主義的簡單理解，是將「社會決定論原則以社會學的評價和尺度代替了審美的評

價與尺度。或者說，以作品所反映的對象的價值取代文學的審美價值。❶」探究的不是文學本身，而是背後反映的社會結構與意識型態。

（三）「民間文學」與「俗文學」正宗說

晚清「小說界革命」強調小說、戲曲的社會政治功能，小說、戲劇等本屬於不登大雅之堂的文類逐漸成為主流。世紀初又因敦煌文獻的發現與大批唐五代俗文學作品出世，使俗文學之研究更形蓬勃。再加上五四以來，因為普羅文學的主張傾向，所以提倡文學要從民間來，要不避方言俗語，要與廣大人民同呼吸。例如陳獨秀提倡「平民文學的思想」，貶抑貴族文學。如此扶立了小說、戲曲等民間文學傳統，使元曲、明清章回小說成為「正宗」的文學體類。建立了以民間文學為骨幹的文學史觀。

劉大杰《中國文學發展史》與馮沅君、陸侃如等人一樣，認為凡愈接近原始民間的文學，價值便愈高。文人之創作，必然是愈寫愈「古典」、愈僵化、愈無價值。提倡民間文學，是希望擴大傳統的文學觀念，以研究一般文學的母題與形式。劉大杰又將此比附於古典主義與浪漫主義之爭。認為民間文學本是浪漫的，若經文人「染指」，則逐漸古典化，甚至僵化死亡。劉氏等人因受五四反傳統精神的影響，一致貶斥古典主義。將浪漫與古典之爭，視為民間文學與貴族詞人之爭。1933 年鄭振鐸《插圖本中國文學史》收入

---

❶　陶東風《文學史哲學》鄭州：河南人民出版社，1994，頁 13。

了唐五代變文、宋元的戲文與諸宮調，元明講史與散曲，明清短劇與民歌，以及寶卷、彈詞、鼓詞等。一方面也是因接受西方觀念，將小說、戲曲作爲重要的學術論題來研究。

（四）「白話」主流說

胡適寫《白話文學史》，目的在於說明中國文學史上有白話文學，並認爲白話文學史是中國文學的中心部分，是「活文學」。胡適整理出「語言」此一工具在文學史上發展之跡，視文學及語言爲「工具」。但是，「白話」、「文言」的簡單二分實在不能解釋語言運用的複雜現象，白話文言俗語雅言方言之間有複雜的互動關係，在不斷演化的過程中，難以清楚釐分。其中許多「認定」，多是史家之一廂情願，同時又具自戀情結的主體陳述。一本配合「運動」與「革命」意義的文學史，史觀的邏輯雖然荒謬，卻成功翻轉與轉移了百年以來的語言「典範」，徹底斷了文言與傳統的筋脈**❶**。

（五）「代興」「新變」之觀念與強調「時代」之「新」

「詩至唐而極盛，自此以後，詞曲代興，唐、五代及宋初小令，此詞之一時代也；蘇柳辛姜之詞，又一時代也；至於元之雜劇

---

❶ 此論題可參考陳國球〈傳統的睽離：論胡適的文學史重構〉的析論。收入陳國球等編《書寫文學的過去：文學史的思考》臺北：麥田出版社，1997。頁 25-84。

傳奇，則又一時代矣。」（胡適〈文學改良芻議〉）所謂「一時代有
一時代的文學」成為日後文學史奉行不渝的觀念。此後影響陸侃
如、馮沅君《中國詩史》自宋代後只論詞曲，全不論詩。就因為強
調「代興」，所以提倡「新變」。所謂「新變」，是一種強調文體變
異的文學史觀，認定文學必須求新求變。

　　所以「新變」，成為五四時期一個重要的文化態度。「五四」
以來認為文學必須呼應時代、具時代性，新時代不能再用舊文體。
倘若依此一時代的霸氣來衡估新時代的新文體，評價就容易過高。
所以 20 世紀文學史普遍有高估膨脹「當代」文學份量的傾向，而
且容易以「新」文學為唯一的討論對象，忽視一切非屬於「新文
學」的其他文本。例如今天現代文學史的討論範圍很小，只包含
「新文學」部分，而排除了「新文學」之外的其他文本。例如傳統
形式之書寫（章回小說、近體詩以及傳統戲劇等）就完全缺乏討
論。

　　上述雖說五四之精神為強調「新創」，但是 20 世紀許多文學
史的撰寫策略，卻反而是從對古代文學的重新定義與詮釋中，為當
時文學的尋求出路與源頭。胡適的《白話文學史》是〈文學改良芻
議〉主張的傳統解釋，鄭振鐸《中國俗文學史》則是為提高民間文
學的價值而寫。「凡有關中國古典文學史論著作，無不證明文學的
現代性孕育於古典性，古典性豐富著現代性，正是這一規律才形成
文學史。❶」

---

❶　公木〈中國古典文學研究之研究・史之史〉收入《百年學科沈思錄：二十世
　　紀古代文學研究的回顧與前瞻》北京：人民文學出版社，1998。頁 58。

參、二十世紀「中國文學史」史觀與方法之省思

　　遍觀 20 世紀中國文學史著，「體例」多循成規。真可謂面目雷同，空前畫一。其實「體例」不僅是章節安排之類的純技術問題，也蘊含對研究對象的整體思考和學術取向。現有文學史體例多以時代序列為主（編年），或分成若干時期。其間多以朝代更迭、政治事件劃分。其下或再以文學之事件、運動再區分（紀事）。其下再舉重要作家作品引介評論（紀傳）。換言之，多先概述某一時期的面貌，然後分析其興盛的原因，描述文學與社會的關連，再介紹幾位代表作家的名氏官爵著作交遊，抄幾段「代表作」「賞析」一下，並述其淵源與影響。基本上是以「時代環境」、「文學家」、「文學作品」三者間之關係，表達了傳統「知人論世」史觀以及「時代環境決定論」之影響。

　　上述這類「文學史」，沒有真正的「文學」史，也沒有真正的文學「史」。多數的中國文學史，不重視文學內在規律與精神本質，也不注重「史學方法」與「歷史觀點」。

一、史料史實太多

　　以往的文學史研究，都從客觀歷史論與實證主義出發，考證和鋪陳有關文學的「史實」，此乃文學史資料長篇，非史也。文學史研究本來就兼及文學與史學，由於清學的重實證，以治「史」的

方式治「文」。加上胡適等人強調「科學方法」，五四以後傳統的詩文小說戲曲成爲單純的考古考證對象，誤將文學史研究局陷於史實辯證。或是偏重客觀性的研究，以能蒐集史料、挖掘史料、考證史料、整理史料，並且掌握史料之數量爲史學功力高低之依據。如謝无量《中國大文學史》（1918）以傳統「目錄學」與「史傳體」爲體例基礎，前者在於陳列，後者在於敘述。此一體例奠定了日後文學史著體例的基礎❶，影響了魯迅的《漢文學史綱》與劉大杰的《中國文學發展史》。謝氏此書就很少攙入主觀見解，其中匯集古人評論，載錄古代傳記、摘引大段作品、「陳列」史實，造成一種純客觀的姿態。

劉師培《中國中古文學史講義》於 1920 年出版，也採類似的輯錄方式，以古證古，讓史料自己說話。也像是傳統「目錄學」與「史傳體」的現代版。「所引群書，以類相從，各附案詞，以明文軌。」不像現有的資料彙編，而像是貫串史家意圖的考述體文學史。他以古證古，以史代論，以史料本身顯出實證。

早期學者所持的的客觀與實證態度，影響甚大。但是這是「將文學的呈現方式平面化，消解了文學的歷史意識以及文學現象本身的時間性質」❶。以爲史料齊備、便是完整而客觀的文學史。

---

❶ 參考葛兆光〈陳列與敘述——讀謝无量《中國大文學史》〉收入陳國球等編《書寫文學的過去：文學史的思考》臺北：麥田出版社，1997。頁 351-357。

❶ 毛文方〈中國文學史研究概況〉收入《五十年來的中國文學研究》臺北：臺灣學生書局，2001。頁 218。

其實歷史何完整之有？何客觀之有？不能迷信反映「歷史本來面目」。所謂文學發展的真相。很難再現。「真相」只是寫作自我奠基於陳陳相因的想像而已。史料多絕不會增加文學史的客觀性。總之，必須以「史」之角度觀察文學，將各文體之間的關係、傳承以及自身之演變、相互之影響以通貫式的方式呈現。

二、史識史觀太少

中國文學「史」，是指文學在歷史軌跡上的發展過程。文學「史」就其性質來看，它處理的對象是文學，其本身卻是歷史研究。所以當討論作家與作品時，理應不同於純粹的文學研究；而又因為處理的對象是文學，所以它也不同於其他歷史著作。龔鵬程於《文學散步》〈文學的歷史〉文說：「文學史是以文學為對象的歷史研究，因此，它所建立的知識，就是一種關於文學的歷史知識。但同時，文學史又是充滿了歷史意識與觀念的文學研究。❶」所以「史」的態度與意識尤為重要。

此處「史」絕不等於「史料」也不等於「資料匯編」。但 20世紀多數文學史都大量羅列作家生平、本事考辨或古代文論批評。幾百種文學史，多是雜鈔與零碎的編列，不是「史」書。多數文學史喜歡借用古代各種史傳詩文評等別家的說法來討論作品，此法可稱做鸚鵡學舌法。嚴格的說處理的是「史料」，而非「文學」。文學認知不能化約為史實而已。許多作者連編帶抄，寫出一本本稍具說

---

❶　龔鵬程《文學散步》臺北：漢光出版公司，1985。

明的資料彙編。一些文學史新著，還是偏重片段史料史實之增補，增添了原受忽略的作家作品而已。多只是對瑣碎細節之增補，對整體之體例史觀無大影響。

同時多數文學史陳述「靜態」的文學序列總是多於敘述「動態」的變遷。文學史變成作家與作品評論之堆積。如夏志清的《中國現代小說史》注重作品的文本閱讀，對於優秀作品有發現與重審的眼光。但是文學史若只是作家作品的評論集，雖仍有價值，卻未能擔負「史」之任務，未能解釋文學現象何以如此演進與如此發生的複雜歷程。文學史的研究對象雖是文學，但還是應該具備史觀與史學方法。例如周作人有感於「文學史的研究現今那樣的辦法，即是孤立的、隔離的研究」，因此提出了「應以治歷史的態度去研究」。強調研究文學現象應從短時段孤立的、隔離的事件跳出，在長遠的歷史過程中進行考察，從而在歷史發展內部中找尋解釋的依據[20]。如此態度應可避免片段的資料排比。龔鵬程在〈試論文學史之研究〉[21]文中不但釐清了文學史歷來糾纏之盲點迷思，也提出文學史寫作史觀與方法論之重要。所以文學史不是歷史文件，也不是枯燥無味的歷史記憶。但是 20 世紀真正能以獨特史觀撰文學史者真不多見。

---

[20] 引自朱曉進〈一種可資借鑑的文學史思路：讀周作人《中國新文學的源流》〉收入陳國球等編《書寫文學的過去：文學史的思考》臺北：麥田出版社，1997。頁 373-380。

[21] 龔鵬程〈試論文學史的研究〉收入《古典文學》第五集（臺北：臺灣學生書局，1983）頁 357-386。

　　一部文學史的好壞，並不在它能容納多少文學事實，也不是搜輯資料、排比年月即可，必須運用觀點、賦予意義。但是百年來真正有「觀點」的文學史卻寥寥可數。所以史識與邏輯理論能力的忽略，也是過去文學史書寫的重要問題。魯迅讀了鄭振鐸的《插圖本中國文學史》曾說：

> 鄭君所作《中國文學史》，頃已在上海預約出版，我曾於《小說月報》上見其關於小說者數章，誠哉滔滔不已，然此乃文學史資料長編，非「史」也。但倘有具史識者，資以為史，亦可用也。❷❷

文學史寫作的差異，主要不在史料的掌握，而在寫作主體的思維判斷與理論能力。突出研究者的價值判斷與認識。強調研究主體之感知與創造，才能完成理論的建構。

　　中國文學史書寫要出現新的面貌，必須在史觀與方法論上下功夫。但如何在紮實的蒐羅考證功夫上又能展現過人的史觀，的確是一大難事。如章學誠《文史通義》所說：「由漢氏以來，學者以其所得托以撰述已自見者，概不少矣。高明者，多獨斷之學。沈潛者，向考索之功。天下之學術，不能不據此二途。」「獨斷」之史觀與「考索」之史料若能兼併，才可能出現理想的文學史。

　　百年間能兼顧史識與史料的影響性成功鉅著，應以王國維的《宋元戲曲史》（1912）❷❸與魯迅的《中國小說史略》（1923）為代

---

❷❷　《魯迅全集》第十二卷。頁102。

❷❸　《宋元戲曲史》原名《宋元戲曲考》，1915年商務印書館出版單行本改名。

表。王國維的《宋元戲曲史》以精準宏大的史學眼光，從深厚的戲曲傳統中尋找淵源與發展脈絡，建構了今日戲曲研究的框架。《宋元戲曲史》建立了現代戲曲史學，爲戲曲研究開闢了新的局面。其中對於新論題的提出以及新標準的釐定，厥有開創之功。例如元雜劇的相關研究，像從文學性角度提出元劇的三大傑作、元曲在語言學上的價值、在國外流傳的情況、以及悲劇文類的提出等，皆見識見功力。另外《宋元戲曲史》也開啓了南戲、金院本、唐宋樂舞的研究，影響極爲深遠。

魯迅在《古小說鉤沈》、《唐宋傳奇集》、《小說舊聞鈔》的基礎上撰寫《中國小說史略》，一舉奠定了整個中國小說史的研究佈局，展現了宏觀把握與獨具慧眼的史識。之後絕大多數的小說史體例都是模仿《中國小說史略》而來。《中國小說史略》勾勒了中國小說發展歷史的基本脈絡，其中關於小說類型的理論設計，深刻影響小說研究界。

三、不注重「文學」之探究

早在 1965 年徐復觀在〈中國文學論集自序：研究中國文學史的態度與方法問題〉文中即已點明對當時未把作品當「文學」作品方法的不滿與反省。他說：

> 目前所以不能出現一本像樣的點的中國文學史，就我的瞭解，只因為大家不肯進入到中國文學的世界中去，而僅在此一的外面繞圈子。有的人對於一個問題，蒐集了許多周

邊的材料，卻不肯對基本材料——作者的作品——用力。有的人，對基本材料，做了若干文獻上的工作，卻不肯進一步向文學自身去用力。所以在這類文章中，使人感到它只是在談無須乎談的文獻學，而不是談文學，不是談文學史❷。

　　文學史的討論對象理應為文學發展之規律。但是「文學」的定義與內涵到底為何，卻是因時而異。舊時的「文」和「文章」，或是「文章流別」與「文體流變」都與 20 世紀以後的「文學」觀念不同。所以 20 世紀初是以傳統的目錄學、文苑傳以及詩文批評理論為參照來建立文學史體系，還囿於傳統的文章流別與國學源流的框架中。最早者為黃人（1866—1913）的《中國文學史》❷三十冊，其中大量抄錄原著文字、浩繁蕪雜。又如林傳甲的《中國文學史》（1904），在講到歷代文體沿革時，將群經、諸子、諸史、雜傳乃至文字、聲韻、訓詁、文章作法等內容都蒐羅進去，等於一部國學概論。文體部分包括詔策、奏議、書表、碑志、辭賦等，卻無一字述及戲曲、小說等文類。竇警凡《歷朝文學史》（脫稿於 1987 年，1906 年出版）設「文學原始、經、史、子、集五章分篇」。可見撰史者當時並無現代的「文學」概念。1918 年謝无量的《中國大文學史》採取廣狹二義的文學界說來協調新舊兩種觀念的矛盾。

---

❷　《中國文學論集》臺北：臺灣學生書局，1965。自序部分。

❷　三十冊，1904—1907 期間謄寫油印出版做為教材，後由國學扶輪社以鉛字油光紙印行。

　　五四以後，現代「文學」與「非文學」的界線才逐漸清晰。時人使用「文學」之概念，是從日本輸入對於英文 literature 的意譯，「文學家」即「作家」。當時同時受西方文類觀的影響，從而放棄傳統文體觀念，以西方「詩」、「小說」、「散文」、「戲劇」爲「文學」的四大文類，從而脫離古代「文章」以詩文爲正宗之觀念。至二〇年代中葉後，新的文學觀念逐漸深入人心，甚至產生像劉經庵《中國純文學史綱》❷❻、金受申《中國純文學史》等標誌「純文學」的文學史著。問題是若用西方文學文類匡範中國古代文學，許多如駢文、賦、筆記、雜文等特殊文類便不易歸納與討論。

　　雖然「純文學」觀念逐漸清晰，但並不代表「文學史」的書寫就比較切近文學本質性的探討。韋勒克認爲文學作品的價值不能通過歷史的分析把握，而只能通過審美判斷來把握，因此他對文學史能否解釋文學作品的審美特點而提出質疑❷❼。歷史書寫的分析式思考，能否傳達出作品的藝術個性、審美風格、創作意向固不必論，更甚者是多數「中國文學史」關注的不是「文學」本身的論題。

　　多數文學史在各章開頭千篇一律概述某時代的經濟與政治狀況，用社會發展的分期模式來建構文學史的發展階段與歷史時期。這是以社會的經濟與政治狀態來解釋文學的生成過程、美學風格與

---

❷❻　著者書店，1935。見《民國叢書・第三編・五十四》上海書店 1991 影印本。

❷❼　韋勒克〈文學史的衰落〉載《國際比較文學協會第二次大會會刊》司圖加特，1975 年。頁 27-35。

藝術形式，忽略思想與意識型態層面的變更。這是簡單地把文學史發生的一切現象歸之於社會歷史原因，忽視文學自身規律的社會決定論，因此過份強調文學對社會生活的依賴性。社會與政經狀況的變化，被認為直接決定了文學的變化。

文學史不是社會發展史或思想文化史，必須結合歷史與文學本身發展的規律判析。所謂「中國『文學』史」，多數卻未著重文學現象本質的探索。多太過重視外在影響，忽略文學內在思想與形式規律的承襲變化。許多文學史成為社會歷史的文獻史與社會史，而不是「文學」史。

文學史也不是反映文學中的思想史或者觀念史，文學之功能實非思想史能涵蓋，其目的也不同。絕不能「以論代史」。文學史更不是編年評論史。現有文學史多抄撮歷代對作家作品的評論代替本人的理解判斷，像是對某作家或作品的資料彙編而已。

文學史關切的對象是文學及其活動，文學固然因時而變，但還是應以美感訴求為主，而不是去呈現能反映或表現社會狀況的文獻。文學史家首要應著重於文學作品中「人的發現、情的發現以及美的發現」[28]。其次，要著力在「規律的發現」[29]，也就是尋找文學結構的演化的過程與原因，處理眾多作品於歷時系列中的轉變，進行文學內在規律的闡釋與揭示。文學藝術形式中語言、文類、風格、結構、技巧都有自身的歷史規律。外部的因素再多，也不可能促成新文體的出現。

---

[28] 陳鳴樹《文藝學方法概論》上海文藝出版社，1991。

[29] 參見朱德發《主體思維與文學史觀》濟南：山東教育出版社，1997。頁23。

　　另外文學史應對文學本質進行正確的理解與把握，思考文學是什麼，同時尋找文學本體特質之規律。例如文學史應涉及心靈的審美活動與創造活動、創作個性與創作激情。既可從主題人物風格思潮等視角，宏觀地考察流變過程；也可探究語言藝術之演變以及內在的演進規律。除了作品與作品的評論外，也應涉及如出版機構、文學社團、讀者反應之類牽涉生產、消費、傳播等文學機制運作的外緣問題。

　　至於外在的影響因素部分，影響文學的因素是多元複雜的。文學的形成發展除了社會經濟基礎外，也牽涉法律與政治制度層面以及社會風習、民族心理之影響。換言之，文學形式既受著諸如宗教、哲學、道德等社會心理面向的制約，社會心理也形塑著文學的審美風格，影響文學的發展。所以文學史若涉及外在因素的探討，不應只有朝代更迭之類的政治經濟因素，也應包含當時各面向的文化型態與文化現象。除文學表層現象之呈現外，更應及於底層現象之探索。

　　過去百年間，大多數文學史只重視外部條件，而忽略「心靈」、「審美」等內在機制的變化。但林庚的《中國文學史》（1947）[30]，「用詩人的銳眼看中國文學史」[31]，以審美觀點掌握各時代特有之文學精神。說明時代的文化與審美精神如何透過生活的內蘊促成文學語言的演進[32]，是 20 世紀史觀較為獨特的文學

---

[30]　林庚《中國文學史》廈門：1947 年，廈門大學叢書出版。

[31]　林庚《中國文學史·朱自清序》。

[32]　例如林繼中〈變異──起點：文學史模式回瞥〉也從林庚的〈盛唐氣象〉以

史。在具體的文學史現象的剖析上，林庚也頗有獨到之處。同樣的魯迅的文學史相關寫作，如〈魏晉風度及文章與藥及酒的關係〉等文，也鮮少涉及生產力與生產的關係，關注的是時代的思想文化與士人心態與社會風俗。魯迅的《漢文學史綱要》（1926 到廈門大學講授中國文學史課程）其中有「屈原與宋玉」專章，也側重從文學形式與文學史角度研究楚辭。這類思維認為，文學作為一種精神產品，並不直接反映社會的經濟關係與政治鬥爭。他們掌握「文變」與「世情」，關心文人命運、心態以及文化風習。關注著審美的情趣、原則、理想和文學形式之變遷發展。

總之，「文學史研究」的目的在於揭示以文學文本承載的人類審美的與精神的層面。如同徐復觀所說：「文學史，是文學的歷史。是通過文學作品以發現有代表性的心靈活動及此活動中真切反映出的人類生活狀態的歷史。只有在稱為『文學的作品』中，才顯得出人類的心靈活動。❸❸」「文學」研究，雖不至於狹窄到只包含「文學作品」而已，但是文學的確應以發現與反映人類心靈活動為目的，而不能作為社會歷史的鏡子而已。

文學史寫的應是文學的歷史，而不是文學的歷史過程或是歷史中的文學。

及〈唐詩的語言〉兩文，看出林庚的文學史規律的圖式為：「時代精神→日常生活→詩歌語言→形式風格→日常生活」收入《百年學科沈思錄：二十世紀古代文學研究的回顧與前瞻》北京：人民文學出版社，1998。頁 72。

❸❸ 引自〈研究中國文學史的態度與方法問題〉《中國文學論集》臺北：臺灣學生書局，1965。自序部分。

肆、結論：關於文學史書寫的問題

　　總之百年來的文學史普遍有著著重客觀性，忽視主體性；偏向政治性，忽略學術性；偏向外在因素，忽略內在規律的問題。

　　該怎麼寫文學史，是令人困惑的大問題。王鍾陵《文學史新方法論》中述及現有文學史普遍之毛病：「從中國文學史著作中表現出來的落後的研究方法，主要可以歸結爲五種：一、是具有八股味的敍述式，二是以偏蓋全的舉例式，三是單純以政治思想分析代替藝術分析，四是對被貼上反動標籤的作家和對被認爲沒有價值的時代的抹煞法，五是微觀的瑣屑研究。……我們的文學史著作通常存著這樣的缺點：眼界窄，文筆平，格式板，感情枯。❸❹」

　　之所以八股，是因爲體例、史觀、架構、敍述之千篇一律。之所以「以偏蓋全」，是因爲多數敍述方式皆是以簡單的描述加上簡化的舉例說明（如作家、作品與社團之舉例）。之所以「單純以政治思想分析代替藝術分析」，是因爲視文學史爲社會發展史，或是因國家意識型態對「文學史」教科書的染指。之所以有「微觀的瑣屑研究」，是因爲過多細碎的史實追蹤使文筆流於瑣碎。而且平列式的引介性介紹，使文筆顯得鬆散，難見深度。

　　近年來由個人獨力完成稱之爲「中國文學史」之通史日益稀少，或以兩種方式來取代，第一、各地皆以集體編寫的方式處理

---

❸❹　蘇州：蘇州大學出版社，1993。頁3。

「通史」之寫作。如臺灣有王忠林等八位在大學中文系教授「中國文學史」課程之教授集體編寫之《增訂中國文學史初稿》❸；大陸有復旦大學合編的《中國文學史》；或是日本前野直彬主編的《中國文學史》等等等。「中國文學史」也就越編越「厚重」。但是，到底有無集體合作之需要？之所以要集體編寫，可能是因當今學者個個都只是研究某些「點」的「專家」，不像上輩學者之博通貫達，無法獨力完成解釋中國「文學」的歷史，因此必須以集體編寫之方式完成。但是到底能否成功地集體編寫？撰寫者史識不同，認識深淺各異，其實很難達到內在邏輯的統一性。第二、若不集體撰寫，就以大量撰寫各種「分體文學史」取代「通史」。諸如：文類史、分類史、區域史、斷代史、專題史等來取代「通史」之寫作。但其實此一趨勢，也不脫二、三〇年代學術群體之分類思維與影響。因為各種分體斷代文學史的分類方法，早已在二三〇年代齊備。例如斷代史有阿英的《晚清小說史》（1937）、吳梅《遼金元文學史》（商務印書館，1934 年）、程千帆《宋代文學史》、青木正兒的《中國近世戲曲史》。文類史有陸侃如、馮沅君之《中國詩史》（1931）、張靜廬《中國小說史大綱》（1920）、范煙橋的《中國小說史》（1927）羅根澤《樂府文學史》（1931）。專題史有謝无量《中國婦女文學史》（1916）、陳鐘凡《中國文學批評史》（1927）等等。之後的各種分類史，不過是在二三〇年代之體系上增補而已。問題是這些個體史、斷代史、專題史畢竟無法窺盡全貌，所以還是需要「通史」的寫作。能在不多的篇幅中描繪出中國文學歷史

---

❸　臺北：石門圖書，1978 年。

的概貌，與文學發展前因後果之輪廓，使人能快速掌握。

　　但這又牽涉到文學史撰寫的目的與對象。「文學史」到底是寫給誰看的？陳平原說小說史著作有三種體例，一種是普及性的，一種是教科書式的，一種是給專家學者閱讀的。但是一本好的史書，例如《史記》，應該沒有對象性的問題。而且誰才是文學史著最主要的讀者？還是大學本科受文學教育的學生。現在葉慶炳、劉大杰等的文學史未能盡如人意，但目前卻還沒有更適合的文學史著可以取代。因此，現在最迫切的是需要一本體例觀點異於前說而且能當教科書之「通史」。因為文學系的學生入學，還是得有一部體大思精的「好」文學史著作。但是什麼才是「好」文學史又適合當教材？倘若「文學史」寫得另類顛覆❸，就會涉及能否當教材的問題。在創見未形成普遍能接受的典律，似乎無法當教材。但是所謂正統無誤的解說方式卻容易因襲而無創見，但創見又易成為一家之言。而且到底何謂「正統」的解說方式？目前文學史教學以帶領學生入門的「引介」方式為主，多追求宏觀完整，而且是追求文學「知識」傳達上的完整。但我們到底要知識體系的完整還是要深入獨特的史觀或是偏重抒情感受的體悟？所以最終牽涉的還是文學教育的問題。我們要給學生什麼樣文學的歷史架構？此一癥結未解，文學史寫作要往哪裡去不會有答案。

---

❸　例如龔鵬程在〈遊的中國文學史〉架構下撰寫的《遊的精神文化史論》（北京：河北教育出版社，2000）。

講評意見

賴芳伶
中興大學中國文學系

一、本論文綜合各家說法，期待一本既能完整傳達文學知
　　識，又兼具深入獨特史觀的《中國文學史》的出現，可
　　謂語重心長。惟此一理想藍圖之建構，實難免予人與現
　　實落差極大之惆悵。

二、文中述及胡適等五四學人群體的文學史觀「簡單、武
　　斷、平面而單薄，但卻整整影響了近一個世紀」云云。
　　似宜考量彼時文化情勢所趨，亟需白話為啓蒙救國之工
　　具，且八十年來大學中文系逐屢設現代文學相關課程，
　　然古典傳統並未偏廢，更朝互補相成努力中。

三、文中提到本論文思考的一大重點，包括「如何避免受到
　　政治勢力的干擾……」等等，此種思考態勢，極易落入
　　二元對立的盲點，亦宜斟酌。

四、有批判，始有進步；有反思，方能建構。誠哉是理。惟
　　批判反思之餘，當體察前人積累傳統之艱辛不易，當以
　　謙誠自勵為吾人共同之標的。

【附錄一】

建構與反思——中國文學史的探索
學術研討會議程表

三月十六日‧星期六				
時間	主持人	主講人	論文題目	特約討論
08:30 | 09:00	李理事長立信 （中國古典文學學會理事長） 王主任金凌 （輔仁大學）		報　　　　　　　　到	
09:00 | 09:20	李校長寧遠 陳院長福濱		開　　　幕　　　式	
09:20 | 10:10	王初慶 （輔仁大學）		專題演講：葉嘉瑩「閱讀視野與詩詞評賞」	
10:10 | 10:30	茶			敘
10:30 | 12:30	賴明德 （師範大學）	張明非 （廣西師範大學）	文學史研究的使命	王國良 （東吳大學）
		郭英德 （北京師範大學）	論文學史敘述的原則、對象、和方法——以中國古代文學史的撰寫為中心	蔡振念 （中山大學）
		龔鵬程 （佛光大學）	文學史的研究	柯慶明 （臺灣大學）
		陳　燕 （中山大學）	文學生命的自主、自立與自重——論文學史的涵義、效用與構成	呂正惠 （清華大學）

12:30 │ 13:30	、		午		餐
13:30 │ 15:30	黃啟方 （世新大學）	呂正惠 （清華大學）	元朝在中國文學史上的地位		龔鵬程 （佛光大學）
		黃文吉 （彰化師大）	明初杭州府學詞人群體研究 ──以酬唱詞為對象		包根弟 （輔仁大學）
		姚振黎 （中央大學）	桐城文派社群考察		王基倫 （師範大學）
		侯雅文 （開南管理學院）	論常州詞派「詞學行為」所因 依的「深層意識」		徐信義 （中山大學）
15:30 │ 15:50	茶				敘
15:50 │ 17:50	葉國良 （臺灣大學）	周彥文 （淡江大學）	古文運動的反思與重構		何寄澎 （臺灣大學）
		楊玉成 （暨南大學）	文本、誤讀、影響的焦慮── 論江西詩派的閱讀與書寫策略		黃景進 （政治大學）
		王文進 （東華大學）	文學史中南北文學交流的假性 結構──以南朝邊塞詩為脈絡 的探討		鄭毓瑜 （臺灣大學）
		王金凌 （輔仁大學）	文學史的歷史基礎		蔡英俊 （清華大學）
18:00 │	晚				宴

			三月十七日 · 星期日	
時間	主持人	主講人	論文題目	特約討論
08:30 ― 10:30	楊承祖 （東海大學）	郁賢皓 （南京師範大學）	胡小石《中國文學史講稿》的建構特點	周勛初 （東海大學）
		嚴 杰 （南京大學）	論《新唐書 · 文藝傳》之文學史觀	曾守正 （淡江大學）
		龔顯宗 （中山大學）	論謝肅《密庵稿》中「倫理的批評」	陳文華 （淡江大學）
		黎活仁 （香港大學）	「亂日」、「歸去來」與詩文的開端結尾──由先秦文學到唐詩宋詞	李瑞騰 （中央大學）
10:30 ― 10:50	茶　　　　　　　　　　　　　　敘			
10:50 ― 12:20	謝海平 （逢甲大學）	陳國球 （香港科技大學）	收編香港──中國文學史裡的香港文學	周英雄 （交通大學）
		黃明理 （師範大學）	淺談命名文學及其在北宋的開展	王令樾 （輔仁大學）
		陳怡良 （成功大學）	三曹之人格特質及其文學思想	李威熊 （逢甲大學）
12:20 ― 13:20	午　　　　　　　　　　　　　　餐			

時間	主持人	發表人	論文題目	講評人
13:20 | 15:20	江聰平 （高師大）	呂　微 （中國社科院）	語音對文字的顛覆——文學史寫作的現代理念	鹿憶鹿 （東吳大學）
		顏崑陽 （東華大學）	論「典範模習」在文學史建構上的「漣漪效用」與「鏈接效用」	梅家玲 （臺灣大學）
		駱水玉 （輔仁大學）	時代考驗小說，小說創造時代——清末「新小說」的小說美學	康來新 （中央大學）
		李奭學 （中研院）	故事新編——論明末耶穌會士所譯介的伊索式證道故事	康士林 （輔仁大學）
15:20 | 15:40	茶　　　　　　　　　　　　　　　　　敘			
15:40 | 17:20	朱自力 （政治大學）	鍾宗憲 （輔仁大學）	神話中的文學與文學中的神話——論神話在中國文學史中的地位	陳益源 （中正大學）
		蔡鎮楚 （湖南師範大學）	中國文學史研究的世紀回眸與理性思考	簡宗梧 （逢甲大學）
		趙孝萱 （佛光大學）	沒有「文學」，也不是「史」——「二十世紀中國文學史」史觀與方法之回顧省思	賴芳伶 （中興大學）
17:20 | 17:40	黃副校長俊傑 李理事長立信 王主任金凌	閉　　　　　幕　　　　　式		
17:40 |	賦　　　　　　　　　　　　　　　　　歸			

【附錄二】

籌備委員會名單

召　集　人：王金凌、李立信

總　幹　事：廖棟樑

祕　書　組：趙中偉、郭嘉蓉、陳志源

議　事　組：李添富、金周生、郭士綸

總　務　組：孫永忠、邵芊芸

新　聞　組：胡正之、鍾宗憲、曾文樑

接　待　組：李毓善、包根弟、王初慶、黃湘陽

　　　　　　胡幼峰、齊曉楓、駱水玉

襄助人員：李鵑娟、蔡雅霓、李孟君、陳俊龍、蔡昱宇

　　　　　　陳彥戎、張紫君、陽平南、郭慧娟、胡文豐

　　　　　　楊郁彥、吳德育、梁惠敏、顏鸝慧、戴華萱

　　　　　　邱春美、高瑞惠、倪麗菁、蕭嫻慈、林鴻彬

　　　　　　黃文儀、李珮伶、蕭永逸、姚于君、張育誠

　　　　　　吳淑真、林明賢、曾淑蘭、周艷娟、張惟捷

　　　　　　陳建竹、戴琡蓉、王文政、沈子杰、詹千慧

　　　　　　呂兆歡、林琪桂、傅美玲、謝嘉文、鄭成益

　　　　　　陳翔羚、陳純慧、蕭振誠

國家圖書館出版品預行編目資料

建構與反思──中國文學史的探索學術研討會論文集

輔仁大學中國文學系，中國古典文學研究會主編. -
初版. - 臺北市：臺灣學生，
2002[民 91]
冊；公分

ISBN 957-15-1136-6 (全套：精裝)
ISBN 957-15-1137-4 (全套：平裝)

1. 中國文學 - 歷史 - 論文，講詞等

820.9   91011136

建 構 與 反 思
中國文學史的探索學術研討會論文集　（全二冊）

主　　編　者：輔仁大學中國文學系・中國古典文學研究會
出　版　者：臺　灣　學　生　書　局
發　行　人：孫　　　善　　　治
發　行　所：臺　灣　學　生　書　局
　　　　　　臺北市和平東路一段一九八號
　　　　　　郵 政 劃 撥 帳 號：00024668
　　　　　　電　話：(02)23634156
　　　　　　傳　眞：(02)23636334
　　　　　　E-mail：student.book@msa.hinet.net
　　　　　　http：//studentbook.web66.com.tw
本書局登
記證字號　：行政院新聞局局版北市業字第玖捌壹號

印　刷　所：宏　輝　彩　色　印　刷　公　司
　　　　　　中 和 市 永 和 路 三 六 三 巷 四 二 號
　　　　　　電　話：(02)22268853

　　　　　　精裝新臺幣一一六○元
定價：平裝新臺幣一○○○元

西　元　二　○　○　二　年　七　月　初　版